KB047346

붓다가 된 어느 흑인 사형수

가장 악명 높은 감옥의
한 무고한 사형수가 전하는
마지막 인생 수업

붓다가 된 어느 흑인 사형수

ⓒ 자비스 제이 마스터스, 2024

2024년 7월 5일 초판 1쇄 발행

지은이 자비스 제이 마스터스 • 옮긴이 권혜림
발행인 박상근(至弘) • 편집인 류지호 • 편집이사 양동민
책임편집 최호승 • 편집 김재호, 양민호, 김소영, 하다해, 정유리 • 디자인 쿠담디자인
제작 김명환 • 마케팅 김대현, 김선주, 이선호 • 관리 윤정안
콘텐츠국 유권준, 정승채, 김희준
펴낸 곳 불광출판사 (03169) 서울시 종로구 사직로10길 17 인왕빌딩 301호
　　　　대표전화 02) 420-3200 편집부 02) 420-3300 팩시밀리 02) 420-3400
　　　　출판등록 제300-2009-130호(1979. 10. 10.)

ISBN 979-11-7261-001-2 (03840)

값 22,000원

붓다가 된 어느 흑인 사형수

가장 악명 높은 감옥의 한 무고한
사형수가 전하는 마지막 인생 수업

자비스 제이 마스터스 지음
권혜림 옮김

불광출판사

내 삶의 진정한 벗,
서머린에게.

폭력으로 누군가를 잃은 모든 이에게,
주어진 삶을 다 누리지 못하고 떠난 이들에게,
사형장의 이슬로 사라진 이들에게,
그리고 무엇보다 여전히 다른 길을 선택할
기회가 있는 이들에게
이 글을 전합니다

목차

이 책은 논픽션 작품이다. 이 책에 자세히 기술된 사건과 경험은 모두 사실이며, 내가 기억하는 대로 최선을 다해 충실히 적은 것이다. 관련된 여러 기관과 개인의 온전함 또는 익명성을 보호하고, 특히 내가 알고 지내온 고아 및 위탁 아동을 보호하기 위해 일부 타임라인과 상황, 인물 및 기관의 이름을 비롯한 식별 가능한 특성은 변경했다. 이들에게는 언제든 직접 자신의 이야기를 할 권리가 있다.

이 책에 등장하는 대화는 명료한 기억을 바탕으로 작성한 것이지만, 한 단어 한 단어 정확한 글자 그대로 해석하기 위함은 아니다. 오히려 그 사건의 분위기와 정신에 깔린 진정한 본질에 맞춰 이야기한 내용에 담긴 진실한 감정과 의미를 불러일으키도록 생생하게 옮겼다.

서문

모든 불교도는 해를 끼치지 않겠다고 서원하며, 더 엄격하게 불교의 가르침을 따르고자 하는 이들도 있다. 그들은 좋고 싫음, 가치 있음과 없음에 대한 편견에 굴복하지 않고 고통, 즉 만인의 고통을 완화하기 위해 힘닿는 데까지 무엇이든 하겠다고 서원한다.

친애하는 나의 친구 자비스 마스터스는 그의 티베트 불교 스승인 차그두드 툴구 린포체(Chagdud Tulku Rinpoche)에게서 이 두 가지 서원을 받았다. 자비스는 샌 퀜틴 교도소에서 사형수로 복역하는 동안 이 두 가지 서원을 지켜왔다. 불교도로서 살아온 지난 35년 동안 나는 자비스만큼 진심으로 이 서원을 지켜온 이를 만난 적이 거의 없었다. 하지만 이토록 헌신적이고 사랑과 연민이 넘치는 사람의 깊은 공감 능력과 용기는 그냥 생긴 것이 아니다. 스스로 큰 고통을 겪고 타인에게도 큰 고통을 준 경험이 없었다면 어렵지 않았을까?

자비스의 유년기 시절 이야기를 처음 읽었을 때, 나는 마음이 너무 아파 계속 읽어나가기가 힘들었다. 이 전도유망한 어린 소년의 앞날이 다르게 흘러가기를 바랐지만 진실은 가혹했다. 그가 전하는 강렬한 이야기는 실제로 일어난 일이며, 가난하고 트라우마에 시달리는 수많은 아이들에게 여전히 일어나고 있는 일이다.

자비스는 자신을 위해, 그리고 자신과 비슷한 처지의 다른 모든 아이들을 위해 자신의 성장기를 자세히 들여다보아야 한다고 반복해서 이야기한다. 그는 샌 퀜틴 교도소로 오게 만든 자신의 경험을 전함으로써 다른 모든 아이들이 그가 저질렀던 실수를 피할 수 있기를 바란다. 그는 세상에 자신과 같이 영리하고 친절하고 잠재력이 넘치는 아이들이 수백만 명이 있다는 사실을 알고 있다. 또 고군분투하는 가족의 지원, 괜찮은 학교와 안전한 이웃 그리고 길을 알려줄 멘토가 있다면 그 잠재력을 충분히 발휘할 수 있다는 사실도 알고 있다. 그는 자신이 그러한 멘토가 되어줄 수 있기를 간절히 바란다.

이 책이 아니더라도 자비스는 이미 많은 아이들의 롤모델이다. 어떤 식으로든 자신이 겪었던 일을 겪는 청소년들에게 너무 많은 편지를 받는 그는 감옥에서도 모두에게 답장할 시간을 내기가 어렵다. 편지를 보내는 청소년 중 일부는 소년원에 있는 아이들이고, 교도소에서 쓰는 폭력을 집까지 그대로 가져와 행하는 것을 목격한 교도관의 자녀들도 있다. 자비스는 자신이 한 서원에 따라, 아이들 한 명 한 명에게 삶의 변화를 가져다줄 이야기를 전하고자 한다.

내가 샌 퀜틴 교도소로 면회를 갔을 때였다. 자비스는 자신을 괴롭히는 문제가 있다고 했다. 그는 혼란과 폭력, 고통으로 얼룩진 자신의 개인사가 너무 흔해 빠진 이야기라는 것을 잘 알고 있었다. 그는 이렇게 말했다. "교도관이든 수용자든 길에서 아무나 붙잡고 물어보든, 이런 인생은 보통 지금 나처럼 약물주사형(lethal injection, 치명적인 약물을 주사해 사형하는 방법)으로 죽기를 기다리는 사형수로 마무리되기 쉽다는 사실에 모두가 동의할 겁니다. 그러니 누가 제 결백을 믿겠습니까?"

사실 그의 결백은 기적이다. 아주 운 좋은 기적. 열아홉 살에 저지른 일련의 강도 사건으로 곧장 샌 퀜틴 교도소에 송치되었을 때, 자비스는 화가 나 있었고 방어적이었으며 사나웠다. 독자 여러분도 곧 이 책을 통해 알게 되겠지만, 그의 어린 시절은 폭력과 학대로 얼룩져 있었다. 그러니 그가 아무도 죽이지 않았다는 것, 앞으로도 절대 그러지 않으리라는 것은 행운이었다.

하지만 단지 운이 좋아서만은 아니었다. 이 책은 자기 본성인 본질적인 온전함과 힘든 시절 속에서 마주한 친절한 행동 덕분에 자신과 타인에 대한 작은 연민의 불꽃을 가까스로 간직해온 한 아이의 이야기를 들려준다. 디킨스 소설에 나올 법한 자비스의 어린 시절 그에게 사랑을 건넨 사람들은 엄청난 차이를 만든다. 이 거친 청년은 살인에 대한 혐오감이 있었다. 깊이 묻어두었지만 여전히 품고 있는 혐오감이다. 앞으로 읽게 되겠지만 소년 시절 자비스는 커터칼을 버렸다. 그것으로 누군가를 해치는 자신의 모습을 상상할 수 없었기 때문이다. 그는 청년이 되어서도 누군가에게 총을 겨눈 적도 쏜 적도 없다. 변명의 여지가 없이 많은 사람들을 공포에 떨게 한 무장 강도를 저지르는 순간에도 말이다.

자비스가 수감된 지 4년 뒤, 갱단의 음모로 교도관이 무분별하게 살해당하는 일이 발생했다. 자비스가 그 음모에 가담했을 가능성이 컸지만, 어떤 이유에서인지 그는 살해를 계획하고 실행하는 데끼지는 않았다. 그런데도 이후 거짓으로 드러난 당시의 증언 때문에 음모에 가담하고 교도관을 찌르는 데 사용된 흉기를 갈았다는 혐의로 유죄가 확정돼 사형을 선고받았다.

자비스는 오늘 약물주사형으로 죽게 되더라도 자신이 선량한 사람의 죽음에 책임이 없음을 스스로 알기에 양심의 가책 없이 죽을 수 있다고 말한다. 그는 "나 자신만은 진실을 알고 있다. 나는 교도관의 죽음에 대해 전적으로 결백하다"고 단언한다.

아이러니하게도 자비스의 인생은 자신도 잘 알고 있듯이 사형 선고를 받고난 뒤 완전히 달라졌다. 만약 그가 처음 받은 형기를 마치고 출소했다면 교도소에 들어왔을 때와 다를 바 없이 매사 못마땅하고 반항적인 태도로 살다가 서른 살이 채 되기 전에 길에서 객사했을 가능성이 매우 크다.

하지만 그의 살인 사건 공판이 진행되는 동안 두 가지 중요한 일이 있었다. 먼저 자비스는 자신이 누구인지 어디서부터 잘못됐는지 알고 싶어 하기 시작했다. 그리고 같은 시기에 그의 사건을 맡은 민간 조사관이 그에게 명상하는 법을 가르쳐주고 자신을 정직하게 바라보고 고통을 직시할 수 있는 도구를 주었다.

그 이후로 자비스는 비폭력과 타인을 이롭게 하는 일에 평생을 바치겠다는 결심을 실천하고 있다. 수년에 걸친 깊은 사색과 발견의 시간이자 그를 근본적으로 변화시킨 시간이었다.

강한 울림이 있는 이 책은 어떤 면에서 그 시간의 결실이며, 한 인간의 "위태로운" 어린 시절을 가장 가까이에서 들여다볼 수 있는 매개체이다. 자비스에게 있어 자신의 어린 시절에 대해 쓴다는 것은 그가 억눌러온, 파헤치기 두려운 곳으로 뛰어드는 일이었다. 고통스럽기도 하고 행복하기도 했던 어린 시절의 기억 속으로 다시 들어가 기본적인 사고력과 친절함을 잃고 잘못된 길을 택한 모든 순간을 온전히 정직하게 마주하는 용기를 내는 데는 수년에 걸친 자기 성찰이 필요했다.

큰 용기를 내어 자신의 모든 것을 내보이는 자비스의 삶은 감상적이지 않지만, 읽는 이의 마음을 사로잡는 매혹적인 이야기다. 이 책을 읽는 모든 사람이 놀라움과 충격을 느끼게 될 것이다. 나는 이 이야기가 어떤 역경에도 불구하고 행복한 결말을 맺기를 진심으로 바란다. 무고한 이의 자서전이 죽음의 방이 아닌 자유로 끝나기를 기도한다.

페마 초드론•

• 티베트 불교의 금강승 수행을 마친 최초의 미국인 여성이자 비구니. 해마다 달라이 라마와 함께 세계에서 가장 영향력 있는 영적 지도자로 선정되는 스님이기도 하다.

들어가며

지난 몇 년간 나는 언제 "빛을 보았는지", "꿈을 가지게 되었는지", "목소리가 들렸는지" 등의 질문을 받아왔다. 어떤 경험이 과거의 나를 오늘의 나로 변하게 할 만큼 반향을 일으켰을까? 이 질문에 대한 답은 나는 전혀 변하지 않았다는 것이다. 오히려 한결같은 모습의 나를 발견하게 되었다. 과거의 어린 나는 삶은 중요하고 세상을 변화시킬 수 있으며 자유롭게 날기 위해 태어났다는 것을 이미 알고 있었다.

고통과 상처에도 불구하고, 또 아무리 광기 어린 폭력에 휩쓸리고 나를 빚쟁이 취급하는 세상을 맹렬히 비난했다고 해도, 내 마음속 한가운데는 늘 타고난 선함이 있었다. 선함은 어렸을 때 내가 눈물을 흘렸던 곳이었을지도 모른다. 바로 그곳에서 실제보다 훨씬 더 커진 폭력 탓에 더 이상 나 자신을 믿지 않게 되었다. 그러나 마침내 타고난 선함을 되찾기 위해 용기를 낼 상황에 이르게 되었다. 샌 퀜틴의 사형수로서 그것을 되찾았다고 해서 나라는 사람이 바뀌지는 않는다. 나는 내가 저지른 폭력적인 행동이 결코 진정한 내가 아니라는 긍정적인 깨달음에 이르게 한 내면의 여정을 거쳐왔다.

한 자리에 앉아서 내 인생에 관한 책을 쓰는 일이 이렇게나 고통스러운 것인지 알았더라면, 독방에 수감된 사형수에게 허용되는 유일한 필기구인 볼펜 심지(pen filler)를 감히 집어들지 않았을 것 같다. 순진하게 글을 쓰기 시작할 수 있었던 것은 단지 겹겹이 쌓여있던 (특히 어린 시절) 과거의 기억이 서서히 펼쳐지면 어떨지 몰랐기 때문이다. 내가 이런 책을 쓰고 있다고 친구에게 말했을 때 그가 한 이야기가 기억난다. 우리는 사형수 운동장에서 같이 걸어나오고 있었다.

"이봐." 운동장 한가운데서 한 팔을 내밀어 멈추라는 제스처를 하며 그가 말했다. "나라면 그거 안 할 거야. 이것 좀 봐." 운동복 상의를 들어올린 그는 아물었지만 끔찍하고 심각해 보이는 흉터를 보여 주며 개한테 물린 것이라고 했다.

"난 아직도 그때 일에 관한 꿈을 꿔." 그가 말했다. "밤새 앉아서 이런 거에 대해 쓰겠다는 거야?"

"무슨 일이 있었던 거야?" 내가 물었다.

"내가 뭘 잘못할 때마다 아빠는 개를 시켜서 나를 물게 했어. 개를 쇠사슬로 잡고 놓아주지 않았지. 개가 내 몸 여기저기에 구멍이 생길 정도로 물어뜯게 한 거야."

그 이야기를 듣고 친구에게 고맙다고 말했다면 이상하게 들렸겠지만, 나에게 친구의 말은 의미있게 다가왔다. 볼펜의 가는 심지를 잡고 글을 쓰기 시작한 진짜 목적을 깨닫게 해 주었다. 처음에는 기억 속 이야기를 멀리 빙 둘러가는 글을 썼다. 그러다가 묵묵히 도전을 시작했다. 나 자신에게 물었다. 아무도 모르게 흩어진 내 삶의 기억에 관해 쓰면서 나 자신에게 얼마나 솔직할 수 있을까? 이 종이들 너머로 딱히 닿을 데 없는 진실만을 가지고, 내가 비난받지 않고 그렇게 할 수 있을까? 본질적으로 나 자신의 진정성에 의문을 제기하는 것이 이 책을 쓰는 데 영감을 주었다.

   이 책에 쓴 많은 사건들로 나는 평생 분노에 빠져 살 수도 있었다. 기억을 떠올리는 것만으로도 글쓰기가 그만두고 싶어지는 순간이 많았다. 내가 쓴 다음 단어나 문장이 드러낼 수도 있는 진실이 두려워 타인의 탓을 하지 않기로 한 것을 잊곤 했다. 나는 때로 힘겹게 쥐고 쓰던 볼펜 심지를 말 그대로 저주하기도 했다. 욕이란 욕은 다 퍼부었다. 잡고 있기가 아팠을 뿐 아니라 움직여 쓰는 것이 너무 오래 걸려서 한 획 그을 때마다 온 신경을 기울일 수밖에 없었다. 볼펜 심지가 움직이는 속도를 추월해 쓸 수 없었다. 목구멍을 타고 올라와 눈물을 머금게 하는, 발음하기 어려운 감정들이 종이 위로 가볍게 스쳐가는 것을 볼펜 심지는 거부했다. 그것의 느린 움직임은 원치 않는 기억의 늪으로 계속 나를 끌고 들어갔다. 오로지 명상에서 배운 인내로 계속 글을 써나갈 수 있었다.

2008년 샌 퀜틴에서
자비스 제이 마스터스

부드러운 어머니를 만지려는
이토록 부드러운 손.
일어서야 할 이유,
내가 매달리는 기도.
어머니가 잠에서 깨어
어머니의 손을
나의 어머니를
꼭 붙잡고 있는
나를 찾아주소서.

– 작자 미상

chapter

1

첫 번째 기억들

이모들과 삼촌들

부모님은 집에 거의 안 계셨다. 텅 빈 공간에 우리 남매들만 홀로 갇혀 있었기에 집이 커보였다. 우리는 그곳에서 더 많은 시간을 보내기 위해 집을 더 크게 만들었다. 하지만 사실 그 집은 아주 작았다. 우리끼리만 집에 남겨져 긴 하루를 보내야 했던 날들 속에서 우리는 집 내부를 우리 몸처럼 알게 되었다. 집은 우리 존재 자체였다.

  우리 네 남매는 세 살부터 여덟 살까지 연령대가 다양했다. 큰누나 샬린이 맏이였고 그 다음이 나, 버디, 칼렛이었다. 커보이는 오래된 이 집에서 우리는 기고 서고 걸으며 진화했다. 마치 원숭이 인간이 최초의 인간이 되어가는 과정을 보여 주는 인류의 진화 도표처럼. 우리 남매가 어떻게 자랐는지를 생각하면 그때의 사진들이 떠오른다.

수년 전의 누나와 동생들 얼굴이 여전히 생생히 기억난다. 하지만 그 당시에는 스스로 어떤 모습인지 또는 그 작은 몸에 어떤 옷을 걸쳤는지에 대해 전혀 생각하지 않았다. 우리가 자신에 대해 알아차렸던 순간은 내가 의붓아버지 오티스의 신발을 신고 돌아다니고 누나와 동생들이 어머니의 가발을 썼을 때뿐이었다. 우리는 그런 차림으로 서로의 모습을 보고 깔깔대고 웃으며 집안을 뛰어다니곤 했다.

어머니와 의붓아버지의 물건들이 원래 있던 자리를 정확히 기억해 다시 갖다 두는 것은 중대한 일이었다. 부모님의 물건을 가지고 놀다가 걸리면 (한 번 걸린 적이 있는데) 정신을 잃을 때까지 두들겨 맞을 것이기 때문이다. 갖고 노는 일 자체가 무조건 잘못은 아니었다. 절대 건드리면 안 되는 물건은 따로 있었는데, 바로 양말 속에 숨겨둔 작은 풍선들이었다. 그 풍선들은 헤로인으로 가득 차 있었다. 나는 부활절 달걀 찾기를 하는 것처럼 헤로인 풍선들을 찾아 나섰다. 양말에서 색색의 풍선을 꺼내 나만의 비밀 장난감인 양 가지고 놀곤 했다. 풍선은 마치 구슬 같았다. 나는 그것들을 쌓으며 노는 것을 좋아했다. 파란색은 파란색끼리, 빨간색은 빨간색끼리, 노란색은 노란색끼리. 가장 적은 색이 가장 특별해보였다. 그 위험성도 맘에 들었다. 나는 풍선들을 발견했을 때의 상태 그대로 제자리에 갖다 두려고 엄청나게 신경을 썼다. (지금도 나는 뭔가를 보면 사진을 찍은 듯이 위치를 기억을 한 다음 치웠다가 정확히 같은 자리에 다시 갖다 놓을 수 있다.) 부모님의 이 귀중품에 손을 대는 행동은 마치 내가 우리 집에 오던 모든 사람과 같은 일을 하는 사람처럼 느껴지게 했다. "대단한" 사람이

21

된 기분이었다.

어머니와 의붓아버지는 1960년대 후반 캘리포니아 롱비치에서 가장 큰 헤로인 사용자이자 밀매자의 일원이었다. 겉으로 보기에 그 집은 마약 소굴처럼 보이지 않았다. 부모님은 마약 지하 세계에서 많은 돈을 벌었기 때문에 이웃의 의심이나 불만을 사지 않는 "프론트 하우스(front house)"•를 살 수 있었다. 그 집은 부모님의 모든 고객과 그들이 데리고 오는 이들이 언제나, 밤낮 할 것 없이 들어와 집 안에서 마약을 주사할 수 있는 곳이었다. 많은 고객들이 거실이나 욕실 바닥에 앉아 잠이 들고 몇 시간이고 있다가곤 했다.

부모님의 친구들과 고객들은 집에 들어올 때 필요한 암호를 알고 있었고, 대체로 집안에는 우리 남매들만 있었다. 그들은 자신을 "삼촌", "이모"라고 소개했다. 우리에겐 그런 삼촌과 이모가 엄청나게 많았다. 나는 소파나 화장실 변기 끄트머리에 앉아 침을 질질 흘리며 조는 사람들을 가장 좋아했다. 그러면 나는 보고 있다가 그들의 바지 주머니나 가슴 쪽에 숨겨진 안주머니에서 동전을 훔칠 수 있었다. 지폐에는 절대 손대지 않았고, 동전만 가져갔다. 내가 누이들에게 줄 초코바를 사려고 지폐를 내밀자 가게 점원이 이상하게 쳐다본 적이 있기 때문이다. 그때 나는 5달러 지폐와 100달러 지폐의 차이를 몰랐다. 그래서 동전만 훔친다는 규칙을 고수했다. 나는 10

• 마약 밀매와 같은 불법 활동을 위한 합법적이고 외형적으로 그럴듯한 외관 또는 은신처 역할을 하는 건물 또는 거주지. 이웃이나 법 집행 기관의 의심이나 불만을 피하기 위해 사용됨. (옮긴이 주)

센트짜리 동전이 제일 좋았다.

우리는 밤낮으로 집에 오는 낯선 사람들을 두려워하기에는 너무 어리고 순진했다. 심지어 집을 자주 드나드는 낯선 이들이 우리를 어떤 식으로든 신경써준다는 느낌마저 들었다. 그들은 이따금 식사는 했냐고 묻거나 우리가 배고프다는 걸 눈치 채고 도넛과 팝콘을 사들고 다시 오기도 했다. 때론 매춘부들이 거기서도 수작을 부렸지만 어머니는 그걸 싫어했다. 그 여자들이 이상한 짓을 하거든 알려줘야 흠칫 때려줄 수 있을테니 말하라고 했다.

더럽고 너덜너덜한 옷을 입고 살면서도 우리에게는 우리가 위태로운 삶속에 방치되고 있다는 것을 알게 해줄 비교 대상이 없었다. 모든 것이 결핍된 우리의 삶이 다른 가정에서 자라는 아이들의 삶과 다르다는 걸 어찌 알 수 있었겠는가? 우리는 언제나 같은 옷을 입고 같은 냄새를 맡았다. 마치 나란히 서서 일하는 폐차장 일꾼들처럼, 아무도 자신이 다른 사람보다 더 고약한 냄새를 풍긴다고 생각하지 않았다. 극심한 배고픔에 시달려야했던 기나긴 시간 동안 같은 누더기 옷을 입고 같은 악취를 풍기고 눈물 마른 짠 내를 맛보며 살았지만, 우리는 언제나 함께였다. 이 불행 속에서 우리는 몇 시간, 며칠, 몇 주간 버림받는 슬픔을 거의 잊게 만드는 유치한 게임들을 하면서 같이 깔깔 웃고 서로 잡으러 다니며 노는 많은 순간을 공유했다.

다락방

우리는 벽장, 주방의 찬장, 심지어 여행가방까지, 모든 곳에서 아지트를 찾아냈다. 그중에서도 다락방은 우리가 가장 좋아하는 곳이었다. 우리는 벽장 안의 서랍장 위로 올라가 높은 선반 위로 오르곤 했다. 그 선반을 딛고 천장과 다락방으로 올라가기 위해 밀어올린 네모난 나무판자에 도달했다. 집안에 해가 내리쬐는 낮이 너무 길어지면 다락방으로 올라가 낮잠을 잤다. 다락방에서는 모든 두려움으로부터 몸을 숨길 수 있을 것 같았고, 아기 침대의 아기처럼 늘 단잠을 잘 수 있었다.

다락방 천장은 비좁게 느껴질 정도로 아주 낮지는 않았다. 나무들보가 천장 중간을 높이 받치고 있어서 그 지점에서는 허리를 펴고 서서 놀 수 있었다. 우리는 배고픔과 외로움을 잊기 위해 놀이를 만들어냈지만 서로 딱히 많은 이야기를 나누지는 않았다. 나는 열 살인가 열한 살까지 심하게 말을 더듬었다. 부모님과 떨어져 살게 된 후에도 말더듬은 한참 계속됐다. 우리는 말보다는 함께함으로써 서로를 위로했다.

다락방에는 집 현관 너머가 보이는 창문이 있었다. 우리는 다락방이 마치 우리만의 나무집인 양 그 창문을 통해 세상을 내다보았다. 가장 키가 큰 나무들과 같은 높이에서 바쁘게 움직이는 사람들을 볼 수 있었다. 몇 블록 떨어진 곳에 늘어서 있는 가게들도 보였다. 두 개의 황금빛 아치와 빈 맥도날드 햄버거 포장지는 나에게 상징적인 음식이었다. 우리는 이 다락방 창문으로 어머니가 집에 오는 모습을 보고 싶어 창밖을 내다보며 기다리고 또 기다렸다.

집은 늘 텅 비어있었기에 집다운 집에서 사는 느낌을 받지는 못했지만, 우리 네 남매는 아무것도 든 게 없는 배와 한 번의 심장 박동으로 몸을 말아 단단한 공처럼 웅크리게 하는 지독한 외로움의 냄새 말고는 실질적인 고통을 느끼지는 않았다. 훗날 집에 텔레비전이 생겼고, 우리는 그걸 보고 웃었다. 그러다가 어느 날 텔레비전은 마치 원래 없었던 것처럼 자취를 감췄다.

우리 뒷집에는 한 백인 할머니가 살았다. 그 할머니는 매일 아침 우리가 먹을 음식을 문 앞에 놓아두곤 했다. 어떻게 아는지는 모르겠지만, 그녀는 우리가 우리 집 안에서 굶어 죽을 지경으로 방치돼 있다는 걸 알고 있었다. 우리는 그녀가 가져다 놓는 음식에 기댔다. 때로 며칠 동안 집안에 어른이 한 명도 없을 때면 이것은 우리가 먹을 수 있는 유일한 음식이었다.

매일 저녁 해가 지면 우리는 다락방에 태아처럼 누워 창밖의 밤하늘을 바라보았다. 다음 날 아침이 오기를 기다리고 또 기다렸다. 아침이 되면 서둘러 현관으로 내려와 뒷집 할머니가 놓아둔 음식을 먹을 수 있었기 때문이다. 이상하게 들리겠지만 우리는 잠을 전혀 자지 않았다. 배가 너무 고파서 우리 입에 먹을 것이 들어가게 해줄 아침이 오기만을 가만히 기다렸다.

물론 밤새 깨어 있던 것은 아니다. 결국 잠이 들곤 했다. 샬린과 나보다 어린 버디는 항상 막내인 칼렛보다도 먼저 잠들었다. 버디는 아침에 일어나자마자 우리를 깨웠는데, 자기만 혼자 깨어있는 게 무서워서였다.

우리 넷 중 버디가 가장 거침이 없었다. 맏이도 막내도 아닌 버디는 특별히 해내야 할 역할이 없었기에 자기 본연의 모습일 수 있었다. 그 당시 버디가 네 살쯤 되었을 거다. 우리는 종종 그녀를 잡으러 집 주변을 쫓아다녀야 했고 우리를 곤경에 빠지게 하는 건 대개 버디였다. 그녀는 걱정이 없었다. 돈을 훔치거나 음식을 찾아 헤맬 필요가 없었다. 샬린과 내가 할 일을 하면 버디는 우리가 정말 버림받았다고 느꼈을 때 웃게 해줬다. 그녀는 엄마의 하이힐을 신고 넘어질 때까지 주위를 돌며 춤을 추었다. 게임을 만들어내기도 했다. 나에게 오티스의 모자를 씌우고 챙을 끌어내려 눈을 덮어서 앞이 안 보이게 만들었다. 나 다음엔 샬린이 술래가 되어 모자를 쓰고 그 다음은 버디 차례였다. 내가 모자로 눈을 가린 버디를 데리고 다니는 동안 그녀는 내가 자신을 어디에도 부딪치지 않게 하리라는 걸 알고 겁 없이 걸었다.

다락방을 처음 발견한 사람이 버디였다. 주방 찬장에 올라간 사람도 버디였다. 뒷집 할머니가 우리 현관에 놓아둔 음식을 맛보고 주전자에 담긴 우유를 마시려고 처음 밖으로 나온 사람 또한 버디였다. (버디는 우유를 정말 좋아했다!)

우리는 엄마가 집에 있을 때마다 졸린 것처럼 두 손으로 얼굴을 부드럽게 어루만지고 땀을 흘리며 화장실에서 나오는 모습을 자주 볼 수 있었다. 그러고 나면 엄마는 매트리스 위에 누웠다. 엄마의 혈관을 도는 헤로인 덕에 버디는 자기가 좋아하는 걸 할 수 있었다. 버디가 엄마의 머리를 살며시 들어 무릎에 눕힌 뒤 머리를 빗겨 주는 동안 우리는 침대에 걸터앉아 조용히 그 모습을 바라보았다. 우리는 그저 바라보며 기다리곤 했다. 마치 그냥 이렇게 엄마와 함께 있는 것보다 훨씬 더 많은 일이 일어나고 있다는 걸 알고 있는 것처럼.

남동생 딘은 아직 아기였음에도 우리와 같이 방치됐다. 나는 딘을 돌봐주고 젖병을 물려주려고 애썼다. 엄마는 칼렛이 [우리는 칼렛을 "버그(Bug)"라고 불렀다.] 샬린의 아기이고, 딘은 내 아기라고 말했다. 딘은 다른 남동생인 칼의 자리를 대신할 아이였다. 칼은 1년여 전에 엄마가 나에게 맡긴 남동생인데, 아기 침대에서 죽었다.

어느 날 아침, 버디가 울타리 옆 나무 아래 서서 우유를 마시고 있었고 나는 눈을 비비며 집밖으로 나오던 참이었다. 그런데 그때 갑자기 나무에서 고양이 한 마리가 버디 위로 떨어지더니 발톱으로 버디의 등을 찍었다. 순식간에 일어난 일이었다. 나는 마음으로는 얼른 달려들어 온힘을 다해 동생에게서 고양이를 떼어내려고 했지만 몸이 움직이지 않았다. 고양이가 버디를 덮쳤고 버디는 두 손을 머리 위로 휘저으며 고양이를 잡아서 떼어내려고 애쓰고 있다는 걸 알 수 있었다. 하지만 나는 두려움에 얼어붙어 몸을 움직일 수가 없었다.

그때 고양이가 달아났다. 버디는 땅바닥에 엎드려 비명을 지르며 이미 떠나고 없는 고양이를 머리에서 떼어내려고 안간힘을 썼다. 나는 마침내 버디에게 달려가 공중에 허우적대는 팔을 잡고 고양이가 갔다고 말했고 그녀를 안심시킬 수 있었다. 버디는 지금까지도 오빠가 고양이를 떼어내줬다고 생각한다. 나는 그 날의 진실을 절대 말하지 않았다.

그 날 이후 우리는 밖에서 먹는 것이 두려웠다. 남매 중 혼자 남자라는 이유로 나는 옆집 할머니가 계속 문 앞에 놔주던 음식을 가져오기 위해 살금살금 밖에 나가는 당번이 되었다. 꾸벅꾸벅 조는 사람들 주머니에서 동전을 훔친 날에는 창문에서 뛰어내려 사탕을 사러 가게로 달려가곤 했다. 하지만 매번 누나와 여동생을 두고 나가기가 두려웠다. 내가 없을 때 갑자기 부모님이 올까봐 두려웠다.

내 두려움을 진정으로 이해해준 사람은 샬린뿐이었다. 엄마와 오티스는 우리 둘에게 절대 집밖으로 나가지 말라고 했다. 밖에서 붙잡히거나 현관문이 잠기지 않은 게 발각되면 우리는 채찍을 맞아야 했다. 그들은 어떤 식으로든 우리 집을 관심의 대상으로 만드는 걸 원치 않았다. 누군가 경찰에 미아 신고를 하게 되는 상황을 원치 않았다. 그들은 경찰이 들이닥치거나 강도가 헤로인을 훔치기 위해 침입할까 봐 두려워했다. 나는 엄마의 두려움을 나중에야 알았다. 엄마는 강도가 우리를 죽여서 강도의 정체를 확인할 수 없는 상황이 올까 봐 두려워했었다.

우리는 채찍질을 당하는 것이 두려울 때마다 욕실에 먼저 들어가려고 경쟁하곤 했다. 버디는 종종 부모님이 현관문으로 들어오는 소리가 들리면 쏜살같이 변기로 달려가 모두에게 경보를 울렸다. 마치 부모님과 부모님 친구들이 헤로인을 주사하기 위해 계속 사용하는 장소라는 이유로 욕실이 마치 성역이 된 듯했다. 누가 욕실에 제일 먼저 도착했든지 간에 (보통 버디였다.) 팔에 넥타이를 감은 채 변기 커버에 앉아 있는 이들과 같은 수준의 존경을 받았다.

한 번은 가게를 갔다가 셔츠 앞섶에 초코바를 잔뜩 쑤셔 넣은 채 집에 돌아가는 길에 부모님한테 걸렸다. 오티스의 얼굴은 분노로 일그러졌고 엄마는 이렇게 말했다. "애를 죽이는 건 안 돼. 죽이는 건 절대 안 돼." 그 이후로는 기억이 잘 안 난다. 오티스가 사용한 전기 연장선이 내가 몸 앞에 방패 삼아 대고 있던 베개를 찢어버렸고, 구타는 영원히 끝나지 않을 것 같았다.

아버지의 신발

오티스는 의붓아버지다. 생부에 대한 기억은 아주 어렸을 때 겪은 일이 유일한데. 그 기억은 어린 시절 겪은 고통스러운 사건의 웅덩이에서 여전히 고개를 치켜들고 존재감을 드러낼 정도로 강력하다. 마치 바닥에 쓰러진 채 피가 철철 흐르는 얼굴을 들던 엄마의 모습처럼.

우리는 모두 침실에 있었고, 엄마는 정신없이 우리 짐을 싸고 있던 중이었다. 평생 이름도 모르고 살았던 아버지가 쾅 하는 소리와 함께 현관문을 열고 소리쳤다. "이년, 어디 있어? 내가 너랑 네 애들 다 죽여버릴 거야!" 패닉에 빠진 엄마는 나를 붙들고 얼굴을 자기 쪽으로 치켜올리고는 나를 흔들며 말했다. "나한테 무슨 일이 생기면 네가 누나랑 동생들 잘 챙겨야 돼." 그러고 나서 엄마는 우리를 한 명씩 침대 밑으로 밀어넣었다. 나는 바깥 쪽에 있었다.

이제 아버지가 소리치는 것이 들렸다. "애새끼들은 어디 있는 거야?" 얼굴에 땀을 비 오듯 흘리며 엄마는 침실 밖으로 뛰쳐나갔다. 픽! 픽! 픽! 아버지의 주먹이 엄마 몸을 때리는 소리를 듣고 엄마가 옆방에 도착했을 때 무슨 일이 일어났는지 알 수 있었다. 우리 남매들은 퍽 하는 소리가 들릴 때마다 엄마의 울음이 우리의 것인 것처럼 떨었다. 엄마가 울음을 그친 뒤에도 우리에게는 여전히 그 주먹 소리가 들렸다. 귀에 들려온 소리는 그게 다가 아니었다. 가구가 부서지고 벽에서 액자가 떨어지면서 유리가 날아다녔다. 아버지는 허리케인처럼 우리를 덮쳤다.

그때, 발로 쾅 차는 소리와 함께 침실 문이 열렸고 허리케인이 바로 우리 문턱 앞에 와있었다. 침대 밑에서 보이는 것은 신발뿐이었다. 내가 평생 본 것 중 가장 무서운 장면이었다. 나는 신발 주인의 얼굴을 보려고 눈을 들어보았지만 그의 목소리가 가로막았다.

"이 개자식들은 어디 있어? 네 놈들도 죽여버릴 거야!"

세 걸음 더 들어서자 그의 신발은 내 눈높이와 같아졌다. 고작 몇 인치도 안 되는 거리였다. 엄마가 "내 아이들을 죽일 순 없어!"라고 외치며 뒤에서 그를 덮치고 허우적대며 맞서는 소리가 들렸고, 그 순간 그의 얼굴을 보고 싶은 모든 욕망이 사라졌다.

무섭게 뒤엉겨 싸우던 두 사람은 다시 한번 침실 밖으로 소용돌이치며 나갔다. 접시 깨지는 소리와 함께 그 끔찍한 신발이 바닥에 누워 있는 엄마를 발로 차고 짓밟는 불길한 소리가 들렸다. "도와주세요! 제발! 안돼!" 엄마가 외치는 소리가 들렸지만, 내가 할 수 있는 일은 아무것도 없었다. 구타가 계속되자 우리는 공포에 질려서 말 그대로 얼어붙어버렸다.

마침내 퍽퍽대고 쿵쿵대는 소리가 멈췄다. 아버지가 문을 쾅 닫고 집을 뛰쳐나가는 소리가 들렸다. 내가 무엇을 해야 했을까? 침대 밑에 가만히 있기가 힘들었다. 엄마에게 무슨 일이 생기면 누나와 동생들을 돌보라고 했던 엄마 말이 생각났다. 지금 엄마에게 무슨 일이 생겼고, 나는 도움이 되고 싶었다.

어떻게 해야 할지 고민하다 불안한 잠에 빠졌다. 나를 깨운 것은 바닥을 가로질러 무언가가 끌려가는 소리였다. 침대 밑에서 밖을 내다보니 괴물처럼 보이는 무언가가 방안으로 기어들어가고 있었다. 엄마였다. 엄마는 입술이 퉁퉁 부어오른 채 축 늘어지고 두 눈은 피의 장막에 가려져 보이지 않았다. 엄마는 옆방에서부터 우리와 불과 몇 피트 떨어지지 않은 곳까지 몸을 질질 끌고 왔다. 나는 귀걸이를 보고 엄마를 알아봤다.

엄마는 바닥에서 고개를 들고 우리에게 손을 뻗쳤지만, 무리였다. 머리가 바닥에 부딪히는 소리와 함께 엄마는 뒤로 넘어졌다.

샬린과 나는 안전한 곳에서 서둘러 나왔다. 나는 엄마의 머리를 무릎에 뉘이고 얼굴에 묻은 피를 닦아내려 했지만 피는 계속 뿜어져 나왔다. 샬린이 욕실에서 가져온 물수건으로도 피를 멈출 수 없었다. 우리는 서로의 눈을 바라보며 비명을 지르기 시작했다. 공포에 질린 우리의 비명에 엄마는 눈을 살짝 떴다. 엄마는 내 손을 잡고 아주 꽉 쥐면서, 모든 게 다 괜찮다고 말하는 것처럼 미소까지 지어보였다. 그리고 어떤 면에서는 진짜 괜찮았다. 우리는 여전히 함께였으니까.

비명소리를 듣고 이웃이 들어왔고 엄마를 위해 구급차를 불렀다. 그 후로 나는 다시는 아버지에 대해 묻지 않았다. 하지만 나는 엄마의 빛을 짓밟아 나를 영원히 고통스럽게 만든 그 신발을 단 한 순간도 잊지 않았다.

2

구출

사회복지(Social Services)

마침내 사람들이 우리를 발견했을 때 우리는 더러움과 굶주림 속에 살고 있었다. 누군가(아마도 우리에게 먹을 것을 가져다 준 할머니)가 경찰에 신고했고, 경찰은 사회복지부에서 나온 사람들과 함께 우리를 보러 왔다. 찢어지고 누더기가 된 우리 옷을 본 그들은 집으로 들어갔고, 들어가자마자 모든 감각을 상실했다.

오줌으로 얼룩진 매트리스에서 나는 지독한 악취가 지금에서 야 상상이 된다. 몇 달 동안 매트리스 위에 소변을 본 우리는 소를 키우는 목장 주인처럼 냄새에 무감각해져 있었다. 매트리스는 우리에게 그 어떤 놀이기구보다도 훌륭한 놀이터였다. 우리는 침대에서 매트리스를 끌어 내려 거실 한가운데로 끌고 가서 새끼 사자 무리처럼 그 위에서 쓰러져 잠이 들 때까지 뛰고 레슬링을 하며 놀곤 했다.

악취처럼 바퀴벌레도 우리에게는 자연스러운 존재였다. 우리 집에서는 바퀴벌레가 다양한 크기로 나타났고 주방 찬장 문을 열면 빙글빙글 원을 그리며 흩어지곤 했다. 그 모습이 너무 재미있어서 우리는 바퀴벌레가 주방 밖으로 나가지 못하도록 갖은 수를 다 썼다. 사회복지부 조사관은 우리가 '바퀴벌레 수납장'이라고 불렀던 것을 열고는 놀라 펄쩍 뛰더니 뒤로 나자빠졌다. 나중에 사회복지사 앤 선생님의 차를 타고 새 위탁 가정으로 가는 길에서 나는 그 뚱뚱한 남자가 어떻게 넘어졌는지 재연하면서 킥킥거렸고 앤은 카시트에서 일어나 있는 나를 필사적으로 앉히려고 했다.

우리는 집과 부모로부터 분리되었다. 사회복지관에 도착했을 때, 한 흑인 여성이 화려한 벽지로 덮여있는 복도로 나를 안내했다. 나는 그 여성의 손을 잡고 미키 마우스, 도널드 덕, 벅스 버니 옆을 지나가면서 그것들을 올려다봤다. 텔레비전에서 본 기억이 났다.

우리는 방으로 들어갔고 나는 테이블 위에 올려졌다. 다른 두 명의 여성이 내 옷을 벗기기 시작했다. 내 손을 잡아주던 여자가 나가려고 해서 나는 울음이 터졌다. 그래서 그녀는 가지 않고 남아 내 손을 다시 잡고 부드럽게 말을 걸어주었고, 그동안 다른 두 여성이 내 셔츠를 열었다. 그들은 연신 "이럴 수가, 이럴 수가" 하고 말했다. 내 몸의 상태를 확인하고 기록하는 그들의 시선이 나를 겁주기 시작했다. 나는 그들이 거의 눈물을 흘리기 직전이었고 동시에 화가 났다는 걸 알 수 있었다. 무언가 매우 잘못된 것 같은 마음의 고통이 느껴졌지만, 그게 무엇인지는 알 수 없었다.

나는 구타, 외로움, 거의 굶어 죽을 정도의 허기를 당연하게 받아들였다. 그런 것들이 내가 살아남는 데 도움이 되었기 때문이다. 그런데 이 여성들이 내 옷을 벗기자 마치 내 일부가 되어버린 보호막이 벗겨지는 듯한 느낌이 들었다. 한 겹 한 겹 벗겨지면서 나는 원래 내 나이의 아이로 돌아갔고 울기 시작했다. 누나와 동생들을 돌보며 느낀 책임감을 하나하나 내려놓았다. 드디어 나도 어린아이로서 보살핌을 받게 되었다. 그러자 내 안의 아이가 활짝 열렸다.

간호사들이 나를 목욕시키고 잠옷을 입히고 먹을 것을 주고 나자 나는 포획된 맹수 새끼처럼 형제자매의 목소리에 귀를 기울였다. 안타깝게도 누나와 동생들은 곁에 없었다. 그들은 온몸에서 기생충이 발견되어 격리되어야 했다.

나는 몇 년 동안 누나와 동생들을 다시 볼 수 없었다. 우리는 각각 세 곳의 위탁 가정으로 보내졌다. 남동생과 나는 각각 다른 집으로 갔고, 누나와 여동생들은 모두 같은 집으로 갔다. 나는 내가 보살핌과 애정을 받았다는 이유로 다른 형제들도 어디에 있든 같은 걸 누리고 있으리라 생각했다. 나중에 늘 그렇지만은 않다는 것을 알게 되었지만.

앤 선생님

내가 사회복지관 보육실에서 놀고 있을 때 한 여성이 들어왔다. 그녀는 내 옆에 무릎을 꿇고 앉아 어머니와 아버지가 나를 보살펴 줄 수 있게 될 때까지 내가 머물 수 있는 좋은 집으로 데려가겠다고 말했다. 그녀는 상냥하게 말하며 내 손을 잡고는, 어머니가 충분히 건강해지면 나와 누나, 동생들 모두 어머니 곁으로 돌아가게 될 거라고 약속했다.

그녀는 내 누이들과 막내 남동생이 각각 아주 특별한 도움이 필요한 상황이고, 그래서 내가 살게 된 곳에 함께 갈 수 없다고 설명했다. 나는 이게 다 무슨 뜻인지 하나도 이해하지 못했지만, 적어도 지금 나에게 이런 이야기를 하고 있는 한 나를 보육실에 두고 가지는 않을 것임을 알았다. 나는 내가 다 컸다는 걸 보여 주기 위해 계속 고개를 끄덕였다.

내가 보육동에서 며칠을 있었는지 모르겠지만, 앤 선생님은 몇 번이나 나를 만나기 위해 보육실에 찾아왔다. 그러던 어느 날 그녀는 나를 데리고 만화 캐릭터 벽지가 있는 복도를 걸어 나와 자신의 차 앞좌석에 태워 위탁 가정으로 데려갔다.

차창 밖으로 점점 다가오는 맥도날드의 황금색 아치가 보였다. 우리 집 다락방 창문 너머로 본 그 아치다. 나는 무릎을 꿇고 앉아 창밖을 가리키며 앤 선생님에게 소리쳤다. "저 황금색 아치 좀 봐요! 저기요 저기!" 그러자 그녀는 고속도로를 벗어나 맥도날드 앞에서 차를 세웠다. 그러고는 내 손을 잡고 안으로 데리고 들어가 햄버거와 감자튀김, 콜라를 사줬다. 우리는 차 안에서 웃으며 먹었다. 엄마가 데리러 올 때까지 나는 다른 누구도 말고 앤 선생님과 함께 있고 싶었다.

그 집에 도착한 우리는 잠시 차에 앉아 있었다. 앤 선생님은 위탁 가정에는 일시적으로만 머무는 것이고 누나와 동생들과 바로 근처에 살게 되는 것이며 새로 만날 양부모님은 오로지 이 어려운 시기에 어머니를 돕기 위해 이 일을 맡아주시는 것이라고 했다. 어머니와 잠시 떨어져있어야 하기 때문에 내가 어머니를 도울 수 있는 가장 좋은 방법은 항상 행복해지려고 노력하는 일이라고 했다. 나는 해보겠다고 약속했다.

"앤 선생님, 선생님과 같이 있을 순 없나요?"

"이곳에 계신 좋은 분들을 만나보고 네가 어떤 마음이 드는지 보자, 알았지? 이분들과 지내고 있으면 내가 너를 보러 들를 거고 어머니 소식도 전해줄 거야."

앤 선생님은 나를 꼭 안아줬고 우리는 차에서 내렸다. 그녀가 초인종을 눌렀을 때 나는 그녀의 다리를 붙잡고 놓지 않고 싶었다. 현관문이 열리자 한 흑인 노부부가 나를 내려다보았다. 노부인은 미소를 지으며 나에게 무릎을 꿇고는 손을 내밀었다.

"내 이름은 메이미야. 네가 자비스구나." 그녀는 내 손을 잡고는 품에 안아 들어올리고 싶은 듯한 표정으로 말했다. 그녀는 옆에 있는 노인을 올려다보며 말했다. "오, 데니스. 이 아이를 좀 봐. 오, 하나님 찬양합니다!" 그녀는 방금 잃어버린 아이를 되찾은 엄마처럼 눈물을 흘리며 나를 와락 끌어당겨 품에 안고 부드럽게 흔들었다.

그때까지 난 순수하게 기뻐서 우는 사람을 본 적이 없었다. 내가 본 눈물은 늘 상처와 고통에서 온 것이었다. 나는 메이미가 끌어안고 있어서 두 팔이 옆구리에 낀 채 앤 선생님을 올려다보았다. 그녀는 미소 띤 얼굴로 내 어깨를 어루만지며 이렇게 말하는 것 같았다. '봤지? 내가 너는 이 새로운 가족에게 사랑받고 보살핌을 받게 될 거라고 했잖니?'

메이미가 마침내 눈물을 닦으며 몸을 일으켰고 우리는 모두 거실로 들어갔다. 어른들은 내가 그 자리에 없는 것처럼 서로 이야기를 나누기 시작했다. 나는 소파에 조용히 앉아 위아래로 훑어보며 주변을 둘러보았다. 허공에 두 발이 흔들렸다. 키가 작아 바닥에 발이 닿지 않았다.

엄마와 함께 살던 빈 방과는 정말 달랐다! 천장부터 바닥까지 내려오는 긴 커튼, 모든 곳에 깔린 카펫, 벽에 걸린 큰 액자 그림, 광택이 나는 테이블 위의 램프, 커다란 검은 색 피아노가 있었다. 더 안쪽에 있는 다른 방에는 식탁과 그 주위에 의자가 놓여있는 것이 보였다. 나는 평생 이런 집에 와본 적도, 이렇게 많은 물건들을 본 적도 없었다.

어느새 나는 이것저것을 다 만지며 이리저리 돌아다니고 있었다. 거실에 불이 꺼지기 전까지는 벽에 있는 물건이 전등 스위치인 줄도 몰랐다. 그때까지 벽에 전등 스위치가 있는 걸 본 적도 없었으니까. 우리에게 빛은 창문을 통해 들어오는 것이었다. 밤에 다락방에 올라가는 것이 우리에게 위안이 된 한 가지 이유는 다음 날 아침에 내려왔을 때 집안의 '불'이 여전히 켜져 있었기 때문이다. 우리가 어떻게든 견뎌냈다고 생각하면 더 큰 위안이 되었다.

나는 전등 스위치를 껐다가 다시 켜고 소파로 돌아갔다. 몇 분 후 나는 다시 집안을 돌아다니고 있었다. 욕실들과 옷장들을 들여다보고 주방을 탐험했다. 내가 뒷마당으로 가는 길을 찾고는 차고 문을 여는 방법을 궁금해하고 있을 때 메이미가 짙은 텍사스 억양으로 "자비스!" 하고 부르는 소리가 들렸다. 메이미는 빨간 현관 계단에 서서 나에게 다시 안으로 들어오라고 손을 흔들었다. 나는 그녀에게 달려갔다. 그녀는 나를 들어 올리더니 품에 안은 채 안으로 데리고 들어갔다. 그녀가 나를 내려놓았을 때 나는 침실 문 앞에 서 있었다.

"이게⋯ 어⋯ 전부, 내⋯ 거예요, 메이미?" 나는 더듬거리며 말했다.

"그렇단다. 하지만 아가, 네가 우리와 함께 있는 게 괜찮다면 말이지. 네가 원하지 않으면 어머니가 널 데리러 오실 때까지 앤 선생님이 다른 집을 찾아주실 거야."

그 어린 나이에도 내가 여기 있기를 메이미가 얼마나 간절히 원했는지 알 수 있었다. 몇 초가 흘렀다. 나는 앤 선생님에게 소식을 알리려 거실로 갔다. 그녀는 여전히 소파에 앉아 있었다. "앤 선생님, 내가 만약에⋯ 이분들과 지내겠다고 하면 서운해할 건가요?" 나는 더듬더듬 말을 뱉은 뒤 몸을 돌려 문 앞에 서 있는 데니스와 메이미를 가리켰다.

"내가 널 보러 와도 된다고 약속해주면 서운해하지 않을게. 약속해줄 수 있니?" 그녀가 말했다.

나는 앤 선생님에게 미안한 마음이 들었다. "음, 어, 보러 와도 된다고 약속해요." 나는 그녀를 한참 동안 안아 주었다. 내 등을 부드럽게 도닥이는 그녀의 손길을 느끼면서 그녀가 내 결정이 괜찮다고 생각한다는 걸 알 수 있었다. 그녀는 떠나기 전에 메이미에게 자신의 전화번호가 적힌 명함을 주었다.

바로 그날 오후 나는 뒷마당에 있는 나무에 올라갔다. 더 높이 올라갈 방법을 찾고 있을 때 메이미가 다시 나를 부르는 소리가 들렸다. 그녀는 뒷 현관에 서 있었다. "자 – 비스!" 그녀가 외치는 소리가 들렸다.

"나 여기 있어요, 메이미!" 내가 소리쳤다.

"하나님 맙소사. 데니스!" 그녀가 다시 집안을 향해 소리쳤다. "이리로 와서 좀 봐요. 이 아이가 나무를 타고 올라갔어! 하나님이 나의 증인이시니, 스스로 날 수 있다고 생각하지 않기를!"

나무에서 내려오자 메이미가 내 손을 잡았다 "안으로 들어가자." 그녀가 말했다. "맙소사, 거울로 뒷모습을 비춰 보여줘야겠구나, 애야! 그래야 날개가 없다는 걸 알 수 있을 텐데!"

보살핌 속에서

데니스와 메이미 프록은 이미 은퇴한 노부부였다. 두 사람 모두 모두 신앙심 싶은 기독교인이었으며 일요일이면 단 한 번도 빠지지 않고 교회에 갔다. 두 분의 사랑과 보살핌은 그들을 만난 순간부터 내 안에 웅크리고 있던 아이를 풀어주기 시작했다. 이제 나는 누나와 동생을 돌볼 필요 없이 자유롭고 신나게 뛰어놀 수 있었다. 엄마가 항상 찾던 "꼬마 남자"가 서서히 사라지기 시작했다. 혼자 남겨진 그 모든 시간들, 다락방에 앉아 엄마가 돌아오기를 기다리다 낮이 밤이 되던 날들, 하루하루가 지날수록 삶은 점점 더 아득하게 느껴졌다.

나는 항상 누나와 동생들 생각을 하고 밤이면 꿈을 꾸었지만, 앤 선생님과 프록 부부는 그들이 새 보금자리에서 나만큼이나 행복하게 지내고 있을 것이라고 나를 안심시켰다. 하지만 이따금 오래된 공포가 악몽으로 나타나곤 했다. 엄마가 맞는 소리를 들었고 바닥에 쓰러지는 모습이 보였다. 꿈속에서 나는 침대 밑에서 기어 나와 엄마를 내려다본다. 엄마의 손을 잡았고 엄마가 흘린 피가 끈적거리는 것을 느꼈다.

이런 악몽 때문에 나는 침대에 오줌을 싸거나 밤새 비명을 질렀다. 겁에 질려 몸을 덜덜 떨며 깨어났다. 데니스와 메이미는 바로 내 침실로 달려와 나를 품에 안고 땀에 젖은 얼굴에 시원한 천을 올려주었다. 그러고는 그들의 침대로 데려다가 아침이 올 때까지 둘 사이에서 자게 하곤 했다.

프록 부부는 일요일마다 나를 그들이 다니는 침례 교회에 데려갔다. 나는 그게 싫었다. 내가 싫어하는 교회용 (옷을 좋아하는 데니스가 사다 준 예복) 옷만 따로 걸어두는 전용 옷장도 있었다. 정장에 넥타이를 매고 번쩍번쩍한 구두를 신은 모습이 나 같지가 않았다. 마음껏 뛰어다닐 수도 없었다.

　하지만 매주 일요일 아침, 우리는 의식처럼 함께 아침을 먹고 교회에 갈 옷을 입었다. 나는 데니스가 양말을 고정하기 위해 가터까지 착용하고 멜빵 튕기는 것을 좋아한다는 사실이 인상에 깊게 남았다. 메이미는 나를 거울 앞에 세우고는 얼굴에 기름을 바르고 머리를 다시 빗겨 주었다. 메이미가 좋아하지 않는다고 말한 게 하나 있는데 바로 '해쓱한 얼굴'이었다. 그녀는 내 얼굴이 빛나는 것을 좋아했다.

　메이미는 온통 꽃으로 장식된 모자를 좋아했다. 데니스가 우리를 교회에 데려다 주었는데, 메이미의 주일 모자는 차 안에 전용석이 있었다. 교회에서 메이미는 내가 자기 친구들의 보살핌을 받을 수 있도록 맨 앞줄에 앉혔다. 그녀는 성가대 단원이었고 데니스는 강단 뒤에 앉는 집사였기에 어린 나는 화장을 하고 모자를 쓴 채 교회 부채를 흔들고 있는 덩치 큰 교회 어머님들 사이에 끼어 앉았다. 어머님들이 예배가 시작되기도 전에 하나님을 찬양하기 시작하는 동안 나는 그들 겨드랑이 바로 아래에 앉아 있었다. 그들은 성령이 그들 안으로 들어오기를 간절히 바랐다.

　프록 부부를 따라 처음 교회에 데려갔을 때 나는 교회가 뭔지도 몰랐다. 내가 입어야 하는 옷 때문에 특별한 곳일 거라는 것을 알았을 뿐이다. 나는 몸을 꼼지락거릴 틈도 없는 새 예복을 입고 번쩍번쩍 광이 나는 얼굴로 앉아 있었고, 메이미의 친구들은 나를 안아주고 뽀뽀해주며 기적의 아이, 신의 선물이라고 불렀다. 매 순간이 정말이지 고문이었다.

마침내 예배가 시작되자 아름다운 예복을 입은 성가대원들이 노래를 부르고 손뼉을 치며 통로를 따라 행진했다. 그들은 검은 예복을 입은 설교사가 나와 강단 뒤에 설 때까지 복음 노래를 부르며 질서정연하게 성가대 단상으로 들어갔다. 목회자는 설교하며 내 머리 위를 쳐다보았고, 나는 그가 누구에게 이야기하는지 보려고 고개를 돌렸다. 교회가 사람들로 가득 차 있는 광경은 놀라웠다. 한 장소에 그렇게 많은 사람이 있는 것을 본 적이 없었다. 모두 흑인이었다!

갑자기 목회자가 나를 똑바로 바라보았다. 그는 내 이름을 부르며 일어나라고 했다. 내가 일어서자 그는 온 교회를 향해 "우리의 사랑하는 데니스 형제님과 메이미 자매님"이 나를 그들의 집으로 데려왔다고 말했다. 그러고는 모두에게 우리 엄마를 위해 기도해 달라고 부탁했다. 그 순간 나는 너무 당황해서 성가대 단상에 있는 메이미와 강단 옆에 앉아 있는 데니스가 눈에 들어오지 않았다. 입꼬리가 축 처진 채 씰룩댔고, 눈물이 터져 나왔다. 마더 펄 부인이 내 눈물을 보고는 다시 자리에 앉혔다.

"하나님은 너를 사랑하신단다, 애야, 어머니 걱정은 하지 마렴, 알았지? 우리 주 예수님이 지금 어머니를 지켜보고 계시니까 당당하게 허리를 펴야 한다, 애야." 마더 펄 부인은 이렇게 말하고 나를 품에 안아 주었다. "너는 이제 하나님의 집에 있는 거야, 알았니?"

"음… 어…. 나는 메이미와 데니스의 얼굴을 보고 싶어서 중얼거렸다. 고개를 들었을 때 그들을 다시 보지 못할까봐 두려웠다, 하지만 눈을 들어 그들이 있던 자리에 그대로 있음을 발견했고, 안심이 되었다.

목회자가 설교를 시작하자 내 주위로 교회 전체가 울렸다. 뒷줄의 노인들은 발을 구르면서 "할렐루야", "하나님을 찬양하라", "영광이여"와 같은 말을 외쳤다. 나는 겁이 나서 마더 펄 부인의 손을 잡으려고 했다. 그런데 그녀의 손이 걷잡을 수 없이 떨리고 있는 것이 보였다. 나는 그녀를 올려다보았다. 그녀의 눈은 꼭 감겨 있었고, 그녀의 혀는 낯선 언어로 말하고 있었다.

목회자 역시 열광적으로 설교를 하고 있었다. 내가 벌떡 일어나 데니스가 앉아 있는 쪽으로 달려가려고 하는 순간 마더 펄 부인이 내 무릎을 손으로 찰싹쳤다. 그녀는 내 다리를 목발 삼아 꽉 쥐고는 로켓처럼 자리에서 솟아올랐다. 그러고는 고개를 뒤로 젖히고 양팔을 공중으로 높이 던지며 펄쩍펄쩍 뛰었다. 그녀가 원을 그리며 돌자 양 입가에서 침이 쏟아졌다. 마더 펄 부인이 교회 바닥에 쓰러졌을 때 나는 바지를 적셨다.

내 반대편에 있던 노부인도 기절했고, 그 옆에 있던 노부인도 쓰러졌다. 통로 건너편에 있던 이들도 모두 똑같았다. 교회에 있는 노인들이 모두 쓰러지고 있었다. 나는 뛰어나가려고 일어섰는데 바짓가랑이 사이로 오줌이 더 흘러내려서 다시 앉았다. 다 젖은 탓에 꼼짝없이 끝까지 앉아 있어야 했다. 메이미와 데니스는 예배가 끝나고 거의 모든 사람이 교회를 빠져나간 후에야 나에게 어떤 일이 있었는지 알게 됐다. 나는 그들에게 사실을 말하지 않고 단지 화장실이 어디 있는지 몰랐다고만 둘러댔다. 메이미와 데니스의 친구들 때문에 내가 얼마나 겁을 먹었는지 알게 하고 싶지 않았기 때문이다.

며칠 후, 메이미가 주방에서 손수 접시의 물기를 닦고 있을 때 나는 그녀의 친구들이 왜 그렇게 행동했는지 물었다.

"자 - 비스, 그건 성령이 우리 영혼에 임하실 때 일어나는 일이란다." 그녀가 말했다.

"부기맨(bogeyman)•같은 건가요?"

"오, 주여, 애야, 아니야!" 그녀는 웃었다. "아가, 성경을 가져와 보렴. 주님이 하신 말씀을 들려주마."

"아니에요, 괜찮아요, 메이미." 내가 애원했다. "그냥 밖에 나가서 놀아도 돼요? 제발요."

"오, 이제 메이미가 성경 읽어주는 게 싫어진 거구나?"

몇 초가 지났다. "음, 제가 그게 아니라고 하면 성경을 계속 읽어주실 거고, 맞다고 대답하면 메이미가 성경 읽어주는 걸 원치 않는다고 생각하시겠죠?"

"그래, 그런 셈이지." 메이미는 여전히 그릇의 물기를 닦으며 말했다.

"음. 메이미, 그렇다와 그렇지 않다의 사이엔 뭐가 있나요?"

"맙소사, 애야! 어서 나가렴. 나가서 신나게 뛰어 놀거라."

나는 메이미의 다리를 껴안은 뒤 쏜살같이 뒷문으로 뛰어나갔다.

• 일반적으로 벽장 속에 사는 괴물로 형체나 모양이 없이 아이들의 공포를 통해 형상화 된다고 한다. (옮긴이 주)

3

평범함의 맛

집과 학교

내가 처음 프룩 부부 집에 왔을 때는 여름이었기 때문에 프룩 부부
와 내가 머물 새집에 대해 알아갈 시간이 충분했다. 복도를 가운데
두고 그들의 방 건너편에 있는 내 방은 옷과 메이미가 읽어준 동화
책으로 금세 가득 찼다. 나중에는 나만의 TV와 레코드플레이어도
갖게 됐다. 장난감과 게임, 데니스와 함께 조립하는 걸 좋아했던 퍼
즐이 넘치게 많았다. 하지만 내 방과 메이미는 서로 잘 맞지 않았다.
메이미는 내가 어떻게 이 지저분하고 혼돈 그 자체인 방에서 물건을
찾을 수 있는지 전혀 이해하지 못했다. 집 안 구석구석을 매우 높은
수준으로 깔끔하게 유지하던 그녀는 결국 내 방과 결별했다. 아마도
그래서 내 교회 예복들을 별도의 옷장에 보관했던 것 같다.

온종일 놀고 나면 매일 밤 목욕을 해야 했다. 메이미가 목욕물

을 트는 소리가 들려오면 그 다음에 메이미는 "자 – 비스! 얼른 오렴! 메이미는 자기 전에 사랑스런 우리 똥강아지를 만나야 해요" 하고 외쳤다. 메이미의 목소리는 내가 어디에 있든 쩌렁쩌렁 잘 들렸다. 나는 목욕을 싫어했다. 하루 중 최고로 싫은 시간이었다. 나는 욕실에 들어가기 전 슬픔에 잠기곤 했다. 의자에 앉아 천천히, 아주 천천히 운동화 끈을 풀었다.

내가 욕조에 들어가면 메이미는 내 얼굴과 몸을 문질러 닦으며 말했다. "내 평생 이 욕조에서 이렇게 많은 흙을 보다니, 주님도 놀라실 거다. 세상에나. 내가 어렸을 때 뛰놀던 텍사스의 흙밭 전체를 합쳐도 흙이 이렇게 많지 않았는데! 이거 보렴, 이거 좀 봐." 그녀는 머리를 감겨 주면서는 이렇게 말했다. "주님이 다 뜻이 있으시겠지. 장담하는데, 말끔히 씻기고 이 해쓱한 얼굴에 기름도 발라주고 하면 우리의 사랑스런 똥강아지의 모습이 다시 나타날 거야." 나는 이 시련을 겪는 내내 두 눈을 꼭 감고 있었다.

목욕을 마치면 데니스와 라운지에 앉아 〈건스모크(Gunsmoke)〉•나 〈바운티 헌터(Bounty Hunter)〉••를 함께 보곤 했다. 데니스는 쿠션이 있는 안락의자에 앉았고, 나는 데니스의 다리 사이에 있는 카펫에 앉았다.

• 1955~1975에 방영한 미국 라디오 및 TV 서부 드라마 시리즈. (옮긴이 주)
•• 1995년 제작된 죠지 에쉬버머(George Erschbamer) 감독의 미국 영화 〈Bounty Hunters〉가 있으나 저자의 성장 기간과 맞지 않고, 다른 영상 콘텐츠가 있었을 것으로 보인다. (옮긴이 주)

데니스에게는 거의 모든 걸 물어볼 수 있었다. 계속 질문을 던진다면 세상의 모든 답을 얻어낼 수 있겠다고 믿게 될 정도로 그는 깊은 이해를 바탕으로 내 질문에 대답해 주었다. 그러다 나는 데니스의 다리에 머리를 기대고 졸곤 했다. 가끔 내 몸이 들어 올려져 침실로 옮겨지는 느낌도 들었다. 데니스는 나를 재워주곤 했다.

졸고 있는 것을 메이미가 발견하는 때는 데니스가 무릎으로 나를 슬쩍 밀며 그녀가 방으로 오고 있다는 걸 경고해주기도 했다. 그러면 메이미는 타협의 여지 없이 자러 갈 시간이라고 알렸다. 잠자리에 들기 전 메이미와 나는 침대 옆에 무릎을 꿇고 기도를 하곤 했다. 메이미는 항상 주기도문을 외웠다. 그녀는 늘 나에게 엄마와 형제자매를 위해, 그리고 내가 학교에 입학한 뒤에는 선생님을 위해 기도하라고 했다.

나는 머릿속에 떠오르는 모든 사람을 위해 기도했다. 하지만 메이미가 내가 기도를 하며 떠올리길 바랐던 사람은 주로 엄마였고, 나는 이렇게 밤마다 엄마를 위해 기도하면서 엄마를 마음속에 간직할 수 있었다. 메이미는 내가 엄마를 살피고, 항상 사랑하고, 언젠가 엄마와 함께 하는 삶으로 돌아가도록 꿈꾸는 일을 절대 잊지 않게 해 주었다. 그러면서도 자신이 마치 나의 어머니이고 내가 자신의 유일한 자녀인 것처럼 사랑했다. 데니스와 메이미는 그들의 삶에 나를 들인 결정에 조금도 후회하지 않는 듯했다. 내가 오기 전까지는 둘 사이에 아이가 없으니까.

나는 집에서 불과 몇 블록 떨어진 카버 초등학교에 다녔다. 입학 첫날, 데니스와 메이미는 나를 교실까지 데려다주었고 1학년 담임인 윌리엄스 선생님과 악수도 나누었다. 나는 태어나서 처음으로 내 또래의 흑인 아이들에 둘러싸여 의자에 앉았다.

다른 남자애들과 마찬가지로 나도 윌리엄스 선생님을 좋아했다. 선생님의 애정을 독차지하고 싶었고 선생님이 가장 좋아하는 학생이 되기를 열망했다. 하지만 난 심하게 말을 더듬었다. 나도 모르게 손을 들며 자리에서 벌떡 일어나면 선생님이 내 이름을 불러주곤 했는데, 정작 질문에 대답을 할 수 없던 순간이 몇 번이나 있었다. 내가 그 자리에 가만히 서 있는 동안 다른 아이들이 손으로 입을 가리고 웃음을 참는 모습이 보였고, 내 말더듬은 점점 더 심해졌다. 이런 일이 여러 차례 반복되자 나는 더 이상 손을 들지 않게 되었다.

점심시간이나 쉬는 시간에는 여전히 운동장에서 즐거운 시간을 보냈다. 남학생들은 다 함께 피구나 발야구를 하고, 집에서 가져온 구슬, 핫휠(Hot Wheels, 장난감 회사 마텔에서 만든 장난감 자동차 브랜드), 요요 등을 가지고 만들어낸 게임을 하며 놀기도 했다. 여학생들도 줄넘기, 사방치기 놀이, 그리고 가장 좋아하는 공기놀이를 하며 함께 놀았다.

나는 말더듬 때문에 학교에서 집으로 돌아가는 길에는 다른 아이들 뒤에서 멀찌감치 떨어져 걸었다. 창피해서 떨어져 걷기 시작했던 것이지만, 이내 나 혼자만의 공간에 고립되는 것에 만족했다.

혼자 있을 때는 말을 더듬지 않았다. 작은 빨간 수레를 끌고 가면서 수레에게 말을 걸거나 커다란 나무의 가지에 앉아 나무와 이야기를 나눌 때가 가장 좋았다. 수레와 나무는 내 말을 들어주었으니까. 저 높이 하늘을 올려다보며 언젠가 어른이 되면 무엇이 될지 꿈꾸기도 했다. 소방관이 되면 어떻게 사람들을 구할 것인지 빨간 수레에게 또박또박 말했다. 우주비행사가 될 거라고 나를 받쳐주고 있는 나무에게 또박또박 말했다. 단 한 번도 더듬지 않았다. 얼마 후 나는 메이미와 데니스와도 말을 더듬지 않고 대화할 수 있었다. 그들은 내 앞에 드리운 과거의 구름을 뚫고 다가와 나를 품어주고 무조건적으로 사랑해준 이들이었다. 그들은 나무 아저씨가 나에게 들려준 이야기에 귀를 기울여 주었다.

초등학교 초반부터 나는 언어치료를 받기 시작했다. 언어치료사는 일주일에 두 번 방과 후에 나를 만나 말더듬는 것을 고칠 수 있도록 도와줬다. 이 무렵 나는 운동을 정말 좋아하기 시작했다. 머릿속에는 오로지 운동 생각뿐이었고, 하고 싶은 것도 운동뿐이었다.

근처 카버 파크에서 농구나 야구를 하는 대신 매주 여러 번 언어치료사를 만나 상담하는 것은 정말이지 견디기 힘들 정도였다. 육상, 축구, 농구, 내가 가장 좋아하는 야구까지 시즌에 맞는 운동은 무엇이든 다 했다. 나는 메이미가 정성껏 세탁하고 다림질해 준, 초록색과 노란색의 리틀 리그(Little League)• 유니폼을 입는 것을 좋아했다. 언젠가 로스앤젤레스 다저스에서 뛰고 있을 내 모습을 꿈꾸었다.

• 리틀 리그 베이스볼&소프트볼은 미국을 비롯한 세계 전체의 지역 어린이 · 청소년 야구, 소프트볼 리그를 체계화하기 위해 조직된 비영리 기구. (옮긴이 주)

마운드에 서서

어느 날 오후, 야구 연습을 하면서 커브볼 던지는 법을 배웠다. 연습이 끝난 뒤 친구들과 투구와 포구를 하며 공원을 돌아다녔다. 날이 어두워지기 시작하고 늦었다는 걸 깨달은 나는 집으로 달려가 현관문을 쾅 닫고 들어갔다.

"자비스, 어디 있었니, 아들?!" 데니스가 소리쳤다. 데니스와 메이미는 걱정이 가득한 얼굴이었다. 초조한 마음으로 거실을 내내 서성거렸던 듯했다. "어두워졌잖니!"

"야구 연습 중이었어요." 나는 여전히 숨을 고르며 대답했다. 다저스 야구 모자가 한 쪽 눈 위로 흘러내렸고 글러브는 허리춤에 매달려 있었다. 나는 데니스와 메이미의 눈을 똑바로 쳐다봤다.

"애야, 네 옷 좀 봐라." 메이미가 내 청바지 무릎에 난 구멍을 가리키며 말했다. "전능하신 하나님, 이 아이를 어쩌면 좋을까요. 이 더러워진 얼굴 좀 봐." 그녀는 나를 쏘아보았다. "어서 가서 꾀죄죄한 얼굴을 깨끗이 씻고 오렴!"

"그런데요, 메이미, 오늘 연습에서 내가 뭘 배웠는지 맞춰봐요!" 내가 얼굴에 땀을 흘리며 말했다.

"뭘 배웠니, 아들?" 야구를 좋아하고 가끔 앞마당에서 나랑 캐치볼도 하는 데니스가 물었다.

"이것 좀 보세요." 내가 말했다. 나는 주머니에서 야구공을 꺼냈다. "데니스, 친구들이 아주 빠른 커브볼을 던지는 법을 알려줬어요." 나는 신나게 뛰어다녔다. "이제 TV에서 보던 것처럼 할 수 있어요. 잘 봐요, 데니스. 와인드업을 보여줄게요!"

나는 글러브를 빼려고 벨트를 푸는 동안 야구공을 무릎 사이에 끼웠다. 데니스와 메이미의 관심이 떨어질까 봐 서둘렀다. 그들은 내가 얼마나 배운 걸 자랑하고 싶어 하는지를 보면서 미소 지었다.

준비를 마친 뒤 나는 빅 리그의 마운드에 서 있는 나 자신의 모습을 상상하며 거실 중앙에 섰다. 중대한 순간이다. 나는 다저스 팀의 투수이고, 우리 팀이 4대 3으로 이기고 있는 상황이다. 상대 팀은 9회말 2아웃 상황에서 2루와 3루에 주자를 두고 있고 타자는 타석에 서서 나를 마주보고 있다.

나는 나의 영웅이자 유명한 다저스 투수 토미 존을 흉내내며 마운드에 선 채 1루를 흘끗 쳐다보다가 두 주자의 도루를 막기 위해 어깨너머로 3루를 천천히 살폈다.

"데니스, 얘가 지금 도대체 뭘 하는 거야?" 메이미는 내 앞에 있는 소파에 앉으면서 투덜거렸다. "저 바지 꼴 좀 보라니까."

"쉿, 메이미. 우리 아들이 오늘 공원에서 배운 걸 보여준답니다."

몇 초가 흘렀다. 내가 빅 리그에서 뛰는 선수의 얼굴로 거실의 마운드에 서자 환호하는 수많은 팬이 자리에서 일어나 내가 승리 투구를 던지는 모습을 지켜봤다. 나는 몸을 뒤로 젖히고 최대한 빨리 커브 볼을 던지는 시늉을 했다. 그런데 갑자기 공이 손에서 빠져나갔다. 공은 거실을 가로질러 메이미의 머리 위로 날아가더니 창문을 뚫고 나갔다. 쨍그랑! 메이미는 몸을 굽혀 머리를 가리고 비명을 질렀다.

"앗, 이런." 나는 낮게 탄식했다. 그러고는 데니스와 메이미의 충격 받은 얼굴을 쳐다봤다. 그들의 얼굴에서 분노가 올라오고 있는 것을 보고 야구 모자를 벗었다. "미안해요, 정말 미안해요." 나는 운동화에 난 행운의 구멍을 내려다보며 중얼거렸다. 길게 느껴지는 몇 초가 흘렀다.

"아들, 곧장 네 방으로 가거라." 화난 목소리가 말했다. 나는 방으로 달려가 문을 닫고 침대 위로 올라갔다. 침대에 누워 천장을 올려다보았다. 울고 싶은 마음이었다.

나는 글러브를 다시 끼고 가죽 솔기를 살피며 주먹으로 두드렸다. 스스로 너무 실망스러웠다. 무슨 일이 있었던 거지? 한때 나를 응원하던 관중의 끔찍한 야유가 들렸다. 다시 한번 모든 것을 보여 줄 기회가 있었으면 좋겠다는 생각이 들었다.

문득 잃어버린 야구공 생각이 나서 나는 침대에서 일어나 방문을 열었다. 복도 아래에서 메이미와 데니스가 깨진 유리를 쓸고 있었다. 나는 그들을 잠시 지켜보다가 큰 소리로 말했다. "데니스, 가서 야구공 좀 찾아와도 돼요?" 데니스가 고개를 돌려 내가 문밖으로 엿보고 있는 것을 보았다.

"주님, 거룩하신 예수님." 메이미가 말했다. "이 어린 양이 그곳에 가면 온 천국을 헤집어 놓을 거예요." 그녀는 고개를 돌려 내 눈에 쓰인 "제발요"를 보았다. "네 야구공은 내일 찾을 거야, 아들. 오늘 밤은 이 집에 절대 공을 들이는 일이 없을 거다! 가서 목욕할 준비나 하렴."

"그럴게요, 메이미." 나는 돌아서서 방으로 들어가 문을 닫았다. 하지만 몇 분도 지나지 않아 다시 문밖으로 고개를 내밀었다. "메이미, 미안해요!" 내가 외쳤다. "사랑해요. 여전히 날 사랑하나요?"

"그래, 아들아. 사랑한다." 거실에서 메이미가 대답하는 소리가 들렸다. "메이미는 여전히 우리 아들을 사랑하지. 하지만 지금 나가서 그 공을 가져오는 건 안 된다!"

야구는 내 전부였다. 어떤 날 아침에는 글러브를 손에 낀 채로 잠에서 깨기도 했다. 매일 쉬는 시간에는 야구 카드를 교환했다. 방과 후에는 공원에서 운동을 하거나 친구 집에 모여서 어두워질 때까지, 때로는 더 늦게까지 거리에서 놀기도 했다.

소중한 아이

나는 커버 초등학교의 다른 친구들보다 부유한 동네에 살고 있었다. 내가 살던 동네에는 은퇴한 사람들이 대부분이었고, 다른 아이들은 거의 없었다. 아침에 일어나 일하러 가는 사람은 아무도 없었다. 가운 차림으로 슬리퍼를 신은 노인들은 아침 신문을 가져가거나 쓰레기를 밖에 내놓을 때만 현관문을 열곤 했다.

친구들은 내가 "부자들만 사는 곳"에 살고 동네가 너무 조용하다고 불평했지만, 우리 집에 놀러오는 걸 좋아했다. 친구들은 저소득층 주택단지의 높은 아파트 건물에 살았기 때문에 우리 집이 집합

장소가 되었다. 메이미는 항상 우리에게 간식과 푸짐한 점심을 만들어줬는데, 친구들이 남은 걸 싸서 집에 가져갈 수 있을 정도의 양이었다.

우리는 뒷마당에서 운동을 하다가도 때로는 다른 활동으로 전환했다. 차고에서는 우리만의 음악과 늘 다른 이름이 붙여진 댄스 그룹을 만들었다. 우리가 가장 좋아한 이름 중 하나는 "젊은 유혹자들"이었다.

다음 단계에서는 폐합판과 기타 우리 선에서 구할 수 있는 모든 재료로 고카트(go-kart, 지붕·문이 없는 경주용 자동차)를 만들었다. 우리는 철물점과 고물상을 돌아다니며 동네 노인들의 차고에까지 들어가 구걸을 했다. 그들은 우리에게 낡은 공구들, 녹음기, 바퀴, 램프, 빈 여행가방, 볼링공, 오래된 동전이 든 병 등을 줬다. 친구들과 나는 이 물건들을 전부 모아 우리 집 뒷마당으로 가져갔다. 그곳에서 우리는 저녁 늦게까지 망치와 못을 들고 상상의 나래를 펼쳤다. 친구들의 부모님이 메이미에게 전화를 걸어 저녁 식사 시간이니 아이들을 집에 보내달라고 할 때까지 우리는 물건을 분해하고 보행용 죽마, 사다리, 스쿠터, 심지어 우리만의 나무집까지 생각나는 대로 무엇이든 만들었다. 최고의 아이디어는 늘 해가 지고 하늘이 어두워질 때쯤 떠오르는 것 같았다.

나이가 들고 프록 부부와 함께 사는 것이 익숙해지고 주변의 유대감이 끈끈한 공동체 안에 자리 잡으면서 나는 모든 사람의 관심을 받는 아이가 되었다. 내가 울타리를 넘거나 이웃의 과일나무를 타고 오르거나 하는 걸 이웃 노인들이 보면 집에 도착하기도 전에 어김없이 메이미의 전화기가 울렸다. 돌 던지기, 뒷마당에 있는 오일 펌프 위에 올라가기, 심지어는 철로 반대편의 백인만 사는 동네로 건너가기를 하기도 했는데, 이 모든 모험이 메이미에게 보고되곤 했다.

철로는 프록 부부 집에서 1마일 이상 떨어져 있었고, 메이미와 데니스는 나에게 절대로 철로를 건너지 않기로 약속을 받아냈다. 학교에서 아이들은 "그들"에게 붙잡힐 뻔한 누군가를 아는 누군가에 대한 괴담을 늘어놓았다. "그리고 맙소사, 만약 '그들'이 널 잡으면 철로에 네 몸을 묶고 기차가 그 위로 지나가 산산조각을 내도록 둘 거야."

강력한 명성을 얻고 싶거나 심지어 학교의 왕이 되고 싶다면, 다른 아이들을 증인으로 두고 그 앞에서 철로를 건너야 했다. 하지만 나는 방과 후에도 남아서 서로에게 도전장을 던지는 핵심 집단에 한 번도 끼지 못했다. 다른 아이들에게 도전을 받으면 말더듬이 재발하곤 했다. 게다가 메이미와 데니스는 뒤통수에서도 눈이 달려있어서 있어야 할 곳에 내가 있는지 없는지 알 수 있다고 생각했다. 메이미는 내가 하굣길에 도로변을 따라 걸으면 인도의 용도를 알려주었고, 사탕 포장지를 바닥에 떨어뜨리면 쓰레기통을 가리켰다.

한 번은 야구공을 찾으려고 정원으로 뛰어들어간 적이 있다. 마침내 공을 찾고 보니 내가 스미스 씨의 꽃을 전부 짓밟고 있었다. 스미스 씨는 데니스의 가장 친한 친구 중 한 명이었고, 데니스는 나를 다시 스미스 씨에게 보내 사과하고 내가 어지럽힌 정원을 치우는 일을 돕겠다고 말하게 했다. 스미스 씨와 나는 함께 그의 정원을 청소하고 차고도 쓸었다. 그는 내 도움에 깜짝 놀라며 청소가 끝난 뒤 나에게 1달러를 통째로 줬다. 나는 집으로 달려가 데니스에게 내가 번 돈을 보여 주며 스미스 씨가 원한다면 매일 그를 돕는 일을 해도 된다고 했다고 말했다. 나는 다음 날 또 갔다. 스미스 씨는 함께 차고를 청소하던 중 오래된 아코디언을 발견하고는 나에게 줬다. 나는 아코디언을 어깨에 메고 있는 힘껏 꽉 쥐고 집으로 걸어갔다.

스미스 씨 집에서 한동안 일한 뒤, 나는 모든 이웃집 문을 두드리며 동네 할머니, 할아버지에게 나에게 맡길 일이 없는지 물어보기 시작했다. 곧 나는 잔디 깎기, 낙엽 치우기, 세차, 쓰레기통 청소, 창문 닦기, 그리고 심지어 하얀 울타리 페인트칠까지 하게 되었다. 일을 마치면 늘 바로 일당을 받았는데, 주로 빈 콜라병을 팁으로 받았다. 나는 나중에 그걸 수레에 싣고 슈퍼마켓에 가서 보증금으로 교환하곤 했다. 얼마 지나지 않아 메이미는 나를 시내로 데려가 내 명의의 은행 계좌를 개설해 주었다. 그런 다음 직접 통장에 기록하는 법을 가르쳐 주었고, 내 통장도 메이미 자신의 것과 데니스의 것과 함께 보관해 주었다.

이렇게 일하면서 많은 이웃을 알게 되었다. 다른 노부부 중 존슨 부부는 집에 내가 머물 침실까지 만들어 주었고, 존슨 씨는 나에게 "할아버지"라고 부르라고 했다. 존슨 할아버지는 나를 LA 다저스와 레이커스의 심야 경기에 데려갔고, 경기가 끝나면 할아버지 네서 하룻밤 자고 가기도 했다. 아마도 내가 옆에 앉아 함께 다저스를 응원하고 땅콩과 핫도그를 먹으면 더 젊어지는 듯한 기분이 드셨던 것 같다.

나를 아껴주고 내가 그들의 삶의 일부가 되기를 바라는 어른들이 너무 많아서, 잠자리에 들기 전 메이미와 함께 기도할 때 주님께 보살펴달라고 부탁할 사람의 이름을 다 외우는 데 오랜 시간이 걸렸다. "오, 예수님. 스미스 씨, 존스 부인, 윌리엄스 씨와 내니, 제임스 씨와 그 집 개, 윌 씨와 클라라를 보살펴 주세요…." 내내 옆에서 무릎을 꿇고 있던 메이미가 "애야, 그냥 '모든 하나님의 자녀'라고 하면 안 되겠니?"라고 할 때까지 나의 기도는 계속되었다.

"메이미, 거의 다 끝났어요"라고 대답하곤 했다. 하지만 어디까지 했는지 잊어버려서 처음부터 다시 시작했다. "스미스 씨, 존스 부인, 윌리엄스 씨와 내니, 그리고 제임스 씨와 그 집 개…." 나는 메이미와 그녀의 가엾고 늙은 무릎이 "아파!"라고 소리치기 시작하고 그녀가 혼잣말 하는 것이 들려올 때까지 계속하곤 했다.

"뭐라고요, 메이미?"

"아무것도 아니야, 애야. 그냥 내 불쌍한 무릎이 잠들어서."

어느 날 주방 의자에 서서 메이미가 설거지하고 그릇을 건조하는 걸 돕고 있었다. 나는 메이미에게 다른 아이들은 부모에게 "엄마", "아빠"라고 부르는데 나도 메이미 말고 "엄마"라고 불러도 되냐고 물었다. 처음에 메이미는 아무 말도 하지 않았다. 마치 내 말을 못 들은 것 같았다. 내가 다시 질문을 하기도 전에 그녀는 울기 시작했다.

"왜 그래요, 메이미?" 내가 슬프게 물었다. "내가 뭔가 나쁜 말을 한 건가요?"

손에 묻은 비누거품 때문에 눈을 훔치지도 못하는 채로, 그녀는 계속 설거지를 했다. 그러고는 중얼댔다. "아가, 주님께서는 메이미가 너를 사랑하는 걸 알고 계신단다. 그리고 네가 원한다면 메이미를 '엄마'라고 불러도 돼."

메이미는 교회 예배 때 외에 눈물 흘린 적이 거의 없다. 나는 내 질문이 그녀의 마음속 깊은 곳을 건드렸음을 알았다. 오랫동안 메이미를 "엄마"라고 부르고 싶었지만, 어쩌다보니 이제야 우리 둘 모두에게 민감한 영역에 발을 들인 셈이다. 메이미가 울지 않도록 나는 계속해서 그녀의 이름을 불렀다. 우리는 이 일에 대해 다시는 이야기하지 않았다. 하지만 내 마음속에는, 그리고 분명 메이미의 마음속에서도 메이미는 나의 엄마였고, 나는 그녀의 아들이었다.

사랑과 보살핌은
그들을 만난 순간부터
내 안에 웅크리고 있던
아이를 풀어주기 시작했다.

4

친구들 그리고 다툼

리사

초등학교 3학년 때, 나는 같은 반 여자애와 사랑에 빠졌다. 수업 시간에 내 옆에 앉은 그 애는 진짜 아름다웠다. 다른 여자애들과 달리 리사는 긴 검은 머리에 노란 리본을 달고 다녔다. 그 애의 갈색 눈동자는 나를 흘끗 쳐다볼 때마다 반짝이는 것 같았다. 리사는 클라크 선생님이 답을 아는 사람이 있느냐고 물으면 손을 천천히 들기는 했지만, 손을 들고 대답을 했을 때 단 한 번도 틀린 적이 없었다.

그 애는 놀림 받는 친구들을 보고 웃지 않았다. 선생님이 보고 있지 않을 때 장난을 치거나 우스꽝스러운 표정을 짓지도 않았다. 대신 클라크 선생님의 질문에 답을 찾는 아이들에게 도움을 주려고 (소리가 들리지 않게) 표정으로 말해가며 애를 썼다.

한 번은 선생님이 수업 시간에 배운 내용을 반 친구들에게 말해보라고 시켜서 나는 말을 더듬기 시작했다. 다른 아이들은 비웃기 시작했고 나는 고개를 숙이고 리사가 나를 바라보고 있는 걸 보았다. 리사는 내가 더듬고 있던 대답을 또박또박 발음할 수 있도록 도와주려 하고 있었다. 속도를 늦추고 정확하게 발음하는 방법을 알려주기 위해 조용히 입 모양으로 단어를 말해 주었다. 내가 마침내 답을 이야기하자 클라크 선생님은 나를 축하해 줬고, 반 전체가 듣는데서 나를 도와준 리사에게 고마움의 말을 전했다. 다시 자리에 앉았을 때 리사와 나는 우리 만의 표정을 주고받았다. 그 애는 내가 말을 더듬는 것을 알고 있었다.

운동장에서 리사가 친구들과 함께 있는 모습을 볼 때마다 우리는 서로를 오래 바라보며 우정을 키웠다. 오랜 시간 우리는 수업 시간에도, 놀이터에서도 서로에게 한 마디 말도 건네지 않았다. 대신 우리는 가장 친한 친구들에게 우리의 비밀스러운 우정을 맡겼다. 그들은 우리의 연결고리였다. 운동장에서 리사의 가장 친한 친구가 나에게 달려오는 것을 보고 나는 얼굴이 환해졌다. 그녀는 "리사가 너 좋아한대"라고 했다. 그러고는 다른 여자애들 뒤에 숨어있는 리사가 있는 곳으로 다시 달려갔다. 친구들은 리사의 수줍은 모습을 가려주며 킥킥 웃었다. 나는 나의 가장 친한 친구인 제프리의 귀에 대고 리사의 마음에 대한 대답을 속삭였다. "리사에게 가서 오늘 드레스 예쁘다고 전해줘." 하지만 제프리는 제대로 전달하지 못했다. 제프리가 운동장을 가로질러 갔을 때쯤 나의 메시지는 이렇게 둔갑해 있었다. "자비스가 너랑 아기를 갖고 싶대." 제프리가 뭐라고 전했는지 들었을 때 나는 꽁꽁 숨고 싶었다. 하지만 리사와 리사 친구들이 옹기종기 모여 킥킥대는 모습을 보고 부끄러움을 무릅쓰고 기어 나와 제프리가 한 말을 모두 인정했다.

리사와 나는 절친한 친구들을 통해 몰래 만나 서로를 "사귈" 계획을 세웠다. 우리 넷은 학교 모래밭 뒤에서 만났고, 나와 리사는 정식으로 사귀기로 결정했다. 리사와 나는 마주 서서 새끼손가락을 걸고, 두 명의 절친이 지켜보는 가운데 서로를 껴안고 키스했다. 두 친구는 리사와 내가 평생 남자친구와 여자친구로 지내게 될 것을 증명하는 증인이었다. 우리의 가장 친한 친구들이 학교 전체를 돌아다니며 리사와 내가 "사귀기로" 했음을 공표하는 것이 어린 시절 결혼의 규칙이었다.

이 모든 일이 있은 후에야 리사와 나는 학교 복도에서 함께 이야기를 나누고 어울리기 시작했다. 수업이 없을 때는 항상 손을 잡고 다녔다. 우리는 운동장에서만 떨어졌다. 나는 발야구, 리사는 사방치기. 내가 경기하는 모습을 리사가 흘깃 쳐다볼 때면 나는 내 안의 최고를 끌어내곤 했다. 그녀에게 보여 주기 위해 나는 플래시 고든처럼 공을 피하고, 공을 가장 멀리 차고, 베이스를 번개처럼 뛰어다녔다. 그녀가 보고 있는 걸 모르는 척했지만, 내내 그녀에게 과시하고 싶었다. 그녀는 나를 더 대담하게 만들었고, 조용한 외톨이라는 껍데기에서 벗어나게 해 주었다. 그러자 갑자기 학교에 갈 때 뭘 입을지 더 신경 쓰게 되었다.

전에는 메이미가 어떤 옷을 입히든 전혀 상관이 없었다. 그런데

리사가 이 모든 걸 하룻밤 사이에 바꿔놓았다. 학교에 입고 갈 옷을 직접 고르고 나에게 가장 잘 어울리는 스타일로 머리를 빗고, 매일 학교에 가져가는 도시락통도 괜찮은 것(브래디 번치*가 아닌 스파이더맨)으로 하고 싶었다. 전부 리사에게 잘 보이고 싶어서였다.

하지만 나는 말을 더듬었기 때문에 괴롭힘을 당할 만한 옷을 입거나 관심을 끌 도시락을 가져가지 않을 정도로는 똑똑했다. 멋지게 보이고 싶었지만 눈에 띄고 싶지는 않았다. 그래서 내가 가장 좋아하는 다저스의 새 야구 유니폼은 학교에 입고 가지 않았고, 메이미가 도시락에 넣어준 감자칩 봉지도 원치 않는 특권의 상징이 될까봐 숨기거나 친구들에게 나눠줬다. 나는 하굣길에 불량배들이 주머니에 손을 넣어 물건을 빼앗는 동안 벽에 밀어붙여져 있는 아이 중 하나가 되지 않으려고 항상 애썼다. 하지만 내 앞에서 리사의 머리카락을 잡아당기며 괴롭힌 애와 싸워야하는 날이 왔다.

누군가 정말로 당신에게 싸움을 걸고 싶다면, 당신이 아닌 당신의 여자친구에게 뭔가를 할 것이다. 여자친구가 있다면 말이다. 이건 무시하고 넘길 수 없는 도전이었다.

---

* 1969년부터 1974년까지 방영된 미국의 시트콤. 브래디 번치 런치박스가 실제로 있음. (옮긴이 주)

내 손에 달린 싸움

리사의 머리카락을 잡아당기며 괴롭힌 애는 토니였다. 토니는 우리가 교실에 들어가려고 복도에 모였을 때 바로 내 앞에서 리사의 머리카락을 잡아당겼다. 리사는 비명을 지르며 울기 시작했고 토니는 나를 쳐다봤다. "등신," 조용한 정적 속에서 모두가 지켜보는 가운데 그가 말했다. "학교 끝나고 보자." 그러고는 복도를 달려 자기 반 교실로 갔다. 토니는 나보다 두 학년 앞선 5학년 학생이었다. 나는 겁에 질려 주위를 둘러봤다. 구경하는 아이들이 "오" 하는 소리가 전부들렸다. 토니가 시야에서 사라지자마자 구경꾼들의 속삭임이 더 커졌다. 그들은 마침 방과 후 싸움이라는 공연 티켓을 사려고 줄을 서 있는 것처럼 서 있었다, 꼭 와라!

　내가 뭐라고 말할 수 있겠는가? 수업에 들어가는데 두려움에 속이 메스꺼웠다. 리사가 눈물을 멈추려고 훌쩍이는 소리가 들렸다. 나는 학교가 영원히 끝나지 않기를 바랐다. 싸워서 지고 싶지 않았다. 토니의 얼굴이 떠올랐다. 토니는 나보다 몸집도 키도 대단히 크지 않았지만, 이미 많은 싸움에서 상처를 입은 들창코 핏불처럼 잔인해 보였다. 토니의 험상궂은 모습은 다른 아이들을 겁에 질리게 했다.

　학교가 끝나면 토니와 싸우지 않고 곧장 집으로 달려가고 싶은 충동이 마음을 뒤흔들면서 배가 꼬이는 듯한 기분이 들었다. 벽에 걸린 교실 시계 바늘이 똑딱거리며 오후 1시 30분에서 2시로, 다시 2시 30분으로 넘어가는 것을 보면서도 3시를 알리는 종소리가 들리면 어떻게 해야 할지 여전히 고민이었다. 집으로 달려갈까? 그냥 있을까? 지금 당장 갈까? 영원히 학교에 오지 말까? 클라크 선생님이 반 아이들에게 책을 전달해 달라고 요청할 때까지 계속 이런 생각을 했다. 마지막 5분은 종소리가 울리기 전까지 각자 가방을 챙기는 자유 시간이었다.

수업 끝나기 몇 분을 남기고 리사는 몸을 돌려 나에게 말했다. (반 전체가 그녀가 무슨 말을 하는지 들으려고 목을 쭉 빼고 있었다.) 토니가 걸어온 싸움에 응하지 않아도 여전히 나를 좋아할 거라고. 리사가 이렇게 말해 주었다는 것은 큰 의미가 있었다. 체면을 지키게 해주는 제안인 셈이다. 리사를 위해서도, 나를 위해서도. 내가 싸우지 않아도 된다는 걸 그녀 말을 듣고 있던 모두가 알게 되었으니 말이다. 하지만 나는 그녀의 말을 다르게 받아들였다. 나에게 그 말은 그 싸움에서 이길 필요가 없음을 의미했다. 그때 학교 종이 울렸고, 우리는 모두 교실을 나와 복도를 따라서 세상 밖으로 나갔다.

학교 운동장 건너편, 내가 집에 갈 때 늘 지나는 길에서 토니가 나를 기다리고 있는 게 보였다. 나는 이 싸움이 내 손에 걸려있음을 알았다. 나는 운동장을 가로질러 갔다. 나와 토니를 중심으로 모두가 둥그렇게 원을 만들며 모여 섰다. 아무 말도 오가지 않았다. 토니가 나를 한 번, 그리고 또 한 번 밀치며 내 손에 들려있던 책을 떨어뜨렸다. 그러더니 달려들어 나를 땅바닥에 넘어뜨렸다.

다른 아이들은 토니 뒤에 서서 그를 응원하는 척했지만, 그렇게 하지 않으면 보복을 당할까 두려워서 그랬던 것 같다. 처음에는 레슬링 경기로 시작했는데, 곤죽이 될 수도 있다는 두려움에 나는 토니의 팔을 감싸 안아 그가 주먹을 휘두르지 못하게 했다. 그런데 어찌 된 건지 그의 무릎이 내 얼굴을 강타했고 나는 코에서 피가 나기 시작했다. 뭔가가 번쩍했다. 눈 깜짝할 사이에 나는 토니 위에 올라탄 채 여기저기 주먹을 날리기 시작했다. 심지어 토니가 "항복! 항복!" 하고 외치는 소리가 들려올 때도 계속 주먹을 날렸다. 멈출 수가 없었다.

갑자기 나는 목덜미를 잡힌 개처럼 공중에 들어올려 졌고, 팔다리가 흔들거렸다. 흔들림이 멈출 때까지 날 붙잡고 있던 사람은 우리 팀 야구 코치였다. 피트 코치가 마침내 나를 땅에 내려놓았을 때 토니는 없었다. 토니와 다른 아이들은 이미 도망간 뒤였다. 코치는 나에게 무슨 일이 있었냐고 물었고, 나는 대답했다. 그는 나를 집으로 돌려보내면서 또 이런 식으로 싸우는 일이 생기면 팀에서 쫓겨나게 될 거라고 말했다.

메이미가 현관문을 열고 들어서는 나를 보았을 때, 피트 코치는 이미 전화를 걸어 오늘 있던 일을 전했던 차였다. 나는 메이미의 표정을 보고 바로 내 방으로 갔다. 그러고는 데니스와 메이미가 들어와 침대 가장자리에 앉을 때까지 방안에 있었다. 나는 무슨 일이 있었는지 설명했다. 그들은 귀 기울여 듣고 질문하고 피트 코치가 나에게 했던 말, 즉 다시 싸우면 야구를 하지 못하게 될 거라는 말을 더 엄하게 반복했다. 데니스는 이어서 다시 그런 상황이 오면 반격하지 말고, 상대방을 다치게 하지 않도록 하면서, 자신을 방어하라고 했다.

메이미의 얼굴을 보니 데니스의 말을 이해하지 못하는 것 같았다. 하지만 나는 그가 한 말의 의미를 알았다. 나는 침대 위에 무릎을 꿇고 앉아 입을 열었다. "메이미, 데니스 말은 상대가 날 때리게 두지 말라는 거예요. 맞죠, 데니스? 상대가 날 때리지 못하게 하는 거죠. 처음엔 우리가 레슬링을 했다고 했죠? 바로 그런 거예요." 내가 설명했다.

"주여, 데니스." 메이미가 말했다. "가엾은 우리 강아지한테는 말을 가려서 해야지."

"오, 메이미." 데니스가 외쳤다. "이 아이는 스스로 자신을 지켜야 돼. 저런 거친 남자애들하고 엮이게 두면 안 된다고! 여보, 우리애 괜찮을 거야."

메이미는 데니스에게 "나중에 얘기해!"라고 말하는 듯한 엄격한 표정을 지었다. 그러고는 화제를 바꿨다.

"자, 자 – 비스. 메이미한테 리사에 대해 언제 말하려고 했어?" 그녀는 나를 보고 웃으며 물었다. "그래서 나한테 셔츠 다려달라고 부탁한 거야? 그래서 거울 앞에 서서 매일 그렇게 머리를 빗는 거고?"

나는 얼굴이 발개져서 고개를 숙였다.

"오 이런, 이런!" 메이미가 흥분하며 말했다. "뭔가 대단한 여자애가 틀림없어. 네가 밖에서 싸움을 다 하게 만들다니. 이제 가서 씻고 와서 그 애에 대해 말해보렴."

나는 안도하며 침대에서 뛰어내려 재빨리 욕실로 질주했다.

다음 날 학교에 가니 토니가 모두에게 우리 싸움이 무승부였다고 말했다는 소문이 들렸다. 나로서는 이보다 잘된 일이 없었다. 내가 이기지 않았으니 다른 애들이 내 명성에 도전할 일도 없을 테고, 지지도 않았으니 누군가 때릴 기회를 노리며 싸움을 걸만 한 쉬운 먹잇감으로 여기지도 않을 테니까. 학교의 유명 불량배와 싸워서 무승부를 거둔 것은 나에게는 승리처럼 느껴졌다.

　토니는 다시는 나를 건드리지 않았다. 그 당시에는 남자애 둘이 싸우면 적이 되거나 친구가 되거나 둘 중 하나였다. 우리는 친구가 되었고 서로를 "이복형제"라고 불렀다.

chapter

5

가족

엄마의 방문

프록 부부네 위탁 양육이 맡겨진 뒤로 나는 엄마 목소리가 들리는 꿈을 꾸곤 했다. 엄마는 내 이름을 불렀고, 나는 엄마의 얼굴을 보고 달려가 엄마 품에 안겼다. 그러면 엄마는 나를 데리고 누나와 동생들을 찾으러 갔다. 그들을 찾았을 때, 우리는 모두 서로를 숨겨둔 세상에서 벗어났다.

프록 부부는 다정하게 보살펴 주는 집, 모든 아이들의 꿈이 실현되는 집, 무조건적인 사랑이 있는 공간을 만들어 주었다. 그들은 내가 어린 시절을 누리게 해 주었고, 나는 그들의 삶의 빛이 되어 주었다. 그런데도 나는 여전히 엄마가 나를 품에 안고 데려가는 꿈을 꾸었다.

드물게 찾아오던 엄마가 오는 날이면 나는 언제나 프록 부부네 현관 밖에 앉아서 기다리곤 했다. 엄마는 마당 건너편에서 서둘러 차에서 내려 나를 안고 빙글빙글 돌곤 했다. 그러고는 나를 잘 돌봐주는 프록 부부에게 고마움을 전하며 그들의 품에 무너지듯 안겼다. 엄마는 "이 애는 내 아가야, 내 아가, 내 아가" 하고 주문처럼 말하며 흐느끼곤 했다. 프록 부부는 미국 흑인으로서 느끼는 뿌리 깊은 유대감, 엄마의 과거를 알고 있음에도 흠집나지 않은 유대감으로 엄마를 위로했다. 그들은 엄마에 대해 모든 걸 알고 있었다. 나의 새 사회복지사인 존 히긴스 씨가 그들에게 말해준 것이다.

엄마가 나를 만나러 처음 프록 부부 집에 왔을 때가 기억난다. 작별 인사를 나눈 뒤 창문으로 달려가 엄마가 눈물을 흘리며 어깨너머로 나를 보던 모습을 바라봤다. 엄마가 차에 타자 우리 사이에 거리가 멀어졌고 나는 감옥에 있는 듯한 기분이 들었다. 하지만 난 나의 고통보다 엄마가 느낄 고통이 더 아프게 느껴졌다. 다른 어머니들이 자식에게 어떤 것을 해 주는지는 몰랐지만, 엄마의 눈에서 흐르던 눈물이 엄마 내면의 가장 깊은 곳에서 나왔다는 것을 알고 있었다. 엄마의 고통 속에는 한 가지 약속이 있었다. 우리 가족이 모두 다시 모이게 하리라는 것이었다. 그것이 바로 엄마가 나에게 했던 약속이었다. 지금은 기억이 희미해졌지만 엄마가 날 보러 왔을 때 프록 부부와 나눈 긴 대화를 돌이켜보면, 항상 눈물을 참으며 나를 데려가지 못하는 이유를 설명하던 엄마의 모습이 떠오른다. 엄마가 내게 맡긴 비밀들 때문에 나는 원래보다 더 나이가 든 것처럼 느껴졌다. 거의 어른이 된 기분이었다. 아무도 없는 곳에서 엄마의 무릎에 앉아 있으면 강인해지는 느낌이 들었다. 엄마에게 안겨있는 것이 아니라 엄마를 안아줄 수 있도록 엄마가 나에게 힘을 실어준 것 같았다.

그런 다음 엄마는 여전히 "아프다"고 말하곤 했다. 나는 그 말이 무슨 뜻인지 알았다. 어렸을 때부터 나는 엄마의 병이 의사가 고칠 수 있는 병이 아니라는 것을 알고 있었다. 엄마가 너무 아프다고 말했을 때, 나는 그것이 진짜 엄마의 모습이 아니라는 것을 알았다. 우리가 헤어지기 전, 엄마가 침대에 멍하니 누워 있거나 침실 구석에 앉아 웅크린 채 얼어붙을 추위 속에 있는 것처럼 사시나무 떨듯 떨 때 엄마의 병이 그녀의 생명력을 앗아가는 것을 여러 번 보았다.

나는 이제 엄마의 병명이 헤로인 중독이라는 것을 안다. 무릎을 꿇고 열린 침실 문틈으로 엿본 엄마는 고무줄로 팔을 묶고 정맥에 헤로인을 주사했다. 헤로인을 주사하고 난 뒤 엄마가 일어나지 못할 때도 있었다. 그러면 나는 엄마 곁으로 가서 앉았다. 엄마는 의식이 있을 때면 나에게 기대어 "엄마가 아파"라고 말하며 나를 목발 삼아 침대로 가서 잠들곤 했다. 이제 엄마가 "아프다"고 했을 때 떠오르는 이미지는 그때 그 모습이고, 엄마가 나를 왜 집에 데려가지 못했는지 이해하게 되었다.

샬린과 버디와 칼렛

내가 프록 부부네서 생활한 지 4년차에 접어들었을 때 히긴스 씨는 나 그리고 누나와 동생들이 서로의 위탁 가정을 교환 방문할 때가 되었다고 생각했다.

히긴스 씨의 차가 들어오자 나는 현관문을 열고 뛰어나갔고, 누나와 동생들이 차에서 내리는 동안 앞마당 잔디밭에 서 있었다. 우리가 엄마와 떨어진 뒤로 서로 얼굴을 보는 게 몇 년 만에 처음이었는데도, 고작 몇 달밖에 안된 것 같았다. 우리는 서로의 웃는 얼굴을 바라보며 웃음을 멈출 수 없었다.

누나와 동생들은 더 커지고 독립적이었다. 나는 이들을 분리될 수 없는 하나의 존재로 기억했지만, 이제는 각자의 개성을 가진 개인이었다. 내가 한 명에게 말을 걸면 다른 두 사람은 전혀 다른 질문을 던졌다. 그들을 깔깔 웃으며 나를 꼭 잡았다. 우리는 여기 앞마당 한가운데 함께 서서 영원히 이렇게 있을 수도 있었다. 하지만 메이미와 데니스가 밖으로 나왔고, 그들은 누나와 동생들을 품에 안고 예수님에게 그들의 웃음을 찬미했다.

집안으로 들어가자 메이미는 우리를 위해 만든 샌드위치를 내왔다. 우리는 식탁에 둘러 앉아 먹기보다는 킥킥대며 웃고 떠들었다. 동생들, 특히 버디는 낯가림이 금세 사라졌다. 내가 처음 프록 부부 집에 도착했을 때 느꼈던 것처럼 그들도 집처럼 편안함을 느꼈다. 그리고 내가 그랬듯이 집을 보고 놀랐다. 벽에 걸린 커다란 액자들과 피아노를 보며, 자신들이 보고 있는 것들에 놀라움을 감추지 못했다.

누나와 동생들을 내 방으로 데려가자 그들은 마치 천국에 입성하는 것처럼 여겼다. 그들이 온다고 해서 방을 치웠는데, 아마 살면서 이렇게 깨끗하게 치운 건 처음이지 않을까 싶다. 그들은 내 자전거, 킥보드, 전동 기차 세트, 라디오와 레코드플레이어, 서랍장 위에 놓인 텔레비전, 방 한구석에 쌓아둔 장난감을 보며 감탄사를 연발했다.

누나와 동생들은 내 옷장 서랍을 열어 옷을 꺼내고 옷장 안을 들여다보기 시작하자 많은 장난감이 쏟아져 나왔다. 옷장을 열 일이 없길 바라면서 옷장에 쑤셔 넣었었다. 그들은 하나같이 나에게 물었다. "제이, 이거 네 거야? 이것도? 저거도 네 거야? 이 모든 게 네 거라고, 제이?" 그 순간 나는 그들은 분명 나만큼 운이 좋지 않았음을 깨달았다. 그 전까지는 그들 역시 나처럼 잘 살고 있다고 생각했다. 그렇지 않을 거라는 생각은 단 한 번도 해본 적이 없었다. 내가 가진 모든 것에 대한 그들의 반응을 보고 약간의 슬픔이 밀려왔다. 그들이 이런 것들을 얼마나 간절히 원했는지 알 수 있었다.

뒷마당에서 놀려고 나갔을 때 샬린은 나에게 자신들이 있는 위탁 가정이 너무 싫다고 털어놓았다. 이유를 물었더니 그녀는 듣는 사람이 없는지 확인하려는 듯 주위를 둘러봤다. 그러더니 이유를 모르겠다고, 그냥 싫다고만 말했다.

샬린과 이야기를 나누다보니 다시 엄마와 함께 있고 싶어졌다. 비록 엄마에 대해 이야기하거나 끔찍한 기억 속으로 돌아가거나 하지는 않았지만, 샬린과 나는 버디와 칼렛이 멀리 떨어지지 않은 곳에서 노는 모습을 보면서 다시 어른이 된 기분이 들기 시작했다. 우리는 서로 무슨 생각을 하고 있는지 말할 필요가 없었다. 스쳐 지나가는 생각 속에 혼자가 아님을 서로 알고 있었기 때문이다.

잠시 후 메이미가 우리를 거실로 불렀다. 그녀는 나에게 누나와 동생들을 위해 피아노를 연주해달라고 요청했다. 나는 당황스러워서 그 자리를 빠져나오려고 안간힘을 썼다.

"애야, 얼른 앉아보렴." 메이미는 물러나지 않았다. "앉아서 아름다운 아이들을 위해 한 곡 연주해 줘야지."

"하지만, 하지만, 메이미⋯." 나는 애걸했다.

"'하지만' 금지! 이리 오렴." 그녀는 내 팔을 잡고 피아노 앞으로 데려갔다. 그해 내내 일요일 저녁마다 피아노 선생님이 와서 나에게 레슨을 해 줬다. 나는 누구 앞에서 피아노를 연주해 본 적이 없었다. 친구들 눈에는 개인 피아노 레슨을 받는 건 멋진 일이 아니었다. 여자애들이나 하는 거였다. 나는 메이미에게 제발 나한테 연주를 시키지는 말라고, 심지어 아무도 내 피아노 선생님을 보는 일이 없게 해달라고 간곡히 부탁했다. 그리고 그녀는 늘 그 약속을 지켜왔다. 이날이 오기 전까지는.

"이제 누나와 동생들에게 멋진 연주를 들려주자꾸나. 자, 자 – 비스! 어떤 곡이든 연주를 해보렴." 그녀가 말했다.

바로 그때 히긴스와 데니스가 거실로 들어왔다. 나는 데니스를 쳐다보며 이 난처한 상황에서 제발 벗어나게 해달라고 애원의 눈빛을 보냈다. 데니스는 다음과 같이 말하듯 손가락을 흔들었다. '어서

그냥 연주해. 이번엔 나도 도와줄 수가 없어!'

내가 외우고 있던 두 곡 중 하나인 '어메이징 그레이스'를 연주하기 시작하자 메이미가 다가와 내 뒤에 섰다. 메이미는 내 어깨에 두 손을 얹고 내가 두 소절을 다 연주할 때까지 흥얼거렸다. 그런 다음 나는 멈췄다. 연주가 끝났다. 모두 박수를 치는 것이 실제 연주를 하는 상황보다 더 부끄러웠다. 나는 자리에서 일어나 메이미를 쳐다보지 않았다.

"자, 자 - 비스! 여기 네 가족이 있어!" 그녀가 말했다. "애야! 네 재능을 가족에게 부인할 순 없단다!" 그녀는 텍사스 억양으로 말을 이었다. "가족들은 무슨 일이 있어도 널 사랑할 거야! 신이 널 못생기게 만들었어도 여기 있는 누나와 동생들은 너를 사랑했을 거야. 그럼, 그렇고 말고. 안 그래요?" 그녀는 고개를 돌려 샬린, 버디, 칼렛을 보며 물었다. 그들은 까르르 웃고 또 웃었다.

내내 함께 한 하루가 흘러가고 히긴스 씨가 누나와 동생들을 그들의 위탁 가정으로 데려갈 시간이 되었다. 우리는 서로를 여러 번 껴안았다. 샬린은 내 운동화를 달라고 했고, 나는 운동화를 벗어 그녀에게 줬다. 기분이 좋았다. 그때 우리는 신발 사이즈가 같았다.

몇 달 후, 누나와 동생들이 살고 있는 위탁 가정에 나를 데려다주려고 히긴스 씨가 찾아왔다. 어떤 곳일지 전혀 예측이 되지 않았다. 나는 언젠가 혼자서 누나와 동생들을 보러갈 수 있도록 자전거를 타고 가는 법을 외우려고 애썼다. 하지만 그곳은 내가 기억해서 찾아갈 수 있는 거리가 아니었다.

레이놀즈 부부

도착하자 누나와 동생들, 수양부모인 레이놀즈 부부, 그리고 그들의 두 딸이 우리를 맞아주었다. 나는 거실에 자리를 잡고 집안을 둘러 보았다. 집은 생각보다 컸다. 탁자 위에는 누나와 동생들과 다른 가족들의 사진들을 붙여 모은 사진들이 액자에 담겨 있었다.

레이놀즈 부인이 자신을 소개하며 안부를 물었을 때, 나는 그녀 눈가의 피곤함이 그녀를 사나워 보이게 한다는 걸 알 수 있었다. 그녀는 말을 빨리, 정말로 빨리했다. 그리고 메이미와 데니스보다 훨씬 더 엄격해 보였다. 친구들 집에서 그런 엄마들을 본 적이 있다. 눈빛만으로도 해야 할 일과 하지 말아야 할 일, 손님이 있을 때 어떻게 행동해야 하는지 정확히 알 수 있었다. 레이놀즈 부인은 그런 눈을 갖고 있었다. 레이놀즈 부인이 히긴스 씨와 얘기한다며, 누나와 동생들에게 나를 뒷마당으로 데리고 가라고 했을 때 나는 기꺼이 따라나섰다. 우리는 밖에 나가자마자 모두 소리 내어 웃기 시작했다.

뒷마당은 그네 세트와 커다란 어린이 풀장을 갖춘 어린이집 같았다. 우리는 그네를 타면서 서로 이야기를 나눴다. 프록 부부네 집과는 분위기가 달랐지만 그래도 누나, 동생들과 함께여서 즐거웠다.

내가 누이들에게 같이 쓰는 방을 보여 달라고 하자 샬린은 우리가 살금살금 집안으로 다시 들어가는 동안 손가락을 입에 대고 조용히 해야 한다는 신호를 보냈다. 누나와 동생들의 방에서 우리는 레슬링을 하며 놀았고, 그들은 나에게 인형과 장난감들을 보여줬다.

하지만 우리 목소리가 시끄러워질 때마다 그들은 하던 말을 갑자기 멈추고 베개로 얼굴을 가리며 웃음을 참곤 했다.

우리가 함께한 시간 중 가장 좋았던 순간은 사탕 가게로 달려가서 사탕을 잔뜩 먹고 먼 길을 걸어 집으로 돌아갈 때였다. 사탕이 특별했던 게 아니다. 우리가 다같이 어디든 간 것이 처음이었기 때문이다.

레이놀즈 가족을 처음 만났을 때나 식탁에 둘러앉아 함께 저녁을 먹을 때에도 그들은 나에게 거의 말을 걸지 않았다. 훗날 주말 내내 누나와 동생들과 함께 지내다가 돌아왔을 때, 나는 레이놀즈 부부에 익숙해져 있었다. 레이놀즈 부인은 메이미보다 훨씬 어렸다. 그녀는 집에서 질서를 고집했다. 한 번은 레이놀즈 부인이 볼일이 있어 잠깐 우리만 두고 나갔는데, 우리는 그녀가 집에 있었다면 절대 하지 않았을 정도로 거칠게 놀기 시작했다. 완전히 난장판이 되었고, 결국 칼렛이 얼굴에 깊은 상처를 입어 꿰매는 것으로 마무리가 되었다.

나는 내 또래인 레이놀즈 부부네 큰딸을 좋아하게 되었다. 그렇지만 무엇보다 누나와 동생들과 함께 있는 것이 좋았다.

눈을 감으면

프록 부부가 내게 준 모든 사랑과 보살핌 속에서, 나는 항상 엄마에 대해 생각했다. 세상이 엄마 편이 아니라는 것을, 나만큼 엄마를 이해하지 못한다는 것을 알았다.

　나에게 엄마는 영웅이었다. 나이가 들수록 엄마가 침대 옆 바닥에 쓰러져 피를 흘리면서도 어떤 식으로 누나와 나와 동생들을 지켜준 것인지 더 잘 이해하게 되었다. 엄마가 홀로 싸우며 우리를 지키려고 애쓰는 동안 나는 누이들과 함께 엄마 입안에서 안전하게 웅크리고 있는 새끼 사자가 된 기분이었다. 엄마가 우리를 보호하는 방식은 깨끗한 집에서 자라게 하거나 좋은 옷을 입히거나 따뜻한 목욕과 음식을 누릴 수 있게 하는 건 아니었다. 엄마는 종종 당신이 돌아올 때까지 버텨주기를 바라면서 우리만 집에 두고 나가곤 했는데, 우리가 모두 그럴 수 있던 건 아니었다. 우리 중 한 명은 아기 침대에서 자다가 갑자기 죽었다. 엄마의 보호는 자신의 목숨을 기꺼이 내놓아서라도 바깥 세상의 모든 나쁜 이들로부터 우리를 숨기고 지켜내겠다는 강렬한 의지 같은 것이었다. 엄마가 그렇게 하는 모습을 실제로 보아왔기에, 내가 세상에서 엄마만큼 존경할 수 있는 더 위대한 사람은 없었다. 그리고 엄마가 그런 식으로 우리를 보호해 주려고 했기에 내게는 엄마가 다치는 것보다 더 큰 두려움은 없었다.

　내가 엄마를 얼마나 사랑하는지 세상이 모른다는 사실은 내가 엄마를 더 사랑하게 했다. 엄마가 어디에 있든, 엄마를 사랑하는 나의 존재를 느끼기를 바랐다. 나에게 나를 사랑해 줄 프록 부부가 필요했던 만큼 엄마도 엄마를 사랑해 줄 내가 필요했으리라. 그리고 그들은 나에게 계속 사랑을 주면서도 내가 엄마를 위해 항상 기도할 수 있도록 해 주었다.

프록 부부는 나에게 사랑을 요구하지 않고 나를 사랑했고, 나를 있는 그대로 받아들였다. 내가 나 자신이 될 수 있게 해 주었다. 그리고 나도 그들을 있는 그대로 사랑했다. 얼마 되지 않아 나는 메이미의 무릎에 머리를 대고 누워 눈을 감고 진정으로 평온해질 수 있었다. 데니스의 다리 사이에 앉아 마음껏 상상의 나래를 펼치며 무엇이든 궁금해하고 물어볼 수 있을 정도로 안전함을 느꼈다. 데니스는 항상 나를 이해해 주고 기다렸다. 그들은 내게 아이처럼 느끼는 법을, 손가락으로 더하고 빼는 법을, "부탁해요"나 "고마워요"와 같은 말을 하는 법을 가르쳤다. 하지만 다른 무엇보다도 내 마음이 무엇에 집착하든 나 자신을 믿으라고 가르쳐 주었다.

1969년 어느 날 밤, 우리 셋은 텔레비전 앞에 둘러앉아 아폴로 11호가 달에 착륙하는 장면을 지켜보았다. 우주비행사가 달에 첫발을 내딛는 모습을 보면서 나는 데니스와 메이미에게 나도 언젠가 우주비행사가 될 거라고, 언젠가 달까지 날아가고 싶다고 말했다.

데니스와 메이미는 피식 웃는 대신 내가 마음에 품었던 것과 같은 놀라움과 진지함이 담긴 눈으로 나를 바라보았다. 그들은 내가 꾸는 꿈들을 진심으로 받아들였기에 나 자신도 그 꿈들을 믿을 수 있었다. 나중에 메이미는 내 방 벽에 붙일 달 포스터를 선물해 줬고, 우주비행사와 달에 관한 책을 찾아서 잠자리에 들기 전에 읽어 주었다. 그들은 내가 앞으로 무엇이 될 수 있는지 모든 가능성을 탐색할 수 있도록 곁에서 도와주었다. 내 꿈이 아무리 터무니없는 것이더라도 데니스와 메이미는 다른 사람이 이룬 것을 나도 이룰 수 있다고 믿게 했다. 진성한 사랑이 가진 힘에 대한 그들의 믿음은 내 어린 시절을 최고의 시기로 만들었고, 그들의 삶 속에 들어가기 전까지 겪은 수많은 끔찍한 경험의 기억들을 어떻게든 지워 주었다.

히긴스 씨

몇 달에 한 번씩 사회복지사 히긴스 씨가 집에 와서 어떻게 지내는지 확인하곤 했다. 하루는 히긴스 씨가 주방에서 메이미와 이야기를 나누는 동안 나는 피아노 앞에 앉아서 "도레미송"을 연주하고 있었다. 그들은 항상 주방에 앉아서 이야기를 했다. 피아노 연습이 지겨워지던 차에 두 사람의 목소리가 속삭이듯 작아지는 걸 느꼈다. 그래서 흥미가 생겼고, 피아노를 작은 소리로 계속 연주하면서 대화를 엿듣기 시작했다.

> 히긴스 씨: "언젠가는 아이가 떠나야 할 겁니다. 아이도 준비할 수 있게 해야죠."
> 메이미: "글쎄요, 지금으로선 전 아주 건강한데요."
> 히긴스 씨: "연세가… 그렇지만 얼마나 오래가 될지 알 수는 없는 거라서…."
> 메이미: "글쎄요, 아직 시간이 많잖아요."
> 히긴스 씨: "우리는 '만약'을 생각해야 됩니다. 지금 당장 떠나

야 하는 상황이 올지도 모르고요."

메이미: "하나님도 아시겠지만… 아이한테 말할 수 없어요. 이
아이한테 어떻게 얘기를 꺼내야 하나요?"

히긴스 씨: "아직 시간은 있어요."

손가락은 계속 연주하려고 애쓰는 동안 갑자기 마음속에 분노가 터
져 나와 예고 없이 눈물이 뺨을 타고 흘러내렸다. 내가 들은 모든 말
에 가슴이 철렁할 정도로 충격을 받아 양손으로 피아노 건반을 세
게, 마음에 입은 상처를 깨부술 만큼 세게 내리쳤다. 천둥 같은 소리
와 함께 나는 벌떡 일어나 히긴스 씨와 메이미가 무슨 일인지 확인
하러 들어오기 전에 현관문 밖으로 뛰어나갔다.

　　나는 할 수 있는 한 빨리 길을 건너 블록을 따라 뛰어 내려갔다.
다시 혼자가 된다는 게 어떤 기분일지 알 수 있을 정도로 멀리 계속
달렸다. 기찻길을 가로질러 마음의 밤 속으로 달려가다가 마침내 길
을 잃고 멈췄다. "메이미는 왜 그런 말을 한 걸가?" 나는 나 자신에게
큰 소리로 말했다.

　　나는 주차된 차 두 대 사이의 연석에 쪼그리고 앉아 울었다. 왜
메이미는 날 원한다고 말하지 않았을까? 왜 날 데려갈 수 없다고,
"눈에 흙이 들어가는 한이 있어도" 날 데려갈 수 없다고 히긴스 씨에
게 말하지 않았을까? 왜 그러지 않았을까? 나는 티셔츠로 무릎을 덮
은 뒤 그 안에 머리를 집어넣으며 울었다. "어떻게 나를 그 이상 사
랑하지 않을 수 있죠? 내가 뭘 했나요? 제발 말해줘요, 메이미, 내가

무슨 짓을 했나요? 내 방 청소 잘 할게요… 뭐든 할게요, 메이미. 제발요. 메이미가 원하는 건 뭐든 다 할게요!" 나는 울고 또 울었다. 깊은 수렁 속으로 자신을 스스로 끌고 내려갔다.

몇 분이 지났다. 엄마 생각이 났다. 내가 거기 혼자 앉아 있는 모습을 엄마가 본다면…. 엄마가 와서 나를 데리고 갈 거라고 속으로 생각했다. 엄마가 했던 말이 생각났다. "아무도 믿지 마라!" 이렇게 말할 때의 엄마 얼굴이 아직도 생각난다. 이 기억은 그 순간 엄마 말이 틀린 적이 없다는 걸 상기시켜 줬다. 나는 사람들을 있는 그대로 받아들일 수 없었다. 하지만 메이미는 그 사람들이, 아무나가 아니었다. "메이미는 내가 가진 전부야! 메이미와 데니스가 내가 가진 전부라고!" 나는 울었다. 마음속으로 정말 깊은 상실감을 느꼈다. 움직일 수가 없었다. 나는 티셔츠 안에 몸을 웅크린 채 주차된 두 대의 차 사이에 있었다. 이제 무엇을 해야 할지 생각해 내야 했다. 마음이 너무 추웠다.

얼마나 오랫동안 거기 앉아 몸을 흔들흔들하고 있었는지 모르겠다. 어느 순간 계획을 세우고, 자리에서 일어나 얼굴을 닦은 뒤 집을 향해 걸어가기 시작했다. 커튼 너머로 엿보는 수많은 백인의 얼굴을 보고 내가 잘못 왔다는 걸 깨달았다. 나를 쫓던 백인들의 시선이 길 한가운데를 지나고, 그들의 동네를 벗어났다가, (그들에게) 익숙한 곳으로 돌아갔다.

집에 돌아오니 데니스와 메이미가 소파에 앉아 있었다. 그들은 나에게 어디에 있었는지 물었다. 나는 거짓말을 했다. "아, 친구 집에 있었어요." 지금껏 단 한 번도 이렇게 거짓말을 해본 적이 없었지만, 이제 더는 신경 쓰지 않았다. "데니스, 메이미, 저 이제 여기 더 있고 싶지 않아요. 히긴스 씨에게 말씀해주실 수 있나요?"

"아들아, 내일 얘기하자꾸나." 데니스가 말했다.

나는 내 방으로 들어가 문을 닫았다. 침대에 누워 창밖을 바라보았다. 유리에 비친 나뭇잎이 흔들리는 모습을 보고 있는데 메이미가 방문을 열었다. 메이미는 문을 등지고 아무 말 없이 웅크리고 누워 있는 내 모습을 보았다. 그녀는 다가와서 내 옆에 걸터앉았다. 그러고는 내 어깨에 손을 얹고 내 옆에, 내 등을 마주보고 누워 팔로 나를 감싸 안았다.

"자-비스, 아들아." 메이미가 속삭이듯 말했다. "잘 들으렴. 메이미가 아프단다. 나는 지금 정말 많이 아파. 주님의 계획이 어떤 계획을 갖고 계신지 모르겠구나, 애야. 사람들은 우리가 나이가 너무 많아서 널 오래도록 돌봐줄 수 없을 거라고 하는구나, 자비스. 아무것도 모르고 있는 이들도 있고…." 그녀는 나를 더 꽉 끌어안았다. "하지만 히긴스 씨는 좋은 사람이야, 자비스. 그는 너와 나에게 잘해줬어. 그리고 네가 이 집에 있을 수 있는 시간이 많이 남지 않았다고 해도 말이다. 네가 원할 때면 언제든 우릴 보러올 수 있게 데려다 줄 거란 걸 안다. 히긴스 씨는 좋은 사람이니까…."

나는 메이미 마음속에 서린 슬픔을 느낄 수 있었다. 메이미가 나를 위로하고 있듯이 나도 그녀를 위로해주고 싶을 정도였다.

"자-비스. 우리를 보러 올 거니? 메이미와 데니스를 보러 올 거니?" 그녀가 물었다.

메이미가 나에게 설명해 주려고 애쓴 말에 내가 느낀 마음의 고통이 가라앉았다. 그녀가 날 안고 있는 동안 그저 가만히 누워 최선을 다해 이해하려고 노력할 수 밖에 없었다. 메이미는 우리 엄마처럼 "(그렇게) 아픈 걸까?" 내가 그녀를 그렇게 만든 걸까?

마침내 메이미에게 언제든 놀러오겠다고 약속했을 때 가슴이 찢어지듯 아팠다. 영원히 떠나지는 않겠다는 의미로 약속한 것이다. 하지만 그 약속을 "왜" 해야 하는지는 끝내 이해하지 못했다.

그 날은 너무 빨리 다가왔다. 히긴스 씨가 방문한 지 며칠 만에 프록 부부 집과 가까운 다른 위탁 가정으로 가게 될 준비가 이루어졌다. 우리 모두는 그것이 모험인 척 여기려고 애썼다. 떠나는 아픔은 내가 원하는 만큼 자주 찾아올 수 있으리란 생각에 묻혀 뒤로 밀려났다. 이 모든 것의 밑바닥에는 두려움이 자리잡고 있었다. 떠나고 싶지 않았다. 나는 메이미와 데니스에게 못되게 굴기 시작했다. 그들을 짜증나게 만드는 행동들을 하고, 속으로는 상처받으면서 손톱을 세워 그들을 긁고 할퀴었다. 늘 그렇듯 그들은 내가 뭘 하고 있는지 알았고 그냥 나를 더 사랑해 주었다.

히긴스 씨가 나를 새 위탁 가정에 데려다 주러 왔을 때, 참았던 것이 터졌다. 여행가방은 차에 싣고 나머지 짐은 나중에 가져갈 수 있도록 상자에 담아 차고에 넣어두고 난 뒤, 메이미와 나는 현관에서 서로 마주했다. 데니스가 그녀 뒤에 서자, 메이미는 내 앞에 무릎 꿇고 앉았다. 5년 전에 그랬던 것처럼. 메이미는 몸을 떨며 눈물을 흘리면서 나를 끌어안고 평생 잊지 못할 포옹을 해 주었다.

"자 - 비스, 이제 괜찮아, 알았지?" 그녀는 나를 꼭 껴안았다. 우리 둘 다 흐느껴 울었다. "밤에는 나와 데니스를 위해 기도해 주고, 알았지? 그렇게 해 주겠다고 나랑 약속해 주겠니?"

"네, 네." 내가 꼭 안으며 우물거렸다. 우리는 오랫동안 포옹하며 몸을 좌우로 왔다갔다 했다. 이 포옹을 영원히 기억하자는 듯이 포옹했다.

"괜찮을 거야, 아들아. 그저 지켜보렴." 메이미가 말했다.

"금방, 금방 또 우리 보러 올 거잖아." 그녀는 흐느꼈다.

마침내 서로를 놓아주면서 메이미가 내 볼에 입 맞추는 것을 느꼈다. 그런 다음 나는 메이미 주위를 맴돌다가 데니스를 안아주려고 뛰어올랐다. 데니스가 나를 내려놓을 때, 처음으로 그의 눈시울이 붉어지는 것을 보았다.

우리는 모두 마지막으로 서로를 바라보았다. 나는 현관을 나와 차에서 기다리고 있는 히긴스 씨에게 달려가기 전에 메이미에게 한 번 더 포옹과 입맞춤을 받았다. 우리는 서로 손을 흔들며 차를 몰고 떠났다. 나는 집안으로 들어가면서 데니스가 메이미를 어떻게 위로하는지 뒤를 돌아보고 (이제는 마음으로만) 또 돌아보았다.

6

갑자기 찾아온 환멸

뒤퐁 부부

나는 깊이 밀려오는 불길한 예감을 품고 터벅터벅 새 위탁 가정의 현관문으로 걸어갔다. 내 안의 무언가가 도망가고 싶어 했지만 뒤퐁 부부가 문을 열고 우리를 맞이하는 동안 히긴스 씨의 손을 꼭 붙잡고 있었다. 나는 뒤퐁 부부의 안내에 따라 거실로 들어섰고 위층으로 이어지는 계단을 지나갔다. 아이 여러 명이 그 계단에 앉아 나를 지켜보고 있었다. 뒤퐁 부인이 목소리를 높여 크리올어 억양으로 히긴스 씨와 나와 대화를 할 것이라고 선언하자 두말을 할 필요가 없어졌다. 몸집도 피부색도 제각각인 아이들이 모두 일사분란하게 계단을 내려와 복도를 따라 보이지 않는 곳으로 사라졌다. 아이들이 지나갈 때 나는 이들이 모두 내 위탁 형제들인지 궁금했다.

흑인 크리올인 *얼과 플로렌스 뒤퐁 부부가 다시 내 관심을 끈 것은 내가 그들의 넓고 아름다운 거실의 소파에 앉아 있을 때였다. 그들은 내가 함께 살게 된 것에 기쁨을 표현하며 나를 가족으로 맞이해 주었다. 그들은 마치 나를 이미 알고 있는 것처럼 보였다. 내가 학교 성적이 좋고, 손으로 하는 일을 좋아하고, 스포츠에 진심인 점에 대해 다정하게 얘기했다.

그러더니 플로렌스가 눈물을 글썽이며 데니스와 메이미 얘기를 꺼냈다. 나는 아직도 프록 부부를 떠난 날이 생각날 때마다 눈물이 차올랐다. 플로렌스는 내가 언제든 그들을 보러 갈 수 있고, 프록 부부가 나를 만나러 올 수 있도록 이 집의 문은 항상 열려 있을 거라고 약속했다. 그 말은 나에게 정말 큰 의미가 있었다. 나는 주말과 모든 공휴일에 데니스와 메이미를 만나러 가고, 심지어 여름 내내 그들과 함께 지내는 걸 상상했다.

내가 스포츠를 얼마나 좋아하는지 알고 있던 뒤퐁 부부는 팀 유니폼을 입고 농구, 야구, 축구를 하는 다른 위탁 아동들의 사진을 보여 주었다. 그들은 경기를 관람했을 때 즐거웠다고 이야기하면서 내가 경기하는 모습도 보고 싶다고 했다. 내가 하고 싶은 스포츠에 등록해 주겠다고 제안했다. 데니스와 메이미는 내 경기에 몇 번밖에 오지 않았고, 두 사람이 온다고 해도 나는 별로 좋지 않았다. 그들은

---

* Creole. 신대륙 발견 후 아메리카 대륙에서 태어난 스페인과 프랑스인의 자손들을 일컫는 말. 지금은 미국의 스페인계 및 프랑스계 이민자와 흑인 사이에 태어난 혼혈아를 가리킴. (옮긴이 주)

상대 팀을 욕하는 건 좋지 않다고 생각해서 항상 양 팀을 다 응원했다. 그런데 뒤퐁 부부는 진짜 팬이었다. 나는 하루빨리 내 야구 유니폼을 입고 두 사람이 관람석에서 나를 응원하는 경기장에 나가고 싶었다. 그들이 히긴스 씨와 진지하게 이야기를 나누는 동안 나는 이 생각밖에 할 수 없었다.

히긴스 씨가 떠날 시간이 되자 얼은 그를 문 앞까지 배웅했다. 플로렌스는 다른 아이들을 거실로 불렀고, 나는 다섯 명의 새 위탁 형제들과 뒤퐁 부부의 아들 노먼과 딸 나샤를 만났다. 모두 두 팔 벌려 나를 환영해 주었다. 이제 나는 남자아이들 중에서 가장 막내이고, 나샤보다 겨우 한 살 위였다. 가장 나이가 많은 노먼과 아니는 고등학생이었다. 노먼은 끽끽대는 목소리 때문인지 실제 나이보다 키가 작아 보였다. 마르고 곱슬머리에 착한 심성을 가진 그는 집안에서 실제로 무슨 일이 벌어지고 있는지 보는 걸 두려워했다.

플로렌스는 아니에게 나를 침실로 안내하라고 부탁했다. 그는 내가 위층으로 올라가려고 하자 나를 막았다.

"야, 어디 가?" 그가 물었다.

"침실이 위층에 있는 거 아니야?"

"아니야!" 그가 웃음을 터뜨렸다. "우리 방은 여기 아래에 있어. 저쪽을 지나서." 그는 복도를 가리켰다. "우리 방은 차고 바로 옆에 있어. 거기가 우리 같은 남자애들을 가두는 곳이지."

그 방은 프록 부부네서 내가 지내던 방보다 훨씬 작았다. 벽을 따라 이층침대 세 개가 나란히 놓여있었다. 유일하게 외부창이 나 있는 벽을 따라 서랍장들이 한 줄로 늘어서 있었습니다.

"우리 방이 이게 다야?" 내가 물었다.

"이게 다지." 그가 웃으며 말했다. "처음 여기 왔을 때는 나도 위층에 방이 있을 거라고 생각했어. 우리 모두 그랬지. 하지만 걱정하지 마. 익숙해질 거야."

"그럼 어디서 자?"

"여기가 내 침대야." 그는 문에서 가장 가까운 아래층 침대를 가리켰다. "하지만 난 여기서 안 자. 비밀이야. 난 항상 이불을 들고 나가서 자."

"어디서?"

"너도 알게 될 거야." 아니가 말했다. 그는 나보다 여섯 살 이상 많았고 키도 거의 30cm 정도 더 컸다. 백인이었고, 어깨너머까지 긴 머리에 얼굴과 팔에는 주근깨가 있었다. 그는 젊은 히피처럼 보였다.

나는 어딘가 꽉 끼어있는 기분이 들었다. 혼자 방 하나를 다 썼었는데 이제는 다른 위탁 형제 다섯 명과 침실을 같이 쓰게 되었으니 당연했다. 그리고 내 침대는 천장과 너무 가까워보였다.

내가 짐을 풀기 시작했을 때 다른 아이들이 방으로 달려들어 왔다. 그들은 나보고 빨리 짐정리를 하라고 했다.

"무슨 뜻이야?" 내가 물었다.

"여기서는 옷장 서랍 네 개에 들어가는 옷만 가지고 있을 수 있거든. 나머지는 그 여자가 가져갈 거야." 다른 아이가 설명했다. "그 마녀가 네 물건을 가져갈 거라고!"

"그 여자는 완전 마녀야!" 또 다른 아이가 말했다. "우린 모두 그 마녀를 싫어해!"

그들은 묻지도 않고 서둘러 내가 짐 푸는 것을 도와주었다. 내 옷들을 샅샅이 뒤져 핫휠을 비롯한 다른 장난감들을 전부 꺼내 침대 밑에 숨겨 두었다.

아니와 다른 아이들(폴, 제시, 새뮤얼, 해럴드)은 뒤퐁 부부에 대한 모든 이야기를 들려주었다. 이곳에서 가장 오래 산 아니는 우리는 위층에 올라갈 수 없다고 설명했다. 위층에는 침실 세 개가 있는데, 가족을 위한 공간이었다. 뒤퐁 부부가 위탁 아동을 데려다 키우는 이유는 오로지 본인들이 쓸 돈을 받을 수 있기 때문이라고 했다. 나는 그게 무슨 뜻인지 하나도 이해가 가지 않았다. 돈 때문이라고? 아니는 위층을 몰래 돌아다니다가 걸리면 얼한테 큰 나무 주걱으로 두들겨 맞게 될 거라고 경고했다.

나는 불쑥 말을 뱉었다. "얼한테 주걱으로 맞은 적이 있어?"

"이제 더 이상 아니를 때리진 않아." 제시가 말했다. 그는 우리 중 키가 가장 작았다. 그의 턱 부위에 난 얇은 면도날 흉터 때문에 나는 뒤퐁 부부네 도착한 이후로 줄곧 그에게서 눈을 뗄 수가 없었다. "얼이 견딜 수 있다는 걸 알 거든. 마지막에는 폴, 말해줘."

"아, 그래." 폴이 말했다. 이 집에서 진정한 스턴트맨은 바로 폴이었다. 두 다리가 거의 불구가 된 폴은 뒤퐁 부부의 가차 없는 구타가 난무하는 링에서 모두의 코너맨(corner man, 링 위에서 싸우는 선수를 돕는 사람)이었다. 항상 폴이 필요했다. 그는 스스로 망가지지 않으면서 입술을 터지게 하고 얼굴이 부어오르게 하고, 심지어 두려움마저 빨리 사라지게 하기도 했다. "우린 여기 우리 방에 있었어. 여기서 얼이 아니를 그 완전 큰 주먹으로 때리는 소리를 들었지. 퍽! 퍽! 그러더니 아무 소리도 안 나는 거야! 모든 상황이 끝나고 아니가 웃는 소리가 들렸어. 너도 그 자리에 있었어야 하는데!"

"정말이야, 아니?" 내가 물었다.

"응, 그런데 걱정하지 마. 맞는 것도 익숙해질 테니까!"

그 순간부터 나는 아니를 우러러보기 시작했다. 그는 휘둘리지 않았고, 자신이 원하는 걸 했다. 나는 아니에게 매력을 느꼈다.

다른 일들에 대해서도 경고를 들었다. 식사할 때 자기 접시에 놓인 음식은 다 먹어야 하고 먹는 손 외에 다른 손은 식탁 아래에 두어야 한다. 식탁에 팔을 올리고 있는 걸 플로렌스가 보면 음식을 치워버린다고 했다. 옷은 늘 깔끔하게 유지해야 하는데, 옷에 구멍이 난 채로 집에 돌아오는 날엔 난리가 나는 것이었다. 냉장고를 열거나 뒷마당 차고에 들어가면 안 되고, 집안 벽에 걸린 건 아무것도 만지지 말아야 했다. 그리고 컵 하나라도 집안의 물건은 절대 깨뜨리면 안 되었다.

밤에 기도하거나 교회를 가거나 스포츠를 하는 사람은 몇 명이나 되냐고 묻자 모두 웃음을 터뜨렸다.

"그 사진을 보여줬구나?"

"응, 다들 좋은 옷, 유니폼을 입고 있는 사진."

"그거 우리 아니야." 그들은 한 목소리로 대답했다.

"그 사람들은 새로 애들이 오면 항상 그 사진을 보여줘." 해럴드가 말했다. 해럴드는 혼혈이었고, 운동신경이 뛰어나다는 건 분명해 보였다. 빠르고 승부욕이 강하고 실력도 뛰어나다는 것도 알 수 있었다. "네가 여기서 살고 싶다는 생각이 들게 만들고 사회복지사가 너를 이곳에 데려오길 잘했다고 느끼게 해 주려고 그러는 거야. 그게 다야."

"맞아, 망할 그게 다야." 제시가 덧붙였다.

"그러니까 그 사진은 진짜가 아닌 거네?" 나는 슬픈 목소리로 물었다.

"어떻게 보면 진짜지." 해럴드가 말했다. "그 사진 속에 있는 건 노먼이야. 이 집의 바보 같은 아들의 학교랑 팀 사진. 그들은 새로운 아이가 오면 항상 그 사진을 거실에 가져다 놓거든."

나는 어이가 없어 말문이 막혔다. 그러자 해럴드는 충격 받아 깨진 내 영혼을 붙여놓고 싶은지 근처에 있는 워싱턴 공원에 대해 알려주었다. 공원에서는 다양한 스포츠 활동이 이루어지고 있었다. 나보다 두 살 많은 해럴드는 나만큼 스포츠를 좋아하는 유일한 사람이었다.

나는 위탁 형제들과 즉각적인 유대감을 느꼈다. 내가 느끼던 두려움은 내 안에만 있던 것이 아니라 우리 모두가 느끼는 것이었다. 그들이 극복할 수 있다면 나도 극복할 수 있다. 하나로 뭉치는 것은 우리 한 명 한 명의 사연과도 관련이 있다. 나는 궁금했다. 아니는 왜 위탁 보호를 받게 되었을까? 해럴드의 사연은 뭘까? 제시와 폴은 어쩌다가 이곳에 오게 되었을까? 만난 지 얼마 안 됐는데도 낯설다는 느낌이 들지 않았다. 학교에서 새로운 친구를 만나는 것과는 달랐다. 우리는 갑자기 같은 칸에 타게 된 기차 탑승객 같았고, 내가 생각했던 것보다 더 많은 의미를 갖게 될 새로운 용어인 '위탁 보호'를 받고 있다는 단순한 사실로 정체성을 공유했다.

　그날 늦게 아니는 나를 밖으로 데리고 나가 주변을 구경시켜 주었다. 모두가 경고한 대로 플로렌스는 우리가 없는 동안 내 여행가방을 뒤졌다. 새로운 동네를 둘러보고 돌아오니 침대 위에는 옷장 서랍 네 개에 들어갈 만큼의 옷만 놓여있었다. 침대 밑에 숨겨두었던 물건들을 제외하고 여행가방을 포함한 나머지 짐은 모두 사라졌다.

식탁에 둘러 앉아

첫날 저녁 식사 시간에 나는 두려움에 떨며 접시에 담긴 먹기 싫은 당근의 거의 절반을 삼켰다. 내가 괴로워하는 걸 아니가 눈치 챘을 때는 거의 헛구역질을 할 것 같은 상태였다. 마치 항의라도 하듯, 아니는 자기 몫의 당근을 먹지 않았다. 얼과 플로렌스는 나를 힐끗 쳐다보면서 아니에게 관심을 기울이지 말라는 암묵적인 경고를 보냈다.

　얼이 왜 채소를 먹지 않느냐고 묻자, 아니는 답이 뻔한 걸 물어본다는 듯이 질문을 넘겼다. 침묵이 식탁을 얼어붙게 했다. 긴장감이 감돌자 우리는 모두 허리를 세워 의자 등받이에 바짝 붙였다. 나는 마치 목숨이 걸린 일인 것처럼 다른 위탁 형제들을 따라했다.

그때, 앞으로 돌진하는 상어처럼 얼이 갑자기 벌떡 일어나더니 식탁을 가로질로 손을 뻗었다. 그는 양손으로 아니의 머리카락과 목둘레를 붙잡고 식탁 위로 끌어올려 거기에 올려진 모든 물건을 넘어뜨렸다. 음식이 바닥에 튀고 접시가 깨지는 가운데 얼은 맨주먹으로 아니를 때렸다. 나는 아니가 주먹에 맞을 때마다 마치 내가 맞고 있는 사람인 것처럼 움찔했다.

퍽퍽 때리는 소리가 계속되었고 아니는 식탁 위에 태아 자세로 몸을 웅크렸다. 나는 눈이 완전히 뒤로 돌아가는 것을 느꼈고, 정신을 차려보니 바닥에 웅크리고 앉아 몸을 떨고 있었다. 아무도 얼을 막으려 하지 않았다. 50대 중반이었던 얼이 지칠 때까지 구타는 계속되었다. 그가 숨을 헐떡이는 소리가 들릴 정도로 조용해지자 플로렌스는 "그만해!"라고 소리쳤다. 그녀가 우리에게 방으로 가라고 명령했지만 나는 움직일 수가 없었다. 나는 두려움에 얼어붙은 채 얼의 이상한 땀 냄새를 들이마시며 거기 앉아 있었다. 나는 무슨 이유에서인지 내가 침대 밑에 숨어 있다고 생각했다. 누군가가 작고 둥글고 곱슬인 내 머리채를 잡고 복도로 끌고 가고 있음을 느꼈을 때가 돼서야 플로렌스가 나에게 외치는 소리가 들렸다.

"네 방으로 가라고 했지?!" 그녀가 소리쳤다.

가발이 반쯤 벗겨지고 눈가에는 짙은 어둠이 드리운 채로 플로렌스는 발을 치켜들고 찰 듯한 동작으로 나를 쫓아냈다. 나는 최대한 빨리 복도를 따라 내려가 방으로 기어들어 갔다. 내가 일어섰을 때 모두가 웃고 있었다. 아니는 자기 침대에 앉아 있었다. 어떻게 나보다 먼저 방에 들어온 거지? 나는 내가 웃음거리가 된 건지, 아니면 다들 아니에게 일어난 일을 비웃는 것인지 파악하지 못한 채로 이층 침대에 올라가 누웠다. 어떻게 이런 일이 웃길 수 있는지 이해가 되지 않았다.

"저 노인네 나 때문에 심장마비 걸리는 줄 알았잖아! 그 인간 숨소리 들었어?" 그는 얼이 자신을 때리다가 숨이 차는 모습을 흉내 내기 시작했다. 모두 베개에 얼굴을 파묻고 허공을 발로 차며 자지러지게 웃었다. 너무 심하게들 웃어서 나도 같이 웃었지만 여전히 이해가 되지는 않았다. 새 위탁 가정에 온 첫날이었고, 나는 아직 이 형제단의 일원이 아니었기 때문이리라. 무슨 일이 있었는지 물어볼 자격이 주어지지 않았다고 느꼈기 때문에 나는 그냥 어울려 놀 뿐이었다. 눈물을 삼키면서 나도 아니와 다른 아이들처럼 되고 싶다고 생각했다.

나에게 맞는 스포츠 찾기

나는 초등학교에 입학했고 운동장에서 인기가 많았다. 스포츠에 대한 나의 열정은 다른 동네 아이들에게 나를 알리는 역할을 했다. 학교 운동장에서 야구나 축구를 하지 않을 때는 뒤퐁네를 제외한 누군가의 집 앞에서 놀았다. 나는 뒤퐁네에서 최대한 멀리 떨어져 있어야 한다는 것을 꽤 금방 알았다. 정해진 시간에 맞춰 귀가해 집안일을 다 끝내고 나가서 저녁 식사시간이 되면 다시 집으로 돌아오곤 했다.

워싱턴 공원은 나에게 제2의 고향이었다. 축구장이나 야구장이 아니고 심지어 농구장도 아닌, 수영장 때문이다. 그 수영장에 들어가기 전까지 나는 한 번도 수영을 해본 적이 없었다. 할 줄도 몰랐다. 하지만 친구들, 그리고 수영을 하지 않는 다른 이들과 물이 얕은 쪽에서 물장구를 치다가 결국 수영장 전체를 헤엄치게 되었다.

친구들은 나에게 다시 한번 해보라고 부추기더니 급기야 안전요원들이 준비한 경기에 참가해보라고 등 떠밀었다. 수심이 깊은 쪽의 벽에 다다라 숨을 쉬려고 물 위로 올라왔을 때, 나는 다른 아이들이 내 뒤에서 여전히 수영해 오고 있는 것을 보고 깜짝 놀랐다. 그런 다음 나는 나보다 나이 많은 아이들과 경쟁에서도 이겼다. 내가 겨우 열 살이고 수영장에 처음 와본 거란 사실을 아무도 믿지 않았다. 하지만 머리가 물속에 잠겨 있는 것에 대한 두려움이 발과 팔을 지느러미로 바꾸었고, 나는 깊은 지점의 물살을 가로질러 안전한 수영장 가장자리까지 날 듯이 수영해 갈 수 있었다.

안전요원 중 한 명이 나에게 다음 날 수영장을 개장하기 전에 일찍 오라고 했다. 내가 도착하자 그는 수영 코치 두 명에게 나를 소개했다. 그는 내 수영 시간을 측정하고 싶어했다. 두 코치가 서로의 스톱워치 기록을 물었을 때 나는 내가 뭔가 특별한 일을 하고 있다는 걸 알았다. 코치들은 내 수영 속도를 측정한 뒤 수영장 레인을 몇 번이나 왕복할 수 있는지 물었다. 나는 수영을 하면서 뒤퐁 부부와 내 인생에서 일어나고 있는 다른 일들에 대해 생각했다. 수영 외에 다른 것에 집중하면 수영을 더 수월하게 할 수 있을 것 같았다. 몇 바퀴나 돌고 멈췄는지 모르겠다. 마침내 물 밖으로 나왔을 때는 코치들이 나에게서 눈을 뗀 지 오래였기 때문이다.

코치는 나를 팀에 합류하게 해줬다. 그 후 나는 매일 수영을 하고 주말에는 몇 시간이고 연습했다. 곧 나는 물 안의 물고기가 되었다. 윌리엄스 코치는 나에게 영법을 가르쳐 주기 시작했다. 나는 접영을 정말 싫어했는데 한 번도 제대로 해낼 수가 없었다.

팀 여행이 예정되어 있었기에 허가서에 플로렌스나 얼의 서명을 받아야 했다. 윌리엄스 코치에게 뒤퐁 부부는 서명을 해 주지 않을 거라고 말한 것은 그들이 얼마나 학대를 일삼았는지 인정하는 꼴이 되었고, 그는 걱정하기 시작했다. 뒤퐁 부부는 누군가 익명으로 자신들을 당국에 신고했다는 걸 알게 되자 다른 아이들을 비난했다. 윌리엄스 코치에게 말한 건 나인데 다른 애들까지 전부 비난받는 상황을 지켜보면서 이제야 아니와 제시, 해럴드가 나한테 했던 말이 이해가 되었다. 아무도 우리가 말하는 진실을 믿지 않을 거라는 말. 그 일이 있고 난 뒤 뒤퐁 부부는 우리가 워싱턴 공원에 가는 걸 금지했다. 하지만 우리는 허락 없이도 여전히 거기에 갔다.

뒤퐁 부부네서 목격한 잔인한 학대 때문에 나는 내 차례가 언제 올지 계속 두려웠다. 플로렌스가 내가 나쁜 말을 했다는 이유로, 혹은 그냥 그랬을 거 같다는 이유로 언제 나를 욕실로 끌고 가서 비누로 입을 씻어낼지 알 수 없었다. 그녀가 통화하는 걸 엿들었다는 이유로 언제 내 뺨을 때릴지 모를 일이었다. 얼이 나에게 주걱을 휘두를지 맨주먹을 휘두를지 알 수 없었다. 난 그저 그 순간이 오고 있다는 걸 알 뿐이었다. 뒤퐁 부부의 폭력적 행위는 무작위였다. 거의 매일 위탁 형제 중 한 명이 (자기 애들은 절대 안 때린다) 맞거나 굴욕을 당했다. 다음은 내 차례가 될지도 모른다는 끊임없는 두려움은 그 자체로 일종의 학대였다.

현행범으로 잡히다

어느 아침, 식사 시간이었다. 나는 달걀프라이의 노른자가 싫어서 항상 플로렌스 몰래 쓰레기통에 버릴 방법을 찾아냈다. 이번에는 뒤퐁 부부의 딸 나샤가 그 모습을 보았고 내가 한 짓을 자기 엄마한테 일렀다. 아침 쓰레기를 버리러 나갔을 때 플로렌스의 넓적한 손이 내 뺨을 덮쳤다. 너무 세게 때려서 입안에서 피 맛이 났다. 그런 다음 내 머리를 잡고 쓰레기통에 얼굴을 처박았다. 그녀가 내 얼굴을 쓰레기 속에 묻고 짓이기는 동안 진창 속에서 두 눈을 그대로 뜨고 있어야 했다. 나는 그녀가 버린 달걀을 찾아 먹으라고 고래고래 소리지르는 중에 기절했다.

정신을 차려보니 얼굴과 옷에 찬물이 흥건하게 흐르는 채 샤워실에 누워 있었다. 눈에 음식물이 들어가서 앞은 보이지 않았지만 플로렌스와 얼이 다투는 소리가 들렸다. 그들은 서로 소리를 지르다가 중간 중간 나에게 괜찮으냐고 물었다. 내가 그들을 볼 수 있었을까? 저 멀리서 아니가 플로렌스를 "사악한 아동학대범"이라고 부르며 악쓰는 소리가 들렸다. 얼은 그에게 개자식이라고 욕을 퍼부었다. 그들의 시끄러운 대화는 마치 거리의 폭동처럼 들렸다.

유일하게 실제로 아픈 곳은 귀였다. 귀에서 웅웅 울리는 소리가 사라지지 않았다. 귀 울림은 몇 주 동안 계속되다가 없어졌다가를 반복했다. 이상하게도 나는 이 모든 일이 마침내 일어나서 다행이라고 여겨졌다. 마음속으로 상상만 하던 것과 비교하면 안도감이 들었다. 내가 다음 차례가 될지도 모른다는 두려움은 이제 끝났으니까. 내 차례를 겪었다. 심하게 아팠지만, 끝났다.

말할 것도 없이, 뒤퐁 부부는 나를 병원에 데려가지 않았다. 그들은 사과를 하면서도 (심지어 몇 주 간 학교에도 못 가게 했으면서도) 이번에 있었던 일을 히긴스 씨에게 말하기라도 하는 날엔 후회하게 될 거라고 못을 박았다. 이 일이 새어나가면 소년원에 수감되게 될 거고 (소년원이라고 하니 앨커트래즈* 교도소에 던져지는 상상이 되었다.) 다시는 프록 부부를 볼 수 없게 될 거라고 했다.

하지만 내가 침묵을 지킨 건 이런 협박 때문이 아니었다. 뒤퐁

---

* 앨커트래즈섬(Alcatraz Island). 미국 캘리포니아주로부터 약 2km 떨어진 샌프란시스코만에 위치한 섬이다. 교도소의 재소자들이 수형하는 악명 높은 섬으로 유명하며, 이전에는 군사시설로 이용되었다. 지금은 미국 국립공원관리청으로부터 국립 레크리에이션 지역으로 지정받았으며 관광지로 조성되어 있다. (옮긴이 주)

부부네에 온 이후로 아니와 다른 아이들은 여기서 일어나는 일에 대해 담당 사회복지사에게 말하지 말라고 줄곧 경고해왔다. 말을 전달해봤자 뒤퐁 부부 귀에 들어가게 될 뿐이라고 했다. 사실 나는 아니와 다른 아이들에게 소문이 날까 그게 더 걱정됐다. 나를 패기 없는 계집애 같다고 생각할 테니까. 우리에겐 우리 만의 규칙이 있었다. 뒤퐁 부부에게 우는 모습을 보여서 만족감을 주지 않기, 서로를 고자질하지 않기. 그리고 서로를 돕기 위해 거짓말을 해야 한다면, 그렇게 하기.

뒤퐁 부부에게 몽둥이로 맞거나 뺨을 맞고 나서 누가 가장 활짝 웃는지 아니면 누가 가장 멋진 워킹을 선보이는지를 겨루는 것이 하나의 장난이 되었다. 간단히 말하자면 우리는 견뎌낸 폭력에 따라 우리 자신의 강인함을 평가했다. 학대를 많이 당할수록 고통을 참는 법을 더 많이 터득하게 되었고, 우리는 결국 두려움의 굴레에서 벗어났다.

지붕 위에서

플로렌스가 마침내 내 뺨을 때린 그날 밤, 아니가 새벽에 나를 흔들어 깨웠다. 그는 보여줄 게 있으니 옷을 입으라고 속삭였다. 얼굴이 퉁퉁 붓고 따끔거리고 두 눈은 튀어나올 듯했지만, 나는 일어나 옷을 입었다. 아니는 나에게 자기 재킷을 주었고 우리는 살금살금 밖으로 기어나갔다. 우리는 집 옆 벽돌 담을 타고 올라가 지붕 위로 기어오를 수 있는 곳까지 고양이 걸음으로 걸어 내려갔다. 그러고는 아니가 미리 깔아놓은 매트에 앉았다.

나는 그에게 당연한 걸 물어봤다. "우리 왜 지붕에 앉아 있는 거야?" 그는 손가락으로 밤하늘을 가리키며 바로 위를 올려다보라고 했다. 몇 초 동안 나는 말문이 막혔다. 내 눈 안에 들어온 것은 밝게 빛나는 수십억 개의 별들이었다. 마르지 않는 이야기 샘처럼 세상 모든 별이 가진 사연을 알려 준 메이미에게 이 별들을 보여 주고 싶은 마음이 간절했다. 나는 별들에게서 눈을 뗄 수가 없었다. 별들은 마치 우리가 거기 있는 걸 알고 내려다보는 것 같았다. 우리가 별들을 바라보는 동안 별들도 우리를 바라보았다. 별 무리도 보였고, 이웃 별들로부터 떨어져 있는 별들도 보였다. 그 별들은 나 자신을 떠오르게 했다. 가족들과 떨어져 있지만 완전히 나 자신을 잃어버린 것은 아니었다. 내 마음은 자기방어의 갑옷을 벗고 자유로웠다. 그 순간만큼은 내 인생에서 일어난 어떤 문제에도 방해받지 않았다.

나는 오랫동안 말을 할 수 없었다. 그때 아니가 성냥을 켜고 담배에 불을 붙였다. 한 모금 깊게 들이마신 뒤 그는 나에게 담배를 건넸다. 나는 담배를 피워본 적도 없었고, 배우려고 다른 사람이 피우는 모습을 본 적도 없었다. 나는 담배 연기를 들이마셨고, 목이 막혔고, 기침을 했다. 담배를 재빨리 아니에게 돌려줬다. 입안에서 나는 재떨이 맛은 욱신거리는 얼굴에 도움이 되지 않았다. 나는 어지러움을 달래기 위해 아니에게 물었다.

"항상 여기 지붕 위에 올라오는 거야?" 그가 담배를 한 모금 더 빨아들이며 대답했다. "어! 빌어먹을 밤마다!" 나는 공중으로 뿜어져 나오는 담배 연기 냄새를 맡았다. "이 망할 세상과 내가 만나는 곳이 바로 여기거든."

"이곳에 대해 아는 사람 또 누가 있어?" 위를 올려다보며 내가 물었다. 나는 수십억 개의 별들 사이로 날아가서, 거기서 살고 싶었다.

"너만 알아. 너만."

"이봐, 아니." 나는 머릿속 생각을 입 밖으로 뱉었다. "메이미와 데니스가 그들이 있는 곳에서도 이 별들을 볼 수 있을 거 같아?"

"그게 누군데?"

"그분들이 내 진짜 양부모님이야." 내가 말했다. "이 사람들이랑은 전혀 다른 분들이야. 완전 다르지."

"네 진짜 엄마, 아빠는 어디 있는데?" 그가 물었다. "아직 살아 있어?" 그는 연기를 길게 내뿜었다.

"응, 엄마는 살아 있어. 근데 어디 있는지는 몰라." 나는 엄마에 대해 생각하기 시작했다. (아빠에 대해서도. 아빠는 어디에 있는 걸까?) "아니 넌? 엄마는 어디 있는데?"

"우리 엄마랑 아빠는 죽었어. 둘 다 죽었지!"

"진짜?" 나는 할 말을 잃었다. 엄마와 아빠가 둘 다 죽은 사람은 처음이었다. 아니는 혼자였다. "완전히 혼자"라는 느낌은 어떤 느낌일까?

"응. 내가 여덟 살 때 둘 다 죽었대. 사회복지사들이 말하기로는 그래."

"어떻게?"

"그 사람들 나한테 계속 헛소리를 하는 거지. 근데 다 거짓말, 거짓말, 거짓말."

"어쩌면 아직 살아 계실지도 모르지, 그렇지?" 완전히 혼자일 수는 없었다. 그런 얘기는 들어본 적이 없었다. 엄마나 아빠가 살아 있지 않다는 건 내가 상상했던 것보다 더 버려진 느낌이 들었다. 우리 엄마는 아직 살아 있다. 어디선가 나와 같은 별을 보고 있을 거다.

"엄마, 아빠가 죽었든 말든 난 진짜 신경 안 써." 아니는 운동화로 담배꽁초를 밟아 뭉개서 껐다. "내가 여섯 살인가 일곱 살 때 엄마아빠가 날 버렸어. 그때 처음 위탁 가정에 갔지. 나중에 사회복지사들이 그러더라. 엄마아빠 둘 다 총에 맞아서 죽었다고. 근데 내가 아는 건 내 친부모가 뒤퐁 부부보다 나한테 더 심하게 했다는 사실뿐이야. 그거 알아? 나는 그 인간들이 죽어서 다행이라고 봐." 아니는 고개를 뒤로 젖혀 우리 위로 펼쳐진 하늘을 바라보았다.

아니가 두 번째 담배에 불을 붙였을 때 잠깐 반짝 타오른 불꽃 속에서 그가 우는 걸 본 것 같다. 한동안 우리는 아무 말도 하지 않고 그저 생각에 잠겨 밤이 흘러가는 것을 지켜보았다. 우리가 지붕에서 내려와 침대로 몰래 들어갔을 때도 밖은 여전히 어두웠다. 이제야 아니가 왜 침대에서 자지 않는지 알 것 같았다. 지붕 위의 신선한 공기와 비교하면 방은 악취가 심했다. 남자애들은 코를 골고 굴러다니며 자고 있었다. 좁은 침대에 걸쳐있는 팔다리는 내 침대까지 가기 위해 통과해야 하는 정글이었다. 침대에 누워 다른 애들이 드르렁거리는 소리를 듣고 있자니 탁 트인 높은 곳에 올라가 방금 지붕 위에서 그랬던 것처럼, 마음에서 일어나는 모든 경이로움과 친구가 되고 싶었다.

그 후에도 뒤퐁 부부의 폭력을 목격하고 나서 잠이 오지 않거나 정신이 혼미해지면 지붕 위로 여러 번 올라갔다. 대개 아니는 이미 거기에 있었고, 우리는 자동차 극장에 있는 것처럼 앉아 영화 대신 별을 보곤 했다. 내가 담배를 피우기 시작한 것은 지붕 위에서였다. 지붕 위에서 아니가 거쳐 온 모든 곳에 대해 듣기도 했다. 그는 여러 위탁 가정, 소년의 집, 캠프를 전전했고 심지어 소년원에도 잠시 다녀왔다고 했다. 아니가 실제로 소년원에 갔다 왔다고 생각하니 그가 앨커트래즈에 있던 것 같았다.

하지만 대부분 아니는 드넓은 세상에서 혼자 힘으로 도망치고 자유로워진 이야기를 들려주었다. 그는 당시 자신이 느꼈던 것을 마치 우리가 지붕 위에서 나눈 자유처럼 들리게 했다. 우리가 별을 보는 동안 그는 비행기가 어디에 착륙하는지, 대중교통 버스가 어디로 가는지, 기차가 어디에서 만나는지와 같은 단순한 것들에 관한 이야기를 많이 해 주었다. 그는 건물이 도시 구획만큼 거대하다고 설명했고, 그중 일부는 도시의 거리 아래에 있다고 설명했다. 그리고 다양한 피부색을 가진 사람들이 우리를 도울 것이라고 말했다. 그냥 손을 내밀기만 하면 그 손바닥 위에 돈을 쥐어줄 거라고. 그는 버스와 기차를 몰래 타고 다니며 여행한 이야기를 들려주었는데, 정말 많은 곳을 보았기에 나로서는 그가 세계 곳곳을 다 돌아다닌 것처럼 여겨졌다. 그는 잠들지 않는 도시에서 밤에 외출하는 것에 대해 이야기했다. 그는 샌프란시스코, 로스앤젤레스 시내, 그리고 수백 명의 사람들이 탁 트인 하늘 아래에서 잠을 자는 장소들을 좋아했다. 모닥불 주위에 둘러앉아 밤새도록 음악을 연주하고 노래를 부르곤 했다고 했다. 아무도 신경 쓰지 않았고 질문도 하지 않았다. 아니에게 이것은 자유였다.

　나는 듣고 또 들었다. 아니의 이야기를 들으면서 내가 뒤퐁 부부네서 얼마나 답답하게, 숨 막히게 갇혀 살았는지 깨달았다. 나는 탈출하는 꿈을 꾸기 시작했다.

우리가 별들을 바라보는 동안
별들도 우리를 바라보았다.
그 순간만큼은 내 인생에서 일어난
어떤 문제에도 방해받지 않았다.

1

마음이 부서지다

"문제 일으키기"

뒤퐁 부부는 프록 부부를 만나게 해주는 일을 계속 미루었다. 프록 부부를 만나러 가기에 좋은 때가 아니라는 이유가 항상 있었다. 플로렌스한테 들킬까 봐 겁이 나면서도 나는 어느 날 내가 정말 사랑했던 두 사람 중 한 명인 메이미에게 몰래 전화했다. 메이미는 내 목소리를 듣고 기뻐했다. 나중에 알게 된 사실이지만 플로렌스는 내가 잘 지내지 못하고 있고, 메이미와 데니스에 대한 애착 때문에 심하게 짜증내고 화를 낸다고 메이미에게 말했던 거였다. 히긴스 씨는 메이미에게 나를 도울 수 있는 최선의 방법은 나를 만나거나 나와 대화하는 일을 자제하는 것이라고 말했다. 이제 전화로 내 목소리를 듣게 된 그녀는 내가 드디어 나아지고 있다고 믿으며 하나님을 찬양했다.

나는 메이미에게 내가 얼마나 메이미와 데니스를 사랑하고 그리워하는지, 그리고 얼마나 간절하게 그들에게 돌아가고 싶은지 이야기하며 내 마음을 쏟아냈다. 나는 긴 소파 뒤에서 통화를 했다. 전화기를 통해 메이미의 사랑을 듣기를 바라며 그녀에게 모든 것을 털어놓았다.

하지만 메이미는 조용히 듣기만 했다. 그녀는 내가 그녀에게 무슨 말을 하는지 보다 내가 여전히 짜증내고 있는지에 대해 더 관심을 가졌다. 메이미에게는 플로렌스가 나와 다른 아이들을 때리고 학대했다는 말들이 결코 사실일 수가 없었다. 그녀의 마음속에서 그런 일들은 있을 수도 없는 것이었으니까. 메이미가 내 말을 믿도록 허둥지둥 계속 설명하려고 애를 쓸수록 내 심장은 더 세게 뛰었다.

그러자 그녀는 차분한 말투로 플로렌스를 바꿔달라고 했다. 메이미가 이렇게 할 줄은 정말이지 생각도 못했다. "안돼요, 안돼! 메이미, 제발요." 나는 그녀에게 간청했다. "제발 약속해줘요. 그 사람한테 제발 말하지 말아요, 메이미."

"자 – 비스." 메이미가 차분하게 말했다. "아들아, 그곳에 익숙해져야 할 거야. 그분들 말로는 네가 적응하는 걸 힘들어한다고 하더구나. 내가 우리 사랑하는 완두콩을 보고 싶어한다는 건 예수님도 잘 알고 계신단다. 하지만 우리를 만나러 오고 싶다면, 자비스, 플로렌스 부인에게 네가 문제를 일으키지 않는 모습을 보여 줘야 해. 플로렌스 부인은 좋은 분이란다. 너희와 같은 아이들을 돌보는 신의 일을 하고 계시잖니. 플로렌스 부인을 도와드려야 한다. 애야, 네가 우리를 보러 오기 전에 히긴스 씨와 우리는 모두 네가 먼저 바르게 행동하는 모습을 보고 싶단다."

"하지만 난 바르게 행동하고 있어요, 메이미!" 나는 전화기에 대고 울부짖었다. "문제 일으키지 않는다고요!"

그 순간 플로렌스가 메이미와 데이스와 히긴스 씨를 나로부터 돌아서게 만들었다는 사실을 깨달았다. 나는 산산조각이 난 채로 소파 뒤 바닥에 누워 절망에 빠졌다. 플로렌스가 놓은 덫에 그대로 걸려든 것이다. 그녀는 베테랑 수양부모였다. 내가 프록 부부나 히긴스 씨 등 누군가에게 전화를 할 것임을 알고 있었고, 이미 수를 써둔 상태였다. 아니와 다른 아이들 말이 맞았다. 뒤퐁 부부 집 안에서 일어나는 일에 대해 누구에게는 알리는 것은 소용 없는 짓이었다. 하지만 메이미는? 뒤퐁 부부의 계략으로 메이미를 잃은 나에게는 이제 아무것도 남지 않았다. 마음이 부서지는 것 같았다.

메이미는 내가 겪는 '문제'에 대한 걱정 때문에 내가 전화했다는 사실을 플로렌스에게 말하지 않겠다는 약속을 하지 못했다. 몇 주 동안 나는 플로렌스가 이 사실을 알고 있는지 궁금해하며 두려움 속에서 살았다. 전화벨이 울릴 때마다 메이미가 플로렌스에게 전화한 건 아닌지 무서워서 벌떡 일어났다. 그러다가 그 일이 내 마음에서 사라지기 시작했고, 나는 모두 잊어버렸다.

방패도 없이

한 달 뒤 주방에서 플로렌스는 내 손을 내려다보며 집을 나서기 전에 씻으라고 말했다. 싱크대에서 거품을 내고 있었는데 갑자기 그녀가 내 뒤로 다가왔다. 그러더니 내 손 하나를 잡고는 배수구에 강제로 쑤셔 넣었다. 나는 순간적으로 내가 비누를 떨어뜨렸다고 생각해서 그걸 다시 찾아오라는 건 줄 알았다.

그러다가 그녀가 음식물쓰레기 처리기 스위치를 누르는 걸 봤다. 손가락 끝에서 회전하는 칼날에 음식물쓰레기가 튕겨 나가는 것이 느껴졌다. 손을 빼려고 했지만 플로렌스는 계속해서 칼날 쪽으로 내 손을 더 깊이 밀어 넣었다. 마치 팔씨름 선수 둘이 겨루는 형국이었다. 나는 플로렌스가 왜 이러는지 알 수가 없었다. 심술궂은 것을 넘어 완전히 악령이 들려있는 듯했다. 내 비명을 듣고 싶어하는 이 여자의 사악함이 느껴졌다. 몇 초가 몇 분처럼 느껴졌다. 비누 때문에 플로렌스가 잡은 손이 자꾸 미끄러졌는데, 그 덕에 내 손가락을 지킬 수 있던 것일지도 모른다.

"앞으로 한 번만 더 누구에게라도 전화해서 이 집에서 일어나는 일에 대해 입을 열었다가는 이 손모가지를 잃게 되는 줄 알아라!" 플로렌스는 내 귀에 대고 침을 뱉어가며 말했다. "다시는, 다시는…." 그녀는 이를 악물고 말했다. "내 말 알아들어? 알아듣느냐고!"

"네, 제발요, 안 할게요, 안 할게요, 약속해요!" 그녀가 계속해서 온 힘을 다해 내 손을 칼날 안으로 밀어 넣으려 하는 동안 나는 애원했다. 마침내 그녀는 내 손을 놓아주었다. 나는 배수구에서 손을 빼내면서 하마터면 다시는 스포츠를 할 수 없게 될 뻔했다는 생각이 들었다. 플로렌스는 주방에서 나가라고 나를 발로 차며 쫓아냈다. 나는 한쪽 손을 다른 손에 쥔 채 집에서 뛰쳐나가 달렸다.

적어도 내가 메이미와 통화한 사실을 플로렌스가 알고 있는지에 대해 더 이상 궁금해 할 필요는 없어졌다. 그건 끝났다. 이제 나는 내 앞에 놓인 일을 걱정할 수 있었다.

나는 아니에게 플로렌스가 정말 내 손가락이 잘리게 했을 거라고 생각하는지 물었다. "당연한 말씀!" 그가 대답했다. "그러고도 남지! 안 잘린 게 다행인 줄 알아!"

"하지만 그럼 그 여자도 골치 아파지는 거 아냐?" 내가 물었다.

"아니지."

"왜 아냐?" 나는 이해가 되지 않았다.

"왜냐하면 사람들은 모두 네가 예전에 있던 위탁 가정으로 다시 돌아가려고 자작극을 벌인 거라고 생각할 테니까."

나는 아니 말이 옳다는 생각, 히긴스 씨와 데니스, 그리고 메이미도 내 말에 앞서 뒤퐁 부부의 말을 믿었으리란 걸 마음속으로 서서히 깨달았다. 그 어린 나이에도 뒤퐁 부부의 위협으로부터 나를 지켜줄 대상이 없었다. 어린아이라서 가질 수 있는 방패마저 잃은 것이다. 그 후 나는 프록 부부를 만나러 갈 생각을 접으려고 애썼다. 대신 도망치고 싶다는 생각으로 마음을 채웠다. 매일 아침 그 생각을 하며 학교에 갔다. 언젠가 때가 되면 기회는 올 거고 여기를 떠날 수 있겠지. 모든 희망 중 이 희망은 내가 영원히 정죄 받는다는 느낌을 받지 않게 해 주었다.

다른 위탁 형제들도 저마다 탈출 계획이 있었다. 대부분은 부모가 아니더라도 친척에게 돌아갈 수 있는 상황이었다. 아니는 18세가 되어 스스로 독립하게 될 날을 기대했다. 우리 모두는 이러한 계획이 필요했다. 우리는 살기 위해 그 계획을 키워나갔다.

프록 부부를 다시 볼 수 있다는 희망이 사라지자 학대에 면역이 생겼다. 더 이상 아프지 않았다. 몸을 가리는 법, 팔로 주먹을 막는 법, 바닥에서 털실뭉치처럼 단단히 웅크리는 법을 터득했다. 이상하게도 맞아도 아프지 않게 되자 때리는 빈도가 줄었다. 얼과 플로렌스는 나한테 더 잘해주기 시작했는데, 단지 훨씬 더 많은 구타와 주먹질이 필요하다는 것을 깨달았기 때문일 것이다.

히긴스 씨가 방문했을 때 뒤퐁 부부는 연기를 했다. 그들은 히긴스 씨가 지난번 왔다간 이후 내가 "회초리를 몇 차례 맞았다"는 보고로 시작했다. 모든 우려를 불식시키려는 그들의 방식이었다. 이어서 그들은 입이 마르게 나를 칭찬했다. 행복하게 미소 짓는 모습은 세상에서 가장 사려 깊고 자상한 양부모처럼 보였다. 나는 거실에서 그들 맞은편에 앉아 그들이 거의 눈물을 흘리기라도 할 것 같은 얼굴로 내가 친자식이었으면 얼마나 좋을까하고 히긴스 씨에게 하는 이야기를 듣고 있었다. 그들은 내가 학교에서 공부를 얼마나 잘 하는지, 다른 사람들과 얼마나 잘 지내는지, 자신의 자녀들이 나를 친

형제처럼 얼마나 잘 대해주는지, 늘 내가 그들을 얼마나 행복하고 자랑스럽게 만들어 주는지에 대해 이야기했다. 그러고는 벅차오르는 기쁨에 무너지지 않으려는 듯 서로의 손을 꼭 잡았다.

뒤퐁 부부는 내가 야구를 해서 받은 트로피를 집에 가져올 날을 고대하고 있다면서 트로피를 놓을 선반을 히긴스 씨에게 보여 주었다. 어느새 나도 모르게 겸손한 자부심에 미소를 짓고 있었다. 잠시 내 몸의 모든 멍과 상처가 잊혀지고 용서되었다.

플로렌스와 얼은 내가 프룩 부부 집에 가지 못하게 된 이유에 대해 절대 언급하지 않았다. 이렇게 좋은 점이 많은 아이가 어떻게 '짜증내고 성질'을 부릴 수 있을까? 전부 거짓말이었다. 히긴스 씨가 어떻게 그걸 모를 수 있었는지 이해가 안 됐다.

나를 가장 괴롭힌 것은 뒤퐁 부부가 친구들을 즐겁게 하기 위해 나를, 그리고 내 인생에서 가장 신성한 부분들을 이용했다는 점이다. 이따금 플로렌스는 나를 침대에서 끌어내어 속옷과 티셔츠만 입은 채로 거실로 데려가 최고급 크리스털 잔에 술을 마시고 있는 낯선 사람들의 반짝이는 얼굴들 앞에 서 있게 하곤 했다. 내가 방에 들어섰을 때 대체로 허연 얼굴들이 조용한 슬픔에 잠긴 채 나를 쳐다보았고, 그 슬픔은 내가 그곳에 있는 내내 그들의 눈에 서려 있었다. 나는 무대처럼 느껴지는 의자에 앉았다.

플로렌스는 나를 "내가 말한 자비스"라고 소개하곤 했다. 그녀는 내 과거를 모두 알고 있었다. 사회복지사들이 끔찍한 상황 속에 있던 나와 내 형제자매들을 발견했다고 설명했다. 그리고 우리 엄마가 헤로인 중독자이자 매춘부였다고 말하면서 내가 몰랐던 자세한 이야기까지 했다. 이 이야기를 들으며 손님들은 작은 위스키 잔에 술을 따라 마시다가 멈칫하곤 했다. 플로렌스는 "어떤 엄마가 자비스 같은 아이를 그런 식으로 버릴 수 있죠?"라고 질문을 던졌다. 그녀는 우리 엄마가 나를 다시 데려갈 자격이 없다고 말했다. 자신은 평생을 위탁 양육에 헌신했기 때문에 나와 같은 아이들에게도 여전히 희망이 있다고 말하기까지 했다.

그러고는 엄마가 우리 남매들만 집에 남겨두었을 때 우리끼리 무엇을 했는지 모두에게 말해보라고 하곤 했다. 우리가 뭘 먹었는지, 그리고 지금 엄마에 대해 어떤 생각이 드는지. 내가 "아, 시리얼을 먹…" 하고 입을 떼어 대답을 하려고만 하면 플로렌스가 끼어들곤 했다. "운이 좋은 날은 그랬겠지! 우유도 없이! 게다가 사회복지사가 이 아이들을 발견했을 땐 옷 한 오라기도 걸치지 않은 상태였답니다!" 날 빤히 보고 있던 허연 얼굴들은 금방이라도 눈물을 터뜨릴 것만 같았다.

이 모임에 있으면 나는 내가 비정상적인 표본으로 지목당하는 기분이 들었다. 그들은 내가 이전에는 느낀 적 없던 자기 연민이 들게 했다. 그리고 프룩 부부네 집에서는 늘 기도를 받았던 엄마가 저주와 정죄의 대상이 된다는 사실에 화가 났다.

나는 엄마를 사랑하는 마음과 엄마를 위한 기도를 멈춘 적이 없었지만 의심의 씨앗이 자라고 있었다. 왜 아직 오지 않는 걸까? 나를 찾으러 오기는 할까? 내 마음은 끊임없이 엄마의 목소리를 찾고 이 질문에 대한 엄마의 대답을 상상해야 했다. 나는 그 어느 때보다 뒤퐁 부부가 싫었다. 그 둘과 그들의 손님들 앞에서 내 과거를 마주하도록 강요당하자 분노가 끓어올랐다.

플로렌스가 화를 내며 손을 치켜들어도 나는 이제 움찔하지 않았다. 그녀가 나를 때렸으면 하는 생각마저 들었다. 세게 때릴수록 좋다. 도망칠 용기가 더 생길 테니까. 아니는 가출에 대해 알아야 할 거의 모든 노하우를 알려줬다. 몰래 버스에 타는 법부터 혼자 있는 아이처럼 보이지 않도록 어른 가까이에 붙어 있어 경찰 눈을 피하는 법까지. 그는 또 절대 혼자 히치하이킹을 하지 말고 다른 히치하이커, 즉 언젠가 분명 마주치게 될 히피 같은 애들과 친구가 되라고 당부하기도 했다.

가장 중요한 것은 경찰에 잡히거나 길을 잃고 겁이 나더라도 당국에 절대 내 이름과 사는 곳 주소를 말하면 안 된다는 것이었다. 그러면 경찰이 날 뒤퐁 부부네로 다시 데려갈 테니까. 하지만 당국이 내가 누구인지, 어디에서 도망쳐 나온 건지를 모를 경우에는 나를 '맥라렌 홀'로 데려가야 한다. 그의 말에 따르면 일단 그곳에 가면 그들이 내 이름을 알아내도 상관없다. 뒤퐁 부부 집으로 돌려보내면 다시 도망칠 거라고 그들에게 말할 수 있다고 했다.

아니가 맥라렌 홀에 대해 설명하는 걸 들으니, 도망치다 잡히더라도 잃을 게 없고 오히려 얻을 건 많은 곳 같았다. 그는 맥라렌 홀이 주정부의 피후견인들과 가출 청소년들을 수용하는 시설인데, 울타리가 쳐져 있기는 하지만 내가 그곳을 좋아할 거라고 했다. 설명을 들어보면 마치 남녀 기숙사와 학교, 강당, 식당이 있는 남녀공용 캠프 같았다. 스포츠 활동도 하고 견학도 가는데, 아무도 싫어하는 음식을 억지로 먹게 하지는 않는다고 했다. 그가 거기 있을 때 문제를 일으킨 적이 있는데, 주먹으로 머리를 맞는 대신 기숙사 침대에 몇 시간 동안 그냥 누워 있으면 됐다. 거기서는 누구도 절대 그의 몸에 손을 대는 일이 없었다. 아니는 뒤퐁 부부 집에 비하면 맥라렌 홀은 천국이라고 느낄 거라고 했다. 아니가 맥라렌 홀에 대해 싫어했던 부분은 울타리였다. 그는 갇혀있는 걸 싫어했다. 그는 뒤퐁 부부로부터 굳이 도망치려 하지 않았는데, 어떤 의미에서는 그가 그들을 손에 쥐고 있었기 때문이다. 자신 만의 공간이 있었으니까. 그리고 그는 곧 열여덟 살이 될 것이었다.

나는 아니가 말해준 세세한 이야기들을 머릿속에 잘 담아두고 도망갈 때 알아야 할 많은 것들을 관찰하기 시작했다. 사람들이 버스에 어떻게 타는지 지켜보면서 아니가 말한 대로 몰래 타는 게 가능할지 확인했다. 히치하이커를 볼 때마다 차가 멈춰서 태워주는지 지켜보곤 했다. 나는 내가 세운 계획을 연습하며 자유의 기회에 점점 더 가까이 다가가고 있었다.

프록 부부를 찾아가다

어느 날 저녁, 뒤퐁 부부가 나를 위층으로 불렀다. 열린 침실 문 앞에

서자 마음이 두려움으로 가득 찼다. 그들은 나에게 교복을 입으라고 했다. 프록 부부를 만나게 해주려는 것이었다. 수많은 생각이 머릿속을 스쳐 지나갔다. 도망칠 생각에 대해 죄책감을 느꼈고 뒤퐁 가족이 어떻게든 알고 있을지도 모를 두려움을 느끼면서도 여전히 가출을 해야겠다는 확신이 들었다. 이것이 나 혼자서 프록 부부네로 가는 방법을 배울 수 있는 기회이자 그렇게 하라는 계시일지 궁금했다. 동시에 프록 부부를 방문할 수 있게 되었는데도 더 이상 기쁘지 않다는 사실이 괴롭게 느껴졌다.

처음 뒤퐁 부부네로 옮겨왔을 때는 메이미와 데니스가 보고 싶어서 울다 잠이 들었다. 하지만 거의 1년이 지난 지금, 내 안의 무언가가 사라졌다. 나는 더 이상 데니스와 메이미가 기억하는 아이가 아니었고, 그들이 날 거부할까봐 두려웠다. 동시에 그들이 내 마음을 읽고 그동안 있었던 모든 일을 알게 될까봐 겁이 나기도 했다. 이것이 그들을 죽일지도 모른다는 생각에 겁이 났다. 무엇보다도 그들이 뒤퐁 부부의 연기를 믿게 된다면 그 고통을 견딜 수 없을 것 같았다. 그래서 나는 한 가지 사실에 집중했다. 어떤 것도 내가 도망치는 걸 막을 수는 없었다. 혼자서 프록 부부 집에 가는 길을 외우기로 결심하고 뒤퐁 부부가 나를 그곳으로 데려다주는 동안 정신을 바짝 차리고 주의를 기울였다.

나는 교복을 단정하게 차려입고 플로렌스와 얼과 함께 프록 부부 집으로 걸어갔다. 초인종을 누르면서 나는 이미 다시 그리워지기 시작한 동네를 둘러보았다. 데니스와 메이미가 문을 열었을 때 나는 뒤에 있는 얼과 플로렌스는 잊은 채 안으로 뛰어 들어가 10년 치를 모두 담아 그들을 껴안았다.

나는 이제 메이미 품에서 무거웠다. 그녀는 예전처럼 나를 들어 올릴 힘이 없었다. 그녀는 울면서 내 귀에 대고 사랑한다고, 보고 싶었다고 속삭였다. 우리는 모두 거실에 앉았고 뒤퐁 부부는 곧바로 연기에 돌입했다. 그들은 데니스와 메이미에게 나의 좋은 점에 대해 이야기하면서 울기 시작했다. 내 생각엔 그들은 자신의 거짓말을 거의 믿었던 것 같다.

두 사람이 이야기를 늘어놓는 이야기에 나는 자리에서 벌떡 일어나, 어떤 이유에서인지 데니스와 메이미의 침실에 몰래 들어가 메이미의 지갑에서 20달러 지폐를 훔쳤다. 나는 그 돈을 신발에 넣고 거실로 돌아갔다. 뒤퐁 부부는 여전히 내가 얼마나 천사 같은 아이인지에 대해 이야기하고 있었다. 돈을 훔치는 것이 그 거짓말들에 엑스표를 그어 지우는 나만의 방법이었던 것 같다.

나는 메이미의 건강이 좋지 않다는 것을 알 수 있었다. 그녀는 눕고 싶은데 억지로 일어나 앉으려고 하는 것처럼 지치고 피곤해 보였다. 그러더니 기침을 하기 시작했다. 줄곧 손수건을 입에 대고 있는 모습이 매우 고통스러워 보였다. 하지만 그녀가 나를 힐긋 보며 미소 지었을 때, 나는 여전히 내가 사랑했던 그 얼굴을 볼 수 있었다.

프록 부부네 방문은 내가 기대했던 것과는 달랐다. 뒤퐁 부부가 나와 다른 위탁 아이들에 대해 이야기하는 동안 우리는 한 시간 정도 거실에 있었다. 데니스나 메이미와 단둘이 이야기 할 기회는 없었다.

놀랍진 않았지만 실망스러웠다. 내가 과연 용기를 내서 그들에게 어떤 말이라도 할 수 있었을까? 가장 두려웠던 것은 그들이 나를 믿지 않을 수 있다는 것이었다. 그럼 나는 어디로 도망가야 하지? 나는 그들과 따로 단둘이 이야기 할 시간이 없었음에 안도감을 느꼈다.

작별의 포옹을 여러 번 하고 떠나면서, 나는 이곳에 다시 돌아올 것을 알았다. 이제 25마일 정도 떨어진 데니스와 메이미의 집으로 가는 길을 알았다. 신발 속에는 20달러 지폐가 있었고, 시간은 내가 선택할 수 있었다. 증오의 상처가 내 가슴을 짓눌렀다. 나는 그것을 실행에 옮길 준비가 되었다! 도망치기! 날 막을 수 있는 사람은 내 자신뿐이었다. 하지만 모든 게 내 손에 달려 있다는 사실을 깨닫자마자 집에서의 상황이 나아진 듯했다. 나는 뒤퐁 부부가 나에게 한 번 더 손을 대기를, 마지막으로 떠날 빌미를 주기를 기다렸지만, 아무 일도 일어나지 않았다. 어쩌면 내가 뭘 할지 알면서 무의식적으로 그들의 분노를 피했을지도 모르겠다.

메이미의 죽음

우리가 프록 부부를 만난 지 약 한 달 뒤, 나는 학교에 있다가 연락을 받고 집으로 불려가 예기치 않게 집에 들른 히긴스 씨를 만났다. 거실에 단 둘이 앉아 있었는데, 나는 히긴스 씨가 이번에는 뭔가 특별한 일로 온 것임을 알았다. 그의 얼굴에서 나쁜 소식이 있는데 어떻게 입을 떼야할지 모르겠다는 표정을 읽을 수 있었다. 나는 그가 나에게 뒤퐁 가족을 떠나야 한다고 말할 거라고 생각했다. 나는 기쁨을 감추려고 애썼다.

히긴스 씨는 내 무릎에 손을 얹고 메이미가 죽었다고 말했다. 나는 울지 않으려고 안간힘을 썼다. 내 몸이 바닥으로 미끄러지는 것을 느꼈다. 나는 소파에서 쿠션을 끌어당겨 방패처럼 안은 채 공 모양으로 몸을 웅크렸다. 귓가에 이가 부딪히는 소리가 크게 들렸다. 온몸이 주체할 수 없이 떨렸고, 지금껏 한 번도 느껴보지 못한 고통에 울부짖었다. 혀를 깨물었더니 입에서 피가 흘러나왔다.

메이미의 얼굴이 떠오르며 나는 고통에 잠겨버렸다. 눈물을 흘리다 못해 울부짖었고 손가락으로 카펫을 꽉 움켜쥐었다. 나는 절망에 젖은 채 깊은 바다의 밑바닥에 누워 있었고, 공포에 질린 목소리가 내 절망의 깊은 곳을 뚫고 들어오려고 했다. 누군가 나를 들고 뛰고 있는 것처럼 몸이 들리고 튕기는 느낌이 들었다.

나는 뒤퐁 부부의 침실에 있는 큰 침대에서 깨어났다. 플로렌스와 히긴스 씨가 방으로 들어와 내가 발작을 일으켰지만 괜찮을 거라고 말했다. 나는 그게 무슨 뜻인지 몰랐다. 혀가 아팠고 커다란 조약돌이 혀에 붙어있는 느낌이었다. 말을 다시 할 수 있을지 알 수 없었다. 세상과 완전히 단절된 기분이었다. 나를 병원에 데려가서 진찰을 받게 하겠다는 말들이 들렸지만, 그들의 목소리는 집안의 다른 소리들과 뒤섞여 정적처럼 들렸다. 나는 메이미가 부르는 목소리를 들으려 귀를 기울이고 있었다. "자 – 비스! 자-비스!"

그들이 나를 아래층의 내 방으로 데려갔고, 침대에 누웠는데 내 눈앞에 메이미의 모습이 어른거렸다. 그녀는 교회 중앙 통로에 있는 관 안에 누워 있었다. 메이미와 데니스의 연로한 친구 중 한 명이 세상을 떠났을 때 여러 번 보았던 것처럼 교회 전체가 노래를 부르며 울고 있었다. 나는 교회 성가대가 부르는 복음 노래를 마음속으로 듣고 그 노랫말들을 모두 기억하며 울다가 잠들었다.

다음 날 아침, 나는 학교에 가는 대신 데니스를 만나러 가기 위해 고속도로에서 히치하이킹을 하고 있었다. 그럴 계획을 세운 건 아니었는데, 그냥 어쩌다 보니 그렇게 하고 있었다. 나를 태워준 친절한 흑인 남성은 내가 가는 방향까지만 데려다 줄 생각이었다. 하지만 위탁 가정에서 내가 겪은 이야기와 메이미의 갑작스러운 죽음에 대해 듣고는 나를 프록 부부 집 앞까지 데려다주겠다고 했다. 그는 내가 걱정되었는지 어떤 이유로든 내가 데니스를 만나지 못하게 되면 다시 뒤퐁 부부네로 데려다 줄 수 있게 허락해 달라면서 내 동의를 받아냈다.

그가 차에 탄 채 밖에서 기다리고 있는 동안 나는 문으로 걸어갔고 데니스는 나를 들여보내 주었다. 나는 데니스가 현관으로 다시 나가서 나의 새 친구에게 나는 여기 있을 거라고 말해 주면서 잘 가라고 배웅해 주기까지 몇 초밖에 걸리지 않을 거라고 생각했다. 하지만 그런 일은 일어나지 않았다.

데니스에게 뒤퐁 부부로부터 도망쳐 나왔다고 말하자마자 그의 태도는 행복 그 자체에서 완전한 슬픔으로 바뀌었다. 그는 나를 다리가 맞닿도록 안으며 내가 이곳에 있을 수 없다고 어떻게 말해야 할지 할 말을 찾으려고 애썼다. 그는 메이미라면 내가 여기에 머무르는 것을 결코 허락하지 않았을 것이며, 그가 뒤퐁 부부와 히긴스 씨 모르게 나를 숨겨줄 수 없다는 걸 내가 알았어야 한다고 설득했다. 마치 메이미가 바로 이 자리에 우리와 함께 있고 내가 두 사람을 모두 실망시킨 것 같았다. 그들은 나를 누군가로부터 숨길 수 있는 사람들이 아니었다. 그들로서는 내가 뒤퐁 부부네서 겪은 끔찍한 일들이 실제로 일어날 수 있는 것이라고는 상상조차 할 수 없었다.

우리는 아주 잠시 메이미의 죽음에 대해 이야기했다. 데니스는 외로움을 느꼈지만 메이미의 죽음에 흔들리지 않았다. 그는 메이미가 천국에서 하나님과 함께 있을 것이라고 했다. 나는 이 믿음의 세계를 잊고 있었다. 데니스를 통해서야 그 믿음을 다시 내 마음으로 다시 느낄 수 있었다. 뒤퐁 부부네서 강요받았던 사상과는 너무 달랐다. 데니스는 내가 이곳에 왔다는 사실을 뒤퐁 부부에게 말하지 않겠다고 했고, 내가 메이미의 장례식에 참석할 수 있도록 히긴스 씨에게 얘기해 주겠다고 약속했다. 나는 그를 오랫동안 꼭 안아주고 떠났다.

새 친구는 여전히 밖에서 기다리고 있었다. 30분도 채 안되어 나는 뒤퐁 부부 집으로 돌아왔다. 그는 나를 집에서 한 블록 떨어진 곳에 내려주면서 슬픈 목소리로 "몸조심해요"라고 말했다.

메이미가 죽었다는 사실을 알았을 때 아니는 내가 장례식에 참석하지 못할 거라고 예견했다. 지금 뒤퐁 부부는 나도 몰랐던 사악함을 드러내며 정말로 가지 못하게 했다. 그들의 행동에서 느껴지는 악랄함에 나는 마음이 무너졌다. 그날 아침에 도망칠 생각은 없었다. 히치하이킹이 꿈처럼 느껴졌기 때문이다. 하지만 이제 나는 그토록 사랑했던 메이미의 품으로 도망치기로 결심했다.

8

학대로부터 탈출

안전한 곳을 찾아 달리다

뒤퐁 부부로부터 도망칠 때가 되었을 때, 나는 내 안의 용기를 다 끌어모아 다음 날 아침에 떠날 계획을 세웠다. 아니 외에는 아무에게도 말하지 않았다. 아니는 나에게 행운을 빌어주며 누구에게도 내진짜 이름을 말하지 말라고 다시 한번 상기시켰다.

　나는 열 살이었다. 나는 워싱턴 공원 옆 버스 정류장까지 1마일을 걸어갔다. 나를 아는 사람이나 뒤퐁 부부에게 버스를 기다리는모습을 보이지 않으려고 벤치에서 몇 피트 떨어져 있었다. 버스가도로변에 멈추고 문이 열렸을 때 나는 탑승을 기다리던 다른 사람들사이에 숨었다. 버스가 어디로 가는지는 상관없었다.

　요금을 내고 맨 뒷자리에 앉아 창밖을 내다보았다. 기어를 바꾸는 거친 소리에 문득 내가 지금 무엇을 하고 있는지, 어디로 가고 있는지 궁금해졌다. 다음 정거장에서 내리면 아니 말고는 아무도 내가 도망치려 했다는 사실을 모르고 넘어갈 거다. 그때 나는 다시 돌아가지 않기 위해 아니에게 내 계획을 얘기했음을 깨달았다. 그의 눈에 "겁을 먹고 뒤꽁무니를 빼는" 사람으로 비치는 건 정말 싫었다. 이 이유가 나를 계속 앉아 있게 만들었다. 한 정거장씩 더 멀어질수록 마음을 바꾸는 일이 점점 더 어려워졌고, 뒤퐁으로 돌아가는 길을 찾을 수 있는 거리를 훨씬 벗어난 뒤 나는 진정으로 떠나기로 결심했다. 한 시간도 채 되지 않아 길을 잃었지만 자유로움을 느꼈다. 광활하고 넓게 펼쳐진 듯한 세상에 나 혼자였다.

나는 로스앤젤레스 시내로 갈 수 있는 버스를 기다리며 계속 버스를 갈아탔다. 마침내 누군가에게 그곳으로 가는 버스 번호를 물어볼 수 있었다. 놀랍게도 내가 방금 탄 버스가 바로 그 버스였다.

밤이 되자 창문 너머로 로스앤젤레스 시내의 우뚝 솟은 건물들이 다가오는 광경을 볼 수 있었다. 이 건물들이 얼마나 하늘 높이 솟아 있는지 보려면 고개를 거의 거꾸로 기울여야 했다. 수많은 창문에서 쏟아져 나오는 불빛이 밤하늘 전체에 생기를 불어넣었다.

굽이굽이 돌아가는 고속도로 위는 빽빽이 줄 서 있는 차량들로 가득했고 사람들은 차를 타고 이곳저곳으로 가고 있었다. 버스 옆의 차들을 내려다보며 모두가 어디로 가는지 궁금했고, 나도 그들과 함께 집으로 돌아가는 차의 뒷좌석에 앉아 있는 것이면 좋겠다고 생각했다. 잘 곳은 어떻게 찾아야 할까? 나는 저 차들 중에 엄마나 내가 아는 누군가가 타고 있는 차가 있을지 궁금했다. 창밖을 내다보며 이런 생각에 잠들지 못하고 가만히 앉아 있었다. 나는 나 자신의 온화한 동행이었다. 깊은 밤 반짝이는 빛들을 보고 있자니 뒤퐁 부부와 함께 일 때보다 인생이 훨씬 더 친절하게 느껴졌다. 평생 이 버스에 타 있고 싶었다.

지하 버스 터미널은 아니가 묘사한 그대로였다. 수십 대의 버스와 수백 명의 사람들이 타고 내리는 광대한 공간이었다. 마치 지하도시 같았다. 대부분의 사람들이 짐을 들고 있었고, 내 또래의 아이들이 있는 가족도 많았다. 나는 어디로 가야 할지 안다는 듯이 그들을 따라 에스컬레이터를 타고 센트럴 그레이하운드 버스 터미널(Central Greyhound Bus Station)의 메인 로비로 올라갔다. 여기에는 작은 선물 가게와 사람들이 멍하니 줄을 서 있는 매표소가 있었고, 둘러앉아 식사를 하거나 지정된 게이트에서 기다리는 사람들도 있었다. 역내 방송으로 탑승 일정이 안내되었다. 터미널은 밤새도록 열려 있는 듯한 느낌이었다. 제복을 입은 경찰들이 돌아다녀도 가출 청소년으로 의심받을까 걱정할 필요가 없었다. 여기서는 아무도 나를 알아보지 못할 것이다.

그 후 나흘 동안 나는 버스 터미널에서 잠을 잤다. 낮에는 지역 고속철도 버스를 몰래 타고 시내로 가서 내가 찾을 수 있는 가장 높은 건물의 엘리베이터를 탔다. 최대한 높은 곳까지 올라가 창밖으로 한참 동안 로스앤젤레스의 풍경을 바라보았다. 항상 다른 볼거리가 있었다. 나는 아래로 내려가기 직전에 거리로 다시 돌아가면 찾아가 볼 지상에 있는 명소를 골랐다. 그런 다음 그곳에 도착하면 내가 조금 전까지 얼마나 높이 있었는지 확인하기 위해 내가 내려다봤던 바로 그 창문을 정확히 찾아보곤 했다.

그 해는 1972년이었다. 로스앤젤레스 길모퉁이에서 흔히 볼 수 있는 하레 크리슈나교도들(Hare Krishnas, 힌두교의 크리슈나신을 믿는 종파)이 황홀경에 빠져 춤을 추는 모습이 무서웠다. 그들을 피하려고 노력했지만 어디를 가도 그들이 보였다. 거의 모든 길모퉁이마다 다른 그룹이 있다는 사실을 깨닫기 전까지는 그들이 나를 미행하는 줄 알았다. 버스 터미널에 돌아오면 항상 배가 고팠는데, 노숙자들이 나를 챙겨주었기 때문에 내 주머니에 있는 돈은 거의 쓸 일이 없었다.

노숙자

LA에 도착한 첫날 밤, 나는 버스 터미널 안에서 구두를 닦는 흑인 노숙자 할아버지를 만났다. 처음에는 그의 구두닦이 좌판 근처를 맴도는 경찰들 때문에 그를 믿지 못했다. 하지만 어떻게 아는지는 몰라도 그 노숙자는 내가 가출 청소년이라는 걸 알고 있었다. 그는 나처럼 터미널을 드나드는 가출 청소년을 수없이 봤다고 말했다. 나는 그가 경찰 친구들의 구두를 닦아주면서 내 얘기를 할까봐 두려웠다.

경찰이 무심코 나에게 이름을 묻는 순간이 있었다. 내가 겁에 질려 더듬거리자 노숙자 할아버지는 경찰에게 내가 자기 누나의 손자라고 말했다. 그러고는 자신의 주머니에 손을 넣어 5달러짜리 지폐를 꺼내더니 나에게 주며 가서 뭘 좀 먹고 오라고 했다. 마치 이 경찰이 눈치 채기 전에 가라는 것처럼. 나는 그 돈을 가지고 다시는 돌아오지 말라는 뜻이라는 것을 알았다. 하지만 무슨 이유에서인지 나는 우리 둘이 먹을 햄버거 두 개와 감자튀김, 콜라를 사들고 돌아왔다. 같은 경찰이 여전히 구두를 닦고 있었다. 나는 노숙자 할아버지에게 거스름돈을 주고 의자에 앉아 햄버거를 먹었고 할아버지는 계속해서 경찰의 신발에 광택을 내고 있었다. 그는 흥얼거리기 시작했는데, "아이야, 넌 미쳤구나, 그렇지?"라고 읊조리는 식이었다.

경찰이 마침내 떠나자 노숙자 할아버지는 나를 보며 언짢은 목소리로 말했다. "애야, 그럴 정신이 남아 있니?"

"먹을 것 좀 사오라고 하지 않았나요?" 콜라를 홀짝이며 내가 물었다.

"그래, 그렇지, 내가 그렇게 말을 하기는 했지. 하지만 무슨 뜻으로 한 말인지는 너도 충분히 알고 있지 않니? 놈들은 널 찾아낼 거다!" 그의 목소리 톤이 바뀌었다. "그렇지만 그렇게 될 때까지… 자, 여기 있다." 노숙자 할아버지는 나에게 구두닦이 걸레를 던졌다. "여기를 청소해라! 구두약 뚜껑은 다시 덮어. 그리고 수건을 빨아서 내 자리를 닦아라." 그는 의자 중 하나에 올라 앉아 햄버거의 포장을 풀었다. 그도 내가 그랬듯 엄청나게 배가 고팠던 것이다.

나는 정말 기뻤다. 의자에서 벌떡 일어나 마치 노숙자 할아버지에게 막 고용된 것처럼 일하러 나갔다. 나는 구두약 뚜껑을 모두 닫고, 먼저 뚜껑을 닦은 다음, 구두닦이 좌판 주변은 깨끗이 청소했다.

노숙자 할아버지는 구두를 닦지 않을 때마다 내가 자수하도록 설득하려고 애썼다. 가출한 이유를 설명하기 위해 나는 그에게 내 이야기를 처음부터 끝까지 전부 들려줬다. "이런! 뒤퐁 놈들!" 그가 말했다. "정말 내 부모 같군! 하지만 당국에 네 이름을 밝힐 필요는 없단다. 아니라는 친구가 말한 대로하면 그 맥라렌 홀이란 곳에 갈 수 있어! 여기에서는 지금처럼 혼자 있으면 분명 나쁜 일들이 일어나게 된다. 그리고 애야, 여기에 너무 오래 머물 수는 없어!"

노숙자 할아버지는 내 마음 저편의 목소리, 상식의 목소리였다. 처음으로 긴 대화를 나누며 그는 내가 자수해야 한다고 설득했다. 나는 내 발로 가서 자수하기는 원치 않았기에 그가 해주기로 했다. 하지만 자수하기 전 사흘 동안 이곳에 더 머물면서 그가 나를 조수로 계속 데리고 있기로 결심하기를 은근히 바랐다.

혼자서 그토록 자유롭다고 생각했는데, 노숙자 할아버지가 나를 넘기기로 결정했을 때 나는 그 어느 때보다도 자유로워진 기분이 들었다. 로스앤젤레스 시내를 돌아다니며 도시의 블록만한 크기의 가게들을 구경하고, 햄버거를 먹고 그와 함께 지내면서, 버스 터미널을 드나드는 다른 사람들처럼 나도 이제 갈 곳이 있다는 걸 느껴서다. 그가 나를 신고할 거라는 걸 알고 있으니 시간이 지나면 할 일도, 갈 곳도 없어질 것이라는 두려움이 사라졌다.

노숙자 할아버지는 우리가 함께하는 마지막 날 거의 온종일 나에게 구두 닦는 법을 가르쳐 주었다. 나는 그가 허리를 숙여 손님의 구두에 광택을 내는 동안 구두에게 말을 걸고 헝겊을 톡톡 두드려

뽀득뽀득 닦는 모습이 맘에 들었다. 나는 왜 구두에 말을 거냐고 물었다. 그는 미소를 지으며 말했다. "보다시피 말이다, 이렇게 고개를 숙여서 구두한테 말을 걸고 있는 걸 보면 일을 아주 정성스럽게 하고 있다는 걸 사람들이 알게 되지! 여기서는 이렇게 일하지 않으면 사람들이 절대 지갑을 열지 않을 거다." 가판대에서 신문을 읽고 있는 손님의 구두에 구두약을 발라주며 그는 헝겊을 한 번 더 톡톡 두드렸다.

도망

그날 저녁 제복을 입은 경찰이 구두를 닦으러 왔고, 나는 바로 이 사람이 오늘 그 사람임을 알았다. 나는 한동안 경찰과 노숙자 할아버지가 이야기하고 농담하는 것을 지켜보았다. 나는 그들이 내 나이만큼의 세월을 넘어선 오랜 친구라는 걸 알 수 있었다. 그러다가 그들의 주제가 바뀌었다. 나는 노숙자 할아버지가 문제가 있다고 말하는 걸 들었다. 흑인 경찰의 얼굴에 걱정스러운 표정이 번졌고, 그는 노숙자 할아버지에게 자신이 해줄 수 있는 일이 있겠냐고 물었다. 할아버지는 손가락으로 나를 가리키며 훌륭한 청년을 만났다고 말했다. 그는 경찰에게 내 이야기를 들려주었는데, 말하는 방식이 웃겨서 웃음이 터질 뻔했다. 그는 민감한 부분은 전부 생략하고 내가 말하고 싶지 않은 말은 전혀 하지 않았다.

"저 친구 이름이 뭔가요?" 경찰이 물었다.

"글쎄요, 조지, 내가 알기로는 아직 이름이 없는데. 난 그냥 '우피(Woopie, '부유한 노인' 이라는 뜻이 있음)'라고 부르고 있습니다. 그렇습니다! 이 친구가 햄버거를 먹는 방식이 딱 그래서 말이지요!"

"이름이 뭐니, 애야?" 경찰이 나를 내려다보며 물었다. 그는 셔츠 주머니에서 펜과 메모지를 꺼냈다.

"아니, 그게, 어" 나는 중얼거렸다.

"어떻게 여기까지 왔니? 혼자서 도망친 거야?"

"모르겠어요." 내가 작은 소리로 말했다.

"그럼 네가 몇 살인지는 아니?"

"열 살 아니면 열 한 살이요." 나는 간신히 대답했다.

"이 친구는 우리에게 아무 것도 말하고 싶지 않은 것 같네요." 경찰이 말했다. "그럼 가출 청소년으로 신고할 수밖에 없어요. 이런 청소년들은 부모와 연락이 닿을 때까지 우리가 그냥 데리고 있는 경우가 많아요. 부모가 데리러 오는지 보려는 거죠. 하지만 이 아이 같은 경우는 신고를 해야 되겠습니다. 가출 청소년이에요. 어떻게 될지 두고 봐야죠."

경찰은 의자에서 내려와 할아버지에게 구두 닦은 값을 지불했다. 나는 권총집에 꽂힌 그의 총을 쳐다보았다. 그는 할아버지에게 몇 분 간 나를 여기 두고 가면 도망갈 거 같은지 물었다.

"아니오! 이 녀석은 아무데도 가지 않을 겁니다." 할아버지가 말했다. "여기 이 의자 말고는 아무데도 안 가지요." 그는 경찰이 앉앉던 의자에 앉으라고 손짓했다. 나는 의자에 올라가 앉은 뒤 손님들의 신발이 놓인 곳에 내가 가장 좋아하는 운동화를 올려두었다.

"좋습니다. 몇 분만 여기서 데리고 있어주세요." 경찰이 말했다. "저는 전화를 몇 통 걸어서 도와줄 사람을 불러올 수 있는지 알아보겠습니다." 그는 자리를 뜨기 전 돌아서서 총에 손을 얹었다. "얘야, 정말 이름을 말해줄 생각이 없는 거니?"

"네." 내가 다시 대답했다. 노숙자 할아버지와 함께라면 권총 위에 얹은 그의 손을 보아도 두렵지 않았다.

"흠, 아이가 도망가지 않게 잘 봐주세요, 아셨죠?"

"잘 보고 말고요, 조지." 할아버지가 대답했다.

우리는 경찰이 무전기를 꺼내 무전을 치며 걸어가는 것을 지켜보았다. 그가 시야에서 사라지자 노숙자 할아버지와 나는 둘다 큰소리로 웃기 시작했다.

"이름이 없기에는 너무 크지 않았니?" 할아버지가 말했다.

"그렇죠." 나는 웃었다.

"그래. 경찰들이 잡으러 오면 몸조심해라, 알았지? 더 이상 내가 널 보는 일이 없게 해라! 알았지? 그리고 애야, 내가 구두 닦는 기술을 전부 다 전수했다고는 생각하지 마! 배워야 할 게 더 많으니까."

"또 어떤 게 있나요?" 내가 물었다.

"우선 신발을 사야지!" 내 운동화는 할아버지의 구두닦이 좌판에 놓인 채로 너무 가여워 보였다. 내 엄지발가락이 구멍으로 빠져나와 있었다.

경찰이 돌아오기까지는 오래 걸리지 않았다. 그는 할아버지에게 내가 앞으로 어떻게 될지 설명해 주었고, 나는 맥라렌 홀이라는 말을 듣고 거의 들뜬 듯한 기분이 들었다. 아니가 해준 말을 토대로, 기숙사와 학교가 있고 스포츠 활동도 매일 할 수 있는 남녀공용 캠프 같은 걸 상상했다. 그리고 거기서는 나를 때리거나 더러운 음식을 목구멍에 강제로 쑤셔 넣는 사람이 없을 거라고 생각했다. 심지어 그 주변에 쳐 있을 높은 울타리도 마음에 들었다. 나를 뒤퐁 부부로부터 지켜줄 테니까. 맥라렌 홀은 내가 원하던 곳이었다.

정장 차림의 금발 남자와 여자가 구두닦이 좌판 쪽으로 걸어왔다. 그들은 경찰에게 신분증을 보여 주며 악수했다. 그러고는 세 사람은 함께 걸어가더니 내가 들리지 않는 로비로 갔다. 나는 두려움을 억누르며 제발 뒤퐁 부부한테 돌려보내지지 않기를 기도했다.

마침내 그들이 돌아왔다. 여자는 미소를 지으며 나와 악수했다. 그녀는 자신의 파트너와 자신이 가출 청소년 담당부서의 경찰이라고 소개했다. 그녀는 걱정스러운 목소리로 내 몸에 보여 주고 싶은 상처나 멍이 있는지 다정하게 물어보았다. 나는 없다고 했다. 그녀는 내 무릎에 부드럽게 손을 얹고는 어머니 같은 따스한 목소리로 내 이름을 물었다. 그녀는 자신에게 말해주면 내가 도망쳐 나온 곳으로 돌아가지 않아도 된다고 약속했다. 나는 그녀의 눈을 바라보았다. 그녀에게서는 진정성이 보였다. 내가 믿을 수 있는 사람 같았다. 그녀에게 내 이름을 말하고 싶은 충동이 아니가 했던 모든 경고에 맞섰고 나도 모르게 "자비"라는 이름이 입에서 튀어나왔다. 내 진짜 이름과 소리만 비슷했지만, 진짜 이름을 말한 것이나 다름 없었다.

　　그러자 그녀는 여전히 내 무릎에 손을 얹은 채로 내가 사는 곳이 어딘지 물었다. 그녀의 부드러운 목소리에 담긴 속임수를 상상하면서 나는 다시 한번 아니의 경고를 떠올렸다. 고개를 숙인 채 눈을 마주치지 않으면서 내가 사는 곳이 어딘지, 어떻게 버스 터미널에 오게 되었는지 기억이 나지 않는다고 대답했다. 나는 더 이상 그녀의 말을 믿지 않았고 마음을 닫았다. 나를 힐끔힐끔 보고 있는 것이 느껴지는 노숙자 할아버지만이 내 마음을 이해했다. 더 이상 질문할 것이 없자 두 명의 금발 경찰은 나를 맥라렌 홀에 데려갈 수밖에 없겠다고 말했다.

　　나는 구두닦이 좌판에서 뛰어내렸다. 착지하는 순간 할아버지가 나를 잡아주었고, 나는 내가 벌써 그를 그리워하고 있음을 느꼈다. 그의 허리를 꼭 안고 있는데, 어깨에 손 하나가 부드럽게 나를 떼어내는 느낌이 들었다. 그 여자는 내 손을 잡았다. 터미널에서부터 나를 데리고 가는 동안 나는 어깨너머로 구두닦이 헝겊을 흔드는 할아버지를 계속 바라보았다. 우리는 불이 켜진 밤공기 속으로 걸어나가 빽빽하게 늘어선 택시들을 지나서 번호판이 없는 경찰차에 도착했다. 추운 뒷좌석은 내면의 기쁨으로 곧 따뜻해졌고, 나는 창밖을 가만히 바라보며 유리창 너머로 반짝이는 로스앤젤레스 시내의 불빛을 구경했다. 너무 피곤해서 우뚝 솟은 건물들은 신경 쓸 겨를이 없었다.

　　이제야 지난 며칠 간 쌓인 피로를 느낄 수 있었다. 사람들로 둘러싸인 플라스틱 의자에 꼿꼿이 앉아 있느라 들지 못한 잠, 나를 불안한 마음으로 깨어있게 하는 역내 방송 때문에 이루지 못한 잠이 쌓여 눈꺼풀을 무겁게 했다. 그런데도 나를 어디로 데려가는지 살피기 위해 계속 깨어 있으려고 노력했다. 나는 창문에 머리를 기대고 졸다가 결국 좌석에 몸을 대고 누워 맥라렌 홀에 도착할 때까지 가는 내내 잠을 잤다.

9

맥라렌 홀

대문 안

나는 맥라렌 홀에서 입소 절차를 밟는 내내 몽유병에 시달렸다. 굳게 닫힌 대문 안에서 목욕을 할 때까지 완전히 깨어나지 못했다. 나는 고요한 한밤중에 개방형 기숙사로 옮겨졌는데, 그곳에는 약 40개의 침대가 한쪽 끝에서 다른 쪽 끝까지 두 줄로 놓여 있었다. 침대 대부분은 잠든 소년들로 차 있었다. 여전히 녹초가 된 채로 나는 내 침대에 누웠다.

기숙사 불이 모두 켜졌을 때 나는 마치 방금 눈을 붙였다가 깬 기분이었다. 지도원 한 사람이 복도 한 가운데 서서 모두 일어나라고 했다. 그는 큰 목소리로 모두에게 침대를 정리하라고 한 다음 우리를 라커룸과 샤워실로 안내했다. 나를 제외한 모두가 무엇을 해야 하는지 알고 있는 것 같았다. 나는 여전히 반수면 상태로 그들을 따라했다. 다른 아이들이 어디에서 칫솔과 세면도구를 받으면 되는지 알려주었다. 그들은 나를 세탁실로 안내했고, 그곳에서 한 남자아이가 옷과 운동화 한 켤레를 주었다. 우리는 모두 같은 사이즈의 카키 바지와 운동복 상의를 입고 있었기 때문에, 신발만 내 사이즈에 맞게 요청하면 되었다.

우리는 남녀공용 식당에 들어갔다. 여자아이들과 남자아이들은 각자 다른 쪽에서 한 테이블에 다섯 명씩 앉아 식사를 했다. 첫 식사 시간에 파블로와 써니를 만났다. 이 둘은 이후 여러 시설에서 수년 동안 나와 함께 하게 되는 친구들이다. 파블로는 샌 퀜틴 교도소 마당에서 칼에 찔려 죽기 직전 딸의 사진을 나에게 건넸다. 써니는 다른 교도소에서 자살했다.

우리 테이블에는 열 살에서 열두 살 사이의 아이들이 둘러앉아 있었다. 다른 아이들은 복도 건너편에서 여자친구가 그들에게 키스를 날리고 있었다. 식사에 집중하기엔 너무 사랑에 빠져있는 멋진 파블로와 써니는 본인 몫의 음식을 나에게 줬다. 나는 음식을 싹싹 긁어 내 접시에 담고는 계속 먹었다. 나는 주방장이 몇 초 남았는지 알려주기 전까지 원하는 만큼 더 받아서 먹을 수 있는지 몰랐지만, 어차피 그때엔 이미 너무 배가 불러서 더 먹을 수도 없었다.

파블로와 써니를 비롯한 몇몇 아이들이 내가 알아야 할 모든 것을 알려주었다. 그들은 아무에게도 내 이름을 말하지 않은 건 잘한 일이라고 했지만, 이제 난 맥라렌 홀에 있으니 뒤퐁 부부에게로 돌아갈 위험은 없었다. 그들 말로는 사회복지사가 내 소재를 파악하게 되면 찾아와서 돌아가도록 설득할 거라고 했다. 하지만 그는 나를 강제로 돌려보낼 수는 없었다.

나는 뒤퐁 부부네서의 삶을 간략하게 묘사했을 뿐인데 파블로와 써니는 직접 겪어본 것처럼 빈칸을 채워나갔다. 구타 당하고 뺨을 맞은 사연은 그 두 사람을 포함한 맥라렌 홀에 있는 어느 누구에게도 충격적이지 않았다. 내가 프록 부부에 대해 이야기하자 그곳 아이들은 비로소 놀랐다. 그들은 내가 그렇게 사랑 넘치는 위탁 가정에서 지냈다는 사실을 믿기 힘들어했다. 마치 내가 그런 가정이 존재할 수 있다는 걸 모두에게 확인시켜준 것처럼 아이들은 프록 부부에 관한 이야기를 더 듣고 싶어 했다. 나는 사람들이 어떤 이야기를 듣고 싶어 하는지에 따라 그 사람이 다르게 보이게 되었다. 나는 내가 겪은 끔찍한 일에 대해서만 알고 싶어 하는 사람들을 싫어했다. 하지만 내가 품고 있는 프록 부부에 대한 가장 좋은 기억을 함께 나누고 싶어 하는 친구들은 나를 특별한 사람처럼 느끼게 했고, 옳고 그름을 구분하는 나만의 감각을 깨치게 했다.

히긴스 씨는 내가 맥라렌 홀에 들어온 지 거의 2주가 지나고 찾아왔다. 우리는 작은 사무실에 마주 보고 앉았다. 처음에 그는 나를 뒤퐁 부부네로 돌려보낼 생각이라고 말했다. 나는 가지 않을 거라고 말했다. 그는 나를 돌려보낼 거라고 단호하게 말했다. 내가 다시 가출할 거라고 말하자 그는 소년원에 보내겠다고 협박했다.

"난 아무 데도 안 가요." 나는 협박에 당황하지 않고 고개를 숙인 채 대답했다. "그 사람들이 날 해치게 그냥 뒀으니 난 돌아가지 않을 거예요. 지금도, 나중에도 절대 안 가요!"

히긴스 씨는 충격을 받았다. 그는 내가 욕을 하거나 그에게 반대하는 말을 하는 모습을 한 번도 본 적이 없었다. 그는 어떻게 된 일인지 파악을 해보려는 듯이 나를 뚫어지게 쳐다보았다. 그가 당황한 표정을 지을수록 나는 더 화가 났다. 나는 프록 부부로부터 나를 떼어낸 그를 마음속으로 조용히 원망하기 시작했다. 내가 뒤퐁 부부와 지내게 된 것은 그의 잘못이었다. 그리고 나에게 무슨 일이 일어나고 있는지 말하려고 할 때마다 한 번도 내 말을 믿어주지 않은 그가 미웠다. 그 때문에 메이미와 데니스도 나를 믿지 않았다. 그래서 나는 모든 것을 그의 탓으로 돌렸다.

히긴스 씨는 내 마음을 읽은 듯 뒤퐁 부부네서 그토록 힘들게 지내게 한 것에 대해 사과했다. 그는 내가 선택해서 다른 위탁 가정에 가는 것이 괜찮을지 물어보았다. 그의 사과와 걱정해주는 말에 눈물이 났다. 나는 화난 게 아니라, 그저 마음이 아팠을 뿐이었다. 나는 그가 내가 어떤 마음이었는지 알아주길 바랐다. 나는 그가 나를 믿어주기를 바랐다.

우리는 내가 뒤퐁 부부네로 돌아가지 않을 것이며, 내가 가고 싶다고 하지 않는 한 다른 위탁 가정에도 보내지 않기로 합의했다. 그때까지 나는 맥라렌 홀에 남기로 했다.

나는 히긴스 씨가 무슨 생각을 하는지 알고 있었다. 그는 조만간 맥라렌 홀에서 나가게 해달라고 애원하는 내 모습을 그리고 있었을 것이다. 그의 눈에는 이곳이 사랑이 가득한 위탁 가정보다 훨씬 더 나쁜 곳이었다. 그때는 히긴스 씨도, 나 자신도 몰랐다. 내가 갇혀 있는 상황에 이토록 빨리 적응하고, 금방 안전하고 보호받는다고 느끼게 될지 말이다. 위험을 감수하고 다른 위탁 가정에 가보고 싶은 마음은 추호도 없었다. 특히 파블로와 써니가 모든 이야기를 해준 뒤로는 더 그랬다. 나는 뒤퐁 부부네 지붕 위에서 아니가 묘사한 그 꿈속에서 나 자신을 발견하고 있었다.

맥라렌 홀에 온 첫날부터 뒤퐁 부부의 분노로부터 자유로워졌다고 느꼈다. 하지만 "유일하게 나를 진정으로 사랑해주는 방법을 아는 이들인 프록 부부로부터 나를 떼어놓는다면, 지금 내가 있는 곳에 남아 그들의 썩어빠진 시스템에서 스스로 벗어나겠다"는 마음이 커져가고 있었다.

소속감

맥라렌 홀은 마음에 드는 점이 많았다. 매일 학교에 가는 것이 즐거웠다. 교실에서 어깨너머로 나를 지켜보고 있는 형이 있는 듯한 느낌을 주는 선생님들도 맘에 들었다. 초등학교 때 선생님들과 달리 교양 있는 히피처럼 말하거나 옷을 입었는데, 페인트가 온통 튄 듯한 긴 드레스를 입은 여자 선생님들과 이마에 가죽 끈을 두르고 다니는 남자 선생님들도 있었다. 이 분들은 늘 단순히 가르치는 교사 역할 이상을 해주는 시간이 있었다. 우리는 모두 부모님을 잃은 아폼부터 학대와 방임으로 생긴 트라우마까지 힘든 삶을 살았기에 그들의 관심이 필요했다. 우리는 이런 문제들을 교실로 가져올 수밖에 없었다. 그들은 우리가 겪은 일에 대해 이야기하면 눈물을 흘리곤 했다. 그들의 기분을 띄워주는 것은 우리 몫이었다.

하루는 우리가 교과서를 보며 공부하고 있는데, 갑자기 한 선생님이 교실 중앙에 있는 책상과 의자를 모두 치우는 것을 도와달라고 했다. 그런 다음 우리를 모두 둥글게 앉게 하고 기타를 꺼내 노래를 불렀다. 우리는 가사를 알아챘는데, 바로 우리가 직접 쓴 시와 이야기였다! 그 후 나는 나를 표현할 새로운 단어를 사전에서 찾아보며 더 많은 글을 썼다. 매일 우리는 우리가 하는 일이 중요하다고 믿으며 교실을 나섰다.

대강당에서는 대부분 은퇴한 배우와 무용수인 자원봉사자들이 연극과 무용을 가르쳤다. 우리 중 배우나 무용수가 되고 싶은 사람은 아무도 없었지만, 맥라렌에서의 유일한 남녀합반으로 진행되는 이 수업에 들어가기 위해 치열하게 경쟁했다. 우리를 감독할 자원봉사자는 몇 명 없었다. 우리를 그룹으로 나누어 일부는 춤을 가르쳤고 나머지는 로미오와 줄리엣 대사를 외우는 걸 도와주었다. 우리 중 다수가 이 기회를 이용해 여자친구와 몰래 빠져나갔다. 강당의 비밀 은신처인 뒷방 사무실, 벽장, 창고 등은 섹스를 하기에 완벽한 장소였다. 여기서 나는 섹스를 처음 접했다.

대부분의 여자아이들은 나보다 나이가 많았고 내가 상상하지도 못했던 것들을 알고 있었다. 나는 여자와 사귀어 본 적이 없는 걸

티내는 질문을 해서 파블로와 써니, 그리고 알 거 다 아는 다른 친구들에게 기숙사 밖에서 웃음거리가 되는 것과 방에 몰래 들어가 내가 뭘 모르는지 여자애가 다 알아내게 하는 것 중 뭐가 더 끔찍할지 고민했다. 한동안 이 고민은 나에게 있어서 생사를 가르는 문제로 느껴져 식욕을 잃을 정도였다.

그러던 어느 날 브랜디라는 여자애가 내가 부끄러워하는 모습을 보고는 내 손을 잡고 무대에서 내려와 벽장 안으로 끌고 들어갔는데, 거기서 키스하고 몸을 비비다가 들킬 뻔했다. 그 후에도 여러 번 벽장 안으로 들어갔다. 브랜디는 나에게 섹스에 대해 많은 것을 가르쳐 주었다. 놀랍게도 그녀는 자신이 아는 것을 삼촌에게서 배웠다고 했다.

하지만 맥라렌 홀에서 가장 좋았던 시간은 스포츠 활동 시간이었다. 농구, 풋볼, 야구, 육상, 배구 등 어떤 운동을 하던 내가 있고 싶던 곳은 운동장이었다. 맥라렌의 직원들과 지도원들은 스포츠에 대해 완전히 진심이었다. 다른 기숙사 팀들과 경기를 한 뒤 최고의 선수를 선발해 맥라렌 대표 팀을 꾸리고 다른 소년의 집과 목장, 심지어는 비행 청소년으로 분류되지 않은 이들을 수용하는 특수 시설과 리그전을 치르기도 했다.

나는 맥라렌 팀에 들어가기 위해 열심히 노력했고, 성공했을 때 마치 특혜를 받은 사람이 된 기분이었다. 나는 코칭을 받는 것이 즐거웠다. 발전하려면 무엇을 해야 하는지 알려주고 실수할 때마다 "도대체 무슨 생각을 하고 있던 거지?"라고 말해 주는 사람이 내 눈

앞에 있다는 게 좋았다. 내가 잘할 때 가장 먼저 안아주고 응원해주는 사람도 바로 그분이었다. 나는 이런 관심을 갈구했다.

맥라렌 직원들과 다른 소년의 집 직원들 사이에 경쟁이 심화되었다. 직원들은 종종 내기를 했는데, 패배한 팀의 지도원들은 자신의 주머니를 털어 내깃돈을 내야했다. 시설 간에 치러지는 경기는 단순한 경기가 아니라 타이틀과 평판, 자랑할 권리가 걸린 아주 중요한 경기였다. 경기 전날 밤 우리 팀원들과 나는 팀 유니폼을 개어 각자 베개 밑에 넣고 아침에 가지런히 주름이 잡히도록 했다. 여자아이들까지 포함한 맥라렌 홀의 모든 사람이 경기 전 열기에 휩싸였다.

우리는 맥라렌 홀 대문 안에서만 생활하고 다른 아이들이 지내는 소년의 집에는 울타리가 없었기 때문에 경기는 우리 운동장에서 열렸다. 맥라렌 홀의 모든 아이들이 경기를 보러 왔다. 나는 지금껏 이런 소속감을 느껴본 적이 없었다. 맥라렌은 내가 어울려 살 수 있는 세상이었다. 경기장을 떠날 때마다, 나는 승패와 상관없이 맥라렌 홀보다 더 좋은 곳은 없다고 느꼈다.

매일 뒤퐁 부부에게 점점 더 화가 났다. 가끔은 손가락을 잃을 뻔한 손을 내려다보며 내 안에서 불어나는 증오가 느껴졌다. 그 집에서 도망친 것은 내가 한 일 중 가장 잘 한 일이었다. 유일한 후회는 더 빨리 도망치지 않았다는 것이었다.

어느 날 특권을 얻은 우리 열두 명은 극장에 가게 되었다. 몇몇 아이들은 이것이 도망칠 완벽한 기회라고 생각했다. 그들은 함께 가자고 나를 설득했지만 나는 왜 맥라렌에서 도망치고 싶어 하는지 이

해할 수가 없었다. 나는 맥라렌에 입양되고 싶었다. 나에게 그 울타
리는 나를 보호해주기 위해 필요한 장치일 뿐이었다. 나는 그저 어
안이 벙벙한 채로 친구들이 흩어지는 모습을 지켜보았다. 그들은 무
엇으로부터 도망치는 걸까? 어디로 가려는 걸까?

아니는 내가 맥라렌에서 이렇게 깊은 우정을 쌓게 될 거라는 사
실은 말해주지 않았다. 과거를 공유할 수 있는 다른 아이들을 만나
게 될 거라는 이야기도 해주지 않았다. 공립학교에서는 내가 위탁
아동이라는 사실이 부끄러웠다. 하지만 맥라렌 홀에서 모두가 학대,
방임, 유기 등의 아픔을 겪은 경험이 있었기에 서로에게 숨길 것이
없었다. 이 유대감은 우리의 관계에도 반영이 되었다. 우리는 메스
를 들고 서로의 내면에 깊숙이 파고들어 무엇이 잘못되었는지 알아
내려는 마음이 전혀 없었다.

베스트 프렌드

나와 가장 친한 친구 중 한 명이 프레드였는데, 그의 아버지는 프레
드를 불태워 죽이려고 했다. 프레드는 밤중에 큰 소리로 비명을 질
러 우리 모두를 깨우곤 했다. 어떤 때는 다시 잠들려고 누워 있으면
프레드가 우리를 또 방해하지 않으려고 베개로 비명소리를 막는 소
리가 들렸다.

아침에 프레드가 비명을 질렀다고 놀리는 사람은 아무도 없었

다. 밤에 그가 겪은 고통은 심각한 문제였고, 우리가 공감할 수 있는 일이었다. 우리는 모두 자신도 프레드가 될 수 있었다고 느꼈기에 스스로 대우받고 싶은 방식으로 그를 대했다. 우리는 과거에서 누구도 자유로울 수 없었다. 자는 도중에 어떤 문제가 어떻게 드러날지 알 수 없었기 때문에 서로를 살펴보았다. 무슨 일이 있더라도 꿋꿋이 코를 골며 자는 사람은 기숙사에서 부러움의 대상이었고, 평화로운 코를 고는 소리는 잠자리에서 듣는 옛날이야기처럼 위로가 됐다. 코 고는 소리는 내가 푹 자는 데 늘 도움이 되었다.

프레드가 경험한 일을 겪지 않음에 대해 나보다 더 감사한 사람은 없었다. 그의 팔과 다리에 있는 마른 하얀 흉터와 목과 얼굴의 반점을 볼 때마다 나는 조용히 내 몸을 만지며 운이 좋았다고 생각했다. 내 인생에도 그런 흔적을 남길 만한 어른들이 있었다. 나는 살아남은 것이 축복이라고 느꼈다.

프레드가 어머니와 면회를 마치고 돌아온 어느 날, 기숙사에는 프레드와 나 둘뿐이었다. 프레드는 축구 유니폼으로 갈아입으며 눈물이 그렁그렁했다. 그는 차오른 감정이 뚝뚝 떨어지는 모습을 나에게 보이지 않으려고 몸을 돌렸다. 그는 자신의 고통이 어떤 모습인지 내가 알기를 원하지 않았다. 프레드가 자신을 드러내지 않는 이유들이 그가 겪은 삶의 고통 중 일부가 되었다고 나는 마음속으로 생각했다.

그가 돌아서 있었기 때문에 나는 스스로 분출된 마른 용암처럼 보이는 화상 흉터로 가득한 프레드의 등을 보고 있었다. 이렇게 끔찍한 광경은 처음이었다. 화상으로 원래의 검은 피부는 거의 남아 있지 않았다. 치유된 살갗은 프레드의 겁에 질린 비명 소리가 깊은 밤 내내 들려온 모든 이유를 드러냈다. 그 모습을 보니 마음이 아팠다.

프레드는 마침내 눈물을 닦으며 내 쪽으로 돌아섰다. "아니, 참을 수가 없었어. 엄마가 찾아오시지 않는 너희들 생각하면 마음이 너무 안 좋아." 나는 경외심에 입이 딱 벌어졌다. 프레드에 비하면 나는 내가 생각했던 것만큼 운이 좋은 애가 아니었다. 방금까지 그의 몸에 있는 흉터를 보며 느낀 감정을 떠올리며 생각했다. 저 친구는 어떻게 이렇게 말할 수 있지? 나는 그가 어떤 마음일지 헤아려보려고 했다. 지금껏 이런 목소리를 들어본 적도, 이렇게 말해주는 사람을 본 적도 없었다. 그것은 프레드가 가진 연민의 마음에서 나올 수 있는 말이었다.

프레드와 나는 서로가 서로의 마음을 비추는 거울이 된 것 같았다. 그날 경기장에서 나는 처음으로 다른 친구들과 할 때와 마찬가지로 프레드와 열심히 경기를 뛰었다. 경기 시작, 쿵! 공이 던져지는 소리와 함께 나는 지금까지 중 가장 강하게 블로킹을 했고 프레드는 그라운드에 쓰러졌다. 팀원 전체가 충격을 받은 표정이었다. 프레드에게는 살살하기로 했었기 때문이다. 이제 나는 이 친구가 진심으로 경기를 하고 있다는 걸 알리고 싶었다. 그는 우리의 동정심을 필요로 하지도 원하지도 않았다.

우리 모두 프레드가 일어나서 먼지를 털어내는 모습을 지켜보았다. 동정 금지, 동정 금지! 다음 실전 훈련에서 모두가 또 한 번 충격을 받았다. 다음 연습 훈련에서 모두가 다시 한번 놀랐다. 이번에는 프레드의 기습적인 블로킹에 내가 등으로 떨어져 하늘을 보고 눕게 된 것이다. 나는 프레드가 나를 일으켜 세우기 전까지는 블로킹을 한 사람이 프레드인 줄도 몰랐다.

서로 블로킹을 한 일로 프레드와 나는 베스트 프렌드가 되었다. 그날 우리는 풋볼 경기장을 가로질러 기숙사로 함께 걸어갔다. 남자아이들과 여자아이들, 선생님들과 지도원들, 우리를 지켜본 사람 중 그 누구도 프레드가 불에 타서 반쯤 사라진 사람 그 이상이 될 수 있으리라 생각한 적이 없을 테지만, 이제는 그를 온전한 한 인간으로 보았다. 그리고 나 역시 프레드만큼 베스트 프렌드가 있다고 전혀 생각해보지 못했다.

빠르게 성장하다

실망스럽게도 맥라렌 홀은 아이들이 더 영구적으로 있을 곳을 찾을 때까지 잠시 맡기는 곳일 뿐이라는 사실이 밝혀졌다. 어느새 히긴스 씨는 위탁 가정을 알아보러 다니려고 나를 찾아오는 식이 되었다. 내가 히긴스 씨가 찾아온 집들을 제대로 보지도 않고 거절한 건 다만 맥라렌에 있고 싶어서만이 아니다. 히긴스 씨에 대한 모든 신뢰를 잃었기 때문이다. 그가 내가 갈 수 있는 위탁 가정을 높이 평가할 때마다 예전에 뒤퐁 부부를 설명했던 그의 똑같은 말들이 생각날 뿐이었다.

나는 빠르게 성장하고 있었는데 히긴스 씨는 그것을 보지 못했다. 나는 바로 그의 코앞에서 제도권 교육을 받고 있었는데, 그는 내가 여전히 메이미의 무릎에 앉아 그의 모든 말에 "네"라고 하며 고개를 끄덕이는, 처음 만났을 때의 그 자비스라고 생각했다.

위탁 가정에 도착하면 나는 항상 다른 아이들의 얼굴을 보았다. 아이들을 거실로 부르는 순간이 이 방문에서 가장 중요한 때였다. 아이들이 부모에게 다가가는 것을 무서워하는 것 같거나 긴장한 표정으로 가만히 있으려고 하면서도 작은 움직임에도 움찔거리는 모습을 보이면, 그건 이런 신호였다. '바보야! 여기 오지마! 여긴 절대 좋은 곳이 아니야!'

나는 히긴스 씨를 보며 왜 그는 이 아이들의 얼굴에 드리운 두려움을 보지 못하는지 늘 궁금했다. 안타깝게도 그는 뒤퐁 부부 집에서도 내가 안고 있던 두려움을 전혀 보지 못했다. 무슨 일이 있건 그는 그저 부모들과 줄곧 수다를 떨었다. 나는 어두컴컴한 집에서 만난 아이들이 안쓰러웠다. 위탁 가정을 방문할 때마다 나는 아이들의 두려움을 마음에 담은 채 떠나면서 내가 직접 겪은 경험을 떠올렸다.

아이들이 웃음이 가득한 얼굴에 장난기 어리고 행복한 표정으로 각자의 개성을 드러내면서 방으로 달려오는 집들도 있었다. 그런 집의 아이들은 양부모와 가깝게 지내고 낯선 이들을 경계하며, 몸에 안 좋은 음식을 먹어도 되냐고 묻거나 친구 집에서 자고 와도 되는지 허락해 달라고 조르기도 했다. 아이들 얼굴에 "여기 완전 좋아요!"라고 쓰여 있으면 거절하기가 더 힘들었다. 하지만 그 집과 맥라렌 홀 중 하나를 선택해야 할 때 나는 매번 맥라렌 홀을 택했다.

나를 가장 힘들게 했던 것은 히긴스 씨가 보지 못하는 것을 나는 볼 수 있다는 점이었다. 수양부모를 믿는 것이 그의 일이라는 건 잘 알았다. 그가 나의 안녕을 염려하고 나를 위해 최선을 다하고 있다는 것도 알았다. 하지만 나는 그가 내 눈에 보이는 것보다 더 많은 것을 보고 내가 알지 못하는 것을 더 많이 알아채 주기를 바랐다. 나를 지켜주기를, 나를 위한 사회복지사가 되기를 바랐다. 그는 솔직히 모든 위탁 가정은 선하다고 믿었지만, 내가 알고 있는 바와 다르다.

위탁 가정들을 돌아본 지 거의 1년쯤 지나자 다른 사회복지사들이 내 사례에 관여하게 되었다. 뭔가 일이 일어날 것 같다는 확신이 들었을 때 나는 '사막의 소년 마을(Boys Town of the Desert)'이라는 곳에 대해 들려오는 소문에 주목했다. 파블로와 써니, 최근에는 프레드까지 포함해 맥라렌에 있던 내 친구들 대부분이 그 고아원에 갔다. 그곳에 간 아이들 중에서는 다른 많은 아이들처럼 나쁜 후기를 들고 맥라렌으로 돌아온 경우가 없었기에 나는 그곳이 가볼 만하다고 생각했다. 나는 내가 그곳으로 가게 될 수 있을지 히긴스 씨에게 물어보았다.

내가 가고 싶은 곳이 있다고 하니, 히긴스 씨의 얼굴에서 안도감이 드러났다. 히긴스 씨와 나는 곧바로 고속도로를 달려 사막의 소년 마을로 편도 여정을 떠났다. 그는 내가 자동차 라디오를 켜도록 허락했다. 그리고 맥도날드에 들러 내가 원하는 햄버거와 감자튀김을 사줬고, 심지어 자신의 감자튀김까지도 더 얹어서 주었다.

그 순수한 삶으로
돌아가려고 하면 할수록
내 안의 어린아이는
더 사라지는 것 같았다.

chapter

10

소년 마을

포상 사다리

사막의 소년 마을에 도착하고 보니 인적이 끊긴 산속에서 길을 잃은 듯한 느낌이었다. 이렇게 깊숙이 들어와 있는 외딴 곳은 처음이었다. 너무 한적해서 마치 동떨어져 있는 마을 같았다. 구불구불한 언덕의 계곡에 자리 잡은 이 마을에는 커다란 식당, 학교 구역, 그리고 작은 오두막집이 모여 있는 모습이 내려다보이는 행정 건물로 이루어져 있었다. 한때 여름 캠프장이었을 수도 있다.

첫날은 히긴스 씨가 나를 학장실로 데려다줬다. 학장은 긴 주의 사항 목록과 함께 내가 함께 할 새로운 곳을 소개해 줬다. 싸움 금지, 절도 금지, 도주 금지, 무단결석 금지, 본드 흡입 금지, 마약 금지, 방화 금지. 그 목록을 보면서 다른 아이들이 여기 적힌 모든 일로 문제를 일으킨 적이 있었나 하는 생각이 들었다. 그중 몇 가지는 무슨 뜻인지도 잘 몰랐다. 아이들이 정말 불을 질렀다고? 여기서 마약한 애들도 있다고? 본드 흡입은 정확히 뭘 말하는 거지? 이런 위반 행위를 한다면 이곳의 생활이 더 길어진다는 것이다.

규칙을 위반하면 더 오래 있게 된다는 말에 혼란스러웠다. 소년 마을은 영구적으로 있는 곳인 줄 알았기 때문이다. 어떻게 하면 더 많은 시간을 벌 수 있을까? 이곳에 있으려면 말썽을 피우고 문제를 일으켜야 할 것 같았다. 이 모든 게 이해되지 않았고, 문제를 일으키지 않으면 어디로 가게 되는지 물어볼 용기도 나지 않았다.

히긴스 씨에게 작별 인사를 하고 배정된 오두막을 찾은 뒤, 나는 이미 그곳에 있던 아이들로부터 필요한 것을 배우면서 소년 마을을 둘러보기 시작했다.

오두막은 열 명에서 열다섯 명 정도의 아이들을 수용할 수 있을 만큼 넓었고, 침실 대여섯 개와 휴게실 목적으로 사용하는 커다란 거실 공간이 있었다. 오두막마다 아이들과 함께 생활하는 지도원이 상주하고 있었다.

나는 지도원들이 우리를 대하는 방식이 바로 마음에 들었다. 우리는 아홉 살부터 열다섯 살까지로 모두 어린 나이였지만 담배를 피우고 커피를 마시는 것이 허용되었다. 우리는 또한 각자 자신을 챙겨야 했다. 나는 이런 환경이 편했다. 나는 나 자신을 돌보는 방법을 알고 있었다. 누나와 동생들까지 챙겼던 적도 있었으니까. 아이들은 오두막에서 각각 정해진 일을 담당하도록 하는 체계적인 프로그램이 마련되어 있었다. 나는 맥라렌 홀에서 그랬던 것처럼 이 프로그램에도 빠르게 적응했다.

상주 지도원은 침대를 가장 잘 정리한 사람부터 일주일간 할 일을 가장 먼저 끝낸 사람까지, 모든 항목을 포함하는 포상 사다리 시스템으로 우리를 계속 감독했다. 매주 주말에는 시스템에 따라 수당과 특정 특전을 받을 수 있는 자격이 결정되었다. 점수는 휴게실 게시판에 게시되었다.

이곳에 도착하자마자 나는 성과급 제도 안에서 위로 치고 올라가기 시작했다. 해야 할 일을 지시받는 상황에 대해 반항하는 다른 아이들과 달리 나는 따라야 할 체계가 있는 게 좋았다. 나는 침대 정리, 검사 통과, 주어진 할 일을 하는 것을 내 삶의 일부로 여겼다.

나는 농구 코트, 야구장, 축구장에서 시간을 보내며 모든 스포츠 활동에 빠르게 적응했다. 그러면서 맥라렌 홀에서의 오랜 친구들을 만나기 시작했다. 하지만 이는 갈등의 씨앗이 되었다.

내가 소년 마을에 온 순간부터 나와 같은 오두막을 쓰는 아이들은 자신들이 다른 오두막 아이들을 얼마나 싫어하는지 이야기했다. 내가 오기 전에 있었던 사건들 때문에 나는 절친한 친구인 파블로와 써니와 대화 나누는 모습을 보일 수가 없었다. 파블로와 써니는 우리 오두막 아이들이 서로 경기를 할 때 내 쪽을 거의 쳐다보지도 않았다.

여기 온 지 며칠 뒤 식당에서 파블로를 보았다. 나는 식판을 들고 친구들과 함께 앉아 있는 파블로에게 다가가 식탁 맞은편에 앉았다. 우리는 서로를 보고 깜짝 놀라 웃었다. 몇 마디 반가운 인사를 주고받았을 뿐인데 그 테이블에 있던 누군가 내가 어느 오두막에 있는지 물었다. 나는 이름조차 기억나지 않아서 위치를 설명했다. 그러자 모두가 소리쳤다. "여기 앉으면 안 돼! 적은 우리와 함께 식사할 수 없거든." "파블로, 이 새끼 나가라고 해." 그들은 진정 분노에 찬 눈빛으로 파블로를 보며 말했다.

나는 파블로를 쳐다봤다. 신입이 왔다고 장난치는 건가? 몇 초가 흘렀다.

"이봐, 자비스." 파블로가 슬픈 목소리로 말했다. "넌 우리와 같이 앉을 수 없어. 너네 오두막 테이블에 가서 앉아." 고통스러워하는 그의 눈빛을 보며 나는 장난이 아니라는 걸 알았다. 나는 천천히 일어나서 우리 오두막 친구들과 함께 저녁을 먹으려고 테이블을 옮겼다. 하지만 남은 저녁 시간 동안 그들은 모두 나를 모른척했다. 나는 "적"의 오두막에 사는 사람과는 말을 섞지 말라는 규칙을 간과한 것이다. 비참했다. 그날 밤 내가 자는 동안 누군가 내 머리에 치약 한 통을 짜 넣었다. 아침에 가위로 다 잘라내야 했고, 머리카락이 빠지지 않도록 짧게 잘랐다. 기숙사 동료들은 내가 그 사건을 신고하지 않았다는 것을 확인한 후에야 나에게 다시 말을 걸기 시작했다.

나는 누가 내 머리에 치약을 넣었는지 알아내기로 결심했다. 그때까지 나는 새 치약을 천에 싸서 서랍장 아래 보관하고 있었다. 범인을 잡으려고 했다. 하지만 기다릴수록 누가 그랬는지 아무도 말해주지 않는다는 사실이 더 놀라웠다. 오두막에서 큰 갈등이 있었을 때에도 누가 내 머리에 치약을 넣었는지는 아무도 말하지 않았다.

나는 이것을 오두막의 모두와 문제가 있거나 아무와도 문제가 없다는 뜻으로, 내가 이 그룹의 일원이 될 수도 있고 완전히 배척당할 수도 있다는 뜻으로 받아들였다. 마음에 들지는 않지만 경고를 받은 것이다.

우리 중 주정부의 보호 대상자로서 소년 마을에 오게 된 경우는 거의 없다는 사실을 깨닫는 데는 그리 오랜 시간이 걸리지 않았다. 이곳에서 생활하는 아이들은 청소년 사법제도 내에서 가장 어린 소년범이었다. 그들은 지갑 절도, 상점 절도, 자전거 절도, 그리고 무엇보다도 개, 고양이 등 동물을 칼로 죽여 불에 태우는 것을 자랑했다. 이 비행 청소년들은 집을 그리워했다. 침대 위에 달력을 걸어두고 아침마다 날짜를 지워나갔다. 그들은 부모님께 돌아갈 수 있을 때까지 몇 달, 몇 주, 심지어 몇 시간이 남았는지 세었다.

모범적인 행동에 따라 조기 출소가 가능한 포인트 제도 안에서 나는 혼자 이상한 아이처럼 느껴졌다. 여러 번 내 이름이 포상 사다리 맨 위에 올라갔고, 이는 다음에 집에 갈 수 있음을 의미했다. 나는 돌아갈 집에 없었기 때문에 어떻게 하면 내 이름을 다시 맨 아래로 밀어낼 수 있을지 늘 고민해야 했다. 누구에게도 내가 주정부의 보호 대상자라는 사실을 말하지 않았다. 다른 아이들은 나가고 싶어서 문을 긁어대고 있었다. 나는 이 불명예스러운 비밀을 알리고 싶지 않았다.

가장 힘들었던 때는 내 이름이 맨 위에 자리한 걸 보고 다른 아이들이 환호할 때였다. 나는 다음 출소 예정자였다. 비밀이 들통 나기 전에 창문으로 의자를 던지거나 지도원의 침실에 침입해 시계를 훔쳐 내 침대 위에 놓아둬서 걸리게 되는 등 비행을 저질러야했다. 그러면 점수와 특전을 뺏기고 다시 사다리 맨 아래로 떨어질 것이었다.

사실 나는 덤으로 주어진 시간을 살고 있었다. 그러다 뒤퐁 부부과 살게 되었고 그 이후로 나는 더 이상 자신을 알고 스스로 아끼는 소년으로 성장하기를 멈추었다. 대신 사랑이 줄 수 있는 것보다 더 많은 도움이 필요한 상처받은 아이로 다시 돌아갔다. 메이미와 데니스의 강인한 두 팔에 담긴 모든 애정과 관심, 스포츠 등 나를 세상으로 이끌었던 모든 힘에도 불구하고 소년 마을에서 나를 쫓아오는 생생한 기억을 마주했다. 그 아이가 겪은 고통과 괴로움, 특히 누나와 동생들과 함께 아이들만 남겨졌을 때 느낀 두려움은 발목을 잡았고 나를 유령으로 만들었다.

다른 모든 곳에서 그랬던 것처럼 잠깐의 노력 끝에 나는 이제 다른 아이들과 마치 LSD* 를 하듯이 본드를 킁킁대며 흡입하면서 어울려 놀고 있었다. 운동을 하는 대신 반항적인 행동을 하기 시작했다. 끊임없이 말썽을 일으키고, 물건을 훔쳐서 언덕 위로 도망쳤다. 무엇보다 내가 하는 말을 사람들이 들어주기를 바랐다. "제발 나를 도와주세요." 하지만 대놓고 도움을 요청할 수는 없었다.

이런 일이 몇 번 반복되자 나는 출소 날짜를 의자와 함께 창밖

• 『상담학 사전』(학지사, 2016)에 따르면 강력한 환각제의 하나. 자연적으로 형성되는 뇌 신경전달물질인 세로토닌과 화학구조가 유사하며, 백색 분말로 맛이나 냄새가 없는 게 특징이다. (옮긴이 주)

으로 던져버릴 정도로 미쳤다는 평판을 얻게 되었다. 나는 싸움을 벌이거나 언덕에서 본드 흡입을 하지 않고는 일주일도 못 견디는 애들과 어울리기 시작했다. 다시는 그 모범수 목록의 1위를 하지 않겠다고 다짐했다. 돌아갈 집이 없다는 사실에서 오는 고통이 내 얼굴에 그대로 드러났다. 죄다 부숴버리고 싶었다. 나는 분노로 상처를 무감각하게 만들었다.

산속에서 뇌가 본드에 튀겨진 채로 친구들과 나는 가끔 낡은 광부용 권총으로 러시안 룰렛을 했다. 자살하고 싶던 건 아니었다. 나는 살고 싶었다. 하지만 상황이 너무 나빠지면 다른 선택지도 있다는 걸 알고 싶기도 했다. 목숨을 끊고 싶으면 언제든 그렇게 할 수 있었다.

나는 곧 대부분의 시간을 산에서 보내게 되었다. 파블로와 써니는 우리와 함께 하기 위해 오두막에서 몰래 빠져나오기 시작했다. 몇몇 아이들은 우리에게 술을 팔겠다는 늙은 광부에 대해 들었다. 우리는 가진 돈을 모아 언덕 아래 몇 마일 떨어진 고물 트레일러 안에 사는 그 광부에게 20달러 남짓 되는 우리의 전 재산을 건넸다. 그는 그 대가로 자신이 직접 만든 맥주 한 병을 줬다. 우리는 모닥불 주위에 둘러앉아 맥주병을 돌려가며 마셨다. 우리 중 몇 명은 술을 마시다가 취해 쓰러졌다.

이 시절은 소년 마을에서 보낸 최고의 시간이었다. 아무도 우리를 찾을 수 없다는 걸 알기에 걱정 없이 따뜻한 모닥불 옆에 앉아 웃고 떠드는 것은 그 자체로도 누구에게나 좋은 시간일 테지만, 특히 우리 같은 아이들에게는 더욱 그랬다. 캠프파이어는 우리가 사는 오두막이 우리의 피부색, 남들이 우리를 강하다고 생각하는지 약하다고 생각하는지 따위와 상관없이 우리 모두가 같은 존재임을 느끼게 해주는 유일한 장소였다. 취기가 우리를 그렇게 만들었다. 우리는 우리 자신과 우리가 하고 있는 짓을 비웃었다. 하지만 무엇보다 우리를 막을 사람이 아무도 없다는 사실에 웃었다. 웃는 소리나 모습이 세상 어떤 것보다도 웃겨 보이는 사람이 항상 있었다. 우리 중에서 들려오는 그 하이에나 소리에 우리는 데굴데굴 구르고 손으로 땅바닥을 내리쳤다. 눈물을 흘리며 그 애한테 제발 그만 웃으면 안 되냐고 빌기도 했다.

모닥불 주위에 둘러앉는 것은 우리의 수학여행이었다. 술에 잔뜩 취해 서로의 작은 몸을 붙잡고 비틀거리며 산을 내려와 소년 마을로 돌아갔던 그 시간은 누구도 빼앗을 수 없었다. 그 자리에 있던 사람은 그 순간을 결코 잊지 못할 것이다.

우리는 술병의 코르크를 따기도 전에 곤란해질 거라는 걸 알 정도로는 똑똑했다. 가담한다는 것은 신경 쓰지 않는다는 뜻이었다. 포상 사다리와 포인트 제도는 진즉에 전부 잊었다. 이상하게도 나는 규율을 어기면서 나 자신을 더욱 인정해주기 시작했다. 집에 가지 않는 이유를 스스로 책임지고 있었기에 집이 없어도 통제할 수 없을 때의 고통처럼 아프지 않았다.

나는 소년 마을에 있는 것이 좋았지만, 착한 행동을 하면 집으로 가는 편도 티켓으로 포상하는 제도 속에서 결코 원래의 내 모습을 드러낼 수가 없었다. 한때 나는 운동장에 제일 먼저 나가는 대가로 학교 공부와 집안일만 하고 싶던 신입생이었다. 이제는 상처와 수치심을 감추기 위해 기숙사 지도원에게는 구제불능으로, 친구들에게는 쿨한 미친놈으로 알려졌다. 가장 큰 비밀은 겉으로 어떻게 보였든 나는 늘 도움이 필요했는데 도움을 받지 못했다는 것이다. 소년 마을에 남아 있어야만 했던 복잡한 사정은 내 인생을 송두리째 바꾼 전환점이 되었다.

대탈출

파블로와 나를 비롯한 몇몇 아이들이 소년 마을에서 도망치기로 결심한 것은 언덕에 올라가 술 한 병을 다 마시고 난 뒤였을 거다. 모두가 향수병에 걸려서 가족이 있는 집으로 돌아가기를 간절히 원했다. 도망가는 이유가 단지 재미있을 거 같아서인 사람은 나 하나뿐이었다. 다들 "좋아, 한 번 해보는 거야!"라고 말했다. 나는 뒤퐁 부부의 학대를 피해 도망쳤을 때와 달리 이번에는 그저 무리를 따라갈 뿐이었다.

　나는 어떤 처벌도 두렵지 않았다. 조기 출소를 위한 점수를 잃는다 해도 아무 상관이 없었다. 주정부의 보호 대상자인 나는 잡힐 경우에 일어날 수 있는 최악의 상황이 맥라렌 홀로 다시 보내지는 것이었다. 다른 애들은 잃을 것이 더 많았다. 잡히면 처음부터 다시 시작된다는 뜻이니까. 심지어 추가 형기를 받거나 이곳의 울타리 안에 갇힐 수도 있었다. 탈출 계획은 진지하게 논의되었고 나는 다른 사람과 공유하는 척하는 모습을 취했다.

우리는 마을에 도착할 때까지만 함께 하기로 했다. 그런 다음 더 작은 그룹으로 나뉘기로 했다. 파블로와 나는 함께 뭉치기로 했다. 그날 밤 우리는 그레이하운드 역으로 가는 가장 안전한 길을 안다는 맏형 앨런을 따라갔다. 칠흑 같은 어둠 속에서 수 마일의 광활한 들판을 가로질러 도망가다가 언덕에 올라갔다가 다시 들판으로 내려왔다.

"이봐, 앨런. 여기 어디야?" 수풀을 헤치고 앞으로 나아가는 동안 누군가 가쁜 숨을 몰아쉬며 물었다.

"젠장! 저 형도 모르네. 지금 길 잃었다는 걸 인정 못하는 거잖아." 다른 누군가 말했다.

"앨런, 우리 진짜 길 잃은 거야? 진짜로?" 또 다른 누군가가 목소리를 높여 말하기 시작했다.

"젠장, 그래, 우리 길 잃었다니까! 앨런도 지금 여기가 어딘지 모르잖아." 들판을 가로질러 가는 동안 투덜거리는 목소리가 여기저기서 들려왔다.

"진짜야, 앨런? 진짜 길 잃은 거야?"

앨런은 다시 달리기 시작하며 대답했다. 외딴 곳에서 고립되고 싶지 않았던 우리는 모두 징징거림을 멈추고 그의 뒤에 바짝 붙어 달렸다.

들판을 벗어나 고속도로로 나왔을 때 우리는 기뻤다. 곧 자동차와 트럭이 다니는 교차로와 보몬트 시내가 보였다. 이제 좀 더 낙관적인 마음으로 우리는 각자 앨런을 믿지 않은 것에 대해 (특별히 누군가를 겨냥한 건 아니지만) 다른 사람을 비난하고 지적했다. 계획대로 우리는 둘, 셋씩 그룹을 나누어 각자의 길을 떠났다.

파블로와 나는 고속도로 옆 주유소 근처에서 어슬렁거렸다. 다른 애들처럼 거기서 바로 그레이하운드를 타는 건 아니라고 생각했다. 그러면 잡힐 것 같았기 때문이다. 대신 주유소에서 차를 얻어 타고 다음 도시까지 간 뒤 거기서 그레이하운드를 몰래 타고 로스앤젤레스까지 가기로 계획했다.

우리는 주유하려고 차를 몰고 오는 사람들을 살펴보았다. 파블로는 푸에르토리코 출신이고 나는 흑인이다. 캘리포니아주에 있는 보몬트는 전체 인구가 백인인 소도시였다. 우리는 차를 태워달라고 접근하기에 가장 좋은 대상은 도시 유형 보다는 히피 유형처럼 보이는 사람들이라는 걸 알고 있었고, 1973년에는 그런 사람들이 많았다.

하지만 주유소에서 계속 죽치고 있는 시간이 길어질수록 우리의 희망도 점점 희미해졌다. 마침내 날이 밝아오고 주유소에 더 많은 차량이 들어올 무렵, 거의 고물에 가까운 형형색색의 폭스바겐 승합차가 멈춰 섰다. 펜더에는 평화의 상징 스티커가 붙어 있고, 버스 옆면에는 흰 비둘기가, 후드에는 노란색, 빨간색, 주황색 꽃들이 그려져 있는 것을 보고 우리는 우리가 찾던 차임을 알아봤다. 백인 커플 두 명이 내려서 기지개를 켰다. 운전자가 차에 주유를 하러 돌아갔다. 우리는 누가 말을 걸어야 할지 정하지 못한 채 주유소 뒤쪽에서 나와 동시에 그에게 차를 태워달라고 부탁했다.

"좋아, 안 될 거 없지!" 그가 말했다. "LA로 가는 거라면 우리가 목적지까지 데려다 줄 수 있어. 얼른 타!" 그는 주렁주렁 단 구슬과 엉덩이를 덮는 옷과는 어울리지 않는 남부 억양이 있었다. 금테 색 안경과 긴 검은 머리의 그는 거의 존 레넌처럼 보였다.

그가 주유 노즐을 빼고 주유소 직원에게 계산하러 갔을 때, 파블러와 나는 까짓 거, '안 될 거 없지!' 하는 눈빛을 주고받고 승합차에 올라탔다.

떨* 을 하다

옆문을 밀어 닫고 보니 승합차 뒤편에는 좌석이 없었다. 바닥에는 매트리스가 깔려 있었고, 베개 여섯 개가 여기저기 흩어져 있었다. 조수석에 앉은 두 번째 남자가 파블로와 수다를 떨기 시작했다. 20대 초반의 금발 여성 두 명이 파블로와 나와 함께 차 뒤편에 앉았다. 한 명은 다시 잠이 들 것처럼 담요 속에서 몸을 웅크리고 있었다. 다른 한 명은 사이키델릭한 긴 드레스를 입고 무릎 위에 신발 상자를 올려놓은 다리를 꼬고 앉아 고개를 숙인 채 담배로 보이는 것을 마는 데 몰두하고 있었다. "존 레넌"이 운전대를 잡았을 때쯤에는 떨

---

* 대마초(마리화나)의 은어. (옮긴이 주)

냄새가 공기 중에 퍼졌다. 주유소를 빠져나올 때쯤 나는 이미 대마초 연기에 취해가고 있었다.

파블로는 거의 눈이 튀어나올 듯한 표정으로 나를 계속 쿡쿡 찔렀다. 그는 이렇게 말하는 것 같았다. '야, 너 저 여자가 뭐하는지 봤어? 저거 대마초야. 쩐이야, 진짜 대마초!' 나는 팔꿈치로 그를 쿡쿡 치며 그만 찌르라고는 신호를 보냈다. 그 여자는 여전히 전문가 같은 자세로 몸을 앞으로 숙이고 있었다. 아무 말 없이 그녀는 나에게 떨을 건넸다. 나는 잠시 불이 타오르는 담배를 뚫어지게 쳐다보았다. 연기 꼬리가 코끝까지 올라오자 파블로가 내게 손을 뻗어 담배를 뺏어갔다. 여전히 숨을 참으며 여자는 미소 지었다. 몇 초가 지나고 나서야 그녀는 고개를 뒤로 젖히고 가느다란 연기를 부드럽게 내뿜었다.

"그래서, 너희들 이름이 뭐야?" 그녀가 어지러울 정도로 느릿한 남부 억양으로 물었다.

"누구요, 저요?" 나는 손가락으로 나 자신을 가리키며 말했다 "내 이름은 헨… 헨리예요."

"네 이름 헨리 아니잖아." 파블로가 끼어들며 말했다. "얘 이름은 제이이고, 내 이름은 파블로예요."

파블로와 나는 아무에게도 실명을 말하지 않기로 약속했었다. 그가 대마초 때문에 마음을 바꾼 건지 궁금했다. "너희는 왜 학교 안 가?" 그녀가 물었다.

"방금 도망쳤거든요." 파블로가 큰 소리로 숨을 들이마시며 말했다.

"그럼, 이름들이 어떻게 되세요?" 내가 물었다.

"저쪽은 애니." 그녀는 자고 있는 여자를 가리키며 말했다. "나는 캐롤린이야. 근데 그냥 크리스털이라고 불러. 애니는 문이라고 불러도 되고. 그리고 여기 앞은 존이랑 리치야."

"그럼 너희 둘은 가출 청소년인 거네, 맞지?" 존이 떠들기 시작했다. "야, 죽이는데. 쩌는구만! 우린 다 아는 수가 있지. 캠프나 뭐 그런 데 있던 건가?"

"아뇨, 소년의 집에 있었어요." 파블로가 숨을 내쉬어 주변에 연기를 더하며 말했다.

파블로가 대마초 피우는 법을 모른다고 생각했는데, 대마초의 매력에 푹 빠진 것 같았다. 그가 내 어깨를 두드리며 대마초를 건네 주었을 때, 나는 내가 이상한 사람이 된 듯한 기분이 들기 시작했다.

나는 이제는 꽁초만 남은 채 여전히 불이 붙어있는 대마초 궐련을 들고 살펴보았다. 눈을 들어 보지 않아도 크리스털이 날 쳐다보고 있다는 걸 알 수 있었다. 파블로가 더 어른스러워 보이는 걸 원치 않았기에 나는 궐련을 입술에 가져다 대고 꽁초가 타들어가 손가락이 데일 때까지 크게 한 모금 들이마셨다. 폐가 가득 차는 느낌이 들었고 그걸 참아내려 하자 목이 아슬아슬하게 간질거렸다. 나는 가슴에 타오르는 불을 끄려는 듯 기침을 하기 시작했고, 눈알이 눈구멍에서 반쯤 뽑혀 나오는 느낌이 들 정도로 숨이 막혔다. 그러는 동안 존과 파블로, 리치는 웃고 있었다.

"이봐, 제이! 야, 괜찮아? 뒤에 다 괜찮은 거야?" 존이 물었다. 대마초 때문에 웅웅 소리가 울리다 보니 존의 억양이 나를 킥킥 웃게 했다.

"응, 그런 거 같아요." 나는 기침이 나올 듯 목이 간질간질한 걸 느끼며 대답했다. 대마초를 피운 건 그때가 처음이었다. 마침내 고개를 들자 문이 이제는 앉아 있는 게 보였다. 숙취가 있는 것 같기도 했고 그냥 피곤한 것 같기도 했다. 그녀는 손가락으로 긴 머리카락을 빗었다. 다른 사람들은 파블로와 나에게 친근한 말투로 질문을 던졌다. 몇 살이니? LA 출신이니? 그들이 샌프란시스코로 가기 위해 짐을 싸서 켄터키를 떠난 이야기를 들려주는 동안 나는 그들이 맘에 들기 시작했다.

존, 리치, 크리스털, 문은 내가 상상했던 히피족 그 자체였다. 크리스털과 문은 흡연자가 담배를 피우듯 대마초를 피웠다. 문이 기타를 치며 자기 일기장에 적힌 글을 노래로 불렀다. 그녀의 노래는 슬펐고, 매우 포크풍이였고, 무슨 일이 일어나고 있는지 도무지 알 수 없는 세상에서의 평화와 사랑에 대한 갈망을 반영했다.

지금까지 나는 이토록 친밀하고, 개인적이고, 의미 있는 노래를 들어본 적이 없었다. 라디오에서 나오는 음악을 들을 때는 리듬만 따라가며 들을 뿐 가사와는 거리가 멀게 느껴졌었다. 하지만 문의 노래는 달랐다. 세상이 외치는 소리를 듣고자 하는 이에게 던지는 말 같았다. 마치 우리 모두가 곧 죽을 것만 같았다. 일기장에 적힌 문의 노래를 듣고 난 뒤로는 모든 노래가 다르게 들렸다.

쓰레기통 뒤지기

나는 파블로에게 LA로 함께 나가지 않고 승합차 멤버들과 샌프란시스코로 가겠다고 말할까도 생각했다. 이 사람들을 알면 알수록 꿈이 이루어진 것처럼 느껴졌다. 나는 이들의 모습과 이들이 삶을 바라보는 시각이 마음에 들었다. 이들은 오직 자유를 찾고 더 큰 평화를 추구하고자 하는 것 같았다. 하지만 파블로 없이는 내가 상상했던 어떤 일도 일어나지 않을 것 같다는 두려움에 자꾸만 빠져들었다. 그는 나와 같은 길을 가는 동반자였다. 우리는 서로가 없이는 아무데도 가지 않았다.

파블로는 승합차 멤버 누구와도 진정한 관계를 맺지 않았다. 그는 겉으로는 웃으면서도 속으로는 그들을 단지 우리를 태워주는 수단으로만 보았다. 그는 사람을 믿는 일에 신중했지만, 나는 그들을 믿는 마음이 점점 커져갔다. 존, 리치, 크리스털, 문은 나에게 가족처럼 느껴졌다. 하지만 파블로는 내가 샌프란시스코까지 가자고 속삭였을 때 내가 미쳤다고 생각했다. 내가 어리석게도 우리 계획을 포기한 게 아닐까 걱정했다. 나는 히피들과 함께 있고 싶은 내 욕망을 의심하기 시작했다. 나 스스로 파블로가 말한 것보다 더 미친 사람처럼 느껴졌고, 파블로가 내가 얼마나 미쳐있는지 알게 되면 불안해할 것 같았다.

존이 파블로와 나를 진짜 겁먹게 한 유일한 순간은 고속도를 벗어나 주유소 몇 개를 그냥 지나쳐 쭉 운전해 갈 때였다. 고속도로를 나오자마자 주유소를 들르는 게 우리의 일상이었기 때문이다. 파블로와 나는 이제 우리가 정확히 어디로 가고 있는 건지 물어보기가 두려웠다. 그러면 뭔가 잘못 되었다고 느낀다는 신호가 될 수 있었기 때문이다. 그러나 파블로가 옆문을 향해 조금씩 움직이기 시작했고, 그가 차에서 내리면 나도 바로 따라 내릴 계획이었다. 그때 존이 세이프웨이(Safeway, 미국 최대의 슈퍼마켓) 주차장에 차를 세웠다. 우리는 천천히 차를 몰아 매장 뒤편으로 향했다. 일이 어떻게 돌아가고 있는 거지? 여기를 점거하려고 하는 건가? 우리는 차를 세웠고, 그들은 금방 돌아오겠다며 차에서 뛰어내렸다. 파블로와 나는 두려움에 서로를 쳐다보기만 했다. 크리스털과 문이 뭔가 알고 있는지 보려고 그들을 쳐다봤지만, 알고 있다면 별일 아닌 게 분명했다.

몇 분 후 파블로는 문을 열고 차에서 내렸다. 나를 향해 손을 흔드는 그의 얼굴에 미소가 번지는 걸 보고 돌아보니 리치가 커다란 쓰레기통 한가운데 서서 존에게 뭔가를 건네는 모습이 보였고, 존은 받은 것을 상자에 넣고 있었다. 파블로와 나는 달려가서 그들이 찾아낸 사과, 오렌지, 딸기 바구니를 보았다. 쓰레기통에서 나온 것들을 진짜로 먹을 생각은 아니겠지! 존은 씩 웃으며 상자에서 오렌지 두 개를 꺼내 하나는 나에게, 다른 하나는 파블로에게 던져 주었다. 우리는 과일을 아주 자세히 살펴봤지만 하나도 문제될 게 없었다. 우리는 곧바로 오렌지의 껍질을 벗겨 나무에서 방금 떨어진 걸 먹는 것처럼 먹었다. 그러자 파블로는 다른 쓰레기통 안으로 몸을 기울여 아직 개봉도 하지 않은 상자에 담긴 페이스트리를 잔뜩 꺼냈다. 우리는 과일, 도넛, 파이, 쿠키로 상자 세 개를 거의 가득 채웠다.

존은 고속도로로 돌아가기 전에 주유소에 들러 과일을 씻었다. 우리는 딸기를 원없이 먹었다. 파블로는 멍들지 않은 것만 골라 먹었지만 나는 상관없었다. 다른 사람 나무에서 과일을 훔쳐 먹던 시절에는 상태가 더 안 좋은 걸 먹은 적도 있었다. 메이미가 했던 말도 생각이 났다. "신이 흙을 만들었지. 흙은 해롭지 않단다." 나는 로스앤젤레스 시내로 들어갈 때까지 딸기를 먹었다.

LA 시내에 가까워졌을 때도 나는 여전히 존과 다른 승합차 멤버들과 함께 샌프란시스코까지 가고 싶다는 생각을 남몰래 하고 있었다. 계속 나 자신에게 물었다. '만약에, 만약에 이들이 가는 곳에 아니가 있다면?' '만약에 샌프란시스코에서 내 인생이 완전히 바뀐다면?' 뒤퐁 부부 집에서 도망쳐 나와 갔던 LA 그레이하운드 역내 선물 가게에서 봤던 아름다운 금문교 엽서가 계속 아른거렸다. 끝까지 함께 하기로 한 나의 여행 동반자 파블로가 없었다면 나는 승합차에 머물렀을 것이다. 하지만 파블로와 나는 모닥불에 둘러앉아 이미 전 세계 모든 대륙을 함께 여행한 사이였다. 이제 와서 파블로를 떠날 수는 없었다.

11

길 안팎에서

파블로의 어머니

로스앤젤레스 어딘가에서 우리는 존과 리치, 크리스털과 문에게 감사의 인사를 했다. 나는 아쉬운 마음으로 파블로를 따라 승합차에서 내려 번화한 거리로 나갔다. 밤이 빠르게 다가오고 있었다. 나는 거리 표지판을 올려다보았다. 우리는 이름이 긴 어떤 거리에 서 있었다.

"파블로, 우리 이제 어디로 가는 가? 젠장! 샌프란시스코로 갈 수도 있었잖아! 넌 왜 그 사람들이랑 같이 가고 싶지 않았던 거야?"

"우리 엄마랑 같이 살 수 있으니까." 할리우드 대로를 걸어가면서 그가 말했다.

"너네 엄마? 너 엄마가 있어?" 나는 깜짝 놀라 물었다. 그는 나에게 자기 어머니를 단 한 번도 말한 적이 없었다. 그도 맥라렌 홀에서 지냈기에 나와 마찬가지로 어머니의 행방을 찾을 길이 없다고 생각했었다. 그래서 지금 우리는 그의 어머니를 찾을 거라는 얘긴가? 왜 우리 엄마가 아니라 그의 엄마를? 나는 그의 겉옷을 붙잡고 한 발짝도 움직이지 못하게 막았다. "너희 엄마?! 엄마가 어디 있는지 아는 거야? 어디 사시는지?"

"어, 어, 알지." 파블로가 말했다. "여기서 그렇게 멀지 않은 데 살아."

"아니, 친구야. 너는 그냥 너희 엄마를 같이 찾자는 거잖아. 그게 다잖아. 그럼 우리 엄마도 같이 찾으면 되겠네."

"그런 건 아니야." 파블로가 주위를 둘러보며 말했다. "이 거리, 할리우드 대로가 기억나."

"아니, 너 기억 못 해. 너 이 거리에 와본 적 없잖아." 우리는 지나가는 행인들이 지켜보는 번잡한 인도에 서 있었다. 파블로는 자신이 존에게 이 거리에서 내려달라고 부탁해서 여기서 내리게 된 거란 사실을 상기시켰고, 나는 그러고 나서야 따라 나섰다. 여전히 파블로가 어디로 가는지 모르고 있다고 생각했지만, 늘 그렇듯 나는 나의 여행 동반자와 함께 걸었다.

할리우드 대로를 따라 걷는 동안 밤이 깊어졌다. 몇 마일을 달리자 사무실 건물과 오가는 사람들의 웃는 얼굴이 술에 취해 인도에 앉아 있는 술꾼들과 쇼핑 카트에 자신의 물건들을 가득 싣고 불행한 기운을 풍기며 걸어가는 노숙자들로 바뀌었다. 매춘부들은 길모퉁이마다 서서 연석에 세워진 차들에 다가갔다. 걸으면 걸을수록 상황은 악화되었다.

"파블로, 우리 길 잃었어! 너 때문에 여기서 길 잃을 줄 알았어."
나는 불평했다. "젠장! 샌프란시스코에 왜 안 갔을까?"

"아니, 우리 길 잃은 거 아니야." 파블로가 말했다. "저기 보이
지?" 그는 길 건너편에 있는 오래된 호텔을 가리켰다. "내가 말했잖
아. 우리 길 잃은 거 아니라고! 이제 내 말 믿겠어? 이제 믿겠어?" 그
는 흥분한 목소리로 계속 물었다.

"너희 엄마가 저기 사셔? 파블로, 저기가 너희 엄마가 사는 곳
이야?" 나는 길을 건너는 그를 따라가며 물었다. 우리는 호텔 로비로
뛰어 들어갔다. 파블로는 오래된 엘리베이터가 어디에 있는지 정확
히 알고 있었다. 바깥 문을 닫고 엘리베이터 문을 당겨서 닫아야 위
로 올라가는 버튼을 누를 수 있었다. 엘리베이터 문을 열자 거의 너
덜너덜 떨어지기 직전인 다 해진 옷을 입은 아이들이 좁은 복도를
오르내리며 노는 모습이 보였다. 아이들은 바퀴가 없는 트럭과 팔다
리가 없는 인형을 가지고 놀고 있었다. 소변 냄새와 담배 연기가 공
중을 떠돌았다. 벽은 페인트가 벗겨져 있었고 카펫은 곰팡이가 피고
구멍이 가득했다.

대부분의 객실 문이 열려 있었다. 파블로와 나는 어둡고 긴 복
도를 따라 걸어가면서 모든 객실 안을 들여다보지 않을 수 없었다.
사람들은 연기가 자욱한 재떨이 옆에 누워 있었다. 모두가 텔레비전
을 켜놓고 있었다. 절망이라는 전염병이 감지되었다. 아파트의 환기
를 위해 (비좁은 곳에 가득 찬 악취가 복도로 퍼져 빠져 나가도록 하기 위해) 문을
열어둔 것 같았고, 그게 아니면 부모가 아이들을 지켜보기 위해서였

을 수도 있다.

복도 끝에서 파블로는 문을 두드렸다. 아무 대답이 없자 그는 문을 열려고 했지만 잠겨 있었다. 그는 옷걸이를 발견하고 문설주를 따라 철사를 걸었다. 하는 게 힘들어 보였다. 나는 그가 마지막으로 어머니를 본 게 언제인지, 아직 여기 살고 계시는지 궁금했다. 한편으로는 그러기를 바랐고, 다른 한편으로는 그러지 않기를 바랐다. 남의 집에 침입한 것이 아니길 바랐고, 파블로가 어머니를 다시 만날 수 있기를 바랐다.

파블로가 포기하려던 순간, 복도 끝 열린 창문 너머로 여자가 큰 소리로 말하는 소리가 들려왔다. 그는 일어서서 옷걸이를 떨어뜨리고 복도를 전력 질주했다. 나는 그를 따라잡기 위해 아이들을 뛰어넘어가야 했다. 우리는 뒤쪽 계단을 뛰어 내려 호텔 뒤로 갔다. 파블로는 그의 어머니가 남자와 함께 차에 앉아 있는 것을 발견했다. 그들은 말다툼을 하고 있었다. 나는 어둠 속에 숨어있었고 파블로는 열린 창문으로 몸을 기울여 엄마를 껴안았다. 그가 우는 모습을 본 것은 그때가 처음이었다. 파블로가 스페인어를 할 수 있는 건 알았지만, 지금 그는 엄마와 서로 안아줄 방법을 찾으며 스페인어로 울기까지 했다. 그의 어머니는 짐이 너무 많아서 차에서 내릴 수가 없었다. 그는 어머니가 일어서는 것을 도와야 했다. 그 남자는 돈에 대해 소리치고 있었다. 화가 난 그도 차에서 내리기 시작했다. 파블로의 어머니는 가슴에 손을 넣어 지폐 몇 장을 꺼내 남자의 얼굴의 내리쳤다. "이 돈 갖고 꺼져, 이 개자식아! 지금 내 아들이 돌아왔거든.

넌 아무것도 아니야!" 그녀는 차 바퀴를 발로 차려고 했지만 그가 차를 몰고 사라지는 뒷모습에 대고 손가락 욕을 날리는 것도 겨우 할 수 있었다.

파블로는 어머니가 넘어지지 않게 하려고 안간힘을 쓰며 나에게 도움을 요청했다. 우리는 어머니를 반쯤 업은 채 3층으로 올라갔고, 어머니의 팔을 어깨에 걸었다. 파블로가 어머니의 열쇠로 현관문을 열고 나는 어머니를 앞방 소파에 뉘였다. 어머니께 물을 가져다드리려고 주방 불을 켰는데 벌 소리처럼 시끄럽게 윙윙대는 소리가 났다. 바퀴벌레가 여기저기 뛰어다니고 있었다. 쥐 한 마리가 주방 조리대에 놓인 음식 한 접시를 먹어치우고 있었다. 나를 본 쥐는 캥거루처럼 뒷발로 일어서더니 싸움을 걸 듯이 얼굴 앞에서 앞발을 흔들기 시작했다. 나는 곧바로 주방에서 뛰쳐나왔다. 파블로에게 내가 본 것을 말하지 않고 소리쳤다. "가서 물 좀 가져와!"

파블로는 쥐를 보지 못했거나 쥐가 귀찮게 굴지 않았나 보다. 그는 어머니를 위해 물 한 컵을 들고 돌아왔다. 그녀는 술에 취했다기보다 아파 보였다. 헤로인 때문이었다. 그때쯤 나는 식탁 위에 놓은 그을린 숟가락, 얇은 고무줄, 그리고 어린 시절부터 기억하는 모든 도구들을 발견했다. 그러나 파블로의 어머니가 거의 생기를 잃은 채로 소파에 누워 주변 세상을 전혀 인식하지 못하고 있는 모습이 결정적인 징후였다. 나는 무엇보다도 그 모습에 익숙했다. 우리 엄마도 버디가 머리를 빗겨주는 동안 똑같은 자세로 누워 있었고, 나머지 가족들은 지켜보며 기다렸다. 파블로의 어머니에게서 우리 엄마가 보였다. 나는 아직 열한 살도 채 안 됐지만, 우리 엄마를 찾아 보살펴주고 싶었다. 엄마가 자신에게 이런 짓을 하게 만든 모든 것으로부터 엄마를 보호하고 싶었다.

그날 밤 우리는 모든 불을 켜두고 거실에 있었는데, 한쪽 소파에서 파블로의 어머니가 자는 모습을 지켜보며 반대편 소파에서 구부정한 자세로 누웠다. 쥐가 여전히 주변에 있다는 걸 알면서도 나는 간헐적으로 졸았고, 소리가 들릴 때마다 잠에서 깨곤 했다. 쥐가 주방 조리대 위로 올라갈 수 있다면 분명 소파 위로도 올라갈 수 있다는 거다. 나는 놀라고 싶지 않았다.

다음 날 아침 파블로 어머니가 일어났을 때 그녀는 우리 둘 다자고 있다고 생각했다. 나는 반쯤 닫힌 눈꺼풀 사이로 그녀가 문이 없는 침실로 들어가는 모습을 지켜보았다. 소파에 내가 누워 있던 자리에서는 그녀가 방안을 불안하게 돌아다니다가 시트 없는 매트리스 위에 앉는 모습이 전부 보였다. 그녀는 구부정하게 쪼그리고 앉아 성냥 한 자루에 불을 붙이고 그 불에 숟가락을 데웠다. 성냥불이 꺼지기 전까지 몇 초간 헤로인을 구웠다. 그런 다음 바늘을 숟가락에 꽂고 천천히 액체를 끌어올렸다.

그녀는 목의 정맥이 부풀어 오를 때까지 풍선을 불 듯 엄지손가락을 불었다. 그런 다음 목의 한쪽을 여러 번 때리고 엄지손가락으로 정맥을 밀어 올려 불룩하게 만들었다. 그녀는 자신을 너무 거칠게 대했다. 다른 손으로 바늘을 정맥 안으로 찔러 넣어 피를 뽑은 뒤 헤로인과 함께 다시 주사했다. 그녀는 바늘을 뽑을 겨를도 없이 태아 자세로 굴러떨어졌다. 그녀가 손바닥으로 얼굴을 천천히 닦는 모습을 보고 어릴 적 기억이 떠올랐다. 우리 엄마도 똑같은 방식으로 손으로 얼굴을 문지르곤 했다. 나는 파블로가 침실로 들어가는 것을 보았다. 몇 초 동안 그는 침대에 누워 있는 어머니를 내려다보았다.

시간이 길게 느껴졌다. 파블로는 방을 둘러보더니 이성을 잃은 듯 "가자! 가자고!" 하고 외치며 나를 지나쳐 문밖으로 뛰어나갔다. 상처받고 분노한 그가 계속 침묵하며 보도를 따라 걷고 있는데 갑자기 경찰차가 옆으로 따라붙었다.

"왜 너희들은 학교에 안 가니?" 경찰이 물었다.

"우리… 지금 가고 있는데요." 파블로는 침착함을 유지하려고 애쓰며 말했다. 나는 말더듬이 튀어나오지 않도록 입을 다물고 있었다.

"이쪽으로?" 다른 경찰이 물었다. "너희들 어느 학교 다니니?"

"어느 학교냐고요?"

"그래! 학교 이름이 뭐니?" 그가 엄격한 목소리로 물었다. 나는 마음속으로 '네 바로 뒤에는 내가 있어'라고 파블로에게 말하고 있었다.

파블로는 더듬거리고 손가락으로 가리키며, 최대한 빨리 뛰기 시작했다. 나는 그를 뒤쫓아 아파트 단지를 지나 뒷골목으로 나왔다. 우리는 울타리를 뛰어넘고 쓰레기통을 넘어뜨리며 달리고 또 달렸다. 그들을 따돌렸다는 확신이 들어 우리가 골목 밖으로 뛰어나가던 바로 그 순간, 경찰차가 그 골목 안으로 들어왔다. 우리는 경찰차

앞 유리에 받치지 않기 위해 가까스로 멈춰섰다.

경찰은 파블로와 나에게 수갑을 채워 뒷좌석에 함께 앉혔지만 우리 손목이 가늘어서 수갑에서 자꾸 빠져나왔다. 경찰은 우리에게 이름과 거주지를 물었다. 우리가 대답하지 않자 그들은 우리를 경찰서로 데려가기로 결정했다. 여전히 파블로 어머니 생각을 하면서 우리는 수갑이 채워져 있다는 사실을 잊고 있었다. 현실은 엄마가 마약에 찌들어 있는 모습을 발견했을 때의 충격을 이겨내지 못했다. 나는 파블로가 어머니를 계속 사랑할 수 있을지 고민하는 것이 느껴졌다. 그리고 수갑이 채워진 채 파블로 옆에 앉아 있는 동안 나는 더 이상 우리 엄마를 찾고 싶지 않다는 걸 깨달았다. 나는 파블로 어머니의 모습에서 우리 엄마를 찾았다, 히긴스 씨와 다른 어른들은 파블로와 내가 눈앞에 마주한 일로부터 우리를 보호하려고 했었어야 했다.

파블로의 어머니가 남자들에게 이용당하고 헤로인에 중독되어 아들에 대한 사랑보다 마약 욕구가 더 큰 삶을 사는 모습을 본 뒤로 나는 완전히 변했다. 그 방에서 본 광경은 내가 소중히 품고 있던 희망을 집어삼켰다. 파블로는 자신을 마네킹처럼 침묵하게 만들던 상처와 고통에 내게 말할 필요가 없었다. 그날의 사건은 우리로부터 너무 많은 것을 빼앗아 갔기 때문에 경찰 중 한 명이 우리가 사는 곳을 말하지 않으면 감옥에 넣겠다고 협박했을 때도 우리는 둘 다 입을 열지 않았다.

티셔츠 안으로 들어가다

나는 티셔츠 안에 무릎을 넣은 채 웅크리고 앉아 몸을 흔들흔들하며 잠들려고 애썼다. 문 반대편에서 떠드는 소리가 들렸다. 수없이 울리는 전화벨 소리가 계속 나를 깨웠다. 콘크리트 바닥에 웅크리고 앉은 채 문 밑으로 지나가는 사람들의 검은 구두가 보이고 열쇠가 찰랑거리는 소리가 들렸다. 나는 어둠속 그들의 발걸음을 세며 다시 잠이 들었다.

몇 시간 동안 졸다가 깨고 또 졸았다. 그 방의 고요함이 내 마음을 집어삼켰고 절망으로 나를 병들게 했다. 눈을 뜰 때마다 콘크리트 바닥의 냉기가 느껴졌다. 외로움은 격리된 한 시간을 열 시간처럼 느껴지게 했다. 이따금 일어나 걸어보았지만 항상 나를 풀어줄 발걸음을 기다리며 문 밑을 바라보는 것으로 마무리되었다.

마침내 문이 열렸을 때 나는 다시 잠이 들어있었다. 올려다보니 소년 마을에서 온 백인 지도원 두 명이 서 있었다. 마치 형 두 명이 나를 구하기 위해 신비롭게 나타난 것 같았다. 그들 중 한 명이 무릎을 꿇고 나를 바닥에서 들어올렸다. 이 아이는 얼마나 오래 격리되어 있었습니까? 아이 상태는 괜찮습니까? 다른 지도원이 교도관의 얼굴에 대고 계속 소리쳤다.

교도관이 버럭 화를 내며 소리쳤다. "이 망할 깜둥이 추종자 같으니! 그냥 데리고 나가!"

갑작스레 내뿜은 분노는 현관홀 주변에 서 있던 경찰을 포함한 모든 이의 이목을 집중시켰다. 차갑고 귀가 먹먹한 침묵이 우리 모두를 얼어붙게 했다. 얼굴이 벌겋게 달아오른 교도관이 주먹을 불끈 쥐고 있는 것이 보였다. 그 순간 사람들이 왜 경찰을 "돼지"라고 부르는지 이해했다. 교도관은 꼭 돼지처럼 생겼다. 이걸 알게 되자 인종 비하적인 모욕보다 더 큰 충격으로 다가왔다.

소년 마을 지도원들은 형사데스크와 백인뿐이던 경찰 무리를 지나 감방에서 나를 데리고 나왔다. 열린 문 밖으로 거의 나왔을 때, 나는 공중으로 점프를 해서는 그 교도관에게 가운데 손가락을 들어 보였다. 경찰들이 박수를 치며 "그거지! 개새끼한테는 본때를 보여 줘야지!" 배짱 넘치는 어린 남자애가 마음에 들었나 보다. 소년 마을로 돌아가는 길에 다시는 도망치지 말라고 경고하는 지도원들 사이에 낀 채 나는 뒷좌석 어딘가에서 잠이 들었다

소년 마을로 돌아왔을 때 나는 혼란스러웠다. 이 프로그램은 나에게 별 의미가 없었다. 모두가 부모님이 계신 집으로 돌아가려고 했지만, 나는 그럴 수가 없었다. 심지어 사고뭉치들조차도 집에 가고 싶어 했다. 늘 그들을 응원했지만, 나는 그들 중 하나가 아니었다. 소년 마을에는 내가 마음을 둘 것이 아무것도 없었고, 나는 문 너머를 바라보기 시작했다.

그레이하운드의 집에서

돌아온 지 일주일이 안 되어 나는 소년 마을 뒷산으로 하이킹을 갔다. 산에 오른 지 얼마 지나지 않아 비포장도로를 발견했다. 그런데 길을 따라 몇 마일을 걷다 보니 보몬트 시내로 이어지는 포장도로가 나왔다.

길가에 앉아 운동화에 묻은 흙을 털고 있는데 그레이하운드 버스가 길 건너편 터미널로 들어갔다. 나는 서둘러 운동화를 다시 신고 버스 터미널로 달려갔다. 나는 창구에 있는 여직원을 향해 고개를 쭉 빼고는 로스앤젤레스 행 버스표 가격을 물었다.

"애야, 가출한 거니? 거기서 딱 기다려라." 그녀가 수화기를 들며 말했다.

그 순간 나는 당황해서 문밖으로 뛰어나갔다. 뒤도 돌아보지 않고 계속 소년 마을로 달려갔다. 절반 이상 갔을 때 스쿨버스가 내 옆에 멈췄고 지도원이 차에 타라고 명령했다. 나는 내가 얼마나 큰 곤경에 처했는지 몰랐다. "버스 터미널에 가서 버스표를 달라고 하면 안 된다. 어딘가로 가려고 하면 안 된다." 지도원이 말했다.

소년 마을에 도착하자 그는 나를 곧바로 학장실로 데려갔다. 학장은 책상 뒤에 서서 화를 내며 손가락으로 나를 가리켰다. "소년 마을에서 이탈했으니 네 오두막으로 돌아가서 짐을 싸라!"

내가 나가려고 자리에서 일어나자 학장이 비서를 불렀다. 비서가 학장실에 들어서자마자 나는 그녀의 가방에서 지갑을 훔쳤다. 오두막으로 가서 짐을 챙기는 대신 나는 반대 방향으로 뛰어가면서 지갑을 뒤적거려 운전면허증, 증명사진, 영수증은 버리고 돈만 챙겼다. 너무 화가 나서 내가 한 짓에 대해 미안함조차 느껴지지 않았다.

몇 시간도 채 지나지 않아 나는 보몬트로 돌아왔다. 그레이하운드 터미널이 안팎으로 감시되고 있다는 사실을 알았기에 근처 주유소에 숨었다. 밤이 깊어지자 추위가 몰려왔다. 나는 녹슨 옷걸이를 발견하고 그걸로 주유소 뒤에 있는 폐차처럼 보이는 곳에 들어가려고 살짝 열린 창문으로 옷걸이를 흔들어 자물쇠를 열었다. 폐차 뒷좌석에 공 모양으로 웅크리고 맨투맨 셔츠로 무릎을 감싸 안고 추운 밤을 보내려고 했다. 그게 생각대로 되지 않자 나는 앞좌석 쪽으로 들어가서 라디오를 만지작거리고 장난을 쳤다. 놀랍게도 라디오가 켜졌다. 히터 손잡이를 만지자 히터도 켜졌다.

창문에 낀 성에에 가려진 채 앞좌석에 누워 팔로 무릎을 꽉 감싸고 캐롤 킹(Carole King, 20세기 후반 미국에서 가장 성공한 싱어송라이터)이 부르는 〈So Far Away〉를 들었다. 그 순간 마치 그녀가 나를 보고 있는 것 같았다. 나는 눈물을 흘리지 않으려고 안간힘을 썼다. 그 다음에는 템테이션스(Temptations) •가 부르는 〈Runaway Child, Running Wild〉 ••가 흘러나왔다. 가사가 내 모습을 너무나 선명하게 묘사해

서 무서울 정도였다.

"맙소사, 내 차에 타고 있네." 열린 문 앞에서 남자가 말했다. 눈을 떠보니 보몬트에서 마주한 유일한 흑인이 앞에 서 있었다. "내 차에서 뭐하는 거지, 꼬마야? 미친 거냐?" 남자는 당황한 표정으로 수염을 긁으며 물었다. 그는 짙은 파란색 정비사 작업복을 입고 있었다. 나는 대답할 말이 없었고, 심지어 목을 가다듬을 정신도 없었다. 그저 그의 위로 비치는 아침 햇살이 보였을 뿐이다.

"밤새도록 차 라디오를 켜놓고 여기 있었니?"

"네." 나는 슬프게 웅얼거렸다.

"히터도 켜놓고?"

"어… 그게… 잠깐 틀긴 했어요." 나는 그를 내다보며 대답했다.

그는 지질한 인간 쳐다보듯이 보더니 차를 둘러보고는 트렁크를 열었다. 나는 그가 나를 트렁크에 집어넣으려고 하는 걸지도 모른다는 생각에 도망칠 준비를 하고 앞좌석을 가로질러 차에서 내렸다. 그는 나를 집어넣는 대신 작업복을 벗고 돌돌 말아서 트렁크에 넣었다. 문득 그의 차에 허락 없이 침입한 것을 사과해야겠다는 생각이 들었다. "죄송합니다"라고 말을 하려는데 그가 나를 쳐다보며 말했다. "너도 그 소년 마을에 있는 애지? 이름이 뭐냐?"

"어… 음. 자비스요." 그를 보며 내가 말했다.

"난 버바야. 뭐, 도망치거나 그런 거야?"

"네, 어제요, 버바." 나는 차가운 아침 공기에 떨면서 말했다.

"거기 백인들이 잘 대해주질 않았지?"

"다 그런 건 아니고요." 내가 말했다.

"그럼 이제, 내가 태워다 주길 바랄 거 같은데?" 그가 차에 올라타며 말했다.

나는 그가 좋은 뜻으로 하는 말인지 아닌지 몰라서 대답 대신 그를 쳐다보았다. 아침 서리 때문에 너무 추워졌다.

"글쎄, 원한다면 타도 돼." 그가 나를 쳐다보며 기다리고 있었다. "아니면 그거 그렇게 서 있든지. 난 상관없어!" 나는 움직이지 않았고 그는 차 문을 쾅 닫았다.

시동 소리가 들리자 나는 조수석으로 뛰어가서 차에 탔다.

"지금으로선 멀리는 못 가." 그가 주유소 앞까지 차를 몰고 가며 말했다. "근데 어디까지 가려는 거냐?"

"로스앤젤레스?" 내가 웅얼거렸다.

"로스앤젤레스? 애야, 거기가 얼마나 먼지는 알고 있니?" 브레이크를 세게 밟으며 그가 말했다. "게다가 내가 가는 방향도 아니고 말이야. 돈은 좀 있니?"

"어… 그게…."

"그럼 버스 같은 걸 타는 건 어때? 그레이하운드 터미널이 바로 저기야."

"거기 사람들은 소년 마을에 전화해서 알릴 테니까요."

잠시 정적이 흘렀다.

"그럼, 이렇게 하지." 그가 수염을 긁으며 말했다. "내가 너를 다음 도시인 배닝까지 데려다줄게. 거기도 그레이하운드 버스 터미널이 있거든. 필요하다면 내가 같이 가서 표를 끊어줄 테니 가족한테 돌아갈 수 있을 거다. 알았지? 이 계획 어때?"

"어, 네." 나는 지금 내 주머니에 있는 비서 지갑에서 훔친 돈이 얼마일까 생각하며 말했다. 돈을 아직 세어보지 않았기 때문이다.

소년 마을에 돌아간 뒤 며칠 동안 다시 제대로 된 침대에서 잠을 잘 수 있어서 행복했다. 지금 나는 다시 도망자 신세가 되었다. 잡힌다는 건 이제 다른 의미가 되었다. 나는 내가 곤경에 처해있음을 알았다. 내가 저지른 일로 소년원에 갈 수도 있다고 생각했다.

배닝으로 가는 길에 버바는 몇 년 전 소년 마을에서 도망쳐 나온 흑인 아이 두 명에 관해 이야기해 주었다. 그는 지도원들이 자신이 일하던 주유소 뒤에서 개를 풀어 그 아이들을 공격하게 했다고 했다. "너무 끔찍해서 힘들었지." 그는 말했다. 그래서 그는 나를 돕고 싶었던 것이다.

버바는 내가 준 돈으로 버스 터미널에서 LA행 버스표를 대신 사주었다. 그리고 나머지 35달러 정도는 그곳에 도착했을 때를 대비해 가져가라고 했다. 그는 내게 전화번호를 주며 도착하면 전화하라고 했다.

몇 시간을 기다린 끝에 나는 시내 중심가를 걸었다. 한 가게에 들어가 작은 트랜지스터 라디오를 샀다. 그러고는 버스에 탔다. 나는 LA로 가는 중이었다.

차창에 얼굴을 기댄 채 라디오를 귀에 가까이 대고 저 멀리 언덕과 끝없이 펼쳐진 황무지를 바라보았다. 음악을, 주로 포크 록 음악을 들으면 시간 가는 줄 몰랐다. 그 어느 때보다 마음이 탁 트이는 것 같았다. 마치 영화 필름처럼 유리창 너머로 산 정상, 야생의 황금빛 양귀비가 핀 들판, 멀리서 풀을 뜯고 있는 소떼와 같은 장면들이 스쳐 지나갔다.

마음을 가다듬을 수 있을 만큼 속도가 느려졌다. 조용히 앉아 프록 부부와 함께했던 시간들을 다시 떠올렸다. 엄마와 누나와 여동생들을 생각하며 이 순간 그들은 무엇을 하고 있을지 상상했다. 이런 생각들이 내 머릿속과 마음속에만 있는 영화관 스크린 위로 스쳐 지나가면서 그들과 더 가까워진 느낌이 들었다.

나는 버스가 정차할 때마다 내려서 돌아다녔다. 리버사이드 (Riverside, 미국 캘리포니아주 남서부의 도시)나 샌버너디노(San Bernardino, 미국 캘리포니아주 남부의 도시)에서 혼자 지내면서 사탕을 사서 주머니를 채우기도 했다. 나는 항상 버스에서 아무도 말을 걸지 않고 혼자 있을 수 있는 자리를 차지하려고 애썼다. 라디오와 함께 모든 사람에게 보이지 않게 사라져 혼자만의 시간을 보내고 싶었다. 프록 부부를 떠나온 이후로 나는 모든 평범함에서 거리가 멀어진 기분이었다. 거쳐 온 곳마다 너무 많은 고통을 겪었지만 이제는 그들이 아예 정거장을 장악하고 있다는 걸 알았다. 혼자 있는 동안에는 마음 속 소용돌이가 잔잔해졌다. 이제는 이 기분에 익숙해질 수 있도록 계속 혼자 있고 싶었다.

버스가 마침내 로스앤젤레스 그레이하운드 터미널에 도착했을 때 내리고 싶지 않았다. 터미널에서는 하룻밤을 보내지 않기로 결심했다. 그곳에서 할 수 있는 건 이미 다 해봤으니까. 그래서 '팜스프링스'라고 적힌 다른 버스를 보고 바로 움직였다. 나는 버스에 몰래 타는 데 능숙해졌다. 한 흑인 가족이 버스에 타고 있었고 나는 그 옆에 붙어 걸어갔다. 계단을 올라가면서 "오늘 밤에 도착할 수 있을까요?"라고 말을 걸었고, 운전기사가 나를 그 가족 일행이라고 생각하게 했다. 어느새 나는 즐겁게 팜스프링스로 향하고 있었다.

나는 길 위에 있는 것을 좋아했다. 나에겐 쉼터도 있었고 할 일도 있었다. 잠을 잘 수 있었고, 따뜻하고 안전한 곳에서 깰 수 있었고, 라디오를 들을 수 있었고, 상상 속에서 현관 계단에 앉아 지나가는 모든 것을 바라볼 수 있었다. 나는 그곳에 도착하기까지 아주 오래, 온종일이 걸리기를 바랐다.

나는 캘리포니아주 전역을 여행했다. 샌버너디노 같은 도시에서 온종일 수 마일을 걸어 다닌 적도 있었다. 히피들에게서 배운 대로 슈퍼마켓이나 도넛 가게 뒤의 쓰레기통을 뒤져 먹을 것을 구하기도 했다. 구세군 매장에서 옷을 훔쳤는데, 쉽게 말해 묻지도 따지지도 않고 더러운 옷을 깨끗한 옷으로 교환했다. 돈이 필요할 때마다 슈퍼마켓 안에 비치된 자선모금함에서 돈을 훔쳤다. 버스 터미널에서 하룻밤을 보낼 때마다 나는 무인빨래방 안에서 자거나 딜러 주차장에서 잠기지 않은 차를 찾았다. 항상 적어도 한 대는 있었다. 아침 일찍 일어나 터미널을 떠나곤 했다. 혼자 노숙을 하는 시간이 길어질수록 내가 도망쳐 나온 곳은 소년 마을 뿐만 아니라 하나의 커다란 시스템이었다. 버스 안에 혼자 앉아 있으면 안전하다고 느꼈다.

여행은 나에게 전부였다.

　한동안 이런 생활을 이어가던 중에 표 없이 버스를 몰래 타다가 들켰다. 맥라렌 홀로 돌아갔을 때 내가 원했던 것은 한때 좋아했던 이곳에서 최대한 빨리 도망치는 것뿐이었다. 그 후로 나는 수없이 도망쳤다. 여러 소년의 집을 전전했지만 아무도 내 탈주를 막지 못했고, 나는 다시 위탁 가정에 맡겨졌다. 어떤 위탁 가정에서는 하루도 버티지 못했고, 어떤 위탁 가정에서는 떠나기 전에 냉장고를 털어 나오기도 했으며, 다음 위탁 가정에 도착하기도 전에 히긴스 씨의 차에서 뛰어내려 몇 주 동안 사라졌다가 다시 맥라렌 홀에 오기도 했다. 이제는 누구도 내가 갈 곳이 없다고 말할 수 없었다. 그레이하운드가 마치 집처럼 느껴졌다.

　그레이하운드 버스 차창에 기대어
　비로소 알아차린다.
　내 안의 상처와 고통,
　그리고 다른 이의 괴로움도.
　고속도로를 달리며
　열리는 마음.
　명징하게 보이는
　아이디어들, 생각들,
　트랜지스터 라디오에서 흘러나오는 노래들,
　정확하고 적절한 순간에

무대에 오르듯 다가온다.

삶은 완벽했고 자유로웠다.

12

진짜 사나이 되기

아카데미

이제 정말 나를 받아줄 곳이 없을 것 같던 그때, 밸리보이즈 아카데미가 문을 열었다. 과거엔 군사 학교였던 이곳의 직원들은 훈련 담당 하사관 복장을 하고 있었다. 그들은 내가 온 첫날 이곳의 목표가 소년들에게 규율과 강인한 남성성을 심어주는 것이라고 설명했다. 나약한 사람은 이 소년의 집에 들어갈 수도 없었다.

나는 차렷 자세를 하고 히긴스 씨의 옆에 서 있었다. 나는 늘 조직에 속하고 싶었기에 이곳이 나를 위한 곳임을 알았다. 훈련을 받고 규율에 따른 생활을 하고 싶었고, 소속될 권리를 얻고 싶었다. 어떤 소년의 집도 그곳에 있는 것이 특권이라고 말해준 적이 없었다. 나는 훈련병 하사관들이 추구하는 용기, 힘, 규율, 결단력을 갖춘 진짜 사나이로 거듭나야겠다는 도전 의식에 불타올랐다. 한껏 들떠 히긴스 씨에게 여기에 있을 수만 있다면 다시는 도망치지 않겠다고 약속했다. 내가 원했던 것은 그저 나 자신의 권리를 인정받을 수 있는 기회뿐이었다.

밸리보이즈 아카데미는 소년 마을이 있는 보몬트 시 건너편에 위치했고, 더 높은 산에 둘러싸여 있었다. 전체 인원이 스무 명 정도밖에 되지 않아 내가 가본 소년의 집 중 규모가 가장 작았다. 우리는 모두 한 건물에서 생활했고, 휴게실, 사무실, 주방, 식당도 그 안에 다 있었다. 기숙사에는 통로를 사이에 두고 철제 스프링 침대가 두 줄로 놓여있었다.

아카데미 개원 초기에 입주한 몇 안 되는 멤버 중 한 명이었던 나는 그곳에 들어갈 수 있는 자질을 갖추고 있다는 것을 증명할 수 있다는 생각에 설렜다. 나는 금세 모두와 친구가 되었다. 그중에는 트로이와 스코티처럼 소년 마을에서 쫓겨난 아이들도 있었다. 소년 마을에서는 서로를 몰랐지만 같은 경험을 한 우리는 베테랑이라는 유대감으로 뭉치게 되었다. 열한 살과 열두 살로 나이도 비슷하다는 사실을 알고 나서 가장 친한 친구가 될 이유가 하나 더 생겼다. 매일 새로운 아이들이 아카데미에 들어오는 것을 보면서 우리 셋은 서로의 경험담을 몰래 나누며 더욱 가까워졌다.

처음에는 프로그램이 제대로 갖춰져 있지 않았고 할 일도 별로 없었다. 하지만 몇 주 만에 아카데미의 철권 같이 엄격한 규율을 체감하기 시작했다. 기숙사가 절반 이상 차자 기상 시간이 갑자기 새벽 4시가 되었다. 캘훈 사감은 빈 금속 쓰레기통을 중앙 통로로 굴리며 목청껏 소리쳤다. "전체 기상! 엉덩이들 움직이고, 부츠 신어!" 그는 벌떡 일어나 차렷 자세로 서지 않고 늑장을 부리는 아이들의 침상을 성난 표정으로 뒤집어엎었다. "사나이가 될 시간이다!" 그가 외쳤다.

새로운 체제의 첫날은 완전히 망했다. 나는 침상이 뒤집혀 그 아래 깔려 있던 조쉬를 도와주러 갔다. 몸을 굽혀 그의 침대 프레임을 들어올리고 있는데 뒤에서 캘훈 사감이 부츠발로 나를 걷어차 벽돌 벽에 날아가 부딪혔다. 심하게 다치진 않았지만 바로 일어날 수가 없었다. 캘훈 사감은 통로 한가운데 서서 기숙사 전체를 향해 일장연설을 했다. "잘 들어라, 제군들! 아침에 너희를 기상시키는 건 할머니에게 가서 침대에서 일어나시는 걸 도와드리라는 뜻이 아니다. 침대 끝에 차렷 자세로 서 있으라는 뜻이다. 알아들었나? 알아듣지 못한 굼벵이 녀석들이 있다면, 장담하건대, 곧 알아듣게 될 것이다! 엉덩이가 무거워 재깍 일어나지 못하는 정신 빠진 놈들은," 그는 조쉬를 정면으로 응시하며 말을 이었다. "앞으로 침대에서 잘 생각은 접어야 할 것이다. 다시 침대로 돌아올 자격을 갖출 때까지 바닥에서 자게 될 것이다."

캘훈 사감은 기숙사 밖으로 나갔고 우리는 멍하게 서 있었다. 아침 운동을 위해 2열 종대로 맞춰 서야 했기에 방금 무슨 일이 일어난 건지 얘기해볼 시간도 없이 서둘러 옷을 갈아입고 밖으로 달려나갔다. 아침 조깅을 시작했을 때에도 하늘은 아직 어둑했다.

우리는 1마일 달리던 것을 2주 만에 3마일로 늘리고 아카데미

앞 운동장을 돌았다. 캘훈 사감은 항상 운동장 정중앙에 서서 우리를 지켜보았다. 우리가 떠드는 소리가 들리면 이렇게 소리치곤 했다. "마이크 덕에 1마일 추가로 뛰게 되었다." 우리는 모두 누구 한 사람 때문에 1마일을 더 뛰게 되었다는 사실 때문만이 아니라 뚱뚱한 크리스마스트리처럼 서 있기만 하면서 '우리'라는 단어를 사용한 캘훈 사감에게 화가 나서 씩씩대며 뛰었다.

일단 달리는 속도를 정하고 나면 트랙을 따라 뛰는 게 정말 좋았지만, 추가로 더 많이 달리게 되면 샤워 시간이 짧아지고 아침으로 다 식은 음식을 먹고 교실이기도 한 휴게소로 가야 했다. 연민이 많은 선생님 한 분은 반의 절반이 자고 있는 모습을 보고 "이건 정말 미친 짓이야"라고 했다. 아카데미가 통근하는 직장일 뿐이긴 하지만 유일하게 우리의 고통을 알아주는 분은 선생님이라고 생각했다.

아카데미 정원이 다 찼을 때쯤 아이들 절반이 나가려고 했다. 아이들은 강제 운동과 폭언, 일부 아이들이 말을 듣지 않으면 다른 아이들이 구타하게 하는 아카데미 직원들의 새로운 관행이 싫었기 때문이다. 얼마 지나지 않아 아카데미는 일종의 검투사 학교로 변했다. 몇몇 학생은 10대였지만, 대부분은 더 어린 학생들이었다.

담력 테스트

처음에는 아카데미의 접근 방식이 잘못되었다고 생각하지 않았다.

나에게는 새벽 4시에 기숙사 중앙 통로에 쓰레기통이 굴러가는 소리에 잠을 깨거나 자고 있는 아이들의 침대를 뒤집어엎는 게 잘못된 일이 아니었다. 조쉬가 침대 사용 권리를 박탈 당하고 몇 주 동안 바닥에 자게 된 이후로도 나는 무언가 잘못되었다는 사실을 알아차리지 못했다. 바닥에서 자는 게 나였어도 '진짜 사나이'가 되기 위한 또 다른 도전이라고 생각했을 거다. 무엇이든 해낼 수 있다는 것을 증명해야 한다는 생각에 판단력이 흐려졌다. 더 이상 '미친 놈'이나 '멋진 놈'이 되고 싶다는 욕망에 끌려 다니지 않고, 인정받을 자격을 스스로 얻어내고 싶었다. 아카데미가 아주 소수의 남자아이들로만 꾸려지는 일종의 소수정예 부대라고 생각했고, 그중 한 명이 되고 싶었다.

한 지도원이 코카콜라 6팩을 우리 앞 테이블 위에 놓고 우리 중 누가 콜라의 주인이 될 수 있을지 질문을 던졌을 때도 이 또한 훈련의 일부라고 생각했다. 지도원은 손을 번쩍 든 아이들 중 두 명을 골랐다. 그는 두 아이를 나란히 세우고 한쪽 팔을 앞으로 내밀어 서로 맞대게 했다. 그런 다음 맞닿은 맨 팔뚝이 떨어지지 않게 누르면서 불을 붙인 담배를 두 팔뚝의 틈새에 떨어뜨렸다. 움찔하지 않는 쪽이 승자가 되어 콜라를 획득하는 것이다. 한 아이가 한 번에 꽤 오랫동안 불붙은 담배를 맨살에 댄 채 버티고 있는 동안 우리는 그를 응원했다. 우승자들은 그날의 영웅으로서 존경을 한 몸에 받았다.

다른 애들이 움찔하지 않고 버티는 모습을 보면서 나도 그럴 수 있기를 바라며 움츠러들었다. 하지만 도전할 때마다 내 살이 타는 냄새가 풍겨와 팔을 휙 빼게 되었다. 피부가 타기 시작하면 이를 악물고 발끝을 들고 서는 친구들의 모습을 보면서 내가 이곳에 처음 왔을 때, 나약한 사람은 여기 있을 자격이 없다는 말을 들었을 때가 생각났다. 이날의 기억은 내가 목격하고 있는 모든 잘못된 일의 실체를 있는 그대로 보지 못하게 만들었다. 강한 집단에 들어가고 싶다는 열망이 내가 가진 상식을 완전히 압도한 것이다. 잔인함과 속임수가 난무하는 것을 보면서도 이곳과 전혀 다른 소년 마을의 분위기와 비교하지 않았다. 마치 마음속 깊은 곳에서 '다 똑같아!' 하고 말하는 연습을 하고 있는 목소리가 있는 것 같았다.

직원의 허락을 받은 몇몇 무리는 강인함이 떨어지는 사람에게 '이불 파티'를 열어주곤 했다. 자고 있는 아이의 머리 위로 이불을 던져 덮은 뒤 직원이 "이제 장난 그만들 해"라고 할 때까지 발로 밟고 비누를 넣은 양말로 때렸다. 하지만 그건 결코 장난이 아니었다. 이불 파티는 고문이었다. 전날 밤 나는 이불 파티를 받는 아이의 비명 소리에 잠에서 깼다. 누군가 맞아서 죽을 수도 있겠다고 생각했다.

몇 달 후 밤에 자다가 깨어보니 남자애 셋이 바닥에서 자고 있는 조쉬 위로 이불을 던지고 있었다. 조쉬가 발버둥을 치고 벗어나려고 애쓰면서 비명을 질렀지만 이불 때문에 소리가 덮였다. 그 셋은 조쉬보다 덩치가 컸다. 그들이 기숙사 밖으로 나와 복도를 따라 휴게실 쪽으로 조쉬를 질질 끌고 가면서 마구 때리는 소리가 들렸다. 나는 침대에 누워 이 상황을 이해하려고 해보았다. 우리 모두 조쉬가 천식이 있어 3마일 달리기를 완주할 수 없다는 걸 알고 있었다.

그는 1마일 정도를 달리다가 천식 발작을 일으키는 경우가 종종 있었다.

나는 조쉬를 어디로 데려갔는지 보려고 살금살금 복도를 따라 내려갔다. 지도원 두 명이 그 셋 중 한 명에게 속삭이고 있었다. 나는 들킬까 봐 두려웠지만 내 침대로 돌아가기 직전에 지도원들이 나를 살짝 보았고, 누가 스파이인지 알 수 있을 정도였다.

침대로 돌아온 나는 밤새도록 잠을 이루지 못했다. 그들은 조쉬에게 했듯이 나에게도 그렇게 할 거라는 확신이 들었다. 직원들을 곤란하게 했거나 약자로 낙인찍힌 경우 한밤중에 밖으로 끌려가 구타당하고 나무에 묶인 채 다음 날 아침까지 방치된다는 소문이 머릿속에 맴돌았다. 그 순간 나는 그 소문이 사실일지도 모른다는 생각이 들었다.

조쉬가 기숙사 밖으로 끌려나가는 것을 본 지 얼마 지나지 않아 그가 돌아왔다. 그는 침대가 있던 바닥에 다시 누워 공 모양으로 몸을 웅크린 채 몸을 흔들며 잠들었다. 아무 소리도 들리지 않았고, 움찔거리며 흔들리는 움직임만 있었다.

곧 그 세 명이 각자 초코바와 도넛이 잔뜩 담긴 갈색 종이봉투를 들고 기숙사로 돌아왔다. 그들은 침대에 앉아 먹다가 남은 건 사물함에 집어넣었다. 나는 그들이 내가 복도에 있었다는 걸 알고 있는지 궁금했다. 나는 그들이 내가 잠들었는지 확인하기 위해 내 쪽을 쳐다볼 때까지 계속 기다렸다.

몇 시간 뒤, 쓰레기통이 '쾅' 하는 소리에 모두가 잠이 깼고 나는 트로이와 스코티에게 다들 자던 시간에 내가 뭘 봤는지 얘기해 줬다. 조쉬에게 이불을 던지고 질질 끌고 갔던 세 명을 가리켰다. 처음에 그들은 믿지 못했다. 실제로 그런 일이 있었다면 자신들도 들었을 거라고 했다. 하지만 셋 중 한 명이 사물함을 열어두고 갔기에 트로이와 스코티에게 사탕껍질을 보여 주자 비로소 내 말을 믿었다.

원(The Circle)

어느 날 아침, 달리기를 마치고 숨을 헐떡이며 서 있는데 캘훈 사감이 우리에게 원을 그리라고 했다. 영문을 몰라 당황한 우리는 시키는 대로 했다. 사감은 그 원 가운데 서서 천천히 주위를 둘러보며 우리 한 사람 한 사람에게 시선을 고정했다. 그러고는 나에게 눈을 돌렸다. "모두 잘 들어라." 그가 말했다. "내가 원을 그리라고 한다면 나에게 문제가 있다는 뜻이라는 걸 알게 될 거다. 이 원이 우리의 문제를 해결하는 곳이 될 것이다. 그럼, 자비스." 그는 나를 가리키더니 자기 쪽으로 오라는 손짓을 했다. "이 원 안으로 들어와서 바로 여기 내 옆에 서라."

나는 원 안으로 들어가 캘훈 사감 옆에 섰다. 달리기에 관한 일이라고 생각했다. 내가 누구보다 장거리 달리기를 잘한다고 느꼈기 때문이다. 사감이 이제부터 매일 아침 달리기는 내가 이끌게 될 거라고 발표하는 상상을 하고 있는데, 그가 트로이에게도 원 안으로 들어오라고 했다. 르로이가 앞으로 나오자 그가 조쉬를 기숙사 밖으로 끌고 나갔던 삼인방 중 한 명이라는 것을 알아차렸다. 그는 나보다 덩치가 조금 더 컸고 인상이 험상궂었다.

"제군들, 나에게는 카멜이나 쿨 담배 세 갑이 있다." 캘훈 사감은 모두가 볼 수 있도록 주머니에서 담배를 꺼내면서 말했다. "이 담배들은 내 오른쪽에 있는 르로이와 내 왼쪽에 있는 자비스 중 승자를 맞추는 사람에게 갈 것이다."

"어떤 걸 할 거예요? 어떤 걸로 겨루는 건가요?" 아이들은 흥분해서 펄쩍펄쩍 뛰며 물었다. 흡연이 허용되지 않았지만 아카데미에서 흡연을 시작하지 않은 아이는 한 명도 없었다. 모두가 게임 종목이 무엇일지 추측하고 있는 광경이 흡사 퀴즈 프로를 하고 있는 것처럼 느껴졌다. 나는 트랙을 한 바퀴 도는 경주면 좋겠다고 생각했다.

"자, 르로이와 자비스가 할 일은 바로 이것이다." 캘훈이 말했다. "두 사람은 사나이라면 반드시 해야 할 일을 할 것이다. 고대 로마인들이 해야 했던 일, 심지어 로마인들보다 전부터 행해졌던 일을 할 것이다. 두 사람은 이 원 안에서 끝까지 결투를 할 것이다. 누가 진짜 사나이이고 누가 ○○○인지 우리에게 보여줄 것이다. ○○○이 뭘까? 다들 ○○○에 무슨 말이 들어가는지 알 것이다. 과연 누가…."

"계집애! 계집애!" 모두가 한 목소리로 외쳤다. 원을 둘러싼 모든 아이들이 주먹을 불끈 쥐고 패자는 계집애라고 선언했다.

"그렇다." 캘훈이 말했다. "과연 누가 진짜 사나이고 누가 계집애일까?" 그는 담배를 머리 위로 표지판처럼 들고 있었다.

모두가 누가 이길지 내기를 시작했다. 내가 이길 것이라고 한 사람들도 몇 명 있었지만, 훨씬 많은 이들이 르로이에게 걸었다. 나는 원 안에 선 채 그 광란의 현장을 목격했다. 그 광경은 나를 흥분시키고 싸울 태세를 갖추게 만들었다. 절대 지고 싶지 않았다.

캘훈 사감은 권투 심판처럼 나와 르로이를 마주보고 하고는 우리 사이에 섰다. "둘 다 잘 들어라." 그가 말했다. "내 원 안에서는 무는 것, 할퀴는 것, 무엇보다 우는 것이 허용되지 않는다! 너희 둘 중 한 명이라도 우는 모습을 보인다면 한 달 동안 침대에서 잠을 자지 못하게 될 거다. 지는 건 잘못이 아니지만 사나이는 울지 않는다! 둘 중 한 명이라도 울면 침대 사용을 못하게 될 뿐 아니라 무릎을 꿇은 채로 먹고 자고 걷게 될 거다! 진짜 사나이는 울지 않기 때문이다. 내 말 알아들었는가?"

"그렇습니다!" 우리 둘 다 대답했다.

"좋아. 그렇다면 이제 본론으로 들어가지. 르로이 군, 자비스 군을 어떻게 할 생각인가?"

"엉덩이를 후려칠 것입니다!"

"그럼 자비스, 르로이가 방금 한 말을 들었겠지. 뭐라고 답을 해줄 건가?"

"엉덩이를 걷어차 주겠습니다!"

퍽! 캘훈 사감은 우리를 박치기 시켰다. 박치기를 신호로 모두가 환호성을 지르며 우리 주위를 둘러쌌다. 르로이는 나보다 훨씬 힘이 셌다. 나는 그가 날린 주먹에 얼굴을 맞고 바로 바닥에 쓰러졌다. 내가 일어나려고 안간힘을 쓰자 그는 내 배를 걷어찼다. 정면으로 맞은 고통 때문에 나는 바닥에 계속 쓰러져 있었고 운동감각을 상실했다. 모두가 르로이를 응원했고 그는 계속 주먹을 날렸다. 팔이 지치면 내 위에 올라서서 온 힘을 다해 밟아댔다. 내가 바닥에 바짝 웅크리고 있는 동안 그는 운동화 뒤꿈치로 내 머리를 짓밟으며 발로 차고 또 찼다. 더 이상 누가 이길지는 의심의 여지가 없었다. 입술이 터지고 코피가 났지만 나는 울지 않았고 "기권"한다고 말하지 않으리라는 자존심 하나로 버텼다. 너무 고통스럽고 수치스러웠지만 플로렌스 뒤퐁에게 당했던 것에 비하면 아무것도 아니었다.

영원처럼 느껴지는 시간 끝에 캘훈 사감은 마침내 르로이를 말렸다. 팔 아래로 슬쩍 살펴보았더니 죽은 애를 내려다보고 있는 듯한 두려운 표정을 짓는 얼굴들이 몇 보였다. 다른 애들은 나를 "똘마니" 또는 "계집애"라고 부르고 침 뱉는 시늉을 하면서 웃고 있었다. 내 쪽에 내기를 걸었다가 진 몇몇은 내 얼굴에 대고 흙을 차기도 했다.

모두 서둘러 기숙사로 돌아갔고, 나는 땅바닥에 쓰러진 채 홀로 남겨졌다. 캘훈 사감조차도, 트로이와 스코티도 가고 없었다. 겨우 몸을 일으켰을 때 나는 세상에서 가장 외롭고 지쳐 너덜너덜해진 아이가 된 기분이었다. 다시 기숙사에 돌아가서 더 굴욕을 당하고 놀림을 당하느니 차라리 다시 도망치고 싶었다. 하지만 왠지 그러지 않았다.

숙소로 돌아왔을 때는 모두 이미 샤워를 마치고 식당에서 아침 식사를 하고 있었다. 가만히 침대에 앉아 있는데 내 사물함이 도둑맞은 걸 발견했다. 내 물건을 몽땅 훔쳐갔다. 그러다가 오줌 냄새가 났다. 누군가 내 침대에 오줌을 싼 것이다. 나는 오줌 싼 부분 바로 옆에 앉아 있었다. 내가 무엇을 어찌해야 할까? 나는 벌떡 일어나 얼어붙은 채 서서 축축하게 얼룩진 시트와 빈 사물함을 둘러보았다. 그러고는 서둘러 침대 시트를 깨끗하게 걷어내고 이불과 시트, 베갯잇을 바닥에 던졌다. 세탁실에서 깨끗한 수건을 들고온 뒤 샤워실에 들어가 몸을 깨끗이 문질러 닦았다. 모두가 식당에서 돌아오기 전에 끝내고 싶었다. 온몸에 멍이 들고 두들겨 맞은 느낌이 들었다.

샤워를 마치고 나와 거울을 보았다. 두 눈이 모두 퉁퉁 부어있었다. 놀랍게도 입술은 보기보다 더 심했다. 거울을 보며 여기저기 든 멍보다 내 눈에 들어왔던 것은 싸움에서 패배하면서 느낀 모든 고통이었다. 더 강인한 투사(鬪士)가 되지 못한 내 자신이 부끄러웠다. '나는 운동선수다.' 나 자신에게 계속 말했다. '나는 스포츠를 하는 사람이다. 나는 육상을 하고 농구와 축구, 야구를 한다.'

조쉬

몇 분 뒤 샤워실 어딘가에서 크게 쿵하는 소리가 들렸다. 나는 나한테 '이불 파티'를 열어주려고 누군가 뒤에서 살금살금 다가오고 있다고 생각하면서 주위를 둘러봤다. 화장실과 샤워실을 칸칸이 조심

213

스럽게 들여다보기 시작했다. 마지막 샤워실 문을 열기 전, 바닥을 내려다보았는데 피 웅덩이가 새어나오는 것을 보고 경악했다. 나는 천천히 문을 밀어 열었다. 조쉬였다. 그는 바닥에 앉아 무릎을 떨며 변기에 기댄 채 거의 경련을 일으키고 있었다. 양쪽 손목이 그어져 있었고 곳곳에 피가 낭자했다. 나는 티셔츠와 팬티만 입은 채 최대한 빨리 식당으로 달려가 캘훈 사감에게 알렸다. 그와 다른 직원 모두가 샤워실로 달려갔다.

모두가 나에게 무슨 일이 있었는지 묻기 시작했다. 내가 본 것을 이야기하고 발바닥에 묻은 피를 보여줬더니, 식당에 있던 모든 사람이 (심지어 조리사까지) 샤워실로 달려갔다. 하지만 그들은 결국 보지 못했다. 직원들은 우리를 휴게실에 가뒀다. 몇 분 후 샤워실이 있는 건물을 향해 속도를 높여 달려오는 사이렌 소리가 들렸다. 창문 너머로 조쉬가 밖으로 옮겨져 사이렌을 울리며 떠나는 구급차에 실리는 모습이 보였다.

캘훈 사감이 휴게실 안으로 들어왔다. "제군들, 잘 들어라." 그가 말했다.

나는 의자에 앉아 젖은 수건으로 발에 묻은 피를 닦아냈다.

캘훈이 말을 이었다. "다른 사람들이 아침 식사를 하고 있을 때 사건이 발생했다. 조쉬였다. 조쉬는 견뎌내지 못했다. 그는 여기 어울리는 사람이 아니었다. 그는 우리 아카데미와 여기 있는 여러분 모두에게 먹칠을 했다. 조쉬는 진짜 사나이가 아니었다. 열네 살로, 여러분 대부분보다 나이가 많았지만 오히려 그대들이 조쉬보다 두

배는 더 큰 사람이었다."

캘훈은 팔짱을 낀채 우리 모두를 바라보며 말했다. "자, 오늘 아침 두 사람이 원 안에서 대결을 펼치는 것을 보았을 거다. 우리는 승자를 자랑스럽게 여긴다. 그러나 이것을 기억해라." 그는 나를 보며 말했다. "싸움으로부터 도망치지 않기로 끝까지 버티겠다는 결심을 하려면 사나이 정신이 필요하다! 조쉬는 그렇게 하지 않았다. 그는 수치스럽게 이곳을 떠났다. 우리 아카데미의 명예는 실추되었다. 우리는 이 일을 결코 용서하지 않을 것이며, 용서해서도 안 된다."

캘훈 사감이 휴게실을 나갔고 직원들도 따라 나갔다. 우리는 넋을 잃은 채 의자에 앉아 있었다. 마치 우리가 엘리트 사교클럽의 일원이 된 것 같았다. 몇몇 애들은 조쉬가 손목을 그어 우리에게 수치심을 안겨줬다고 증오에 찬 소리로 구시렁거렸다. 하지만 나는 더 이상 속지 않았다. 조쉬가 무릎을 달가락거리며 변기와 벽 사이에 쓰러져 있는 모습이 계속 눈앞에 아른거렸다. 그의 옆 하얀 타일 바닥에 피묻은 면도날이 놓여 있는 장면도 재생되었다.

조쉬의 이름은 다시는 입에 올리지 말아야 했다. 허락되지 않았다. 캘훈 사감의 말을 들은 대부분의 아이들은 이제 조쉬를 완전히 경멸했고, 아카데미의 기대에 부응하지 못한다면 우리 중 누구에게도 똑같이 가혹한 기준이 적용될 것임을 알았다. 곧 모든 아이들이 이곳에서의 생활을 견디지 못할까 봐 두려움에 떨며 살게 될 것이다. 우리는 살아남기 위해 캘훈이 생각하는 사나이가 되기 위해 자신을 바꾸려고 노력했다.

캘훈의 연설이 끝나고 몇 분 후 직원 한 명이 큰 목소리로 나에게 사무실로 보고하라고 명령했다. 나는 옷을 갈아입고 2배속으로 걸어갔다. 캘훈과 6명의 다른 지도원들이 아무 말도 없이 사무실에 앉아 있었다. 싸움에서 졌기 때문에 나도 손목을 그으려고 하고 있다고 생각하는 건지 궁금했다.

마침내 캘훈이 입을 뗐다. "조쉬를 본 건 너뿐이었다. 조쉬가 얼마나 엉망으로 만들어놨는지 알겠지?"

"그러니까… 피바다가 된 거요?"

"그래, 피! 대걸레와 양동이를 들고가서 다 닦고 청소하기를 바란다. 샤워질 전체가 완벽하게 깨끗해질 때까지 다른 사람은 들어가지 않기를 바란다."

"지금 바로 갈까요?" 나는 초초해하며 물었다.

"그래. 그런데 가기 전에 한 가지 더 할 말이 있다." 캘훈이 의자를 뒤로 젖히며 말했다. "오늘 싸움 말이다. 자네와 르로이 대결. 내 직원들 중에 언젠가 자네가 르로이를 이길 수 있을 거라고 생각하는 사람들이 있어. 적절한 수련과 훈련을 받는다면 여기 있는 누구라도 이길 수 있을 거라고. 이 의견에 대해 어떻게 생각하나?" 캘훈이 물었다.

나는 아무 말도 하지 않았다. 그저 바닥을 내려다보며 앉아 있었다.

"뭐, 상관 없다." 캘훈이 말했다. "내일부터 자네는 여기서 벅 선생과 함께 하게 될 거다. 벅이 자네의 담당 지도원이 될 거야."

"왜 너일까?" 캘훈 사감 책상 가장자리에 앉은 벅 선생이 말했다. "너를 지켜보고 있었거든. 너는 그만두지 않지. 난 그게 좋아. 권투 글러브를 끼워주고 훈련시켜서 언젠가 권투 챔피언으로 만들 수 있는 재목인지 보고 싶다." 그는 책상에서 벌떡 일어났다. "너는 여기에 있는 어떤 애들보다 빨리 뛰고 멀리 뛰지. 지금은 비록 투사라고 하기엔 형편없지만, 네가 때려치지만 않는다면, 오늘 우리가 지켜본 바로는 그럴 리 없다고 생각하지만, 너는 결국 우리 아카데미의 자랑이 될 거다!"

"글쎄, 나라면 그렇게까지 앞서 가진 않을 텐데." 캘훈이 말했다. "아마 한두 가지는 보여 주겠지만 아카데미의 자랑? 아니, 벅! 좀 과하지 않은가?" 그들은 웃었다.

그러고 나서야 나가도 된다는 말을 들었다. 나는 내가 매수된 것인지 매도된 것인지 확신이 없는 채 밖으로 나왔다. 마치 그들에게는 거기 앉아 있던 내가 보이지도 않았던 것 같았다.

청소실로 가서 양동이에 물을 채우자 사무실에서 하고 싶던 말이 전부 튀어나왔다. "개자식들. 너네끼리 싸우는 꼴 좀 보자! 네놈들이 보고 싶은 건 그저 싸움, 싸움, 또 싸움뿐이지." 내가 중얼거렸다. 나는 피를 씻어내기 위해 발을 물에 한 쪽씩 담갔다 뺀 뒤, 대걸레와 양동이를 들고 조쉬를 발견했던 곳으로 갔다. 사방에 피가 있었다. 대걸레로 닦아내려고 했지만 끈적끈적한 피는 오히려 하얀 타일바닥에 사방으로 퍼졌다.

마침내 샤워실 전체를 청소하고 소독한 뒤 기숙사로 돌아왔을 때 새 매트리스와 깨끗하게 접힌 린넨이 보였다. 도둑맞았던 물건들도 기적적으로 사물함에 다시 돌아와 있었다. 침대 옆에 서 있었더니 애들이 모두 내 주위를 맴돌며 조쉬가 죽었는지 물어보았다. 우리 중 누구도 진실을 아는 이는 없었다. 조쉬의 실종은 아카데미를 떠나고 싶어 하는 사람을 겁주는 미스터리 괴담이 되었다. 직원들이 "너희들이 우리 아카데미를 떠날 수 있는 방법은 딱 하나다"라고 말할 때, 우리는 그 말이 '조쉬처럼'을 뜻한다는 것을 알았다.

검투사

그날의 싸움 이후 나는 점차 명성을 되찾았다. 하지만 인정받는다는 느낌이 들수록 이곳에서 믿을 수 있는 사람은 점점 없어졌다. 나를 욕하고, 내 사물함을 맘대로 열고, 내 침대에 오줌을 싼 이들을 용서할 수는 있었지만, 모두 나를 좋아했다가 뒤돌아서면 모두 나를 미워하고 경멸했던 순간은 잊을 수 없었다. 심지어 트로이와 스코티조차도 르로이가 나를 때려눕힌 뒤 나에게 한 마디도 걸지 않았다. 이해가 안 됐다. 마치 지도원들이 일종의 마법을 부려 순식간에 모두를 변하게 하는 것 같았다.

다른 애들은 더 이상 나에게 중요한 존재가 아니었다. 아무도 중요하지 않다. 캘훈 사감의 활과 화살에 불과한 이들과 친구가 될 필요가 있을까?

벅은 매일 아침 다른 아이들이 해산한 뒤에 나만 혼자 트랙에서 뛰게 했다. 나를 하도 몰아붙이며 계속 소리를 지르니 다른 애들은 내가 뭔가 잘못했다고 생각했다. 그게 아니면 나는 왜 3마일을 다시 달려야 했을까? 그들은 비웃었다.

우리가 달리는 동안 항상 운동장 한가운데 서 있던 뚱뚱한 캘훈과 달리 벅은 건장한 체격의 전직 군인이었고 나와 함께 달렸다. 때로는 더 빨리 달리라고 뒤에서 밀어주기도 하고, 때로는 팔을 옆으로 내밀거나 머리 위로 높이 들고 달리게 하기도 했다. 팔이 벽돌처럼 무겁게 느껴졌지만 팔을 떨어뜨리면 그가 뒤통수를 때리곤 했다. 한 번은 팔을 머리 위로 들고 있으려니 어깨 통증이 너무 심해서 잠시 멈춰 무릎을 꿇었다. 벅은 내 귀에 대고 일어나라고 소리쳤지만 일어날 수가 없었다. 팔이 너무 아팠다. 벅은 나를 트랙 옆 운동장으로 끌고 가 발로 삽질을 하듯 내 얼굴과 온몸에 대고 흙을 걷어찼다. 그러고는 나를 헝겊인형 들어 올리듯 들어올려 식당으로 데려갔다.

내가 흙먼지로 뒤덮인 채 비틀거리며 식당에 들어서자 아이들이 웃음을 터뜨렸다. 그들은 이미 샤워를 하고 아침을 먹고 있었다. 내가 자리에 앉자 더 크게 웃어댔다. 내가 아픈 게 어깨 때문인지 비웃음 때문인지 알 수가 없었다. 어깨에 무리가 가지 않게 옥수숫가루를 퍼올리려고 접시에 얼굴을 가까이 가져가자 아이들이 개처럼 짖기 시작했다. 짖기 전에 입을 다물고 웃는 아이들의 얼굴 조각들이 머릿속에서 콜라주처럼 여기저기 이어 붙어 그려졌다. 그날 이후, 달릴 때나 혼자 있을 때, 심지어 밤에 꿈속에서도 나를 보고 웃고 짖는 놈들의 모습이 떠올랐고, 그들에 대한 증오심이 차올랐다.

나는 매일 아침 3마일을 더 뛰었기에 학교에 늦어도 괜찮다는 허락을 받았다. 곧 나는 트랙을 달리면서 바깥에 있으면 수업에 전혀 참여를 하지 않아도 된다는 걸 깨달았다. 저 멀리 보이는 산이나 머리 위를 날아다니는 새들에 대해 생각하며 하며 더 오래 달리면서 혼자만의 시간을 가졌다. 이렇게 신선한 생각이 마음에 불어오는 것은 선물과도 같았다. 교실에 갇혀 있는 것보다 훨씬 나았다. 몇 바퀴든 가장 쉽게 달릴 수 있는 시간이었다.

벅은 달리기 말고도 다른 계획을 갖고 있었다. 그는 자신의 집에서 100파운드짜리 샌드백과 역도 세트를 통째로 가져와 아카데미의 큰 방 하나를 체육관으로 개조했다. 그런 다음에는 줄넘기, 바닥 매트, 권투 글러브가 들어왔다.

벅은 샌드백 차는 법을 가르쳐주는 것으로 시작했다. 그는 내가 더 이상 다리를 들 수 없을 때까지 샌드백을 차게 했고, 내가 멈추자 가슴을 걷어차서 반대편으로 나가떨어지게 했다. "기분이 어떤가?" 그는 바닥에 누워 좌우로 구르며 숨을 헐떡이는 나에게 물었다. "일어나! 정신 똑바로 차려!" 그가 소리쳤다. "사나이는 바닥에 누워 있지 않는다. 계집애들만이 누워 있다. 일어나, 일어나!" 그는 허리를 굽히고 앉아 내가 일어설 때까지 얼굴에 대고 소리를 질렀다. 그러고는 이렇게 말했다. "그게 바로 너를 승자로 만들어 주는 거다. 패자는 다시 일어나는 법을 모르지! 반드시 기억해라, 알겠나?" 그런 다음 내 머리를 툭툭 두드렸다.

벅은 펀치와 킥 기술을 시연하면서 온몸에서 땀이 날 때까지 샌드백을 공격했다. 그런 다음 샌드백을 들고 나에게 똑같이 해보라고 했다. "젠장, 계집애처럼 치지 말고" 그가 소리쳤다. "사나이답게 쳐야지! 상대가 보여? 적을 정면으로 응시해라. 적의 얼굴을 상상하고. 쳐! 또 쳐! 발을 사용해! 발로! 발로 차는 거야. 얼굴, 얼굴, 얼굴을 때려! 지금! 불알을 걸어차! 이제 다시 얼굴로. 그렇지! 이제 잡았다." 내가 맹렬하게 샌드백을 차는 동안 그가 말했다. "그렇지, 아들아! 이제 적을 잡았다. 멈추지 마. 킥, 킥, 킥! 펀치, 펀치, 펀치! 킥, 킥, 킥, 킥! 잘했어! 잘했어, 잘했어!"

나는 숨이 멎을 것처럼 차올라 몸을 숙였다. 팔과 다리가 금방이라도 떨어져 나갈 것 같았다. 그런데 그때 벅이 나에게 줄넘기를 던졌다. "내가 할 수 있으면, 너도 할 수 있어," 그가 말했다. "같이 줄넘기를 할 거다."

어떤 면에서는 이 운동이 싫었지만 다른 면에서는 마치 스포츠 코칭을 받는 것 같았다. 내가 겪은 다른 코치들과 마찬가지로 벅도 나 스스로 가능하다고 여기는 수준보다 더 잘하기를 바랐을 뿐이다. 내가 가진 잠재력에 대한 그의 믿음과 그만큼 나에게 요구하는 것들은 내가 특별하다고 느끼게 해 주었다. 그는 다른 모든 아이들 중에 나를 선택했다. 그가 원하는 만큼 내가 해냈을 때 나를 "아들"이라고 불러줬다는 건 큰 의미가 있었다. 나는 그런 아버지 같은 반응을 기대하기 시작했다. 엄지손가락을 양쪽 다 치켜세우고 끄덕이는 모습은 나를 자랑스러워 한다는 뜻이었다.

그러나 무엇보다도 결과가 보였다. 나는 더 이상 피곤하지 않았다. 퍽퍽 큰 소리를 내며 샌드백에 펀치와 킥을 했다. 얼마 후 벅은 내가 킥하고 펀치하는 모습을 보기 위해 체육실에 있을 필요가 없어졌다. 복도 건너편 사무실에 앉아 있으면 내가 그냥 놀고 있는지 아니면 최선을 다하고 있는지 소리를 통해 알 수 있었다. 더 이상 통증이 느껴지지 않았고, 다른 애들을 혼쭐내주는 상상을 하면서 강한 분노를 키워나갔다.

가장 힘들었던 부분은 복싱이었다. 벅은 체육실 전체를 복싱 링으로 사용해 나를 수없이 많이 맨바닥에 쓰러뜨렸다. 벅은 내 코를 여러 번 피범벅으로 만들었고 눈 앞에 번쩍이는 별도 보여 주었다. 권투 글러브를 낀 벅은 화가 났다. 그는 자기보다 훨씬 덩치가 크고 나이 많은 사람과 싸우듯이 나를 상대했다. 그는 나에게 싸우는 법보다는 맞고도 울지 않는 법을 알려주었다. 눈물을 흘린 흔적이 보이면 더 세게 때렸다. 나는 몸을 숙여 얼굴을 보호하기 위해 몸을 숨겼지만 그렇게 하면 벅은 욕을 퍼부으며 온 힘을 다해 더 세게 때렸다. 가끔 캘훈이 문간에 서서 지켜보곤 했는데, 한 번은 "너무 심하게" 때리는 건 아닌지 크게 놀라는 캘훈의 목소리가 들렸다.

"반격하지 않으면" 벅은 나를 계속 때리면서 대답했다. "진짜 심한 게 뭔지 배우게 될 거요."

그 말을 듣고 캘훈은 자리를 떠났다. 문이 닫히는 소리를 들었을 때 내 안에 있던 무언가가 폭발했고, 나는 벅에게 거칠게 돌진했다. 분노를 넘어선 상태로 풋볼 선수처럼 고개를 숙이고 벅에게 달려든 나는 아드레날린의 힘으로 그의 다리를 두 팔로 감싸고 뒤로 내동댕이쳤다. 그가 바닥에 쓰러지자마자 그의 얼굴에 주먹을 휘두르려고 했다. 그를 죽도록 고통스럽게 하고 싶었다. 얼굴을 박살 내고 손가락으로 눈을 찔러 안구를 빼내고 싶었다. 하지만 권투 글러브가 나를 막았다. 그동안 벅은 바닥에 누워 큰 소리로 웃고 있었다. "잘했어! 잘했어! 이게 바로 내가 기다리던 장면이야. 잘했다, 자비스! 아주 잘했다, 아들아!" 그는 일어나 앉아 내 머리를 두드렸다.

레슬링과 무술을 할 때에도 벅은 의도적으로 내 안의 분노를 이끌어냈다. 내가 자제력을 잃고 증오심에 사로잡혀 거의 폭발할 지경에 이르렀을 때 그는 가장 크게 박수를 쳤다. 그가 몰랐던 것은 그의 칭찬에도 불구하고 나는 주인을 무는 미친 개처럼 진심으로 그를 공격하고 싶어했다는 점이다. 나는 사무실에서 혼자 있는 그를 잡는 은밀한 환상을 품고 있었다. 살금살금 그의 뒤로 가서 그의 목을 무는 것이다. 그가 비명을 지르는 동안 죽을 때까지 그의 살을 찢어발길 것이다.

벅은 그런 환상을 부추기고 싶었던 것 같다. 나의 내면 깊은 곳에 있는 사악함을 찾아 끄집어내고 싶었던 것 같다. 정말 세게 꽉 깨물면 그가 뱉어내는 비명 속에 담긴 칭찬이 메아리처럼 들려올 것 같았다. 비록 내 환상을 실행에 옮긴 적은 없지만 늘 그 자리에 있었다. 끓어오르는 분노 또한 늘 거기에 있었다.

삶은
완벽했고
자유로웠다.
…
끓어오르는
분노 또한 늘
거기에 있었다.

13

목줄 풀린 개

보상과 자신감

어느 날 아침 식당에서 아침을 먹으면서 마음속에 격렬한 감정이 끓어올랐다. 몇 달 동안 나는 모두와 잘 지내고 있었다. 수업 시간에 거의 하루도 들어가 앉아 있지 못했지만, 나머지 일상은 기숙사를 드나들고, 스포츠 및 실내 경기를 하고, 한 번씩 트로이와 스코티와 어울려 놀았다. 우리 셋은 종종 끊임없는 괴롭힘에서 벗어나기 위해 산에 올라가곤 했다.

아침 식사 시간에 마주 앉은 트로이를 보고 나는 그가 '이불 파티'의 피해자였다는 걸 알게 됐다. 얼굴 전체가 맞아서 눈이 충혈되고 코와 입술이 붓고 이마 측면은 심하게 혹이 나 있었다. 트로이는 입 가장자리로 음식을 먹고 있었다. 나는 식당에 있는 애들 전부가 비웃고 놀리는 동안 눈물을 참으며 접시를 내려다보고 있는 그의 모습을 지켜보았다.

　화가 나서 이를 악물었다. 그들의 웃음소리는 벅이 내 얼굴에 흙을 걷어찬 뒤 아침 식사에 데려왔을 때의 기분이 떠오르게 했다. 벅도 기억하고 있다는 걸 알기에 직원 테이블을 쳐다봤다. 벅은 이렇게 말하는 듯한 표정으로 내 쪽을 돌아봤다. '그래서 어떻게 할 건데?'

　몇 초가 지났다. 나는 아침을 조금 더 먹었다. 애들은 여전히 트로이를 비웃고 있었다. 내가 벅을 다시 쳐다봤을 때 우리는 눈이 마주쳤다. 그가 나에게 뭔가를 하라고 말하는 게 분명했다. 나는 몇 테이블 떨어진 곳에 앉아 웃고 있는 르로이를 쳐다봤다. 그가 트로이에게 '이불 파티'를 열어준 놈들 중 하나라는 확신이 들었다. 나는 그 대결 이후 단 한 순간도 르로이가 마음에 든 적이 없었고, 그는 조쉬의 '이불 파티'에 가담한 인물이기도 했다. 그가 던진 트로이를 비하하는 농담에 모두가 낄낄대는 것을 보면서 더 싫어졌다. 나는 다시 트로이를 쳐다본 다음 벅 씨를 봤다. '해 봐! 저 개자식에게 본때를 보여줘야지!' 벅의 얼굴이 이렇게 말하며 르로이를 향해 눈을 깜박였다. '가서 잡아. 당장 가서 잡는 거야. 지금!'

　나는 벌떡 일어나 테이블 사이를 달려 르로이에게 돌진했다. 때마침 그는 걷어차기 좋게 내 쪽으로 얼굴을 돌렸다. 나는 그를 의자에서 밀쳐내고 위에 올라타 얼굴을 맹렬히 내리쳤다. 그는 팔로 얼굴을 가리려고 했지만 나는 테이블에 있는 철제 식판으로 머리를 가격했다. 지도원 둘이 나를 떼어놓을 때까지 계속해서 그를 때리고 발로 찼다.

벅은 내 뒤에서 내 어깨를 주무르며 말했다. "바로 그거야, 자비스! 정말 잘했다, 아들! 아주 잘했어!" 그가 내 귀에 대고 속삭였다. 그는 복싱 링의 코너맨처럼 계속해서 내 어깨를 주물렀다.

"모두 원 결투를 원하는가?" 캘훈이 말했다. "제군들 생각은 어떤가? 저 두 사람이 원 안에서 재대결을 해야 한다고 보는가?"

"와! 와! 원에서 결투하게 해요!" 식당 전체가 일제히 소리를 지르며 환호했다.

"좋아, 그럼 밖으로 나가지." 캘훈은 르로이에게 어깨동무를 하고는 마치 자신이 개인 매니저라도 되는 것처럼 그의 귀에 속삭였다. 우리 모두는 캘훈이 르로이를 총애한다는 사실을 알고 있었다. 르로이가 다른 아이들한테 한 모든 행동은 캘훈의 지시에 따른 것이었다.

밖으로 나와 원 안에서 캘훈은 르로이에게 지시를 내리듯 어깨를 흔들며 계속해서 그의 사기를 끌어올렸다. 나는 벅을 찾으며 주위를 둘러보았다. 그는 다른 직원들과 다 함께 모여서 내기를 하고 있었다. 돈이 여러 사람 손을 도는 게 눈에 보였다. 그러자 벅이 다가와 귀에 대고 속삭였다. "아들, 내가 네 실력을 얼마나 믿는지 알지?"

"얼마나 믿는데요?" 내가 물었다.

"200달러를 걸 정도라고 해두지!" 그가 내 앞에 한쪽 무릎을 꿇으며 말했다. "아들아, 잘 들어라. 넌 이길 거다. 내가 가르쳐준 대로만 하면 돼. 저 녀석이 비명을 지르게 해라! 딱 한 번만 비명을 지르게 만들면, 다른 어떤 덩치 큰 애들도 너와 싸우고 싶지 않아질 거다.

내 말 알겠지? 다른 적수는 없는 거야! 그러니 그냥 이기는 게 아니라 때려눕혀라! 다치게 하는 거야! 심하게 다쳐서 비명을 지르게 만들어라, 알겠나?" 위협과 자신감이 섞인 목소리로 그는 차갑게 내 눈을 응시했다.

캘훈과 벅이 원 밖으로 나가자 르로이와 나는 서로를 응시했다. 그의 눈에서 두려움이 보였다.

체육실에서 벅과 결투하면서 나는 항상 그가 르로이라고 생각했다. 지금 눈앞에 있는 진짜 르로이는 벅의 절반도 안 될 정도로 작아 보였다. 나는 그를 다치게 할 생각이었다. 벅이 나를 부추길 필요가 없었다. 아카데미에 들어와서부터 계속 들려온 그 잔인하고 용서할 수 없는 웃음소리를 없애버리고 싶었다.

캘훈의 호루라기 소리에 우리는 맞붙었고, 순식간에 내가 르로이를 제압했다. 벅이 무릎을 쓰라고 외치는 소리가 들렸다. 무릎으로 머리를 내리찍자 르로이는 거의 울려고 했다. 나는 그 위에 올라타서 발로 차고 주먹으로 때렸다. 나는 이성을 잃었고, 멈출 수가 없었다. 분노에 휩싸인 내 눈에 르로이가 벅으로 보였다. 그를 다치게 하고 싶은 마음이 간절했다. 두들겨 패고 발로 차는 것만으로는 성에 차지 않았다. 이빨을 드러내며 그에게 달려들어 목덜미를 물었다. 그의 살을 한 점 베어 물려고 할 때 그가 비명을 지르기 시작했다. "이새끼 좀 떼어내줘요! 제발, 아 제발, 나한테서 좀 떼어내줘요!" 그는 나를 떼어내려고 격렬하게 몸부림쳤다. 벅과 캘훈이 마침내 원 안으로 들어와 나를 데려갔다.

벅이 찢어진 내 티셔츠를 붙잡고 있었고 나는 마치 목줄에 묶인 미친개 같았다. 르로이는 울면서 원 밖으로 기어나가며 어깨너머로 쳐다봤다. 귀 뒤를 닦으며 손에 피를 묻힌 채 돌아섰다. "아니, 저 새끼 미쳤어. 너희도 봤지! 완전 미친놈이야!"

모두가 나를 쳐다보기만 했다. 이 결투는 그들이 예상한 대로 흘러가지 않았다. 그들은 아카데미 챔피언이 원 밖으로 기어서 나온 것에 당황스러워했다. 캘훈의 얼굴에는 사악한 분노가 가득 서렸다. 그는 모두를 둘러보며 르로이의 복수를 위해 원 안으로 밀어 넣을 상대를 찾았다. 하지만 캘훈의 말에도 아이들은 모두 몸을 움츠리며 고개를 숙였다.

"봐라, 아들아." 벅이 속삭였다. "다들 너와 싸우고 싶어 하지 않는다." 그는 내 가슴을 문지르고 두드렸다. "저놈들을 봐. 다들 겁에 질렸어. 캘훈이 다른 애를 선택하지 않으면, 내가 원하는 상대는 쟤다. 저기 제시 보이지?"

"네, 보여요." 나는 여전히 숨을 고르느라 씩씩대며 대답했다. 제시는 르로이의 가장 친한 친구였다.

"두 발로 운동장을 떠나지 못하게 해라." 벅이 말했다. "공격하는 거다. 알아 들었지? 제시를 공격해!" 벅은 내 어깨를 꽉 쥐며 돌격 준비를 시켰다.

캘훈이 마지못해 추가 결투는 없을 것이라고 선언하고 기숙사로 돌아가라고 말하자 벅은 내 어깨에서 손을 놓았는데, 그게 신호였다. 나는 제시를 쫓아가 그의 등 중앙에 플라잉킥을 날렸다. 다른 애들은 겁에 질려 도망가면서 캘훈을 불렀다. 내가 제시 위에 올라탄 뒤 양손으로 그의 머리를 들어 맨바닥에 내리쳤을 때 캘훈이 나를 세게 걷어찼다. "이봐! 끝났어. 네가 이겼다. 오늘 결투는 끝났다." 그는 돌아서서 기숙사 쪽으로 걸어갔다.

나는 바닥에서 일어났다. 캘훈이 걸어 나가가고 있을 때 그에게 돌진해 온힘을 다해 공격했다. 그의 등에 올라타서 목을 물려고 하는 순간 그가 나를 떨쳐냈다. 정신을 차려보니 나는 바닥에 누워 그의 벌건 얼굴 차갑고 푸른 눈, 얼룩덜룩 누런 이빨을 올려다보고 있었다. 그는 양손으로 내 목을 세게 조르고 있었다. 나는 숨을 헐떡이며 발로 차고 그의 털이 수북한 팔뚝을 손톱으로 할퀴며 발버둥을 쳤다. 내 안에서 생명이 빠져나가는 느낌이 들었다. 벅이 당황한 목소리로 캘훈에게 놓으라고, 애 죽겠다고 소리치는 것이 들렸다. 그러다가 벅은 캘훈에게 달려들어 필사적으로 내 목에서 그의 손을 풀려고 했다.

치워지다

나는 운동화를 한 쪽만 신은 채 청소실 바닥에서 깨어났다. 얼마나 오래 여기 있었는지는 전혀 알 수가 없었다. 일어나서 문을 열어 보았다. 잠겨 있었다. 나는 창문도 없는 작은 청소실 안을 돌아다녔다. 목이 화끈거렸다. 피부가 남아 있기는 한 걸까? 불에 타는 느낌이었다. 나는 통증을 잊기 위해 잠긴 문 옆에 앉아 르로이와의 결투를 떠올려 보았다. 누군가 내 주먹을 조종하는 것 같았다. 식당에서 벌떡 일어나 몰아치는 증오에 휩싸인 채 르로이를 공격한 바로 그 분노 가득한 자아를 끌어내는 것 같았다. 기분이 정말 묘했다. 강철 식판으로 르로이의 머리를 완전히 아작나게 할 수도 있었다. 무서웠다. 내가 왜 그랬을까? 나 자신에게 물었다. 트로이를 위해서지! 정당화를 했다. 트로이가 구타당했기 때문이었다. 이것이 그 순간 내가 할 수 있는 유일한 변명이었다.

르로이와 원 안에서 결투를 벌인 장면을 떠올려 보면 사실 내가 싸운 상대는 벽이었다. 들개처럼 달려들어 그를 공격한 것 같았다. 지금 생각하니 내가 이런 짓을 했다는 것이 믿기지 않았다. 그런 환상을 가졌을 때 벽을 공격하지 않아서 다행이라는 생각이 들었다. 청소실 문이 열리는 순간 도망쳐야겠다고 스스로 되뇌었다.

백일몽을 꾸다가 다시 그레이하운드 버스를 타고 있는 내 모습이 보였다. 나는 라디오를 친구 삼아 도시에서 도시로 이동하며 진짜 나 자신과 가까이 앉아 창밖을 내다보는 시간을 다시 가질 수 있기를 간절히 바랐다. 여기서 치른 모든 싸움이 헛되게 느껴졌다. 르로이를 이겼다고 큰 전율이 있는 것도 아니었다. 이기고 지는 일이 다르지 않다고 생각되었다. 내가 원했던 것은 아카데미를 떠나는 일뿐이었다. 이제 계획이 생겼으니 잠긴 청소실 바닥에 앉아 있는 것도 견딜 만했다. 기회가 온다면 1분도 이곳에 더 머무르지 않을 것이다.

길 어딘가쯤에서 버스 창밖을 내다보고 있는데 누군가 문을 두드렸다. "누구세요?" 나는 차가운 바닥에 귀를 대고 물었다.

"나 스코티야." 그가 작은 목소리로 속삭이며 담배 두 개비와 성냥 한 팩을 문밑으로 밀어넣었다. "지금으로선 이게 내가 해줄 수 있는 전부야." 그가 목소리를 낮춰 말했다. "나중에 더 가져오도록 해볼게."

"누가 나를 청소실에 가둔 거야?" 나는 바닥에 납작하게 엎드린 채 문틈 사이로 물었다. "나 언제 꺼내준대?"

"젠장, 인마! 나도 모르겠어." 그가 말했다. "경찰이 왔어!"

"나 때문에?"

"그건 아닌 거 같아. 캘훈 사무실에 있었어. 근데 경찰이 오기 전에, 그러니까 네가 르로이랑 제시를 때려눕히고 난 직후에, 뚱땡이 캘훈이 우리를 다 휴게실로 불렀어."

"뭐 때문에?"

"사람들이 조쉬와 관련해서 우리를 면담하러 올 거라고 말했어."

"조쉬?"

"어, 어. 조쉬. 기억나? 걔 손목 그었잖아?" 그의 목소리는 다급했다. "우리한테 각본을 짜주는 거야. 경찰한테 그대로 얘기하라고 거지같은 각본을 짜줬다고. 직원들이 항상 조쉬를 도우려고 애쓰는 걸 봤다, 뭐 그런 헛소리 같은 거 말야. 알지?"

"그 사람들 아직 여기 있어? 경찰들."

"그런 거 같아. 근데 확실하진 않아." 스코티가 불안한 목소리로

233

말했다. "야, 나 가야겠다. 너랑 얘기하는 거 들키기 전에."

"잠깐, 스코티." 내가 문옆 바닥에 거의 키스를 할 뻔할 정도로 다급하게 부탁했다. "왜 날 여기 청소실에 가둔 거야? 가기 전에 날 가둔 게 누군지만 말해줘, 응?"

잠시 정적이 흘렀다.

"그게, 나도 도왔어." 스코티는 슬픈 목소리로 머뭇거리며 말했어. "그 사람들 경찰이 온다는 얘기를 듣고 난리가 났거든. 어떻게 해야할지를 모르고, 무슨 말인지 알지? 그러더니 나랑 트로이한테 너를 실내로 데리고 가서 여기 넣어두라고 시켰어. 젠장! 넌 완전 아웃이야! 캘훈 사감은 자기가 체포될 거라고 생각했나 봐. 야, 그 사람들 지금 다 멘붕이야, 완전!"

"저기, 나 이 사람들하고 얘기해야겠어!" 내가 말했다. "아직 여기 있는 거야?"

"그들이 못 하게 할 거야. 그러려고 너를 다시 여기 집어넣은 거고."

"누가 그랬어? 캘훈이?"

"다 그랬다니까! 망할 직원들 전부 다! 그 새끼들 다 완전 초비상이라고! 야, 나 가야 돼! 나 간다!" 그는 다급하게 말했다. 문 반대편에서 그의 신발 밑창이 사라지는 것이 보였다.

나는 그 어느 때보다 두려운 마음으로 자리에 앉았다. 담배에 불을 붙이고 스코티가 한 말을 곱씹어보며 연기를 한껏 들이마셨다. 캘훈은 경찰들에게 입을 열지 못하도록 나를 죽일까?

나는 지금까지 아카데미에서 일어난 나쁘고 끔찍한 일들을 수 없이 목격해왔다. 조쉬에게 일어난 일, '이불 파티', 직원들이 판을 깔아주고 내기까지 건 주먹다짐 결투, 그 밖에 몇 시간 동안 무릎을 꿇고 있게 한다든지 코를 곤 것보다도 별것 아닌 이유로 밤에 기숙 사 밖으로 질질 끌고 나가 나무에 묶어두는 벌을 주는 등 여러 잔인 한 행태들. 게다가 우리에게 협동심을 가르친다는 명목으로 기숙사 에 방울뱀 약 여섯 마리 정도를 던져 넣기도 했다. 침대 밑을 기어다 니는 방울뱀을 다 몰아서 죽이기에는 시간이 너무 부족했다.

캘훈이 넘지 못할 선을 아직 본 적이 없다. 그는 아카데미 생활 의 진실을 은폐하기 위해 무슨 짓이든 할 수 있을 것 같았다. 내가 청 소실에 갇혀 있는 것만 봐도 알 수 있었다. 문을 발로 차기 시작하면 신발이 한 짝밖에 없어도 소리가 크게 들리긴 하겠지만 이곳에 방문 한 경찰의 주의를 끌 만할까? 경찰들이 아직 여기에 있을까? 캘훈이 직접 전화를 받을 수도 있다. 그러면 난 또 '이불 파티'를 받거나 아 니면 더 심한 일을 당할 수도 있다. 나는 두 번째 담배에 불을 붙이고 초조한 마음으로 연기를 빨아들였다.

한 시간쯤 더 지나자 캘훈과 벅이 문을 열고 청소실 안으로 비 집고 들어왔다.

"잘 들어라, 아들아." 벅이 말했다. "우리 아카데미에 지금 문제 가 생겼다. 널 내보낼 줄 테니 여기서 일어난 일들에 대해서는 아무 에게도 말하지 마라."

"혹시라도 발설할 시에는" 캘훈이 얼굴을 붉히며 끼어들었다.

"네놈이 뱉은 모든 말을 후회하게 될 거라고만 알아둬!"

"아무 말도 안 할게요." 나는 두 사람을 쳐다보며 말했다. 그러고는 속으로 생각했다. '말 안 할 거야. 도망갈 거니까.' 나는 오늘밤에 떠날 거다! 이 생각을 숨기고 두 사람의 눈빛이 내 대답을 곰곰이 살피는 것을 지켜봤다. 내가 말하지 않겠다고 하자 만족하는 표정으로 나에게 일어나라고 손짓했다. 나는 마음을 다잡고 일어나 두 사람 사이를 지나 청소실의 좁은 문으로 걸어 나갔다. 그러고는 곧장 기숙사로 향했다.

들통난 만행

기숙사에 도착했을 때 침대와 사물함 몇 개는 시트가 벗겨지고 깨끗하게 비워져 있었다. 접혀 있는 매트리스는 몇몇 아이들이 갑자기 더 이상 아카데미에 있지 않다는 것을 의미했다.

다른 애들은 모두 침대에 조용히 앉아 있었다. 한 명씩 나에게 다가오기 시작했다. 얼굴에 미소를 띠고 나를 둘러싸고 누워서 환호하며 항상 내가 르로이를 이길 거라고 생각했다고 말했다. 자기 사물함에 있던 간식을 가져다주는 애들도 있었다. 내가 그들의 새로운 챔피언이 된 셈이다. 어떤 면에서는 괴롭힘을 일삼던 놈들이 나한테 아부하는 걸 보니 기분이 꽤 괜찮았다. 얼마 전까지만 해도 나에게 욕하고 놀리고 침 뱉는 시늉까지 하던 애들의 눈을 똑바로 쳐다봤다. 이제 그들은 모두 내 주위 모여 내가 원한다고 생각하는 모든 걸 다 퍼주고 있었다. 내가 원 밖에서 달려들어 공격했던 제시마저도 담배를 몇 갑씩 건넸다. 어떻게 한때 나를 괴롭히던 인간들 전부가 한순간 숭배자가 될 수 있는 걸까? 내 마음 한구석에는 이들이 또 순식간에 얼굴을 바꾸어 나를 싫어하게 될 수도 있겠다는 생각이 자리하고 있었다.

나는 다음 날 아침 도망칠 생각으로 청소실을 나왔다. 그런데 아침이 되자 프로그램 전체가 갑자기 바뀌어서 생각이 달라졌다. 모닝콜도 없었고, 3마일 달리기도, 줄서기도 없어졌다. 이런 변화는 우리가 갈피를 잡을 수 없는 미로 속에서 헤매게 했다. 시간 안내도 직원의 고함도 없어지자 우리는 어디로 가야 할지 방향을 잡지 못했다. 새벽 4시에 기숙사 통로에 쓰레기통을 던져 기상 시간을 알린 사람은 아무도 없었지만 우리의 자동타이머 때문에 대부분이 잠에서 깬 채로 누워 점등이 되기를 기다렸다. 불이 들어오지 않자 우리는 스스로 일어나 어두운 기숙사를 숲속 헤매듯 돌아다니다가 길을 잃고 말았다. 불을 켜려면 허락이 필요한지 아닌지조차도 몰랐다.

우리는 모두 일어나 옷을 입고 창문 너머로 해가 천천히 옮겨가는 동안 서로 이야기를 나누며 시간을 보냈지만 직원들은 여전히 기숙사 안으로 들어오지 않았다.

전날 애들 몇 명이 아카데미를 떠난 이유는 아무도 몰랐다. 우리는 경찰과 면담을 하면서 그들이 나가고 싶다고 말했을 거라고 생각했다. 내 친구 트로이도 없었다. 퍼즐이 맞춰졌다. 그날 아침 식사 때부터 트로이의 얼굴 전체가 부어있었다. 경찰도 내가 식당에서 본 걸 봤을 거다. 르로이도 사라졌다. 애들 말로는 르로이가 떠나고 싶어 했다고 한다. 그들은 그가 방문객 차 뒷좌석에 타는 것을 창문으로 지켜보았다.

우리 중 누구도 경찰이 알고 싶은 게 무엇이었는지 정확히 이해하지 못했다. 경찰은 면담한 아이들에게 특정 사건에 대해 각각 다른 질문을 던졌다. 어떤 애들은 조시가 손목을 그은 일에 대한 질문을 받았고, 다른 애들은 기숙사에 뱀을 던져 넣은 일에 대해 질문을 받았다. 나무에 애들을 묶은 얘기에 대해 질문 받은 애들도 있었고 '이불 파티'에 관한 질문도 있었다. 우리는 이 모든 질문이 하나의 핵심 질문으로 연결된다는 사실을 전혀 깨닫지 못했다. 아카데미에서 잔혹 행위, 신체적 학대, 고문이 자행되고 있었는가? 우리는 이 문제를 인지하지 못했다. 부분적으로는 우리가 그것을 받아들였고, 부분적으로는 아이들이 직원뿐 아니라 다른 아이들에게도 학대를 당하는 경우가 너무 많았기 때문이다.

기숙사 창문으로 햇살이 비추었을 때 우리는 이미 몇 시간 동안 서로 이야기를 나누고 있었는데, 이렇게 둘러앉아 이야기를 나눈 것은 처음이었다. 거의 6개월 동안 붙어 생활했지만, 우리는 캘훈이 조종하는 대로 서로를 대할 태세를 갖추고 있었다. 분열되어 있었기에 서로를 비인간적으로 대하고 아무 생각 없이 끔찍한 일들을 저지를 수 있었다.

그날 아침 늦게 지도원 두 명이 마침내 기숙사에 들어왔을 때 방금 만난 듯한 느낌이 들었다. 우리가 서둘러 침대 쪽으로 돌아가 군인처럼 차렷 자세를 취하고 서 있기도 전에 지도원 중 한 명인 모슬리 씨가 문 바로 앞에 서서 아침 식사 시간을 알렸다. 그는 아침 식사 후 우리 모두 곧바로 학교 수업에 들어가야 한다고 했다. 안내사항을 전한 뒤 그는 자리를 떠났다. 우리는 서로를 쳐다봤다. 고함도, 아침 조회도, 야외 운동도 없는 이 상황에 어떻게 대응해야 할지, 무엇을 해야 할지 몰랐다. 식당까지 일렬로 걸어가라는 지시 없이 어떻게 기숙사를 나가야 할지 몰랐다. 아침 식사 후 우리는 거의 집중을 못한 채 교실에 앉아 무슨 일이 벌어지고 있는 것인지 단서를 찾으려고 끊임없이 주위를 둘러보았다.

그 후 몇 주 동안 직원들은 이상하리만큼 우리에게 친절했지만, 우리는 지도원이 다가올 때마다 계속 움찔했다. 기숙사에는 매일 새로운 소문이 떠돌았다. 우리를 산에 데려가 죽이려고 한다거나, 누군가는 해골이 그려진 병을 봤다는 등 우리를 독살하려고 벼르고 있다는 소문들이었다. 우리는 이런 무서운 이야기를 믿었다. 여기서 이미 일어난 잔혹한 행위들을 알고 있었기 때문이다. 선택된 소수의 아이들은 직원들이 시켜 저지른 끔찍한 일들을 털어놓았다. 가장 약한 아이를 성폭행하고 자고 있는 다른 아이들 위에 오줌을 누고, 밤에 라이터를 들고 침대 밑에 기어들어가 냄새가 나서 모두가 깨기 전에 불을 지르려고 했다. 이제 그런 일들을 한 그 아이들이 아카데미에서 도망쳐 우리 눈앞에서 사라지고 있었다. 여기서 자행된 학대에 대해 몇 안 되는 이 아이들이 구체적으로 폭로할 수 있다는 사실을 알게 된 아카데미 측에서 증거 인멸을 위해 이들을 살해하고 있다고 생각하게 되었다. 이러한 확신은 도망치려다 붙잡혀 다시는 발견되지 않게 될지도 모른다는 두려움을 더욱 증폭시켰다.

두 형과의 첫 만남

어느 날 모슬리 선생님이 아무런 이유 없이 나에게 교과서를 책장에 꽂아두라고 했다. 나는 교무실에 있는 캘훈 사감과 면담하러 가야 했고, 그날은 수업에 돌아오지 않을 예정이었다. 모든 아이가 의자에 앉아 내 심장을 두드리는 듯한 눈빛으로 나를 쳐다보았다. 나는 그들이 나를 보는 게 마지막이라고 생각하고 있다는 걸 알았다. 이제 내가 아카데미에서 사라질 차례였다.

교무실 도착해서 캘훈과 대화하고 있는 히긴스 씨를 발견하고 바로 그의 무릎 위로 뛰어들 뻔했다. 나는 청소실에서 풀려난 뒤로 계속 그가 나타나기를 기도해왔다. 히긴스 씨가 날 두고 혼자 여기를 떠날 리가 없다. 나는 어떤 식으로든 그의 차 조수석에, 그의 옆에 앉아 있게 될 거니까.

그들은 나에게 앉으라고 했지만, 나는 거절했다. 캘훈은 위협적인 미소를 지으며 의자 깊숙이 앉아 있었다. 나에게는 나쁜 징조처럼 보였다. 그가 히긴스 씨에게 거짓말을 한 걸까? 위탁 가정 거실에 들어섰을 때 히긴스 씨처럼 미소로 포장한 거짓말을 너무 많이 봤기 때문이다.

"앉고 싶지 않은데요." 나는 문간에 서서 말했다. "히긴스 씨, 우리끼리만 얘기할 수 있을까요? 밖에서, 우리 둘이서요."

"그래, 그러자." 그가 말했다. "그런데 조금 있다가, 알았지? 지금은 셋이서 얘기해야 할 거 같구나."

"무슨 얘기요? 난 더 이상 여기에 있고 싶지 않아요!" 내가 말했다. 교무실에 들어갔다가 보이지 않는 거미줄에 걸릴까봐 두려웠다. 한 번 들어가면 다시는 나올 수 없을 것 같았다. "누구도 날 여기 있게 하지 못할 거라고요!"

"얘야, 그래서 사회복지사님이 여기 오신 거란다." 캘훈이 말했다.

"네가 맘에 들어할 만한 다른 곳을 찾았어."

"여기 안 있어도 된다고요? 내가 나가게 된다고요?"

"그래, 그 이야기를 하려고 우리가 여기 모인 거야." 캘훈이 말했다. "그러니 우선 앉아보렴, 얘야."

나는 교무실 안으로 들어가 문 바로 옆에 있는 자리에 앉았다. 두 사람 다 믿지 않았다. 여차하면 박차고 일어나 달아날 준비가 되어 있었다.

"얘야," 캘훈이 말했다. "너와 다른 아이들도 아마 우리 아카데미가 곧 문을 닫을 거라는 걸 알고 있을…."

"왜죠? 무슨 일 있었어요?" 나는 그가 뭐라고 설명하는지 듣고 싶어서 말을 끊었다. 히긴스 씨에게 캘훈이 내 목에 남긴 손자국을 보여 주고 싶었다.

"왜인지 알잖아!" 캘훈이 얼굴이 벌개지며 말했다. "왜인지 정확히 알고 있잖니!"

나는 히긴스 씨를 바라봤다. 그가 캘훈 얼굴에 드러난 분노를 봤으면 했다. 그러나 그는 코를 후비면서 파일을 보느라 고개를 숙이고 있었다.

"자비스." 히긴스 씨는 무릎 위에 놓인 파일을 닫으며 입을 뗐다. "약 3~4주 전쯤에 아카데미가 문을 닫는다는 이야기를 듣고 난 뒤로부터 캘훈 사감과 지속적으로 연락을 주고받았단다. 우리가 가능한 피하고 싶은 상황은 너를 맥라렌 홀에 다시 보내야 하는 것이었고, 그래서 네 가족들과 이야기를 나눠보았지."

"우리 엄마하고요?" 내가 물었다.

"아니, 네가 아마 기억하지 못하는 다른 가족하고."

"누구요? 누구죠?"

"음, 너에게 형 두 명이 있다는 거 알고 있었니?"

"아뇨, 난 어린 남동생만 있어요."

"너에겐 형도 두 명 있단다. 토미와 로비."

"아니, 난 형 없어요!" 내가 말했다.

"오, 있어! 있다니까!" 히긴스 씨가 미소를 지으며 말했다.

"형들을 만나보겠니?" 캘훈이 물었다.

"언제요?"

"지금 만나는 거 어때?" 캘훈이 말했다. "자네 형들이 저 문으로 들어온다면 뭐라고 말하겠니?" 혼란스러워서 나는 히긴스 씨를 쳐다봤다. 농담인지 확인하고 싶었다. 내 기억 속에는 형들의 존재가 전혀 없었다. 삼촌은 몇 명 있지만, 형이라고?

"진짜예요, 히긴스 씨?"

"글쎄, 자비스. 형들을 만나보겠니?"

"지금이요?"

"그래, 지금!" 히긴스 씨는 자리에서 일어나 문 쪽으로 걸어갔다.

"네, 그럴까요." 히긴스 씨가 교무실 밖으로 나가는 동안 내가 말했다. 나는 이들이 나에게 거짓말을 하는 것이기를 바라는 마음이 컸다. 한편으로는 있는지도 모르고 살았던 형들을 만나고 싶지 않았다. 마음의 준비가 안 되어 있었다.

몇 분 뒤 히긴스 씨는 잘 차려입은 젊은 흑인 남성 두 명과 함께 교무실로 돌아왔다. 그들은 나를 내려다보았다. "동생아, 우리는 네 형이다. 우리 기억나?" 그들은 나를 일으켜 세우고 안아 주었다. "우리가 네 형이야, 제이!"

그들의 얼굴이 본 적이 있다는 걸 알았다. 할머니 댁에 갔을 때, 거기서 본 적이 있었다.

큰형인 토미가 나를 안아줬고 로비는 바로 옆에 서 있었다. 그다음 로비도 나를 안아 주었다. 두 팔로 감싸 안았을 때, 나는 그들이 정말 내 형제라는 것을 알았다. 이상하고 새로운 행복을 느꼈다. 한편으로는 교무실을 뛰쳐나가고 싶었지만, 다른 한편으로는 절대 형들을 떠나고 싶지 않았다.

오랫동안 나의 보호자는 내 자신이었다. 의지할 사람이 아무도 없었고. 내가 겪은 일들은 나를 원래 나이보다 나이 들게 했다. 그런데 이제 갑자기 존재를 알게 된 형들 앞에서 나는 다시 아이로 돌아가는 기분이 들었다. 아이에게 어울리는 마음을 가져도 된다는 것, 토미와 로비 같은 형들의 동생이 된다는 것이 좋았다.

형들과 히긴스 씨가 떠날 때 나는 창밖으로 그들이 한 약속을 바라보았다. 그들의 방문은 내가 아카데미를 나와 가족과 함께 계속 같이 살 수 있는 계획을 세울 수 있을 정도밖에 되지 않은 짧은 시간이었다. 하지만 형들은 돌아오겠다고 약속했다. "널 탈출시켜서라도 꼭 데리고 갈 거야." 로비가 나가는 길에 몰래 속삭였다. 나는 내가 가진 마지막 믿음을 그들에게 준 것처럼 그 말에 매달렸다. 창문에 손을 얹고 나의 모든 희망이 그들과 함께 떠나는 것을 지켜보는 동안 차는 슬로 모션으로 떠났고, 나는 약속 하나만을 품은 채 남겨졌다.

chapter

14

추억이 깃든 집

언덕 위의 집

형들이 깜짝 방문한 지 몇 주 후, 나는 히긴스 씨의 차 앞좌석에 앉아 창밖을 바라보고 있었다. 친척들과 함께 지내게 되기 전에 일주일 동안 방문하기 위해 하버 시티에 있는 바바리 외숙모네 아파트로 가는 길이었다. 도착하자마자 와본 적이 있는 곳이라는 걸 바로 알 수 있었다. 아파트 건물이 여전히 같은 색이었다.

　우리 외할머니가 기억났다. 외할머니 침대에 올라가곤 했던 내 모습과 외할머니가 항상 옆에 있는 탁자에 과일 한 그릇을 놓아두셨던 모습이 생각났다. 마침내 차에서 내리고 보니 외할머니 침실로 통하는 창문도 보였다. 히긴스 씨가 외숙모가 사는 아파트가 어디인지 말해 주지 않아도 나는 그를 바로 현관으로 안내했다.

　바바리 외숙모가 문을 열자 외할머니를 돌봐주셨던 분의 얼굴이 눈앞에 있었다. 나는 항상 그녀를 '장난감 외숙모'로 기억했다. 나와 샬린에게 장난감을 엄청 많이 주셨기 때문이다. 알고 보니 그 당시 토이저러스(Toys "R" Us, 트루키즈 소유의 세계적인 장난감 체인점)에서 일하셨다고 한다.

바바리 외숙모는 내 얼굴을 보자마자 눈물을 흘렸다. 우리는 서로를 껴안았다. "꼬마야, 나 기억하니?" 그녀가 흐느끼며 말했다.

"네, 장난감 외숙모시잖아요." 나는 소파에 앉아 있는 뚱뚱한 남자의 목소리에 대고 말했다. 그가 거기 있는지 몰랐다.

"그래, 바바리." 남자가 말했다. "저 애가 당신을 기억하네! 당신이 집으로 계속 가져오던 그 망할 장난감들을 기억하는군."

"이제 그 장난감들이 어떤 역할을 했는지 알겠지!" 바바리 외숙모가 기쁜 표정으로 눈물을 닦으며 말했다. "장난감들 덕에 우리 조카가 바바리 외숙모를 기억해주네! 그렇지 않니, 제이?" 그녀가 미소를 지었다. 나는 그 순간에야 바바리가 우리 외숙모라는 사실을 알았다.

나는 아주 작은 거실을 둘러보았다. 정말 많은 것들이 흘러간 시간 속에 그대로 멈춰있었다. 벽에 걸린 사진, 소파의 배치, 심지어 내가 가지고 놀던 낡은 재봉틀까지 옛 추억을 떠올리게 했다. 아주 오래전처럼 느껴졌다.

히긴스 씨와 바바리 외숙모가 소파에 앉아 이야기를 나누고 있는 동안 나는 아까 그 뚱뚱한 남자 옆에 앉았다. "얘, 내가 누군지 아니?" 그가 물었다. 그는 면도를 하지 않은 산적 같은 모습을 하고 있었다. 지금은 쉽게 겁을 먹지 않았지만 그가 나를 험상궂은 표정으로 쳐다보기에 그런 척을 했다. 그래도 그의 얼굴에서 사랑을 보았다.

"외삼촌?" 내가 말했다.

"그래, 맞아! 못된 큰외삼촌이지! 네 엄마에게 물어봐. 큰오라버니 드윗이라고 말해 줄 거다."

나는 씩 웃었다.

"이 녀석, 대체 뭐 때문에 웃는 거야?" 그는 히긴스 씨와 바바리 외숙모의 대화를 방해하며 물었다. 이제 모두가 나를 쳐다보고 있었다.

"큰 외삼촌이 아니죠! 뚱뚱한 외삼촌이지!" 내가 말하자 드윗 외삼촌은 장난을 걸며 나를 붙잡았다. 나에게 헤드록을 걸고 있었지만, 나는 그가 내가 이곳에 함께 있다는 사실에 대해 기쁜 마음을 표현하고 있는 것임을 알았다. 그 순간 드윗은 내가 가장 좋아하는 외삼촌이 되었다.

나는 드윗 외삼촌에게 토미와 로비가 어디에 있냐고 물었더니, 지금은 안 되고 히긴스 씨가 떠날 때까지 기다리라는 듯이 비밀스럽게 손가락을 입술 위에 대었다. 그러고는 그들은 침실 중 하나에 있다는 신호를 보냈다. 왜 이렇게 비밀스럽게 구는지 이해가 안 됐지만, 기꺼이 받아들였다. 나는 드윗 외삼촌과 평생을 알고 지내온 것처럼 대화를 나눴다.

히긴스 씨가 바바리 외숙모와 대화를 마치고 우리는 다 함께 그를 차까지 배웅해 주었다. 그는 내가 주말까지 여기에 머물게 될 것이고, 그때 다시 와서 아카데미에 데려다주겠다고 약속했다. 나는 이미 히긴스 씨에게 아카데미로 돌아가는 게 불안하다고 말했다. 그는 아카데미는 곧 문을 닫을 것이고 내가 영구적으로 가족과 함께 살 수 있도록 추진할 거라고 확신을 주었다. 그렇게 할 수 있도록 최종 준비를 하는 동안 마지막으로 아카데미에 돌아가서 협조해 달라고 나를 설득했다.

히긴스 씨가 차를 몰고 떠나는 것을 보면서 드윗 외삼촌이 중얼거리는 소리가 들렸다. "바바리, 우린 이 아이를 돌려주지 않을 거야. 이 아이는 우리 거야, 우리 가족이라고!" 우리는 다시 집 안으로 들어갔다.

마약에 취하다

드윗 외삼촌이 방문을 여러 번 두드리자 두 형이 문을 열고 모습을 드러냈다. 형들은 나를 다시 만나서 반가워하며 방안으로 들어오라고 했는데, 방바닥에는 몇 파운드 정도 되는 대마초가 신문지 위에 흩어져 있었다.

"이 애를 약에 취하게 하면 너희들 엉덩이를 걷어차버릴 거다! 애초에 그 빌어먹을 대마초 따위를 이 집에 들이면 안 되지!"

"아니, 드윗. 아무도 애를 약에 취하게 만들 생각 없어요, 무슨 소리 하시는 거예요?"

"맞아요, 드윗." 로비가 따라말했다. "우리 동생 제이를 취하게 만들 사람은 없어요." 그는 대마초 궐련에 불을 붙여 나에게 건넸다. "우리가 어련히 알아서 할까. 그렇지, 제이?"

나는 연기를 들이마시자마자 바로 켁켁대며 기침을 하기 시작했다.

"이봐, 너희 둘! 애가 기침하는 소리 여기까지 들린다." 드윗이 소리쳤다. "너희 내가 지금 장난하는 거 같지, 어?"

"아뇨, 제이가 피우는 거 아니에요. 간접흡연 때문에 기침하는 것뿐이라고요."

형들과 나는 웃음이 터졌다.

"좋아, 총을 찾아봐야겠다!" 드윗이 소리쳤다. "한 번 제대로 해보자는 거지!"

"토미, 무슨 뜻이야?" 내가 물었다. "우리를 진짜 쏜대? 진짜로?"

"어, 진짜!" 로비가 말했다. "얼른 가서 문 잠가!"

토미와 로비가 서둘러 창문을 여는 동안 나는 방문을 잠그러 달려갔다. 나는 그들이 환기를 시키려는 건 줄 알았는데, 웃으면서 창문으로 기어나가려고 하고 있었다. 드윗이 문을 쾅쾅 두드리기 시작했다.

"망할 문 열어." 드윗이 쿵쿵 쳤다. 그는 400파운드의 체중을 실어 문에 던졌고, 토미가 완전히 탈출하기도 전에 문이 활짝 열렸다. 드윗은 비비탄 총(BB gun, 공기총의 일종으로 비살상용)을 들고 쏘기 시작했고, 토미가 창문 밖으로 떨어지기 전까지 엉덩이에 여러 발을 맞추었다.

나는 체포된 것처럼 두 손을 든 채 방 한가운데 서서 권총을 휘두르는 드윗을 계속 주시했다. '미쳤어, 완전 미쳤어' 하는 생각을 하며 불안에 떨었다.

"자, 조카님, 내가 말했잖아! 저 멍청이들한테 내가 말하지 않았어?" 그가 나를 똑바로 쳐다보며 말했다.

"맞아요, 말했어요, 드윗. 형들한테 말하셨어요." 나는 여전히 손을 머리 위로 든 채 말했다.

"애야, 이제 내가 너한테 한 가지만 물어볼 거다. 딱 한 가지만." 드윗이 말했다. "너도 대마초 조금이라도 피웠니?"

"아뇨! 전 안 피웠어요, 외삼촌. 맹세코 안 피웠어요." 나는 침착한 표정을 유지하려고 애썼다.

"정말이냐?"

"네, 정말이에요, 외삼촌,"

"너 나한테 거짓말 하는 거냐?"

"아니에요, 진짜예요. 저 안 피웠어요. 절대 안 피웠어요! 진짜로요!"

"그럼 손가락 사이에 있는 그건 뭐지?" 그는 권총의 총신으로 머리 위로 들고 있는 나의 두 손 중 한 쪽을 가리키며 말했다. 나는 고개를 들었다. 손가락 사이에 끼워진 채 아직 불이 붙어있는 궐련에서 연기가 피어오르고 있었다. 나는 연기를 올려다보았다. 살면서 본 것 중 가장 어처구니 없는 광경이었다.

"진짜로 누가 이런 걸 저기 끼워둔 건지 모르겠어요!" 대마초에 취해 웃음이 터져 나오기 전에 이 말을 뱉을 수 있었다.

펑! 펑! 드윗이 내 다리에 두 발을 쐈다. 비비탄 총알에 맞아 따끔거려 침대 위로 뛰어들었다. "악, 드윗! 왜 그러시는 거예요?" 나는 다리를 움켜쥐고 물었다.

"어때, 이젠 재미없지?" 드윗이 말했다. "젠장, 한 발 더 쏴줘야겠군." 그는 껄껄 웃으며 나에게 권총을 겨누었다. 그러고는 뒷주머니에 손을 뻗어 작은 종이봉투를 하나 꺼냈다. "자, 갖고 있는 물건들이 봉투에 넣어." 그가 가방을 휙 던지며 명령했다.

"네? 대마초요?" 나는 총에 맞은 부위를 문지르며 물었다.

"그래, 대마초! 봉투에 대마초를 넣어라!" 그는 나에게 권총을 겨누며 명령했다. "빨리! 너의 미친 형들이 돌아오기 전에 서둘러!"

나는 종이봉투를 대마초로 채운 뒤 드윗에게 건넸다..

"놈들에게 내가 가져갔다고 말하면, 엉덩이에 한 번 더 쏴줄 거다!" 드윗이 협박했다.

"아니, 말 안 할 거예요."

"그러는 게 좋을 걸!" 드윗이 말했다. "내가 너라면 한 움큼 훔칠 수 있을 때 훔쳐놓을 거다." 그가 껄껄 웃자 배가 위아래로 흔들렸다. "왜냐하면 네 형들은 (좀 있어보면 알겠지만) 인색하거든. 둘 다 얼마나 인색한지 말로 표현 할 수가 없지!"

그러고서 드윗은 방을 나갔다.

방금 총 든 강도에게 강탈당한 기분이었다. 친척들과 함께 지낸 지 두어 시간도 채 되지 않아 대마초를 피우고, 창문에서 뛰어내리는 형들을 눈앞에서 목격하고, 외삼촌이 쏜 총에 두 발이나 맞았으니 말이다. 상상했던 것보다 훨씬 더 재미있었다. 비비탄 총알에 맞은 자리가 따끔거렸지만 드윗 외삼촌에게는 내가 좋아하는 무언가가 있었다.

그날 밤 밖에서 드윗 외삼촌이 건물 뒤 울타리 옆에서 대마초를 피우고 있는 것을 발견했다. 나는 그가 다 피울 때까지 기다렸다가 엄마에 관해 물었다. "제이, 네 엄마는 너랑 너희 남매를 지키기 위해서 최선을 다하셨다." 외삼촌이 말했다. "너희랑 격리되고 난 뒤에 엄마는 정신병원에 입원시켜야 했지. 너희가 돌아오길 기다리면서 거기서 거의 돌아가실 뻔했어. 그래, 너희 엄마가 실수한 건 알지. 젠장, 그걸 평생을 해왔으니 말이야! 하지만 말이다, 네 엄마가 너희를 사랑하지 않았다는 말은 그게 누구라도 함부로 하지 못하게 해라! 정부에서 너희를 데려가고 나서 내가 오랫동안 너희 엄마를 돌봐야 했으니. 우리 다 그랬다. 잘 알지? 네 엄마가 수십 번도 더 스스로 목숨을 끊으려고 했던 건, 자식들이랑 같이 살 수 없다는 생각 때문이었을 거다." 나는 자살에 관한 생각은 머릿속에서 차단했지만, 드윗 외삼촌이 해준 말들은 내가 항상 알고 있던 사실, 우리 엄마가 나를 진심으로 사랑한다는 사실을 증명해 주었다.

"자, 오해는 하지 마라." 드윗이 담뱃불로 어둠을 밝히며 말했다. "네 엄마는 미쳤어! 빈대보다도 더 미쳤지. 비너스(Venus, 제이 엄마의 별명 중 하나)가 면도칼로 사람을 자르는 걸 본 적이 있는데 완전 제정신이 아니었지. 미쳤지 완전." 드윗은 울타리에 기대어 앉았다.

하버 시티에서

어머니의 형제자매는 거의 모두가 서로 몇 마일 이내에 살았다. 부-부(Boo-Boo)라는 이름으로 알려진 사촌 리키가 동네를 구경시켜 주었다. 그는 나보다 생일이 고작 몇 달 빠른 또래였고, 우리는 순식간에 떼려야 뗄 수 없는 사이가 되었다. 부-부는 나를 데리고 모든 친척 집을 방문하면서 넘치는 사랑을 느낄 수 있게 해 주었다. 일주일이라는 약속 기간이 끝날 무렵에는 외삼촌과 외숙모, 엄마 쪽 사촌들까지 전부 만날 수 있었다. 그들은 어린 시절의 나를 기억하면서 정부가 데려가기 전에 우리 남매들을 돌봐줄 수 있었다면 좋았을 거라고 안타까워하며 울었다.

가족과 함께 하니 마음이 편안했다. 모두 내가 함께 있다가 가기를 원했기에 매일 밤 다른 친척집의 소파에서 잤다. 나를 영구적으로 맡아줄 여유가 있는 집은 없었지만 무엇보다도 가족들은 내가 위탁 보호 시스템에서 벗어나 가족 품으로 돌아올 수 있기를 간절히 원했다. 특히 잔혹 행위가 난무한 아카데미로 돌아가지 않기를 바랐다. 나를 아카데미 같은 곳은 보내지 말고 자신들을 찾아줬더라면 더 잘 해줄 수 있었을 거라고 욕하며 울었다. 나는 약속대로 돌아가야 한다고 말 그대로 친척들을 설득해야 했다. 어떤 이유에서든 영구적으로 가족과 살 수 있는 쪽으로 풀리지 않으면 도망쳐 나오겠다고 했다.

내가 일고여덟 살 때부터였으니 이 무렵에는 히긴스 씨와 평생을 알고 지낸 느낌이었다. 그가 보기에 내가 친척들과 함께 사는 것에 대해 조금이라도 의구심이 들었다면 그들을 찾는 방법을 절대 알려주지 않았을 것이다. 물론 이런 얘기를 친척들에게 하지는 않았지만, 히긴스 씨는 그들보다 나를 더 잘 알았다.

그래서 2주 만에 하버 시티로 돌아와 친척들과 함께 지내게 되었다. 나는 히긴스 씨에게 사촌 부-부와 리틀 로니와 함께 나딘 이모네서 지내고 싶다고 했다. 내가 가장 좋아하는 바바리 외숙모라면 유쾌하고 즐겁게 지낼 수 있겠지만, 나딘 이모는 두 아들을 직접 키우면서 좋은 양육 환경을 만들어왔다. 바바리 외숙모네서 형들과 드윗 외삼촌과 어울리는 것이 즐거웠던 만큼 나딘 이모네의 집과 같은 편안함도 크게 다가왔다.

그런데 어떤 이유에서인지 나는 바바리 외숙모와 함께 살게 되었다. 원래 외할머니 집이었던 언덕 위의 집은 오랜 세월 우리 가족의 중추부였다. 한 번도 지루한 순간이 없었다. 시끄러운 음악이 항상 흘러나왔다. 사람들은 다 같이 듣기 위해 최신 앨범을 가져왔고 최신 스텝에 맞춰 춤을 췄다. 여럿이 함께 어울렸고, 또 많은 이들이 모여서 쉬지 않고 대마초를 피웠다. 한 블록 떨어진 곳에서는 바바리 외숙모의 남부식 튀김 요리 냄새가 났다. 정비공이었던 캘빈과

빅 로니 외삼촌은 최신 공구를 가지고 있었고, 모두가 자동차와 오토바이를 수리하려고 그곳에 왔다. 외삼촌들은 자동차뿐 아니라 텔레비전, 스테레오 등 수리가 필요한 모든 물건을 고쳤다.

사람들이 항상 찾아왔다. 일부는 엄마의 어린 시절 친구였다. 몇 주 전에 엄마를 봤다는 사람들도 있었다. 파블로의 어머니를 본 뒤 우리 엄마도 오줌으로 얼룩진 매트리스 위에서 마약을 주사하고 나보다 마약에 더 신경 쓰는 상태일까 두려웠기에 누구에게도 엄마가 어디 있는지 묻지 않았다.

찾아온 모든 사람이 피로 이어진 친척은 아니었지만, 그런 것처럼 느껴졌다. 그들은 내 기저귀를 갈아주고, 우리 남매들끼리만 있는 걸 발견해주고, 그밖에 함께 나눈 많은 순간들을 기억하고 있었다. 나는 이 사람들을 모두 기억하지 못했지만, 그들은 나를 기억했다.

정학을 당하다

6학년을 마치기 위해 노마운트 초등학교에 들어갔지만, 곧 정학 처분을 받았다.

나는 지난 몇 년 동안 진짜 학교에 다닌 적이 없었다. 첫날부터 학교 공부가 너무 힘들었다. 따라갈 수가 없었다. 다른 친구들처럼 책을 읽거나 수학 문제를 풀지 못한다는 사실을 인정하기에는 너무 부끄러웠다. 담임이었던 퀴글리 선생님이 실수하는 학생들을 웃음

거리로 만드는 걸 이미 본적이 있었기 때문이다. "아무래도 존스 군에게는 2학년 책을 사줘서 우리 모두 앞에서 읽을 수 있게 해야겠어요." 퀴글리 선생님은 한 학생이 단어 몇 개를 잘못 발음하면 엄청나게 화를 내곤 했다. "이제 자리에 앉으세요, 존스 군. 아니다, 잠깐" 하고 이렇게 덧붙이기도 했다. "아마 모래밭에 가 있어야 할 거 같은데! 존스 군처럼 책을 읽는 아이들이 가서 노는 모래밭이 어디에 있는지 알려줄 사람 있나요?" 그러면 반 전체가 웃었다.

퀴글리 선생님에 대한 경고는 들어왔다. 운동장 밖에 있을 때와 점심시간에 소문이 떠돌았다. 반 아이들은 모두 그를 무서워했다. 나도 다른 친구들처럼 그를 두려워하면서 어울리려고 노력했다. 교정교육 시설에서 보낸 시간 때문에 더 담력이 더 커졌는데 그런 모습 때문에 비정상적으로 보이고 싶지 않았다.

퀴글리 선생님은 내가 집중하지 않는 모습을 계속 잡아냈다. 그럴 때마다 나는 시키는 대로 책상에 고개를 숙였다. 이번에는 내가 인간의 뇌세포를 가지고 있는지 아닌지를 궁금해했다. 나는 고개를 숙였다. 나로서는 적응하는 것이 중요했다. 처음 왔을 때부터 나는 거기 앉아 있는 모든 애들보다 덩치가 더 큰 것 같았다. 심지어 의자도 나에겐 작았다. 반 아이들, 특히 1학년 이후 처음 보는 전학생인 나를 유심히 지켜보던 여자아이들에게 내 과거를 꼭꼭 숨기고 싶었다.

하지만 다음 날 수업 시간에 내가 질문에 답을 하지 못하자 퀴글리 선생님은 내 손에 들려있던 종이들을 빼앗아 돌돌 말더니 내 머리를 톡톡 치기 시작했다. 나는 분노가 치밀어 올랐고 그가 들고 있던 종이들을 탁 쳐서 전부 바닥에 떨어지게 했다.

"오! 우리 수업에 이소룡이 왔군요!" 퀴글리 선생님은 뛰어올라 가라데 자세를 취하면서 선언하듯 말했다. 반 전체가 웃음을 터뜨렸다. 나는 그를 무서워하는 것처럼 보이려고 애쓰면서 속으로 제발 날 좀 내버려 두라고 조용히 간청했다. 그가 교탁으로 돌아와 칠판 쪽으로 돌아섰을 때 나는 실제로 그가 내 간청을 들었을지도 모른다고 생각했다. 그가 등을 보이고 서 있을 때 친구들은 동정의 표시로 의자 주위에 떨어진 종이들을 줍기 시작했다. 하지만 퀴글리 선생님은 돌아서서 주운 종이들을 전부 제자리에 두라고 소리쳤다.

"쉬는 시간에 마스터스 군이 종이를 주울 겁니다." 그가 반 아이들에게 말했다. 나는 신경 쓰지 않았다. 선생님의 손에 있던 종이를 쳐서 떨어뜨린 건 내가 잘못한 거니까. 하지만 내가 무릎 꿇고 종이를 줍는 모습을 비유로 들면서 학생들에게 무엇을 설명할 때, 나는 종이를 줍지 않아야겠다고 생각했다. 종이를 줍지 않겠다는 결심이 확고해질수록 퀴글리 선생님은 쉬는 시간에 무릎을 꿇고 있는 내 모습을 더 많이 언급했다. 끓어오르는 증오심을 누르며 그를 쳐다보면서 그가 그 말을 몇 번 하는지 세기 시작했다.

분노가 치밀어 횟수를 세다가 도중에 잊어버렸다. 그가 칠판 쪽으로 돌아섰을 때 나는 자리에서 벌떡 일어나 앞으로 달려갔고, 그가 학생들 쪽으로 몸을 돌리는 순간 교탁 위로 뛰어 올라갔다. 그러고는 단 한 번의 연결 동작으로 풋볼 선수가 필드골을 차는 것처럼 세게 그의 얼굴을 걷어찼다. 그는 전혀 예상하지 못했다. 뒤로 날아가 칠판에 부딪혀 벽 아래로 미끄러졌다. 코에서 피가 솟구쳤고, 신음 소리를 내며 비상벨을 쪽으로 기어갔다. 나는 고개를 돌려 다른 아이들을 보는 게 두려웠지만, 충격으로 숨이 턱 막혀 하는 소리가 들렸다.

쿼글리 선생님이 비상벨에 손을 뻗쳤을 때 나는 교탁에서 뛰어내려 그에게 다가갔다. 그러고는 허리를 굽혀 얼굴을 가까이 가져가 이렇게 말하는 듯한 표정을 지었다. '기분이 어때? 별로지, 응?' 벅이 나에게 했던 것처럼 말이다. 그런 다음 교장실로 걸어가 내가 오늘 어떤 행동을 했고 왜 그렇게 했는지 말했다. 그리고 그가 수업 시간에 나를 계속 괴롭힌다면 또 똑같이 할 거라고 했다.

그때쯤 나는 내가 남몰래 싫어하는 그런 애가 되어 있었다. 나는 폭력 외의 갈등에는 아무 반응도 하지 않았다. 다른 아이들이 맞부딪치지 않고 넘어가는 능력을 부러워했다. 마치 그들이 이제 막 공중제비를 돌기라도 한 것처럼 "그거 어떻게 한 거야?" 묻고 싶었다.

교장 선생님은 내 말을 경청했다. 내가 과장하고 있다고 생각했겠지만, 그때 쿼글리 선생님이 피 묻은 와이셔츠를 코에 대고 비틀거리며 들어왔다. "세상에, 헨리. 도대체 무슨 일이 있었던 겁니까?" 교장 선생님은 당황한 목소리로 소리쳤다.

"저 개자식이 내 얼굴을 때렸어요." 쿼글리 선생님이 중얼거렸다. 그는 셔츠로 코를 막은 채 고개를 뒤로 젖히고 있었다.

"아니요, 저 안 때렸어요. 거짓말이에요!" 내가 그에게 바짝 다가갔다. "발로 얼굴을 찼죠!"

"뭐라고?"

"발로 선생님 얼굴을 찼다고 했습니다! 발로 찼다고요!"

교장 선생님은 그렇게 가까이 서서 퀴클리 선생님의 말을 바로잡는 내 배짱을 믿을 수 없었다.

스스로 곤경에 처했다는 걸 알았지만, 적어도 더 이상 무서워하는 척을 할 필요는 없었다. 퀴클리 선생님에게 내가 다른 애들과 다르다는 걸 보여 주고 싶었다. 나는 한 번도 겁먹은 적 없었다. 나는 아카데미에서 지도원들에게 맞는 일에 익숙해져 있었다. 퀴클리 선생님이 엄청 화가 나서 이성을 잃고 두드려 패든 때리든 원하는 대로 뭐든 하길 바랐다. 그도 나를 세게 쳐서 공평해졌다고 느끼길 바랐다. 내가 때릴 수 있는 만큼 맞을 수도 있다는 걸 보여 주고 싶었다. 그런 다음 둘 다 교실로 돌아가기를 원했다. 내가 있던 곳에서는 받은 대로 갚아주고 나면 서로를 존중하게 되었다. 그것이 바로 내가 퀴클리와 나에게 바라는 바였다.

하지만 퀴클리 선생님은 화를 내지 않았다. 그저 고개를 뒤로 젖히고 서 있었다. 일이 이렇게 흘러갈 줄은 몰랐다. 그는 왜 나에게 달려들지 않았을까? 나는 내가 맞아도 싸다고 느끼고 있었고, 맞을 준비가 되어 있었다. 빨리 끝내고 싶었다. 아카데미의 지도원이라면 바로 나한테 달려들었을 텐데, 교장 선생님과 퀴클리 선생님은 아무것도 하지 않았다. 내가 보복성 폭력을 당하지 않자 상황이 더 안 좋아졌다. 퀴클리 선생님이 앓는 소리는 내가 예상했던 반응이 아니었다. 다른 상황이 일어나야 했다.

교감 선생님은 나를 학교 양호실로 안내했고 교장 선생님은 해야 할 일을 정리했다. 나는 저울을 가지고 놀고 있었는데 선도부(hall monitor, 학교의 질서유지를 책임지는 사람)가 들어와서 바바리 숙모에게 보내는 봉투를 건네주었다. 그러고는 나를 정문으로 데려가며 집에 가라고 했다.

집에 돌아오는 길에 봉투를 열어보았다. 정학 통지서였다. 나는 주차된 차 두 대 사이에 앉아 정학 이유를 설명하는 거창한 말들을 소리 내어 읽었다. 집에 도착하기 전에 대부분의 내용을 파악할 수 있었고, 캘빈 외삼촌과 결혼한 앤지 외숙모에게 줬다. 앤지 외숙모의 얼굴에 분노가 서렸고 드윗과 캘빈 외삼촌, 바바리 외숙모, 그리고 놀러온 친구들을 거실로 불러 큰 소리로 통지서를 읽어주었다. 통지서에는 내가 퀴글리 선생님을 공격했고, 그에 따라 그는 나를 풀 넬슨(full nelson, 상대편 겨드랑이 밑으로 두 팔을 넣어 뒤통수를 누르는 레슬링 기술)으로 저지했다고 적혀 있었다.

나는 앤지 외숙모에게 퀴글리 선생님은 날 건드리지 않았다고, 통지서에 적힌 일은 없었다고 말하려고 했다. 소용이 없었다. 어른들은 계속해서 서로 다투고 이 사건에 대해 떠들어댔다. "백인 선생이 우리 조카에게 감히 풀 넬슨을 가하다니!" 너무 시끄러워서 퀴글리 선생님이 왜 거짓말을 했는지 알아내는 게 불가능했다. 내가 원했던 건 밖으로 나가서 차분히 생각을 좀 하는 것뿐이었다. 현관문까지 가기도 전에 앤지 외숙모가 나를 붙잡았다. 앤지는 나를 세게 흔들며 소리쳤다. "제이, 절대로, 누구라도, 감히 네 몸에 손대게 두지 마!" 그녀가 말하면서 내 뺨에 침을 튀기는 게 느껴졌다.

"아무도 안 그랬어요, 외숙모." 내가 중얼거렸다.

"제이, 다음에 그 멍청한 퀴글린지 뭔지 하는 선생이 건드리면…," 그녀는 무릎을 꿇고 양말에서 무언가를 꺼냈다. "여기! 이거 받아라!" 그녀는 나에게 커터칼을 건넸다. "이걸로 그어버려! 이걸로 그놈 얼굴을 확 그어버리는 거야. 내 말 알아듣니? 알겠어?"

"네, 알아요." 내가 손에 든 커터칼을 보며 말했다. "하지만, 외숙모." 나는 다시 입을 열었다. "내가 찼어요… 퀴글리 선생님… 얼굴을…."

"앤지, 쟤는 그걸 어떻게 쓰는지도 몰라!" 드윗 외삼촌이 말했다.

"아니, 알아." 앤지 외숙모가 말했다. "제이, 다음에 그 학교에서 너한테 손대는 개자식이 있으면 다 죽여버려. 알겠어?"

"네, 알겠어요, 외숙모." 내가 다시 말했다. 나는 얼굴을 닦아내고 커터칼을 손에 들고 현관문을 나섰다. 모두가 창밖으로 나를 쳐다보는 것을 느끼며 허공에 대고 칼을 휘두르는 연습을 하며 걸어가는 동안 이걸 두고 또 얼마나 난리판이 될지 상상해 보았다. 나는 엄마에게도 이런 칼이 있고 사용하는 데 아무 거리낌이 없어 한다는 걸 드윗 외삼촌에게 들어서 알고 있었지만, 나는 주먹이 더 좋았다. 몇 블록 떨어진 곳에서 커터칼을 쓰레기통에 버렸다. 바나나껍질 사이에서 빛나고 있는 칼을 내려다보면서 나는 결코 누군가에게 칼을 들이댈 수 있는 사람이 아니란 걸 알았다.

머디 슈

그날 늦은 오후, 주머니에서 점심값으로 받은 동전이 짤랑거리는 소리를 듣고 밥네 주류판매점에 걸어갔다. 주차장에 모여 있는 '미친 사람들'과 얘기하는 게 좋았다. 그들은 대부분 최근에 고향으로 돌아온 베트남 참전 용사들로 술을 물처럼 마시며 살아가고 있었다. 그 사람들은 나에게 어르신들과 같았다. 하루는 동네 친구에게 왜 다들 그분들을 미쳤다고 하는지 물어봤다. 친구는 "저 사람들 한 번 봐봐. 딱 봐도 상대를 토막 내 죽일 거 같은 눈빛이잖아." 나는 오히려 저들을 토막 내 죽일 듯한 눈빛으로 쳐다봤다. 그들 중 한 명이 미소를 지으면서 나에게 평화의 사인(peace sign, 평화의 손가락 V 사인)을 보냈다. "저 사람 알아?" 주류 판매점에 있는 동안 친구가 물어보았다. "아니, 근데 분명 우리 외삼촌들은 다 알 거야." 내가 자랑하듯 말했다.

나에게 평화의 사인을 보냈던 사람을 우리는 "머디 슈(Muddy Shoe, '진흙투성이의 신발'이란 뜻의 별명)"라고 불렀다. 주류 판매점 밖에서 술을 마시고 있던 그는 녹색의 낡은 군용 오버코트에 위장 모자를 쓰고, 오래 쳐다보고 있다 보면 옥수수 모양이 보일 정도로 발에 꼭 맞는 낡은 군화를 신고 있었다. 그가 나에게 왜 학교에 안 갔냐고 물었을 때 나는 자리에 앉아서 모든 이야기를 들려줬다. 그는 아직 그 커터칼을 갖고 있냐고 물었다. 나는 쓰레기통에 버렸다고 했다.

"이리 와봐라." 그가 말하고는 나를 붙잡고 거의 바닥에서 들어올렸다. 그는 내 주머니와 신발 안까지 전부 뒤졌다.

"아저씨, 내가 버렸다고 얘기 했잖아요." 내가 말했다.

"음, 그냥 네가 정말 버렸는지 확인해 보는 거야." 머디 슈가 말했다. "꼬마야, 커터칼 아직 가지고 있다가 걸리면, 진짜 혼나는 거다. 알았지?" 그는 술병을 입에 대고 한 모금 길게 들이키고, 코트 소매로 입을 닦았다.

"우리 엄마는 갖고 있었대요." 내가 반응을 기대하며 말했다. 커터칼을 버린 건 내가 유일하게 후회하는 일이었다.

"젠장! 네 엄마는 성인이잖아! 다 큰 어른이라고!"

나는 운동화를 쳐다보면서 아무 말도 하지 않았다.

"자, 내 말이 맞지? 내 말이 맞냐, 안 맞냐?" 머디 슈가 술을 한 번 더 마시면서 얼굴을 찡그렸다.

"네, 맞아요. 다 맞아요." 커터칼을 버리길 잘 했다고 느끼면서 대답했다.

"좋아, 그럼. 여기 궁둥이 붙이고 앉아봐라." 머디 슈가 말했다. "내가 민카이 얘기는 아직 안 했을 거다. 아주 나쁜, 나쁜, 나아쁜 년이었지! 그년은 하노이 외곽에서 사창가를 운영했어." 그는 길을 위아래로 살피며 지나가는 경찰차가 있는지 확인하더니 나에게 몰래 술병을 건넸다. "자, 한 모금 마셔, 친구! 어서 마셔! 오늘은 마실 자격이 있어." 그는 까맣게 썩은 이를 보이며 웃었다. "어서! 그 가슴팍에 털을 좀 길러야지! 그 바보 같은 커터칼을 버린 건 잘한 일이다."

나는 셔츠로 술병 입구를 닦고 한 모금 크게 들이켰다. 술의 열기가 코로 올라오는 것이 느껴지면서 온몸이 떨렸다. 지독했다. 으,

완전 지독했다! 양조한 정어리 주스 냄새가 났다.

"등 뒤로 넘겨." 그는 병을 받아들고 꿀꺽꿀꺽 소리를 내며 병을 비우면서 말했다. "이제 다시 민카이 얘기로 돌아가 볼까." 그는 내가 좋아했던 베트남 이야기를 하나 더 시작하면서 큰 소리로 트림을 했다. 친척들과 함께 살기 시작한 거의 첫날부터 주차장에서 이런 이야기를 들어왔다. 그날 머디 슈와 나는 온종일 밥네 주류판매점 앞에 앉아 있었다.

빨간 현관에 앉아 메이미가 우주비행사 이야기를 읽어주는 걸 듣던 시절과는 거리가 멀었다. 그 순수한 삶으로 돌아가려고 하면 할 수록 내 안의 어린아이는 점점 더 사라지는 것 같았다. 하지만 나는 메이미가 내 마음속에 비춰주던 별들을 잊을 수 없었다. 어린 시절 내내 나를 밝게 비춰준 것은 나를 아끼고 사랑해 준 사람들이었다.

15

함께 세상에 맞서다

비너스

한 번은 바깥에서 놀고 있는데, 엄마가 바바리 외숙모 집에 갑자기
들렀다. 엄마가 왔다는 외숙모의 전화를 받고 최대한 빨리 거실로
뛰어 들어가보니 드윗과 캘빈 외삼촌이 엄마에게 킥복싱과 정육점
칼 다루는 법을 가르쳐 주고 있었다. 친척들과 친구들은 엄마가 한
손에는 칼을 들고 다른 한 손에는 담배를 들고 공중 높이 발차기하
는 모습을 지켜보고 있었다. 믿을 수가 없었다. 현관문으로 날 듯이
뛰어 들어오는 나를 보고도 엄마는 안아주기는커녕 방 안을 돌아다
니면서 "내가 말했잖아"라고 말하며 칼을 까닥거리며 달러 지폐를
수거했다. 알고 보니 엄마가 왔다고 하는 순간 내가 바로 달려올 거
라고 모두에게 내기를 걸었던 거였다.

　이제 엄마는 거둔 지폐를 말아 무릎을 꿇고 내 주머니에 넣었

다. 그런 다음 내 뽀뽀를 받았다. 일어서며 엄마가 물었다. "너희 중에 누가 나설래? 나랑 제이는 드윗, 너를 포함해 싸우겠다는 사람은 누구든 때려눕힐 거거든!" 그러고는 나를 보고 웃으며 말했다. "아들, 네가 큰외삼촌 드윗을 맡아야겠다. 할 수 있겠어?"

"네, 할 수 있죠." 나는 열두 살짜리 권투선수처럼 그의 주위를 돌며 춤을 췄다.

"자, 와봐! 덤벼, 이 자식아!" 엄마가 계속 칼을 흔들며 소리쳤다. 자식 중 위탁 가정으로 보내졌다가 가장 먼저 돌아온 날 보며 가족 모두 엄마를 떠올렸다. 방 한가운데서 진지한 척 자세를 취하는 우리 둘의 모습에 모두가 웃음을 터뜨렸다. 키가 엄마 가슴까지 밖에 안 오는 내가 엄마와 나란히 서 있으니 마치 함께 온 세상을 상대하는 것처럼 가슴이 벅차올랐다.

"봤지, 제이? 네가 엄마 내 옆에 있으면 우리가 뭘 할 수 있는지 모두 알았을 거야. 그렇지 않니?"

"맞아요, 엄마." 나는 주먹을 올리며 말했다. "자, 드윗 외삼촌, 한판 붙죠!"

"좋았어, 아들. 사람들이 나를 괜히 '쇼티(Shorty, 야무지고 단단한 꼬맹이)'라고 부르는 게 아니지! 나는 나아아아아쁜 여자거든! 네 외삼촌들도 그걸 알고 있지. 예전처럼 또 한 번 혼쭐을 내줘야겠군!"

"진정하고 앉아, 쇼티." 드윗 외삼촌이 여전히 소파에 앉은 채 말했다. "우리가 평생 네 미친 인생을 보호하면서 살아왔잖냐." 그 말에 모두가 웃었다. "그리고 제이, 네 엄마가 내일은 여기 없을 거라는 거 알잖아. 내일은 어쩌려고 그러냐? 너도 당장 앉는 게 좋을 거야!"

"전 엄마랑 같이 갈 건데요. 그게 내 계획인데요!" 하지만 그게 사실이 아니라는 건 나도 알았다.

엄마는 심각해졌다. "드윗, 나 없다고 내 새끼 건드리지 않는 게 좋을 거야." 그렇게 말하고 엄마는 나를 돌아보며 칼을 주방에 다시 갖다 놓으라고 했다.

거실로 돌아오니 엄마가 소파에 누워 있는 큰오빠 위에 올라가서 아이처럼 몸싸움을 하고 있었다. 400파운드가 넘는 자기 큰 오빠의 육중한 몸에 헤드록을 걸고 있었다. 외삼촌이 엄마에게 장난치지 말라고 말하고 있었지만 나는 두 사람 사이에 애정이 있다는 걸 느낄 수 있었다.

그날 늦게 엄마는 신발을 벗었고 우리는 길 한가운데로 나갔다. 사람들은 마치 중요한 행사를 보러 나온 관중처럼 집에서 나와 맨발로 나에게 경주하자고 조르는 엄마를 구경했다. 나는 엄마가 나와 경주하고 싶어 하는 게 미쳤다고 생각했다, 나는 너무 젊었고, 너무 빨랐다. 불공평할 것 같았다. 내 뒤에서 쫓아오는 불쌍한 엄마의 모습을 어깨너머로 돌아보고 싶지 않았다. 하지만 내가 거절할수록 엄마는 더 고집을 부렸다. 그래서 이기려고 열심히 달리는 대신 엄마가 아무리 빨리 달려도 옆에서 에스코트하면서 같이 달리기로 결심했다.

"제자리에, 준비, 땅!" 하는 소리가 들렸고 순식간에 엄마가 출발했다. 나는 따라잡으려고 했지만 오히려 차이가 더 벌어졌다. 엄마가 그렇게 빨리 달리는 걸 보고 너무 깜짝 놀랐다. 만약 엄마가 이기면 친구들이 뭐라고 할까 하는 생각밖에 들지 않았다. 동네 놀이터를 지날 때마다 놀리는 소리가 들려 최대한 속도를 내서 달릴 수밖에 없었다. 하지만 엄마는 너무 빨랐다. 모퉁이에 서서 나를 기다리고 있는 것을 보고 내가 원해도 이길 수 없었다는 걸 깨달았다. 엄마가 달리는 속도가 맨발과 관련이 있을까? 그거 말고는 설명이 되지 않았다.

작별 인사를 하자 엄마가 정말 집에 왔었다는 게 실감이 났다. 어느 때보다 엄마를 그리워하겠지만, 친척들과 함께하는 삶은 나에게 변화를 가져왔다. 포옹을 한 뒤 엄마는 내가 사는 세상에서 걸어나가 엄마의 세상으로 돌아갔다. 엄마의 형제자매들 말에 따르면, 엄마를 데려간 세상은 누구도 통제할 수 없는 곳이다. 그런데도 그들은 이미 교정시설에 다녀온 정부 피후견인 나를 돌봐주려고 애쓰는 등 갖가지 방법으로 엄마에게 이해와 동정심을 베풀었다.

엄마의 삶을 이야기하는 말들이 계속 들려왔다. 다 좋은 얘기는 아니었지만, 친척들이 엄마를 두고 몇 번이나 "미쳤다"고 했음에도 이렇게 식탁에서 오가는 이야기들은 엄마에 대해 몰랐던 점을 알아가는 데 도움이 되었다. 우리 엄마는 오빠들 사이에서 싸우는 법을 배우며 말괄량이로 자랐다. 한동안 외삼촌들은 늘 엄마를 보호해 주고 엄마의 남자친구들을 흠씬 패주기도 했는데, 엄마에게 커터칼 사용법을 알려준 뒤에는 더 이상 오빠들의 도움이 필요하지 않게 되었다.

드윗 외삼촌이 이야기를 해줬다. "네가 태어날 즈음에 또라이인 네 엄마랑 롱비치의 한 술집에 간 적이 있어. 그런데 거기서 어떤 멍청이가 네 엄마를 와락 붙잡더니 주무르려고 했지. 네 엄마를 들어 올려 바 테이블에 앉히고는 블라우스를 벗기려고 했지. 이제 그놈이 뭘 하려고 했겠어… 그런데….”

“그런데요? 무슨 일이 일어났는데요, 드윗 외삼촌?” 내가 물었다.

“글쎄, 네 엄마가 면도칼로 그 새끼 얼굴을 그은 거야. 촥! 얼굴 한 쪽에서 반대쪽으로 깔끔하게 그어버린 거지! 네 엄마를 그 새끼한테서 떼어내야 했다. 안 그러면 네 엄마는 그날 밤 감옥에 가게 될 거였으니까. 그건 확실했지! 네 엄마는 완전히 미쳤었으니까!” 드윗 외삼촌은 담배꽁초를 발로 비벼서 끈 뒤 콘크리트 바닥 틈새로 집어넣었다. “하지만 네 엄마를 아는 사람이라면 너희를 사랑하지 않았다고 말할 수 없었을 거다.”

사회복지사들이 나의 어린 시절을 설명할 때 ‘방치’, ‘유기’, ‘학대’와 같은 단어를 사용한 걸 보면, 엄마가 겪은 고통에 대해서는 전혀 생각하지 않는 듯했다. 어렸을 때 나는 저런 단어들이 실제로 어떤 뜻인지는 나 혼자만 알고 있다고 생각했다. 엄마가 아버지한테 발로 밟히는 소리를 듣거나 피투성이가 되어 누워 있는 엄마를 본 기억을 누구에게도 말한 적이 없다. 내가 본 엄마는 늘 다시 일어서려고 고군분투하는 피해자였다. 엄마의 보호 본능은 방치되었다고 느꼈던 마음들을 모두 무색하게 만들었다.

엄마의 눈을 들여다볼 때면 언제나 진짜 고통이 보였다. 사회복지사들이 우리를 갈라놓을 때마다 내가 엄마에게서 본 고통과 뜨거운 사랑은 나를 엄마에게 더 가까이 다가갈 수 있게 했다. 성장기를 엄마 곁에서 보낸 시간이 거의 없지만, 엄마는 나를 잘 알고 있었다. 마치 우리가 헤어진 적이 없는 것처럼 나를 꿰뚫어 보곤 했다. 누구도 우리의 깊은 유대를 이해하지 못하는 것 같았다.

겨우 살아있는

"제이, 네 엄마가 죽었다."
집에 돌아오니 바바리 외숙모네 거실에 외삼촌들과 외숙모들, 형들과 사촌들이 북적북적 모여있었다.

"어디 계시는데요? 방에 계세요?" 내가 물었다. 그들이 "죽었다"고 했는데도 나는 다르게 들었다. 엄마가 여기 어딘가에 있다는 뜻이었겠지.

"아니, 제이!" 목소리가 들려왔다. "네 엄마가 죽었어…. 엄마가 죽었어, 제이!"

몇 초가 지났다. 누가 말하고 있는지 알 수가 없었다. 너무 많은 얼굴들이 나를 쳐다보고 있었다. 나는 이 악몽에서 깨어나려고 눈을 깜박였다.

갑자기 사람들이 자리에서 일어나 괴물처럼 나에게 다가오는 것을 보았다. 나는 눈을 감고 그들과 싸우기 시작했다. 드윗 외삼촌의 거대한 배에 주먹을 휘두르는데 그가 두 팔로 나를 감싸 안는 것을 느꼈고, "다 털어내자, 다 쏟아내 버리자"라고 말하는 소리가 들렸다. 드윗의 배는 내 울음소리를 덮고 다른 사람들로부터 나를 가려주었다. 그는 다른 가족들에게 물러나 있으라고 말했다. 나는 괜찮을 거라고.

모두가 우리를 둘러싸고 서 있는 가운데, 나는 드윗 외삼촌이 나를 계속 안고 있어주길 바라며 울고 또 울었다. 울고 있는 내 자신이 싫었지만 멈추려고 애쓸수록 울음이 더 터져 나왔다. 눈물이 녹은 납처럼 흘렀다. 내가 사나이처럼 강하지 않다는 걸 깨닫고 속상했다. 나는 이미 열세 살이었고, 울 나이는 지났다고 생각했다.

드윗 외삼촌이 나를 안고 있는 동안 사촌 앤지가 침실에서 뛰어나오며 외쳤다. "살아계셔! 아직 살아계셔! 제이, 네 엄마 살아계신다고!"

모두가 일제히 웅성거리기 시작했다. 드윗이 모두에게 조용히 하라고 소리치고 나서야 앤지가 병원에 있던 다른 친척들로부터 방금 알게 된 사실을 전달할 수 있었다. 엄마는 집단 강간과 폭행을 당하고 총을 일곱 발 맞은 뒤 골목에 죽게 내버려졌다는 것이었다. 차한 대가 골목에서 나오는 것과 총소리마다 번쩍이는 불꽃을 본 목격자가 엄마를 발견하고 알아본 것이다. 엄마가 죽었다는 소문을 퍼뜨린 장본인이기도 했다.

의사들은 엄마가 살 수 있을지 확신하지 못했다. 여러 차례 심각한 총상을 입고 피를 많이 흘린 상태였다. 그 사이 엄마가 죽었다는 소문은 온 가족에게 빠르게 퍼져나갔다. 그래서 모두가 바바리 외숙모네로 모였던 것이다. 내가 이 소식을 길거리에서 듣기 전에 직접 말해주고 싶었기 때문이다.

이제 앤지가 나에게 직접 말하고 있었다. 엄마는 위독한 상태지만 의사들이 회복할 수 있도록 최선을 다하고 있다고 했다. 드윗은 나를 흔들며 얼굴을 닦으라고 했다. 그는 우리 엄마가 얼마나 강한 사람인지 잘 알았다. "그 총알을 맞고도 살았다면, 앞으로도 결코 죽이지 못할 거다."

외삼촌이 이렇게 말한 것은 아니지만 말을 건넨 방식이 내가 그렇게 믿도록 해 주었다. 우리 가족이 받은 충격은 이제 희망으로 바뀌었다. 엄마가 돌아가셨다는 소문은 쏙 들어갔다. 나는 엄마가 살 수 있을 거라고 확신했다.

모두 우리 엄마가 얼마나 강인한 분이셨는지 이야기를 주고받기 시작했다. 그렇게 근거리에서 총을 일곱 발이나 맞고도 살아남을 수 있는 사람은 신시아, 쇼티, 레이디 데이, 비너스일 거라면서 우리 엄마를 부르던 말들을 늘어놓았다.

그날 밤 나는 마침내 엄마를 만나러 병원에 왔다. 우리는 (외삼촌들, 외숙모들, 형들, 사촌들) 모두 정맥주사와 심장 모니터, 호흡 보조 장치 등 의료 장비 작동 소리로 가득한 어두운 방에서 엄마의 침대 주위에 조용히 서 있었다. 가끔씩 알람이 울리면 간호사가 병실로 달려와 기계를 점검하고 엄마 얼굴에 씌운 산소호흡기나 몸을 관통하고 있는 튜브 중 하나를 조정하곤 했다. 이 모든 장비 때문에 나는 엄마를 만지기가 두려웠다. 뭔가를 잘못 건드려 부수면 엄마가 죽을지도 몰랐다.

　나는 침대 옆에 놓인 엄마 손을 지켜보았다. 엄마는 움직이지 않았다. 다른 가족들도 엄마와 대화를 시도하고 있었다. 그들은 침대 위로 몸을 기대며 엄마의 이름을 속삭였다. "신시아, 내 말 들려?"

　사람들이 대화를 시도할수록 나는 엄마의 손에 더 시선이 갔다. 내가 곁에 있는 걸 알고 있다고 손가락으로 얘기해줄 수 있으면 좋을 텐데. 그것은 우리 만의 비밀이 될 것이다. 다른 사람이 알 필요 없이 엄마가 나에게 괜찮다고 말해줄 수 있는 방법이었다. 엄마의 손을 보면서, 끔찍하게 맞고 나서도 손을 뻗어 내 손을 잡아준 순간을 떠올렸다.

　나는 엄마의 손이 나를 만져주기를 기다렸고, 손가락 하나만이라도 내가 지금도 엄마 곁에 있음을 알고 있다는 신호를 보내달라고 마음으로 빌었다. 간호사가 들어와서 엄마가 휴식을 취할 수 있도록 모두 나가달라고 이야기했을 때도 내가 엄마 곁에 있다는 걸 알려주고 싶은 마음을 포기할 수가 없었다. 누군가 내 어깨를 만지며 엄마 곁에서 나를 조심스레 떼어놓으려고 하자, 마치 사람들이 우리를 갈라놓으려는 것처럼 느껴졌다. 나는 침대 난간을 붙잡았다. 아무데도 가지 않을 것이다.

　"안 돼, 안 돼, 안 돼!" 나는 소리쳤다.

　천천히 엄마의 손이 움직이기 시작했다. 엄마는 손을 침대 난간으로 들어 올리더니 부드럽게 내 손을 파고들어 맞잡고는 포갠 두 손을 침대 위로 올려두었다. 내 뺨에는 눈물이 주르르 흘러내렸다.

내 손 위에 올려진 엄마의 손을 바라보았다. 엄마가 내 손에 슬며시 깍지를 끼었을 때, 눈을 감고 있었지만 내가 거기 있다는 사실을 알고 있었다는 걸 느낄 수 있었다. 엄마의 손가락은 말없이 내게 말을 걸었다.

그 후 몇 주 동안 나는 히치하이킹을 해서 엄마를 보러 병원에 갔다. 외삼촌이 퇴근할 때까지 기다리거나 외숙모가 하던 일을 끝낼 때까지 기다리다가 결국 못 가고 집에 있게 되는 상황이 너무 힘들었다. 하지만 엄마는 친척들에 대한 내 마음이 굳게 닫히는 걸 막아주었다. 엄마는 항상 내가 친척들 욕하는 걸 들어주었다. 엄마가 침대에서 일어날 수 있을 만큼 회복하면 나랑 같이 그들을 혼내주겠다고 약속했다. 드윗 외삼촌의 다리를 잡고 등에 올라타서 엄마를 보러오지 않은 죄로 엉덩이를 걷어차라고 방법을 일러주었다. 이런 식으로 엄마는 내가 마음속 분노를 가볍게 털어버릴 수 있게 해 주었다.

엄마 상태가 많이 호전되어 일반병동으로 옮기고 난 뒤에는 엄마를 보러 들어가려면 대기표를 끊어야 할 정도였다. 각계각층의 수많은 사람이 엄마 병실에 몰려들었다. 남자친구들도 있었고, 오래 알고 지낸 알코올중독자들, 마약중독자들도 있었다. 매춘부, 전문 사기꾼, 길거리 행상인, 노숙자들도 끊임없이 드나들었다. 심지어 다른 병실 환자들도 휠체어를 끌고 놀러 오기도 했다. 웃음소리가 끊이지 않았다.

매일 밤이 파티였다. 술 몇 병을 숨겨오긴 했지만 대부분 취하기 위해 온 사람들은 아니었다. 정확히 뭔지는 모르겠지만, 무언가가 엄마의 병실을 모임 장소로 만들었다. 오가는 모든 이에게서 엄마가 살아온 삶의 흔적이 보였다.

어느 날 문득, 병실 문 앞에 서서 모두가 엄마와 함께 웃는 모습을 보며 소외감이 들었다. 그때 엄마가 방문객들에게 말했다 "이봐, 친구들. 이제 갈 시간이야. 난 우리 아들과 시간을 좀 보내야겠어." 사람들이 떠나자 엄마가 나에게 말했다. "왜 기다리고 있어? 이리 올라와!" 나는 침대로 뛰어들어 엄마 옆자리에 앉았다. 엄마가 물었다. "뭐 보고 싶어?"

"스포츠라면 다 좋아." 내가 말했다.

엄마는 야구 경기를 찾았고 우리는 베개에 기대어 앉았다. 엄마는 놀리듯 내 야구모자 챙을 당기며 물었다. "이제 행복해?"

16

캘리포니아 청소년 교정청

가족의 뒤를 따라가다

핏불(pitbull, 작고 강인한 투견용 개)이 뒷골목, 숨겨진 구덩이, 그리고 관중과 주인이 내기를 걸고 개를 죽이는 광기를 발산하는 공터 등에서 싸우도록 훈련되기 훨씬 전에는 나와 같은 애들이 형들과 삼촌들의 이익을 위해 싸움을 했다. 핏불은 나중에 등장해 우리를 대체했다.

사랑하고 존경했던 형들이 내가 아카데미에서 겪은 일을 악용해 나를 그들의 전용 권투선수로 만들었다는 사실에 마음이 찢어졌다. 내 고통을 이용해 이익을 챙기는 형들은 그 어떤 것보다 큰 상처를 줬다. 형들은 나를 내 또래의 다른 애들, 형 친구들의 동생들과 싸우게 했다. 나는 뒷골목에서 피를 흘리며 싸웠다. 드물긴 했지만 내가 지는 날이면 형들은 나를 "찌질이 새끼"라고 불렀고, 나는 더 많은 피를 흘렸다.

때로는 형들을 미워하기도 했지만, 싸움 자체를 증오하는 게 더 쉬웠다. 쓰레기통이 울타리에 부딪혀 와르르 부서지는 소리, 시끄러운 소리, 환호성, 실랑이를 벌이는 소리, 고함을 배경으로 서로 주먹을 날리며 굴러다녔다. 마침내 경찰이 오면 우리는 사방으로 흩어지곤 했다.

군중이 "저놈 잡아, 죽여!"라고 소리치는 동안 머리를 잡아 땅에 내리쳐 박살내려고 했던 애들한테 나는 아무 반감도 없었다. 우리 얼굴과 옷에 피가 튈 때마다 군중의 목소리는 높아졌다. 설상가상으로 서로 싸웠던 우리는 서로를 "똘마니"라고 부르며 학교를 땡땡이 치고 호수로 낚시하러 다니는 친구 사이가 되었다. 우리는 최대한 형들을 피해 다녔다.

어떤 날 아침에는 우리 여섯 명이 자전거를 타고 마을을 가로질러 언덕으로 올라가서 경사로를 만들고 학교가 끝날 때까지 점프 대결을 하기도 했다. 그런 다음 집으로 돌아와 낚싯대나 야구 글러브를 챙겨 하버 파크로 향했다.

이렇게 우리끼리 놀고 난 뒤 곧바로 뒷골목으로 가는 경우가 많았다. 모두가 주위에 모여들면 우리는 슬픈 표정으로 서로를 쳐다보았다. 형들은 우리 뒤에 서서 어깨를 주물러주며 서로를 개처럼 공격할 준비를 시키곤 했다. 싸움을 거부하면 더 악랄한 방식으로 고통을 당할 걸 알았기에 그들에게 맞설 수 없었다.

동시에 우리는 각자의 방식으로 형들이 하는 걸 모방하기 시작했다. 나는 가장 친한 형 토미를 따라 동네 갱단에 들어갔다. 나랑 생일이 같은 친구 점벅은 자기 형을 따라 헤로인을 하기 시작했다. 마커스라는 친구도 점벅과 마찬가지로 형의 방 창문에서 대마초를 팔았다. 찰리 모는 자기 형 도널드와 함께 총을 들고 다니면서 가게를 털기 시작했다. 심지어 우리 중에서 가장 어린 열한 살의 제임스는 침입하기 불가능한 창문을 타고 기어들어가 집, 가게, 공장을 털고, 훔친 물건을 미친 삼촌들과 함께 내다팔았다.

허시

나는 학교에서 대마초를 피우고, 무단결석하고, 절도한 차를 타고 돌아다니는 등 일련의 경범죄로 이미 보호관찰을 받고 있었기 때문에 소년법원에 갈 확률은 점점 줄어들었다. 열다섯 살이 되자 마침내 그 가능성은 제로가 되었다. 나는 다른 아이를 때리고 시계를 빼앗다가 잡힌 지 며칠 만에 훔친 차를 타고 차고를 들이받았다. 결국 교화되지 않는 청소년 범죄자들을 위한 주립 교도소라고 볼 수 있는 캘리포니아 청소년 교정청(California Youth Authority, CYA)에 수용되었는데, 성인 교도소로 가기 전 마지막 단계였다.

나는 그 어느 때보다 상처받고 화가 난 채로 청소년 교정청에 들어갔다. 나는 그곳이 싫었다. 내팽개쳐지고 버림받은 기분이었다. 나는 다른 수감동 수용자들이나 지도원들과 걸핏하면 싸웠다. 여러 차례 탈출을 시도하고 주립 시설을 여기저기 옮겨 다니다가 결국 캘리포니아 북부에 있는 청소년 교정 시설인 O.H. 클로즈 교정청에 들어가게 되었다. 그곳에서 몇 번의 주먹다짐 끝에 나에게 각별한 관심을 가져주는 허시라는 지도원 한 명을 만나기 위해 자제를 했다. 그리고 나는 그의 담당 건으로 들어가게 되었다.

처음에 봤을 때는 허시도 내가 만나온 다른 모든 지도원들과 똑같았다. 나는 그를 믿지 않았다. 내 계획은 그를 지치게 해서 그가 지금껏 겪어온 것보다 더 큰 혼돈을 안겨주는 것이었다. 하지만 얼마 지나지 않아 허시가 다른 이들과 다르다는 걸 깨달았다. 우선 그는 내가 예상했던 것보다 훨씬 인내심이 많았다. 내가 화를 부추기려고 해도 넘어가지 않았다. 화를 내는 대신 친절하게 대했다. 나에 대해 알고 싶어 하는 것 같았고, 내가 관심사를 찾을 수 있도록 격려했다.

허시가 보여준 친절은 나의 단단한 보호막을 뚫고 수년간 받아온 상처와 쌓일대로 쌓인 분노를 풀어주기 시작했다. 나는 '지도원이라면 이렇게 해주겠지' 하고 기대했던 것을 허시가 진짜로 해주리라고는 나 스스로 전혀 예상도 하지 못했음을 알았다.

허시가 나에게 할 말이 있다고 해서 학교에 있다가 기숙사로 불려간 적도 있었다. 이유도 모른 채 기숙사 휴게실로 들어가면 텔레비전 앞에 늘어선 의자 사이에 앉아서 만화영화를 보고 있는 그의 모습이 보였다. 그는 내가 들어오는 소리를 들었겠지만 돌아보지도 않고 옆에 앉으라고 했다. 한동안 우리는 거기 그렇게 앉아 대형 스크린에 나오는 만화영화를 보곤 했다. 그러고 있다가 허시에게 난 지금 학교에 있을 시간인데 지금 여기서 뭐하는 거냐고 물어보았다.

"뭐야, 선생님 말씀으론 네가 만화영화 보고 싶어 한다던데, 아냐?"

"예?" 나는 우물쭈물했다.

"그래, 아무것도 안 하는 걸 더 좋아하는구나!"

"아뇨, 그런 게 아니라요, 허시." 내가 말했다.

"음, 그럼 어떤 캐릭터 좋아하니?" 허시가 물었다. "벅스 버니? 로드 러너? 톰과 제리? 누구?"

"저기, 저 가도 돼요?" 내가 물었다. '무슨 지도원이 이러지?', '왜 이러는 거야?', '이 인간 나만큼 꼴통이네. 어쩌면 나보다 더!', '내가 뭘하든 전혀 신경을 안 쓰잖아!' 이런 생각을 하면서.

"어딜 가?" 그가 물었다.

"아니, 학교에요. 수업이요!"

"정말? 여기 앉아서 톰과 제리 안 보고?" 그는 텔레비전을 보면서 물었다.

"네, 정말이요! 저 그냥 가도 되나요?"

"그래. 이따가 보자." 그는 돌아보지도 않고 말했다. 내가 가든 안 가든 상관 안 한다는 듯이.

나는 항상 수업에 복귀하곤 했다. 허쉬가 진짜 또라이인 건지 아니면 그저 나를 잘 다루고 있는 건지 궁금하기는 했지만, 그것과는 별개로 항상 그가 항상 중요한 포인트를 잘 잡고 있다고 느꼈다. 그는 나를 압박하기보다는 내가 스스로 선택할 수 있는 여지를 주었다. 내 사건 파일을 검토할 때도 마찬가지였다. 내가 기계적으로 교정 시스템을 밀어붙이기에는 가망이 없는 케이스라고 결론을 내리는 대신, 무슨 일이 있었는지 물어보면서 적극적으로 알아보려고 했다. "소년 마을에서는 왜 도망나왔니?" "아카데미에서는 무슨 일이 있었니?" 그는 내가 한 파괴적인 행동을 궁금해했다.

그 결과 나는 허시에게 내 인생 이야기를 전부 쏟아내게 되었다. 그는 내 행동이 최악의 상황이 일어날 것이라고 예상하는 습관에서 비롯되고 있음을 깨닫게 해 주었다. 나는 자기실현적 예언에 나 자신을 가두고 있었다. 그 패턴을 깨지 못하면 다시 높은 울타리 안에 갇히는 것은 시간문제였다.

허시는 나에게 내 인생 그 누구보다도 아버지 같은 존재였다. 허시와의 관계는 나에게 나 자신을 포기할 권리가 없다고 느끼게 해 주었다. 나 자신이 어떤 사람인지 스스로 인정할 수 있다는 것을 알게 해 주었기 때문이다. 그가 나를 믿어주었기에 나는 스스로 유령이 아니라 진짜 사람처럼 느껴지기 시작했다. 더 이상 내가 하는 모든 일이 당연히 실패할 거라고 생각하지 않았다. 간신히 해 나가긴 했지만 졸업장을 받을 수 있을 정도로 학교와 내 자신을 진지하게 받아들이기 시작했다.

하지만 O.H. 클로즈 정문을 나가면서 나는 허시와의 만남이 내게 준 기회를 날려버리는 길로 들어가게 되었다.

쓰라리고 적대적이며
절망적인 현실에서
살아남기 위해
그들이 유일하게
할 수 있는 것은
길에서 거칠게
구르는 것뿐이었다.

17

엄마의 꿈

다 함께

청소년 교정청에서 출소해 스톡턴(Stockton, 미국 캘리포니아주 중부 샌 호아킨 강가에 있는 도시)에 있는 그룹홈(group home, 고아·신체장애자 등을 돌보는 수용 시설)으로 임시석방 된 뒤 처음 몇 달 동안은 두 가지 일을 했다. 쇼핑몰 식당에서 설거지를 하는 일과 시내 전역에서 용접 기술을 배우는 일이었다. 주머니에 주 정부에서 지급하고 발행한 티켓을 잔뜩 넣고 버스를 타고 여기서 저기까지 다니다가 그룹홈으로 돌아왔다.

매일 아침 나는 집밖으로 나와 탁 트인 해방의 자유 속으로 들어갔다. 더 이상 어깨너머로 내가 무엇을 해야 할지 말해주는 사람이 없었다. 나는 혼자였다.

캘리포니아 청소년 교정청에서 나와 자유로운 생활에 적응하는 동안 나는 LA 카운티에 사는 가족들과 거의 매일 전화를 주고받았다. 이제 위탁 보호 시스템에서 벗어난 형제자매들이 더 이상 감옥에 있거나 거리에서 살지 않는 엄마와 의붓아버지 오티스를 다시 만났다는 소식을 들었을 때 꿈만 같았다. 형들은 근처에 각자 아파트가 있었다. 이제 엄마와 다른 친척들은 내가 그들과 함께 살면서 다시 가족의 일원이 되기를 원했다. 엄마가 대체로 흐느끼면서 이 얘기를 할 때마다 나는 가족과 단절된 고통을 느꼈다.

내가 처음 위탁 가정에 가게 되었을 때부터 엄마는 언제가는, 어떻게든 우리를 모두 다시 데려올 거라고 약속했다. 우리는 다시 가족이 될 거라고. 엄마의 꿈이 내 꿈에 스며들면서 그 약속은 어린 시절 내내 내 안에 울려 퍼졌다. 언젠가 엄마의 꿈을 현실로 만들고 싶었다.

이제 나는 전화로 엄마의 목소리를 들을 때마다 이 꿈에 대한 압박감을 느꼈다. 엄마는 내가 롱비치로 내려와 엄마가 자식들에게 한 평생의 약속을 온전히 지킬 수 있기를 간절히 원했다. 나는 잃어버린 조각이었다. 엄마는 전화기에 대고 제발 와서 가족들과 같이 살자고 애원하곤 했다. 통화를 하며 가족들 목소리를 들을 수 있어 행복했지만 새롭게 다시 시작할 기회를 포기하는 건 끔찍한 실수임을 뒤늦게 깨달았다. 내 삶의 방향을 바로 잡고 내 자신의 꿈을 좇아야 했다.

수년간 소년 사법 제도를 들락거리며 폭력, 경미한 범죄들, 갱단 활동으로 점철되었던 내 인생은 극적인 전환을 맞이했다. 허시와 함께 하며 항상 최악의 상황만을 예상하는 습관이 더 큰 사회의 일원이 되는 데 방해가 된다는 것을 배웠다. 이제 나는 바른 길로 나아가기 위해 필요한 모든 것을 갖추게 되었다. 스스로 변화된 것을 느꼈다. 마음속으로 이 변화를 이어가고 싶었다. 스톡턴에서의 기회는 성공적인 임시석방을 위해 필요한 모든 것이었다.

마침내 내 자신을 믿게 되었기에 통화를 하면서 엄마와 의붓아버지 목소리에서 전해지는 술기운처럼, 계속 들려오는 거짓말들을 더 이상 받아들일 수 없었다. 나는 그들이 술을 많이 마신다는 걸 알고 있었다. 형들이 마약 거래가 잘되고 있는 걸 자랑하고 나를 동등한 파트너로 만들어 주겠다고 약속했을 때, 그것이 그들만의 언어로 나를 사랑한다고, 자신들이 줄 수 있는 최고의 것을 주고 싶다고 말하는 걸 알았다. 그리고 옛 동네가 예전 같지 않다는 것도 알았다. 누나와 동생들은 밤새 들려온 총성과 쏘-앤-쏘가 고작 며칠 전 파티에서 총에 맞은 사건을 이야기해 주었다.

나는 엄마의 꿈을 이루어드리고 싶다는 열망과 내 인생을 완전히 망칠지도 모른다는 두려움 사이에서 갈등을 느꼈다. 가족들의 목소리를 통해 메아리치는 가혹한 현실을 밀어내려고 할 때마다 마음 깊은 곳에서 캘리포니아 남부로 돌아가는 건 잘못된 선택이라고 말하는 더 분명한 목소리가 들렸다.

끊임없이 가족에 대해 생각하는 일은 내 마음속 벽에 낙서를 하는 것과 같았다. 청소년 교정청으로부터는 자유의 몸이 되었지만, 엄마 얼굴은 볼 수가 없었다. 결국 나는 임시석방 담당관에게 일주일간 가족을 만나고 올 수 있도록 허락을 받기로 했다. 나를 포함해 모두가 행복해질 수 있는 길이라고 생각했다. 일주일인데 문제가 생겨봐야 얼마나 큰 문제가 생기겠는가? 나는 남부행 그레이하운드 버스에 올라타 창밖을 바라보았다. 그레이하운드가 이렇게 무섭게 느껴지기는 처음이었다.

엄마가 사는 아파트에 도착하자 가족들, 그러니까 내 형제자매와 이모들과 외삼촌들이 거의 다 나와 즐거움에 웃으며 나를 기다리고 있었다. 엄마는 흐느껴 울기 시작하더니 너무 격해져서 무릎까지 꿇었다. 이 소중한 순간 우리 모두 수년간의 이별이 우리를 얼마나 힘들게 했는지 떠올렸다. 마침내 자식들이 전부 한데 모이고 다시 일어설 수 있게 되어 행복해하는 엄마의 모습에 우리 중 몇몇은 눈물을 흘리기 시작했다.

막냇동생 딘은 이제 겨우 십대가 되었지만 나머지는 모두 거의 다 컸다. 두 번째로 어린 칼렛은 고등학생이었다. 서로를 보는 순간 우리는 가슴 벅찬 기쁨에 휩싸였다. 우리는 엄마 집의 아주 작은 거실에 서 있었고 엄마는 통곡을 하며 잃어버린 기억을 더듬는 듯 우리 얼굴에 손을 얹었다. 우리는 모두 각기 다른 궤도로, 말로 표현할 수 있는 거의 모든 공포 속으로 던져졌지만 엄마의 꿈이라는 한 가닥 실로 엮여 있었다. 엄마는 우리에게 꼭 붙들고 살아갈 꿈을 주었고, 그 꿈이 이루어졌다.

우리는 꼭 껴안았다. 울고 싶었던 모든 시간, 울고 싶어도 방법을 몰랐던 모든 시간, 서로가 필요했던 모든 시간, 그리고 마침내 함께하기 위해 겪었던 모든 고통을 생각하며 울었다. 그러다가 놀랍게도 마치 누군가 버튼을 누르기라도 한 것처럼 다 함께 웃고 있었다. 그 순간 이것이 바로 내 가족이라는 걸 새삼 느꼈다. 토미 형과 로비형은 나를 현관 밖으로 데리고 나가 대마초에 불을 붙여 건넸다. 눈앞의 대마초를 보고는 손가락 사이에 끼우고 잠시 이것의 위험성을 생각해본 뒤 길고 깊게 한 번 빨아들였다. 맛있었다. 여동생 버디도 합류했고, 저녁 먹을 시간이 될 때까지 함께 담배를 피우며 이야기를 나누었다.

우리가 모두 앉아 먹기에는 식탁이 너무 작아서 거실에 둘러앉아 식사했다. 엄마는 우리 한 명 한 명의 아기 시절 이야기를 들려주었다. 칼렛이 어떤 식으로 울음을 터뜨렸는지 말해줬다. 우리는 엄마가 영아 돌연사 증후군으로 사망한 칼렛의 쌍둥이 동생 칼을 떠올리며 오열하는 모습을 지켜보았다. 엄마는 눈물을 흘리며 우리 모두에게 용서를 구했다. 의붓아버지 오티스가 엄마를 품에 안고 그 어두운 곳으로부터 엄마를 천천히 끌어올릴 때 우리는 엄마를 용서했다.

토미 형과 로비 형은 나를 집에서 나가게 하려고 했지만, 나는 그때 바로 떠나고 싶지 않았다. 내가 처음 여기 왔을 때 형들이 나를 마약 사업에서 동등한 파트너로 만들어 주겠다고 또 한 번 약속했었다. 형들은 이 제안이 내가 롱비치에 머물게 하는 최고의 동기부여가 될 것으로 생각했다. 내가 청소년 교정청에 들어가기 전에는 이 제안이 상당히 매력적으로 들렸을 것이다. 그 시절에는 항상 지하세계에 있는 형들 옆에 앉고 싶었다. 형들과 똑같이 되고 싶었다. 특히 토미처럼 돈도 많고 총도 많고 길에서 공포의 대상까진 아니더라도 존경의 대상이 되는 이름을 가진 사람이 되고 싶었다. 형들 입장에서는 내 마음이 달라졌다고 생각할 이유가 없었고, 나도 굳이 말하고 싶지 않았다.

내 정체성을 잃어버렸다는 것, 가족의 일원이 아니라는 것이 부끄러웠다. 무엇보다 형들에게 버림받을까 두려웠다. 나를 동등한 파트너로 만들어 주겠다는 제안은 형들이 나를 감싸 안아주고 집으로 돌아온 나를 환영하는 방식이었다. 이 쓰라리고 적대적이며 절망적인 현실에서 살아남기 위해 그들이 유일하게 할 수 있는 것은 길에서 거칠게 구르는 것뿐이었다. 나는 이걸 너무 잘 알았다.

지하세계로 들어가다

나는 엄마 집에서 몇 마일 떨어진 로비 형네 아파트에서 자기로 했다. 우리가 도착했을 때는 늦은 밤이었다. 짐을 들고 집안으로 들어가 보니 텔레비전과 스테레오 장비부터 검은색 가죽 가구에 이르기까지 새 물건들로 가득 차 있었다. 내가 사춘기였다면 몇 분 만에 홈쳐가서 형 같은 사람들에게 팔았을 법한 것들이었다. 잘 꾸며놓은 집에 서서 내가 주로 한 생각은 이런 것이었다. '와씨, 오늘밤 경찰이 이 집에 들이닥치면 완전 끝장이다! 난 캘리포니아 청소년 교정청으로 다시 돌아가겠지!' 하지만 로비에게 하룻밤을 보낼 다른 곳을 알아봐달라고 부탁할 수는 없었다.

우리는 거실 소파에 앉아 대마초를 더 피웠다. 아무도 보지 않는 TV가 눈앞에서 깜빡이는 동안 그는 내가 없던 4년 동안 있었던 모든 일을 이야기해 주었다. 그러는 동안 뭔가 이상한 화학물질 냄새가 계속 났다. 나는 그게 뭔지 몰랐고, 대마초에 취해있어서 그런지 냄새 때문에 짜증이 났다.

결국 나는 로비를 돌아보고 말했다. "아니, 이 역겨운 냄새는 대체 뭐야?"

형은 숨넘어갈 듯 웃기 시작했다. 입술에 물고 있던 대마초를 빼고는 기침을 해대며 큰 소리로 웃음을 터뜨렸다.

"형, 로비 형, 이게 뭐야? 아니면 내가 이상한 건가?" 내가 물었다.

"아니, 아니, 너가 이상한 게 아니고." 형이 말했다. "너한테 보여 줄 게 있어."

그는 나에게 따라오라고 손짓했다. 아파트 뒤쪽에 있는 문을 열자 대형 옷장보다 크지 않은 작은 비밀의 방이 나타났다. 어두운 조명이 켜져 있어 마치 사진가의 암실을 연상시켰다. 어둠에 눈이 익숙해지자 권총, 산탄총, 그리고 한 번도 본 적 없는 무기들이 있는 무기고가 보였고, 그 안에는 5갤런들이 물통 두 개도 있었는데 물통을 가득 채우고 있는 무언가가 바로 내가 맡은 냄새의 원인이었다. 연기가 너무 강해서 옷에 달라붙을 정도였다.

"저게 뭐야, 롭?" 내가 물었다.

"아가야, 저건 PCP● 라는 거란다. 이걸로 수백만 달러를 벌어들일 준비가 되어 있지! 자, 동생아" 그는 내 어깨에 손을 얹으며 말했다. "너도 끼고 싶니? 전부 다 우리 것이 될 수 있어. 너도 끼워달라고 말만 해, 그럼 우린 하룻밤 사이에 수백만 달러를 벌 수 있는 거야."

권총, 소총, 총알 상자, 그리고 거대한 PCP 통을 바라보면서 문득 내 인생이 영화관 간판에 고작 이름 한 줄 올린 채 영광의 불꽃 속에 끝나는 것이 보였다. 나는 잠시 거리에서 존경받다가 곧바로 역사의 먼지 속으로 사라질 것이다.

나는 스스로 놀랐다. 불과 몇 인치 떨어진 곳에 있는 로비 쪽으로 얼굴을 돌리고 그의 눈을 뚫어지게 쳐다보았다. 수년간 쌓인 분노가 내가 하는 말에 실려 나오는 것 같았다. "진짜, 이게 뭐야! 형, 나 이 집에서 당장 나갈 거야! 지금은 물론이고 나중에도 이딴 거 절대 안 해! 이래서 내가 애초에 여기 롱비치로 내려오고 싶지 않았던 거야! 엄마가 아니었다면 이렇게까지 하지도 않았어. 난 이런 거 하나도 재미없거든. 싫어, 이제 절대 싫어. 좋은 거라고 말하지 마. 아무도 내 인생 안 겪어봤잖아! 위탁 가정이고 나발이고 대해서도 얘기 안 할 거야! 그리고 내가 겁먹었다고 생각하고 있다면, 웃기지 마!"

"아니, 너 겁먹었어. 거기서 겁을 집어먹은 거네. 그 늙은 백인들 때문에 우릴 더 이상 좋아하지 않게 된 거잖아, 제이. 더 이상 우

● 펜사이클리딘(PCP, Phencyclidine). 환각 작용이 있는 약물로, 마약(향정신성 의약품)으로 분류, 관리된다. 미국에서 베트남 전쟁을 반대하는 1967년의 시위에서 '평화의 약(PeaCe Pill)'이라는 이름으로 마약처럼 사용하기 시작했다. (옮긴이 주)

리랑 함께하고 싶지 않다는 거지, 그렇지?"

나는 폭발했다. "야, 로비! 너 내가 지금 여기서 패버릴 거야! 지금 누구한테 그딴 소리 지껄이는 거야?" 왼손 주먹이 꽉 쥐어지는 느낌이 들었다.

문간에 서서 형의 눈을 응시했다. 그를 공격하기까지 0.5초 전이었다. 모든 기억이 마음 표면으로 떠올랐다. 로비가 나를 때리거나 다른 아이들과 싸우게 만들었던 일, 나에게 술을 먹이고 내가 토하면 자기 친구들과 같이 구경하며 웃은 일. 로비는 나를 범죄 행위의 전면에 세워 잡힐 가능성이 가장 큰 사람이 되게 했다. 분노가 불타는 석탄처럼 내 안에서 뜨겁게 타올랐고, 불끈 쥔 주먹을 더 단단하게 만들었다. 우리는 서로를 마주 보며 거기 서 있었다.

"야, 로비, 개… 자식. 내… 내가 너 여기서 때… 때려 누… 눕힐 거야." 나는 그가 아무 말이라도, 그냥 아무 말이라도 해서 내가 앞으로 돌진할 수 있게 해주길 바라면서 더듬더듬 말했다.

하지만 그는 그러지 않았다. 내가 폭발하니 그의 돛은 바람을 잃었다. 형은 항상 나를 미친놈이라고 생각했다. 그가 내 앞에서 점점 움츠러들수록 나는 그 확신을 뒷받침해주는 증거물 A가 된 기분이 들었다.

갇혀 버린 기분이었다. 롱비치로 오기로 한 것은 사실 내 의지가 아니었다. 다른 사람들이 원하고 내가 믿으려 했던 것을 바탕으로 내린 결정이었다. 이제 보이지 않는 힘이 나를 잡아당기고 뒤로 물러서게 하고 있었다. 내 생애 처음으로 가족과 함께 있는 것이 좋지 않다는 걸 깨달았다. 어떻게 빠져나갈지 몰라 나는 무너져 내리기 시작했다.

로비는 물러섰다. 우리가 싸워서 좋을 게 없다고 판단했다고 생각했다. 하지만 다음 날 아침 그는 그저 "상품을 보호하려고 했다"고 말했다. 소란을 피우면 경찰이 원치 않는 방문을 하게 될 수도 있기 때문이다.

거의 치고받고 싸울 뻔한 일을 계기로 우리는 대화를 하기 시작했고, 그후 며칠 동안 서로를 더 잘 이해해보려고 노력했다. 로비는 내가 빈민가를 탈출한 재능 있는 운동선수처럼 우리 가족 중에서 무언가를 이룰 수 있는 사람이 될 수 있다는 가능성을 보기 시작했다.

로비는 이런 생각을 갖게 된 뒤로 (보통 입에 대마초를 물고 한 손에는 맥주를 든 채) 내가 원하는 건 뭐든 될 수 있다고 계속 격려했다. 내가 용접공이 되고 싶다고 했을 때 분명 속으로는 헛된 꿈을 좇는다고 생각했겠지만, 적어도 대놓고 비웃진 않았다. 내가 머무는 동안 그는 우리가 잘 지내는 데 필요한 말은 뭐든 해 주었다.

가족 모두가 엄마의 음주와 관련한 갈등을 피하려고 똑같이 행동했다. 엄마가 술을 많이 마시는 걸 견딜 수가 없었지만, 우리 중 누구도 감히 우려의 목소리를 내지 않았다. 나는 심지어 북부로 돌아가기 며칠 전 엄마를 깜짝 놀라게 하고 따뜻하게 꼭 안아주는 엄마의 품을 느끼고 싶어서 코냑을 가져다드리기까지 했다는 걸 시인하기가 부끄럽다.

chapter

18

모닝콜

추억 속으로 떠나는 드라이브

나는 우리 남매가 엄마랑 떨어지기 전까지 살았던 추억의 도시인 롱비치에서 6일 동안 머물렀다. 그곳에서의 마지막 날, 형에게 차를 빌려달라고 부탁했다. 북부로 돌아가기 전에 여러 도시를 거쳐서 가야 하는 하버 시티에 들르고 싶었기 때문이다. 하버 시티는 내가 숙모들과 삼촌들 속을 썩였던 옛날 나의 활동 무대이자 갱단의 근거지였다. 나는 하버 시티에서 비행 청소년, 전문 날치기꾼, 대마초 밀매자, 주거침입 강도, 차량 절도범으로 살다가 마침내 캘리포니아 청소년 교정청으로 보내졌다.

　그러고는 4년 넘게 하버 시티에 돌아오지 않았다. 나는 로비에게 빌린 차를 타고 태평양 연안 고속도로(Pacific Coast Highway)를 지나며 프로젝트를 시작했다. 낙서로 뒤덮인 벽을 지나면서 내 이름이 여전히 남아 있는 걸 보고 미소 지었다. 페인트 캔을 흔들어 보이는 벽돌 벽을 전부 캔버스 삼아 낙서하면서 얼마나 많은 밤을 보냈던가.

나는 추억의 은신처를 전부 찾아내려고 속도를 늦췄다. 새총으로 집 창문을 쏘던 장소들부터 소형 오토바이를 타고 가서 캘빈 삼촌이 K마트에서 사준 비비탄 총을 가지고 싸우면서 커튼 뒤에 숨어 우리를 엿보는 사람들을 위협했던 폐차장 공터까지. 우리는 경찰이 현관에 정차한 다음 거리를 순찰하며 우리를 찾는 것을 지켜보곤 했다.

나딘 이모의 아파트 단지 건너편에 주차를 하다가 이제 막 십대가 된 듯한 아이들이 내가 놀던 공터에서 놀고 있는 모습을 보았다. 아이들은 숨어 있다가 뛰어나와 모퉁이에 있는 집에 돌을 던졌는데, 나와 내 친구들이 돌을 던지곤 했던 바로 그 집이었다. 그 집 사람들이 아이들을 잡아 먹는다는 떠도는 동네 괴담이 있었다.

아이들은 나무울타리 구멍 사이로 쏜살같이 빠져나가 골목으로 사라졌다. 몇 분이 채 지나지 않아 그들은 돌로 무장한 하이에나 무리처럼 공터로 몰래 돌아와서는 목표물을 향해 조심스레 조금씩 다가갔다. 나는 차를 중립 기어에 놓았다. 아이들이 돌을 던지려고 일어섰을 때 가속페달을 세게 밟으며 추격하려고 시동을 거는 경찰차가 내는 듯한 거친 소리를 냈다. 그들은 겁에 질린 사슴처럼 다시 골목으로 내뺐다.

나는 그 아이들이 그 나이에 길거리를 누볐던 나처럼 똑똑한지 확인해 보고 싶었다. 만약 그렇다면 몇 블록 떨어진 골목에서 나올 것이다. 그래서 나는 그쪽으로 차를 몰고 골목으로 들어가서 길목을 모두 차단해 버렸다.

열댓 명의 아이들이 헐떡이며 숨을 고르느라 애쓰고 있었다. 모두 체포된 것처럼 두 손을 들었다. 나는 우두머리를 찾았다. 늘 그렇듯 무리에서 가장 못생긴 애였다.

"이봐, 친구!" 나는 차창 밖으로 소리쳤다. "팔 내리고 이리로 뛰어와 봐. 그래, 이 자식아."

그는 질금질금 발걸음을 옮기며 차 쪽으로 왔다.

"그럼 원하는 게 뭔데요?" 그가 말했다.

"빌어먹을 돌 던지기 그만해라. 그게 내가 원하는 거야. 니들이 돌 던지고 있는 데가 우리 할머니 집이거든."

"아니잖아요." 그가 말했다. "그쪽 할머니 아니잖아요. 그 사람들이 셜리 이모네 아기를 잡아먹었다고요."

"누가 그래?"

"셜리 이모가요!"

"셜리 이모라고 했지? 머레이가 네 삼촌이야?"

"아뇨, 머레이는 우리 아빠고요. 우리 아빠 알아요?"

"어, 알지." 내가 대답했다. 하지만 내가 이 애 기저귀를 갈아준 적이 있다는 건 말하지 않았다. 우리 형과 비슷한 또래였던 이 아이 아버지랑 나는 골목길에서 싸운 뒤 형제처럼 친해진 사이였기 때문이다.

"가서 제이가 머레이를 찾고 있다고만 전해줘. 할 수 있겠어?"

"네, 근데 내가 얻는 건 뭐죠?"

머레이 아들이 틀림없다고 생각했다. 낯선 사람이 그를 괴롭히려고 찾고 있다는 이야기를 아버지한테 가서 전하라고 했는데, 그 아들은 메시지를 전달하는 대가로 돈을 요구하고 있으니 말이다.

"그럼 이렇게 하지." 내가 주머니에 손을 집어넣으며 말했다. "내 말을 전달하는 대가로 1달러를 줄 거고, 너랑 네 친구들이 저 집에 돌 던지는 걸 멈추면 19달러를 더 줄 거야. 그리고 다른 사람들도 저 집에 돌을 던지는 않게 한다고 하면 5달러를 추가로 주고. 어때?"

"오, 좋아요." 그는 미소를 지으며 친구들을 향해 말했다. "야, 완전 꿀인데!"

"그래, 그럼." 나는 그에게 25달러를 건넸다. "만약 이 집에 돌 던지는 소리가 또 나면, 그때는 내가 널 찾아낼 거야! 내가 모르는 은신처는 없거든."

골목을 빠져나와 나딘 이모네 아파트 단지로 돌아오는 길에 글래디스가 아직 그 집에 사는지 너무 궁금했다. 그 애들에게는 우리 할머니라고 했지만 사실 그건 아니었고, 내가 그 집에 돌을 던지다가 걸린 뒤로 친구가 된 거였다.

나딘 이모가 사과 드리라고 내 귀를 붙잡고 글래디스 할머니네 끌고 간 뒤로, 나는 글래디스 할머니네 집안일과 심부름을 해드렸다. 우리는 종종 할머니네 뒷베란다 밖에 앉아 있곤 했다. 할머니는 흔들의자에 앉아 눈을 꼭 감고는 종이부채로 더위를 식히며 짐 크로우 시절 딥사우스에서 자란 이야기를 계속 들려줬다. 할머니의 오빠가 소를 훔치다 잡혀서 뉴욕까지 쫓겨 가고, 그곳에서 주트수트(zoot suit, 1940년대 유행한 어깨가 넓고 바지 기장이 길고 통이 넓은 남성복)를 입고 금색 체인을 차고 우리가 바퀴벌레 사냥꾼이라고 부르는 뾰족한 신발을 신고 다녔다는 그런 이야기였다. 할머니는 나에게 노예제가 있던 시절 부르던 옛 찬송가도 가르쳐 줬다.

나는 초인종을 세 번이나 눌렀다. 마침내 문이 살짝 열리더니 누군가 빼꼼 내다보았다. 글래디스가 집에 있는지 물었지만 대답 없이 침묵뿐이었다. 문은 몇 년 동안 열지 않은 것처럼 삐걱거리는 소리와 함께 조금 더 열렸다.

스크린도어를 통해 총구 두 개가 모두 내 눈을 향해 겨눈 채 떨리고 있는 산탄총이 보였다. 나는 머리가 어깨에서 떨어져 나갈 거란 생각에 몸이 마비되는 듯 얼어붙었다.

그때 목소리가 울려 퍼졌다. "이봐, 내가 말했지? 너희 악마 같은 새끼들이 다시 한번만 내 사유지에 나타나면 어떻게 될지, 어? 내가 바보인 줄 알아? 제기랄!" 그 남자는 방아쇠를 당기기 전 0.5초 동안 총을 쏠 것에 스스로 대비하는 듯 소리를 질렀다.

갑자기 뒤에서 들려온 여자 목소리가 차분하게 말했다. "여보, 저 친구는 그 애들 무리가 아니에요. 개들은 키가 이 애의 절반도 안 되잖아."

흑인 노인이 여전히 떨면서 긴장하고 있는 게 보였다. 노파는 노인 앞으로 와서는 총과 나 사이에 끼어들려고 애썼다. "얘, 넌 누구니?" 그녀는 눈을 가늘게 뜨고 스크린도어를 통해 보았다.

나는 여전히 충격에 빠져있었다. 여기 임시석방으로 출소한 자가 그 오랜 세월 동안 기물파손으로 고통 받은 노부부의 집 현관에서 있었다. 경찰을 백 번은 족히 불렀을 텐데, 나 하나 쏴서 가루로 만든다고 누가 신경이나 쓰겠는가?

내가 다시 숨을 쉬기 시작하자 노파가 말했다. "애야, 괜찮니?" 그녀는 내 눈을 따라 어깨너머로 총을 든 노인을 향해 몸을 돌렸다. "여보, 당신 때문에 애 심장 떨어지겠어요. 자, 이제 그 총은 그만 내려놔요. 알겠어요?" 그녀는 나를 돌아보며 말했다. "필요하면 여기 현관에 앉아서 좀 쉬어도 된단다."

"아니에요, 전 괜찮아요." 내가 말했다. 나는 서서히 다시 정신을 차리고 있었다. 우리는 서로를 쳐다봤다. 나는 이 사람이 글래디스 할머니이길 바랐지만, 닮긴 했어도 아니란 걸 알았다. "글래디스 할머니가 아직 여기 사시나요? 이제 아시겠지만, 전 할머니를 뵈러 왔을 뿐이에요. 그래서 온 거예요."

"오, 세상에" 그녀가 현관으로 나와서 나를 자세히 살펴보았다. "애야, 글래디스는 세상을 떠났어. 그녀의 영혼을 위해 기도해 주렴. 너를 보고 싶어 하면서 가셨어. 자비스 맞지?"

"네, 맞아요. 제가 자비스예요." 내가 말했다.

그녀가 손을 뻗더니 눈이 먼 것이 아닌데도 눈 먼 사람처럼 손가락으로 내 두 눈을 더듬더듬 따라 지나갔다. 분명 노예 시대까지 거슬러 올라가는 무언가와 관련이 있을 것이다. 수많은 글래디스 이야기가 여러 세대에 걸쳐 그녀에게 전해졌으리라.

"나는 글래디스의 여동생 새이디란다. 언니가 가던 날 밤 새로

온 친구들 위해 계속 기도해 달라고 부탁했지."

새이디가 울기 시작했다. 나는 두 팔로 그녀를 감싸 안았다. 내 인생에서 글래디스 만큼 소중한 사람은 몇 명 되지 않았고, 나에겐 여전히 그들 모두가 필요했다. 세상을 떠난 이들도 내 마음에서 사라지지는 않았다. 하지만 떠나야만 했기에 나는 새이디에게 작별 인사를 했다.

밥네 주류판매점

나딘 이모네 방문은 다음으로 미뤄야 했다. 마음을 다시 다잡아야 했다. 그러지 않으려고 애쓸수록 더 멀리 차를 몰아 옛 동네로 안으로 들어갔다. 하지만 이제는 그곳도 예전 같지 않았다. 담벼락의 낙서, 텅 빈 공터, 골목길, 좁은 거리는 모두 하나의 거대한 죽음의 덫처럼 보였다. 나는 긴장을 풀기 위해 밥네 주류판매점 건너편에 차를 세우고 정차했다. 그러고는 차 안에 앉아 초조하게 담배를 피우면서 마음을 진정시켰다.

주류판매점을 드나드는 가난한 사람들을 보며 내가 다시 이곳으로 와서 산다면 내 인생에 어떤 기회가 주어질지 생각하기 시작했다. 로비 형의 말이 맞을 수도 있다. 나는 내 가족과 같이 사는 게 너무 두려웠다. 이유는? 같이 살면 어떻게 될지 너무 잘 알았기 때문이다. 이미 머리를 날려버릴 뻔한 적도 있었다.

군복을 입고 긴 회색 수염을 가슴 중앙까지 길러 내린 노숙자가 쇼핑카트를 밀고 주류판매점 앞에 섰다. 나는 이 주정뱅이 노숙자가 지나가는 사람들에게 돈을 달라고 할 것이라고 생각했고, 예상대로 그렇게 했다. 그는 손을 내밀며 구걸하고 또 구걸했지만, 빈손을 거두어야 했다.

　그러다 갑자기 그의 운이 바뀌었다. 한 젊은 남자가 멈춰 서더니 주머니에 손을 넣어 노숙자에게 돈을 꺼내어 주었다. 노숙자는 돈을 보며 감사의 표시로 두 손을 모아 합장했다. 그러고는 미소를 지으며 쇼핑카트를 주류판매점 정문 가까이 밀고 갔다. 그는 가게 안으로 들어가기 전에 카트 아래에서 밧줄을 꺼내더니 카트가 마치 말인 것처럼 다른 쪽 끝을 우체통에 묶었다. 그러고는 가게 안으로 들어갔다. 이 노숙자는 내 친구들과 나한테 와인을 사다주곤 했던 바로 그 사람이었다. 우리는 그에게 우리 모두가 취하도록 마실 수 있을 만큼 돈을 주고 대리 구매를 부탁하곤 했다.

　내가 왜 하버 시티로 돌아왔을까? 나는 스톡턴의 그룹홈에서 새 출발을 했었다. 그 노숙자가 술병이 담긴 갈색 종이봉투를 두고 주류판매점에서 나왔을 때 나는 여전히 그 이유를 알아내려고 애쓰고 있었다. 노숙자는 무언가를 찾는 듯 카트 위로 몸을 굽히더니 쓰레기통으로 걸어가 신문 한 장을 꺼냈다. 그는 연석에 앉아 신문을 접고 또 접기 시작했다. 나는 그가 왜 아직 술을 마시지 않고 있는지 계속 궁금했다. 아까 그 와인 한 병이 코트 안에 들어있었기 때문이다. 그는 대부분의 주정뱅이보다 훨씬 인내심이 많은 듯했다.

그는 신문을 해적 모자처럼 접어서 머리에 썼다. 그러더니 모자를 벗어서 한 번 살펴보고는 다시 머리에 쓰고 각을 잡았다. 자리에서 일어나 카트 쪽으로 걸어가면서 자신이 꽤나 신사라고 생각하는 듯했다. 마침내 그는 와인 병을 꺼내 뚜껑을 돌려 열고 소매로 병 입구를 닦았다. 그런 다음 꿀꺽꿀꺽 마시기 시작했다.

나는 그가 와인을 한 번에 다 마시지 못할 거라는 데에 스스로 내기를 걸었다. 몇 초 뒤 그 내기에 졌다. 그는 병을 비우는 동안 목젖 근육이 열렸다가 닫혔다가 했다. 다 마시고 나서 그는 더 이상 남은 와인이 없는지 다시 확인하기 위해 병 안을 들여다 보았다. 정말 놀라웠다. 지금껏 와인 한 병을 한 번에 다 마시는 사람은 본 적이 없었기 때문이다.

주정뱅이 노숙자는 빈 병을 카트에 넣고 이마를 훔쳤다. 꿀꺽꿀꺽 와인을 넘기더니 식은땀이 났나 보다. 그런데 그때 믿기 힘든 일이 벌어졌다. 그가 직접 만든 신문지 모자를 벗고 몸을 굽힌 다음 그 안에 구토하기 시작한 것이다. 나는 외면하고 싶었지만 그러지 못했다. 그는 와인 한 병을 통째로 비우지 말았어야 했다. 그는 신문지 모자 안에 전부 다 게워내고 있었다.

마침내 그가 허리를 펴고 서서 여전히 신문지 모자를 그릇을 들듯 양손으로 들고 있던 모습은 마치 와인을 낭비하고 모자를 망쳐 속상한 듯 보였다. 그에게 안타까운 마음이 들기 시작했을 때, 그는 모자를 얼굴에 대고 자신이 방금 토한 와인을 마시기 시작했다.

다시 목젖이 꿀렁거리는 것이 보였다. 나는 속이 울렁거려서 팔로 눈을 가려야 했다. 잠시 후 가린 틈 사이로 슬쩍 보니 그는 더 마시고 싶어서 마지막 한 방울까지 탈탈 털고 있었다. 나는 의자에 몸을 깊숙이 기대고 앉아 반대쪽을 응시하면서 내가 왜 여기서 이런 장면을 목격하게 되었는지 이해해 보려고 애썼다.

더 이상 주정뱅이 노숙자만의 문제가 아니었다. 그날 내가 본 모든 것이 갑자기 역겹게 느껴졌다. 하지만 그것은 단지 내가 목격한 것이 아니었다. 나 자신을 향한 것이기도 했다. 우리 가족은 내가 남기를 원하고, 나는 원하지는 않지만 엄마를 위해 남고 싶은 마음 사이에서 고민했다. 벽에 붙은 모든 표지판은 지저분한 이곳에 남으면 바보가 될 거라고 말했다.

나는 이정표를 읽을 줄 모르는 척 차 안에 앉아 있었다. 잠시 후 주정뱅이 노숙자가 있는 쪽을 다시 흘끗 쳐다보았다. 그는 길가 연석에 앉아 똑같이 지저분한 카네이션 밀크와 함께 자기 토를 마시고 있었다. 나는 그가 축축해진 모자를 조심스럽게 접어서 코트 안 주머니에 집어넣는 모습을 가만히 지켜봤다.

19

스스로 수렁에 빠지다

드윗 외삼촌

다음 날 스톡턴의 그룹홈으로 돌아가는 버스를 타면서 불굴의 정신을 보여준 주정뱅이 노숙자의 이미지에 사로잡혔다. 다시 엄마와 함께 산다는 것이 무엇을 의미하는지 더 이상 나 자신을 속일 수 없었다. 그리고 고향으로 돌아간다는 게 얼마나 큰 실수인지 알려주고 있는 내 분별력을 무시하면서 스스로 끊임없이 저주했다.

그룹홈에 도착한 뒤 나는 다시 식당에서 일하고 용접공이 되기 위해 직업학교에 계속 다녔다. 일을 너무 열심히 하지 않은 날 저녁에는 대체로 몇 블록 떨어진 퍼시픽 대학교까지 걸어가서 운동 경기를 관람했다. 가끔 퍼시픽이 다른 학교와 맞붙는 홈경기를 보기도 했다. 주말에는 일찍 일어나 체육관에 가서 농구를 했는데, 학생이 아닌 사람들도 팀과 함께 경기하거나 팀을 상대로 경기를 할 수 있었다.

이런 일정을 계속할수록 내 그림자가 없는 것 같은 섬뜩한 기분이 커져갔다. 식당에 친구도 몇 명 있고 퍼시픽에는 여자친구도 있었지만, 가족이 그리웠다. 그 어느 때보다 집에서 멀리 떨어져 고립되고 외로운 기분이 들었지만 나는 스톡턴의 삶을 선택했다. 이전에는 전혀 몰랐던 기회가 주어졌으니까. 그런 기회를 얻었는데 왜 불평을 하고 있을까?

나는 가족과 함께 있고 싶은데 그 결과가 어떨지 알기에 괴로웠다. 마음 한구석에는 내가 알던 번화한 거리와 공터, 절망의 도시와 갱단의 땅에서 멀리 떨어진 눈 덮인 산 아래의 알래스카 어촌에서 살고 싶다는 생각도 들었다. 하지만 지금은 이미 내 자신을 포기한 상태였다. 버텨야 할 이유를 찾기 위해 아주 깊은 내면으로 들어가야 했다. 이런 삶의 비전은 더 이상 열망할 것이 없게 만들었다. 가능한 한 빨리 이 알래스카를 떠나 내가 아는 삶으로, 내가 아는 모든 함정이 있는 삶으로 돌아가고 싶었다.

캘리포니아 남부는 스톡턴에서 내가 꾸려나가려 했던 삶보다 더 현실적으로 느껴졌다. 고향을 방문하고 온 뒤로 새 출발에 대한 결심이 느슨해졌고 스톡턴에서 살아야겠다고 여겼던 장점들에 의문을 품게 되었다. 새로운 삶을 얻으면서 대신 나의 정체성과 연결되어 있던 모든 걸 잃어가고 있었다. 화가 나서 마음속으로 놓아야 할 이유를 찾게 되었다. 아무 핑계나 만들어 길모퉁이에서 죽치고 있으면서 해결책을 찾는 약쟁이처럼, 나는 그 사람들과 같은 구제불능 바보가 될 수 있다고 결심했다.

얼마 지나지 않아 나는 제 시간에 출근하지 못했고, 직업학교도 그만두었으며, 임시석방 규칙을 위반하지 않을 정도로만 지내고 있었다. 이미 마음은 남부로 돌아가고 있음을 알고 있었다. 직장과 그룹홈에서 싸움을 걸며 내 결심을 굳힐 이유를 찾으려고 했다. 나는 고등학교 졸업장을 다른 임시석방자에게 팔아넘김으로써 나 자신과의 거래를 마무리 지었다.

허시의 도움으로 나는 그 졸업장을 받기 위해 열심히 노력했다. 졸업장은 내가 이룬 가장 귀한 성취였다. 임시석방 조건 중 하나가 고등학교 교육을 이수하는 것이었기에 동기 부여가 되었다. 하지만 이제 간직하고 있을 만한 가치가 없다고 생각했다. 내가 졸업장을 넘겨주자 졸업장 거래자가 말했다. "뭐, 그쪽은 잃어버렸다고 하고 언제든 재발급받으면 되니까요." 그에 내가 대답했다. "글쎄요, 내가 가려는 곳에선 아무 쓸모가 없을 거예요. 거기까지 가는 차비 정도 될 뿐입니다." 그리고 그 순간 나는 내가 지금 하는 짓을 후회하게 되리란 걸 알았다.

엄마한테는 집에 간다고 말씀드리지 않기로 했다. 엄마와 함께 살면서 술 심부름을 해주기 싫었고 형이 벌이는 일들과 너무 가까워지기도, 내가 그 일에 엮일까 얼마나 두려워하고 있는지도 들키기 싫었다. 현재로서는 내가 돌아오는 걸 아는 사람은 바바리 외숙모뿐이었다. 바바리 외숙모는 나에게 마음을 닫은 적이 없는 유일한 보호자였다. 숙모는 늘 인내하는 마음으로 나를 돌봐주셨다. 내가 어렸을 때도 항상 나를 위해 따뜻한 무릎을 내주었고 장난감을 준비해

주셨다. 외숙모는 내가 집에 와서 함께 지낸다는 사실을 아무에게도 말하지 않겠다고 약속했다. 나는 나중에 엄마한테 어떻게 말씀드릴지는 생각해 보겠다고 했다.

그레이하운드를 타고 곧장 롱비치로 가서 하버 시티로 가는 통근 버스를 탔다. 내가 여기서 다시 와서 뭘 하는 걸까? 버스는 노르망디 노르망디* 에 도착해서 서쪽으로 돌아 험한 지역으로 들어가는 대신 태평양 연안 고속도로(Pacific Coast Highway)로 들어가는 모퉁이에서 정차했다. 나는 운전기사 두어 칸 뒤에 앉아 있었고, 다 내리고 혼자 남은 유일한 승객이었다. 백미러로 운전기사가 나를 쳐다보는 것이 보였다. 마침내 그가 문을 열고 여전히 나를 돌아보며 말했다. "여기가 마지막 정류장입니다."

나는 깜짝 놀라 손에 든 버스 운행 시간표를 들여다보았다. 마지막 정류장은 노르망디 더 아래쪽에 있는 것으로 표시되어 있었다.

"음, 이 버스 노선은 더 내려가야 되지 않…"

"애야, 난 할 일이 아주 많은 사람이란다. 그리고 그냥 목숨줄 붙이고 있는 게 내가 할 일이고! 자, 꼬마 친구, 난 시간이 많지 않아. 내릴 거니?"

"네, 잠시만요. 내릴 거예요."

여행 가방 두 개와 작은 상자 하나 등 짐을 챙기려는데 운전기

* 노르망디 애비뉴(Normandie Avenue). 하버 시티의 태평양 연안 고속도로 남쪽 거리에서 분기돼 남쪽에서 시작한다. (옮긴이 주)

사가 물었다. "얘, 네가 어디를 가는 건지는 알고 있니?"

"왜 그러시죠?" 여전히 짐을 들고 끙끙대며 내가 말했다.

"모르고 있는 거 같아서 말이다. 거길 가면서 짐이 그렇게 많다니. 더 적게 가지고 가는 사람들도 죽는 걸 봤거든."

"음, 버스 시간표에는 노르망디 2, 3, 5번가에서 정차하는 걸로 되어 있어서요."

"미치겠네!" 운전기사가 화를 내며 말했다. "시간표 만드는 망할 백인 놈들! 그 새끼들도 매일매일 사람들 총 맞아 죽는 데 나 다녀보라고 해! 그런 다음에 시간표가 어쩌니 말을 하라고, 알겠냐?"

"음, 글쎄요. 전 그냥 집에 돌아가는 길이라서." 나는 짐을 들고 버스에서 내렸다.

버스 문이 닫히는 소리에 뒤돌아보니 미친 운전기사가 누런 종이로 만 대마초 담배를 입에 문 채 불을 붙이고 있는 게 보였다. 그런 다음 그는 버스를 몰고 떠났다.

나는 노르망디 거리를 걸어가면서 계속 어깨너머를 돌아봤다. 늦은 저녁 시간이었다. "더 적게 가지고 다니면서도 죽는" 사람들을 봤다는 운전기사의 말이 떠올라 신경이 곤두서기 시작했다. 뒤에서 들리는 발자국 소리일까? 더 멀리 걸어갈수록 움직이는 그림자가 더 많이 보였다. 먹잇감이 된 듯한 기분이 들기 시작했다. 그림자들은 나를 따라오는 아이들이었다. 아이들은 집과 아파트 건물 사이에 숨어 덤불 뒤에서 엿보다가 열린 공간으로 돌진하여 길이나 골목을 건너곤 했다. 잠시 후 숨어 있던 아이들이 밖으로 쏟아져 나왔다. 적어도 열댓 명은 되는 남자아이들과 여자아이들이었고, 하나같이 무릎이 꾀죄죄했다. 아이들은 낄낄거리면서 불과 몇 피트 뒤에서 바짝 따라왔다. 나는 그중 한 명이 짐을 들어주겠다고 제안한 다음 그걸 들고 골목으로 도망갈 것이라고 생각했다. 하지만 그들은 뒤에서 멀찌감치 오더니 나를 따라 바바리 외숙모네 현관까지 왔다.

외숙모는 앞치마를 두르고 빗자루를 들고 문을 열고 아이들 한 명 한 명 이름을 부르며 말했다. "얼른 집에들 가지 못해!" 그러고는 빗자루를 내려놓고 달려와 나를 꼭 안았다. 외숙모는 나를 안은 채 속삭였다. "제이, 네가 여기 있는 걸 말하지 않으면 네 엄마가 날 죽일 거야."

"엄마는 왜 그러는 거예요, 외숙모?"

"늘 그렇듯 미쳐있으니까?" 그녀의 대답에 우리는 둘 다 웃었다.

바바리 외숙모는 나를 주방으로 데려가 불을 켰다.

"여기 불빛 있는 곳으로 와보렴. 우리 조카 얼굴 좀 제대로 봐야지. 세상에, 여전히 네 아빠를 똑 닮았네. 아빠를 마지막으로 본 게 언제니?"

"본 적 없어요."

"잘했다! 네 아빠가 엄마를 그렇게 때려놨을 때 캘빈 외삼촌이 아빠를 거의 죽여놨잖니. 너희는 정말 아기였어, 아주 작은 존재였지." 외숙모는 기억을 떠올리며 눈에 띄게 화를 냈다. "아니, 이 얘기는 그만 하자! 우리 조카가 이렇게 함께 집에 와 있는 얘기나 하

317

자. 배고프니?" 외숙모가 얼굴을 훔치며 물었다.

뒷방에서 목소리가 들려왔다. "에헤이, 저 못생긴 녀석이 배가 고프다네! 먹을 거 던져주고 쟤 엄마한테 전화해서 데리고 가라고 해! 저놈이 여기 있을 필요가 없지!"

나는 외삼촌의 목소리를 바로 알았다. "안녕, 뚱뚱보 드윗 외삼촌이네!" 내가 소리쳤다. "뚱뚱한 엉덩이 좀 움직여서 이리로 와 봐요!" 내가 웃었고, 드윗 외삼촌도 웃는 소리가 들렸다.

나는 항상 엄마의 오빠인 드윗 외삼촌을 졸졸 따라다녔다. 외삼촌은 가족 중에 단연코 가장 멋지고, 가장 미치광이 같은 사람이다. 외삼촌의 목소리만 들어도 열두 살인가 열세 살쯤 바바리 외숙모네서 처음 함께 지냈던 때가 생각났다. 그는 황소처럼 힘이 셌지만, 나는 있는 힘껏 외삼촌을 때리고 주위를 뱅글뱅글 돌며 놀곤 했다.

한 번은 드윗 외삼촌이 내가 자기 주머니칼을 훔쳐간 걸 잡아서, 그걸로 내 팔을 베었는데, 아직도 그 상처가 남아 있다. 또 한 번은 내가 청소년 교정청에 들어가기 직전, 친구 매드보이와 다른 친구 몇몇과 함께 길을 걷다가 외삼촌의 맥주 6팩을 훔치고 나서 그를 향해 가운뎃손가락을 들어 보이고 웃어댄 적이 있다. 그때 드윗 외삼촌은 30구경 원체스터 권총을 꺼내 와 대낮에 길 한가운데 선 채 두 블록 떨어진 곳에 있는 우리를 향해 쐈다. 진짜 맞히려고 쏜 게 아니라 겁을 주려고 쏜 것이었지만, 우리는 확신할 수가 없었고 그의 총이 허공에 구멍을 뚫는 동안 모두 흩어져서 덤불 속으로 뛰어들었다.

동네의 모든 애들이 드윗 같은 삼촌을 원했다. 외삼촌은 못하더라도 그가 가진 무기들은 항상 우리를 따라잡을 수 있었다. 그래서 내가 가장 좋아하는 외삼촌에게 경의를 표하러 뒷방에 갔다가 엎드려서 TV를 보고 있는 외삼촌을 보고 그의 발을 붙잡고 400파운드가 넘는 몸을 침대에서 끌어 내리려고 혼신의 힘을 다하는 것이 자연스럽게 여겨졌다.

"어서요, 뚱뚱한 엉덩이 좀 일으키라고요." 이를 악물고 온 힘을 다해 잡아끌며 내가 말했다.

"알았다, 이 나쁜 놈아!" 드윗 외삼촌은 어깨너머로 나를 돌아보며 말했다. "네 궁둥짝에 갖다 댈 만한 걸 찾게 매트리스 밑을 뒤지게 하지 마라!"

"못 할 거면서!" 나는 여전히 꿈쩍도 안 하는 외삼촌에게 소리쳤다. "이거 봐, 이제 이렇게 뚱뚱해졌잖아. 외삼촌은 나한테 아무것도 못 할 걸."

내가 이 말을 하자마자 외삼촌은 무릎을 구부렸다. 그러더니 갑자기 사자가 귀찮게 구는 새끼 사자를 발로 걷어차듯 다리를 뒤로 걷어찼고, 나는 침대를 가로질러 벽에 나자빠졌다. 쿵! 외숙모가 주방에서 소리쳤다. "너희 둘 다 거기서 그렇게 장난치면서 내 집 박살을 내기만 해!"

"이보시죠, 드윗. 나 방금 집에 왔는데 외삼촌 때문에 벌써 혼났잖아." 내가 바닥에서 일어나며 말했다.

"내가 혼나게 한 게 아니지." 외삼촌이 중얼거렸다. 텔레비전 화면을 쳐다보면서 1인치도 움직이지 않았다. "젠장, 나쁜 놈이 와서 날 괴롭히네. 난 아무 짓도 안 했는데."

"아무 짓도 안 하긴 뭘 안 해? 외삼촌 때문에 나 목 부러질 뻔했는데!"

다음 날 외삼촌은 나를 앉히고 옛날 친구들과 어울리지 말라고 했다.

"어떤 옛날 친구들?"

"내가 누구 말하는지 알잖아, 제이. 경고하는 거야, 조카님아. 네가 다시 감방 가는 거 보고 싶지 않으니까. 알아듣지?" 외삼촌은 그렇게 말한 다음 나한테 헤드록을 걸고 말로는 하지 못한 말을 장난을 통해 전했다.

매드보이 마커스

마커스와 나는 초등학교 때부터 맥주를 훔쳤다는 이유로 드윗 외삼촌이 우리한테 총을 쐈던 시절까지 거의 같은 길을 걸으며 함께 자랐다. 우리는 둘 다 소년원에 갔고, 우리의 형들이 시켜 골목에서 서로 치고받고 싸워야 했다. 그 다음엔 갱단에 들어갔고, 고작 몇 달 차이로 더 심각한 일에 휘말려 둘 다 캘리포니아 청소년 교정청에 입소하게 되었다. 나는 자동차와 다른 아이의 시계를 훔친 죄와 더불어 그밖에 중범죄 및 그렇게 심각하지는 않은 경범죄가 쌓여서 들어가게 되었고, 마커스는 절도한 차를 타고 폭주하면서 라이벌 갱단과 총격을 벌여 들어갔다. 이제 우리 둘 다 임시석방을 받아 하버 시티로 돌아왔다. 우리는 또다시 매일 밤낮으로 어울리며 형제처럼 지냈다.

마커스는 생긴 것도 여전했다. 입에 신맛 나는 딱딱한 사탕을 물고 있는 것 같은 표정을 하고 있었다. 어렸을 때도 그는 절대 웃지 않고 늘 심각한 표정이었다. 마커스의 어머니는 매우 엄격하셨고, 그가 밤늦게까지 귀가하지 않으면 혼이 나곤 했다.

하루는 마커스를 데려다주고 각자 집으로 돌아갔다. 마커스의 통금이 지난 시간이었고, 그의 어머니는 자기 방 창문으로 올라가려는 마커스를 발견했다. 집에 불이 다 켜졌고, 우리는 그가 들켰다는 걸 알았다.

우리는 그의 집 주위를 몰래 서성이다가 열린 주방 창문 아래 서 있었다. 마커스가 어머니한테 자기 변론하는 것을 들었다. 웃음을 참느라 입을 가리고 있어야 했다.

"화났다* 는 듯이 날 쳐다보지 마라. 악마가 들어와 있는 거냐!" 그의 어머니는 주방 싱크대에서 프라이팬을 꺼내며 소리쳤다. "화났다는 거냐? 젠장, 나도 화났어!" 처음에는 프라이팬으로, 그 다음에는 커피포트 연장선으로 아들을 때리기 시작했다. 우리는 주방 창문 아래서 소리를 들었다. 주방 조리대에 있던 냄비와 프라이팬이 바닥에 와장창 떨어지자, 이웃들이 불을 켜기 시작했다.

마커스는 "아얏!" 하고 외치는 중간중간 "잘못했어요, 엄마! 다

• mad. 훗날 마커스의 별명 매드보이(Madboy)의 시발점이 되는 말. (옮긴이 주)

신 안 그럴게요! 맹세해요, 엄마! 안 그럴게요! 잘못했어요, 엄마!"
하고 애원했다. 우리는 마커스를 때리다가 전선이 찢어지는 소리를
들으며 웃다가 무릎을 꿇고 털썩 주저앉았다. 마커스 역시 우리 중
한 명이 자기만큼 심하게 맞는 소리를 들었다면 똑같이 심하게 웃었
으리라는 걸 알았다. 다음 날 마커스는 엄청나게 놀림을 받았다. 아
이들은 그를 노려보며 때리는 마커스 어머니 모습을 수없이 흉내냈
다. 그때부터 우리는 모두 마커스를 "매드보이(Madboy)"라고 부르기
시작했고, 그 이름은 그대로 본명처럼 굳어졌다.

실수하다

매드보이와 어울린 지 거의 4년이 지났을 때였다. 우리는 별 생각 없
이 하버 시티 주택단지 주변을 걷고 있었다. 담배가 떨어져서 몇 갑
을 사려고 단지 건너편에 있는 USA 주유소에 갔다.

내가 자판기 쪽에 가 있는 동안 매드보이는 점원을 속여 대마초
담배를 더 비싼 가격에 팔고, 그 돈으로 담배뿐 아니라 감자칩도 사
려고 했다. 우리는 하루 종일 아무것도 먹지 않은 상태에서 대마초
를 피우고 있었기에 배가 너무 고팠다.

일하지 않기 위해서 거기서 일하는 것처럼 보이는 서핑족인 점
원은 매드보이에게 돈을 건네기 전에 대마초를 먼저 건네라고 했다.
나는 매드보이가 돈만 받고 대마초는 건네지 않을 작정이라는 생각

이 들었다. 점원의 경계심이 커지자 나는 매드보이가 알아차릴 수 있도록 계속 신호를 보내기 시작했다.

"야, 얼른 대마초 드려." 내가 말했다.

"알았어, 근데 이 사람이 경찰인지 아닌지 어떻게 알아?" 매드보이가 나를 돌아보며 말했다. "이 사람, 경찰일 수도 있잖아!"

"저기, 이봐, 이보라니까!" 점원은 기분이 상했다. "제기랄 나 경찰 아니라고! 주택단지에 사는 너희 형들한테 물어봐. 나에 대해서, 서프(Surf, 서핑족이라 붙인 듯한 자칭 별명)에 대해서 한 번 물어보라니깐!"

"아니래, 매드보이." 내가 어설프게 웃으면서 말했다. "이 사람 경찰 아니래." 나는 그의 어깨를 살짝 밀며 진정하라는 신호를 보냈다. 나에게 계획이 있었다. "저기, 우린 선생님이 경찰이 아니라는 거 알아요. 어휴, 서프, 잘 나가시는 분이란 거 정말 잘 알겠고, 우리는 지금 당장 여기서 함께 대마초를 피우는 겁니다. 매드보이, 담배에 불 좀 붙여봐. 서프 님이 파도 한 번 높이 타게 해드리자!"

매드보이가 늘 사람들을 쳐다보던 식으로 나를 쳐다보는 것을 흘깃 지켜봤다. 그가 화났다는 걸 알 수 있었다. 그는 내가 무슨 짓을 하는 건지, 불법적인 일을 계획하고 있다면서 왜 그의 잘 알려진 이름을 불렀는지 알고 싶어 했다. 나는 매드보이에게 내가 얼마나 똑똑한지 보여 주고 싶었다. 나를 믿어달라는 눈빛으로 그를 돌아보았다.

"어서, 대마초에 불을 붙여봐. 그러니까, 서프가 실직하는 게 두렵지 않다면. 두려운가요, 서프?" 나는 매드보이가 라이터를 꺼내 대마초에 불을 붙이는 걸 지켜보았다.

"난 안 두렵지!" 내 질문에 화들짝 놀라며 서프가 말했다. "빌어 먹을 이 일은 너무 구려, 완전 구려! 야, 난 우리 엄마랑 아빠한테 쫓겨날까봐 여기서 일하는 거야."

"그게 다예요?" 나는 물었다.

"음, 그런 건 아니지." 그가 말했다. 매드보이가 그에게 대마초를 건넸다. "서핑하는 데 드는 비용도 마련하고…." 그는 대마초를 내려다보더니 지나가는 차가 자신을 볼 수 있는지 재빨리 주위를 둘러보았다. 그런 다음 자신이 하나도 신경 쓰지 않는다는 걸 보여 주려는 듯 크게 한 모금 빨아들였다. 연기를 내뱉으며 그가 큭큭댔다. "… 밤에 좀 취하기도 해야 되니까."

연기 구름이 공중에 떠다니는 가운데 우리 셋은 웃기 시작했다. 우리는 대마초를 말아 만들면서 피우고 또 피웠다.

해변이나 TV에서만 만날 수 있는 서퍼들처럼 느리고 끄는 말투("그루-우-우-우-우-비")로 말하는 서프가 마음에 들기 시작했다. 그는 내가 지금까지 만났던 누구와도 달랐다. 자기 인생에 닥친 위기를 늘어놓으며 천진하게 끊임없이 웅얼웅얼 떠들었다. 매드보이와 나는 믿을 수 없다는 표정으로 서로를 쳐다봤다. 여자친구가 헤어지자고 하고, 누군가 그의 앨범 컬렉션을 훔쳐 갔고, 오토바이 타이어를 새로 교체해야 하고…. 서프의 세상은 무너지고 있었다. 바로 길 건너편에 있는 주택단지의 상황과는 너무 다른 세상이었다. 내가 스톡턴에 계속 살았다면 서프가 묘사한 그런 곤란을 겪는 사치는 상상할 수도 없었을 것이다.

내가 서프에게 더 많은 돈을 벌 수 있는 방법이 있다고 제안하자 그는 귀를 쫑긋 세웠다. "정해진 시간에 강도가 들어서 인질로 잡아요. 근데 강도가 오기 전에 전리품 중에 본인 몫도 미리 좀 챙길 기회가 있다면 어떨 거 같아요?" 내가 물었다.

"그래도 경찰을 불러야 할 거 같은데." 그가 말했다.

"맞아. 근데 만약에 진술을 다 다르게 한다면? 범인이 흑인인데 백인이라고 말할 순 없을까? 키가 작고 뚱뚱한데 키 크고 마른 체형이라고 한다든지?"

서프는 깜짝 놀란 표정을 지었다. 그러고는 긴 금발머리를 어깨 뒤로 찰랑 던져 넘기며 함박웃음을 지었다. "와, 이 자식들, 그거… 그거… 와, 야, 그거… 완전 파격적인데!"

"당연하지." 내가 끼어들며 물었다. "그러려면 돈이 가장 많았을 때를 그 사람에게 알려줘야겠죠?"

"인마, 문제없어! 지금 알려줄까?"

"응, 좋아요, 지금은 어때?" 매드보이가 열정적으로 물었다. "지금은 얼마가 들어있죠?"

"지금은 해봤자 200달러 정도." 서프가 대답했다.

"쩐다! 좋네요. 지금 가져갈 수 있어요." 매드보이가 말했다.

"진짜?" 서프가 말했다.

"완전. 이 자동판매기들은 어떠려나. 열쇠 있어요?"

"아니, 없어."

"에이, 있잖아요." 매드보이가 우겼다.

"없다니까. 이 새끼들은 나한테 그런 거 안 맡긴다고!"

"좋아요, 지금 거기 200달러 정도 있다는 거죠?" 매드보이는 그 돈을 원했다. 그에게 액수는 상관없었다.

"아냐, 서프." 나는 단호하게 말했다. "우리가 모두 나눌 만큼의 전리품이 있을 때만 실행하기로 해요, 알았죠? 물론 총 같은 거도 없어야 되고."

"야, 그게 뭐 어때서? 총… 나 총 좋아하는데! 야, 내가 서핑 보드를 이렇게 해놓으면 그냥 그때 와." 서프는 직원 사무실로 들어가더니 자신의 서핑 보드를 가지고 나와 전등 아래 창문 쪽에 세웠다. "이게 이렇게 창가에 세워진 걸 보면" 그가 가리켰다. "이게 이렇게 A자 모양으로 되어 있을 때. 알았지?"

우리는 자세한 내용을 논의했다. 더 이상 진짜 범죄라고 생각하지 않았다. 그저 가벼운 소동, 이쪽에서 저쪽으로 길을 건너는 위험만 있는 사기극 같은 거라고 여겨졌다. 일단 서프가 의도적으로 잘못 알고 있는 주택단지로 복귀하기만 하면, 우리는 주머니에 돈을 넣고 무사히 자유의 몸이 될 수 있었다.

창가에 놓인 서프의 서핑 보드를 본 첫날 밤, 매드보이와 나는 얼어붙었다. 실제라고 하기엔 너무 순탄해 보였다. 함정일 거라고 생각했다. 우리는 주택단지 안 쪽에서 길 건너편에 경찰이 있는지, 어떤 함정이 우리를 기다리고 있는지 지켜보았다.

그 순간 나는 내가 뭘 하고 있는지 생각했다. 어두운 차 뒤에 쪼

그리고 앉아 운전석 사이드미러에 비친 내 모습을 보았다. '이건 아니야! 진짜 아니야.' 나는 속으로 생각했다. '이러려고 그동안 그렇게 열심히 일한 거야?', '너 고작 이 정도야?' 자신에게 계속 질문을 던졌다. 나는 다시 다른 삶으로 건너갈 수 없었다. 옳고 그름 사이에서 흔들리고 주저했다.

그 후 며칠 동안 나는 밤이 되면 창문에 서핑 보드가 나와야 하는데 하는 조바심부터 이 일을 그만두겠다는 결심까지 다양한 감정을 널뛰며 살았다. 그러다가 매드보이에게 내가 얼마나 똑똑한지 보여 주기로 결의를 다졌다. 경찰이 우리를 함정에 빠뜨렸다고 쉽게 말할 수 있었고, 그러면 이 일도 끝나는 거였다. 하지만 내 자존심은 이 계략을 성공시켰다는 우쭐함을 내려놓지 못했다. 옳은지 그른지에 관한 질문은 내 마음속에서 온데간데없이 사라졌다.

마침내 일주일 후 매드보이와 나는 길을 건너 서프를 잡았다. 우리는 재빨리 현금을 챙겨 주택단지 쪽으로 달려갔다. 한 가지 문제가 있었다면 서프에게 손을 높이 들지 말라고 해야 했다는 거다. 지나가는 차들이 서프가 강도 당하는 모습을 보면 안 됐기 때문이다.

USA 역 부근에서 연쇄적으로 벌어들인 돈으로 우리는 타코벨(Taco Bells, 캘리포니아 스타일을 담은 멕시칸 패스트푸드 브랜드)부터 작은 햄버거 가판대까지 대상을 확장해서 일을 하기 시작했다. 항상 우리와 같이 하버 시티에서 자란 점원들을 설득해 전리품의 일부를 나누는 대가로 우리에 대해 잘못된 진술을 하게 했다. 우리는 돈을 많이 벌수록 더 빨리 쓰거나 더 많이 나눠줘 버렸다. 돈이 빨리 없어질수록 더 빨리 더 많은 돈을 원했다.

　서프는 금전등록기에 점점 더 적은 금액을 남기기 시작했고, 우리는 그가 돈을 빼돌리고 있다는 걸 알았다. 마치 우리가 주유소 사장이고 서프가 우리 돈을 훔치는 사람인 것처럼 여겨졌다. 우리가 강도 피해자가 된 기분이었다. 이런 일이 반복될 때마다 우리는 점점 화가 났다.

　총을 들고 서프의 머리를 겨누었을 때 우리는 겁을 주려고 했을 뿐이었다. 하지만 서프가 무릎을 꿇고 살려달라고 애원하기 시작하자 나는 이것이 큰 실수일 수도 있겠다는 생각이 들었다. 어쨌든 우리는 금전등록기에 있는 우리 몫을 전액 받아야겠다고 말했고, 그 이상도 이하도 아니었다. 그 후 나는 그를 일으켜 세웠다. 서프는 처음으로 두려움 이상의 무언가가 담긴 얼굴로 내 눈을 쳐다보았다. 그가 내 얼굴을 기억하려고 한 것임을 알아챘다.

　우리는 길을 건너 최대한 빨리 달려 주택단지 안으로 들어왔다. 가슴이 미친 듯이 쿵쾅거렸다. 마음대로 하며 사는 동안 내 마음은 어둠 속에 묻혀있었지만, 이제 내가 어떤 식으로 스스로 수렁 안으로 빠져들고 있었는지 드러났다. 그렇게 나는 내 삶에 대한 통제력을 잃었다.

　그로부터 1년이 채 지나지 않아 숨어 지내는 것에 지친 열여덟 살이 되던 해, 나는 동네를 걷다가 체포되었다. 그리고 다시 안으로 돌아갔다.

chapter

20

내려가고, 올라가고, 넘어가다

다시 수감복을 입다

로스앤젤레스에서 버스를 타고 장시간 이동하는 동안 나를 비롯한 15~18세 남자아이들은 손목은 옆구리에, 발은 바닥에 묶어두는 구속 벨트를 찬 채 좌석에 앉아 있었다. 오랜 시간이 지나 버스는 드윗 넬슨 청소년 교정청 정문 앞에서 속도를 늦췄다. 나에겐 익숙한 곳이었다. 담장과 높은 울타리, 넓은 기숙사는 내가 수용되었던 다른 청소년 교정시설과 같았고 일과도 비슷했다. 매일 아침 기상 시간과 식사 시간, 우중충하고 낡아빠진 수감복을 입는 시간부터 밤에 기숙사 소등 시간까지 모든 걸 규칙에 따라야 했다. 하지만 우리는 이제 주 정부가 운영하는 검투사 양성 학교에서 수년간 단련된 나이 많은 수용자였다.

　나는 스톡턴으로 돌아왔지만, 더 이상 자유의 몸이 아니었다.

밤이면 잠든 육신들에 둘러싸인 채 내 침대에 조용히 누워 있었다. 여기저기 더러운 눈물 모양으로 얼룩진 천장을 올려다보았다가 울타리 뒤로 다시 왔다는 것이 싫어서 다시 시선을 아래로 거뒀다. 눈을 감고 내 안에서 타오르는 생각과 마주하는 것이 두려웠다. 내가 걸어온 모든 발자국을 추적하고 또 추적하면서 무장 강도 따위의 끔찍한 짓 때문에 어떻게 이렇게 빨리 다시 여기로 돌아올 수 있었는지 생각해 보았다. 얼룩진 천장을 올려다보며 전체 장면을 앞뒤로 돌려가며 반복해서 재생했다.

30~40명이 되는 청소년들이 자면서 몸을 뒤척이며 내는 침대 스프링이 삐걱대는 소리는 마치 손톱으로 칠판 긁는 소리 같았다. 자리에서 일어나 가장 가까이 있는 침대와 그 안에서 자고 있는 사람을 뒤집어 버리고 싶었다. 그러나 하지 않았다. 여기 있게 된 건 내 잘못이었으니까. 침대에 누워 데니스와 함께 베란다에 앉아 귀뚜라미 소리를 들었던 저녁이 생각났다. 지금은 나와 다른 애들이 뒤척이며 삐걱대는 침대 스프링 소리만 들렸다. 너무 화가 나서 잘 수가 없었다.

기숙사 안은 정말 추웠다. 화장실에 가려고 일어나 벽에 걸린 시계를 보니 자정이 넘은 시간이었다.

야간 지도원은 사무실 책상에 앉아 있었다. "마스터스, 화장실 사용하겠다고 손을 들고 허락받았나요?" 그가 조용히 물었다.

"아니요."

"그럼 침대로 돌아가서 누우세요. 그런 다음 다른 사람들처럼 손을 들고 허락 먼저 받으세요."

"진심이세요? 벌써 반은 왔다고요. 무슨 소용이죠? 이건 말도 안 돼요."

"그럴지도 모르죠." 그가 천천히 말했다. "하지만 먼저 내 허락을 받으려면 침대로 돌아가셔야 할 것 같습니다. 아주 간단합니다. 여기에는 규칙이 있습니다."

"저기요, 그거 알아요?" 나는 화가 나서 목소리를 높이며 말했다. "돌아갑니다. 돌아가서 손을 들 때쯤엔 망할 바닥에 오줌 갈기기 1초 전이겠네요." 화가 부글부글 끓어올랐다.

나는 돌아가서 침대에 누웠다. 손을 들었다. "제길! 화장실 좀 가도 됩니까!" 기숙사 전체를 깨울 만큼 쩌렁쩌렁한 목소리로 외쳤다.

"물론 가도 됩니다." 야간 지도원이 참을성 있게 말했다. 내가 속옷만 입고 일어나서 그의 책상 옆을 지나가는 길에 우리 둘은 서로를 쳐다보았다. "그렇게 어려운 일이 아니죠, 마스터스 군?"

"아, 좀 닥치시죠!" 나는 화장실에 들어갔다. 멀리 뒤쪽에 있는 변기 칸에서 대마초 냄새가 났고 누군가 내 이름을 속삭여 부르고 있었다. 긴장을 풀고 손은 씻은 후 변기 칸 아래를 보니 두 발이 있었다. 나는 바로 옆 칸으로 들어가 문을 닫고 변기에 앉았다. 옆 칸에 있는 게 누구든 밑으로 손을 뻗어 대마초 담배 한 대를 주기를 바랐다. 대신 그는 자신이 피우고 있던 담배꽁초를 건넸다.

숨넘어가듯 폭소를 터뜨리는 목소리를 들으니 옆 칸에 있는 사람이 내 고향 친구 필이라는 걸 알 수 있었다. "야, 빌어먹을 꽁초 챙겨." 그가 여전히 끅끅대고 웃으며 속삭였다. "여기선 아무도 똥 안 싸, 멍청이야! 난 완전 맛이 가고 있거든. 내가 하는 게 그러고 있는 거야!"

나는 대마초를 들고 연기를 빨아들였다. "그래서 나라는 걸 어떻게 알았다고?" 연기를 뿜으며 내가 말했다.

"친구야, 네가 그 망할 야간 새끼를 저주하는 소리를 들었지! 야, 너 진짜 시끄러웠어!" 필이 속삭였다.

"여기서 들렸다고?" 나는 대마초를 한 모금 더 빨며 물었다.

"야, 제이. 나뿐만 아니라 다 들었지! 올빼미, 코요테, 퓨마까지 네가 지랄하는 소리 다 들었을걸!"

울타리를 넘다

수많은 가능성을 뚫고, 나는 지도에도 거의 존재하지 않는 작은 도시인 하버 시티 출신인 사람과 함께 드윗 넬슨에 있었다. 필과 나는 함께 자랐다. 그는 백인이고 나는 흑인이지만, 우리가 아는 사람들은 거의 겹쳤다. 그의 여자친구 줄리는 매드보이와 내가 서프한테 했던 것과 거의 같은 방식으로 작업을 치던 작은 햄버거 가판대에서 일하면서 여윳돈을 모아 스톡턴에 있는 필을 방문했다.

지난번에 우리가 가판대를 털었을 때, 줄리는 필이 탈출 계획을 세우고 있었다고 말했다.

"필에게 행운을 빈다고 전해줘." 그때 내가 이렇게 말했다. 그러고는 돈을 들고 도망쳤다. 얼마 지나지 않아 드윗 넬슨으로 돌아와 한밤중에 맨발로 화장실에 앉아 칸 하나를 사이에 두고 필과 함께 대마초를 피우고 있을 줄은 꿈에도 몰랐다.

"야, 제이. 난 며칠 뒤엔 여기 나갈 거야 그 망할 울타리 넘어갈 거거든. 너 정말 같이 안 갈 거야, 친구?"

필은 나에게 여러 차례 같이 탈출하지 않겠냐고 물어봤고, 그때마다 나는 거절했다. 내가 함께 가든 아니든 어쨌든 그는 이제 진짜 떠날 것이기에 이번이 나에게는 마지막 기회처럼 느껴졌다.

"젠장! 이 거지같은 곳이 자꾸 내 신경을 거슬리게 하네. 진짜 맹세하는데, 나 마음 바꾸고 싶어, 알지? 그러니까 필, 나 생각할 시간이 필요해."

"네가 마음이 정말 바뀐다고 하면, 언제든지 계획을 앞당길 수 있어. 당장 내일 밤이라도 가능해. 우리가 체육관에 갈 때 말이야, 제이. 현금 100달러만 주면 우리를 도와주겠다는 멍청이가 있거든."

"우리 둘 다 도와준대?" 내가 물었다. "그건 너한테만 해당되는 걸 수 있어. 그 사람은 나에 대해 전혀 모르잖아, 안 그래?"

"우리 둘 다 도와줄 거야. 제이. 그 사람이 그럴 거라는 걸 난 알아. 걱정하지 마."

"그래서 실패할 확률이 없다는 거지?" 나는 확실히 의사를 정하기 전에는 어떤 자세한 내용도 알고 싶지 않았다. 만약 내가 가지 않기로 결정했는데 그가 잡힐 경우, 당국에 그의 계획을 알렸다는 의심을 받고 싶지 않았기 때문이다. "왜 물어보냐면, 우리가 혹시나 잡히면 다음에는 어디로 보내질지 모르잖아."

"내가 해줄 수 있는 말은, 우리는 여길 나갈 거라는 거야! 나 이 일을 오랫동안 계획해왔어. 성공할 거야, 제이. 내가 알아!"

내가 잃을 게 뭐가 있었겠는가? 내 태도 때문에 이미 형기(刑期)가 길어질 운명이었다. 지금까지 나는 모든 지도원과 싸웠고 욕설을 퍼부었다. 캘리포니아 청소년 교정청에 있을 때나 거기서 탈출한 뒤에도 결국 같은 결과였고, 형을 더 살게 되는 걸로 귀결되었다. 이 왜곡된 논리를 받아들이고 나는 탈출에 집착하게 되었다. 나만의 리듬에 맞춰 춤을 추곤 했다.

문득 야간 지도원이 내가 화장실에서 20분 넘게 있었다는 사실을 눈치챘을 거란 생각이 들었다. "저기, 필." 내가 끼어들어 말했다. 지도원이 기다리고 있어서 나 지금 나가야 해. 근데 잘 들어, 나도 끼워줘. 나도 갈게!"

"진심이야?" 그가 중얼거렸다.

"어, 진심이야." 내가 변기 물을 내리며 말했다. "내일 저녁 8시쯤 체육관으로 갈게, 알았지?"

"좋아!"

다시 잠자리로 돌아가는 길에 나는 지도원이 책상에 앉아 있는 곳에 멈춰 서서 말했다. "아까 그렇게 행동해서 죄송해요. 이런 일이 다시 없게 하겠습니다. 다신 이런 일 없을 거예요."

"괜찮아, 마스터스." 그가 차분하게 말했다. "사과를 기꺼이 받아들이지. 이제 들어가서 좀 자라, 알았지?"

"네." 나는 침대로 걸어가면서 대답했다. 침대에 누워서 베개를 파고들며 뒤척였다.

타고 넘어가다

다음 날 어둑해질 무렵 나는 체육관에 있었다. 주소록을 주머니에 욱여넣은 것 외에는 돌아올 것처럼 기숙사를 나섰다. 관람석에 서서 필을 기다렸다. 7시 50분, 필은 약간 긴장했지만 모든 걸 잘 참으며 걸어 들어왔다. 그는 체육관 주변을 어슬렁거리다가 내가 기다리고 있는 쪽으로 왔다.

필은 내 옆에 앉아서 계획을 설명했다. 이미 교도소 경내를 잘 아는 농업 담당 수용자인 버디에게 우리가 담장 넘는 걸 도와주는 대가로 100달러를 줬다고 했다. 학교 건물 뒤쪽에는 아무도 우리를 볼 수 없는 곳이 있다. 그곳에 도착하면 우리 셋은 울타리를 최대한 높이 올라가고, 그런 다음 버디의 어깨를 밟고 올라가 반대편으로 넘어가는 것이다. 필의 여자친구 줄리가 스톡턴의 한 모텔 방에서 우리를 데리러 오기 위해 전화를 기다리고 있었다. 유일한 문제는 줄리에게 전화를 걸 공중전화를 찾아야 한다는 것이었다. 하지만 다른 모든 일이 순조롭게 진행된다면 그건 별 문제가 아니었다.

계획은 괜찮아 보였다. 울타리 옆에서 만나기 위해 따로 체육관을 떠나기 전에 필은 혹시나 자신이 잡힐 것을 대비해 줄리의 전화 번호가 적힌 작은 쪽지를 나에게 건넸다. 그는 이미 전화번호를 외우고 있었다.

체육관 문은 누구나 마음대로 드나들 수 있도록 열려 있었다. 때가 되자 우리 둘은 아무도 모르게 몰래 빠져나갔다. 다음 인원수 파악을 하기까지는 두 시간이 남아 있었다. 그때가 되면 직원들은 우리가 사라진 걸 알아차리게 될 것이다. 밖에 있던 경비원은 우리가 운동장을 가로질러 학교 뒤편으로 빠져나가는 걸 보지 못했다. 버디는 이미 그곳에 가서 기다리고 있었다.

우리 셋은 들키지 않고 건물 뒤의 사이클론 울타리를 올라갔다. 꼭대기에 가까워지자 울타리는 촘촘한 철망으로 바뀌어서 잡을 수가 없었다. 버디는 사이클론 울타리에 단단히 매달렸고 필은 그의 어깨를 올라타서 넘어갔다. 그리고 내 차례였다. 내가 몸을 쭉 뻗고 올라가는 동안 버디의 몸이 위쪽으로 휘청했다. 반대편으로 떨어지면서 덜컥 겁이 났다. 발목이 부러지면 어떡하지? 하지만 나는 무사히 착륙했다.

필과 나는 드윗 넬슨에서 몇 마일 떨어진 곳까지 사람이 다니는 거리와 교통을 피해 들판과 수풀 사이를 달렸다. 다행히 추격의 조짐은 전혀 없었다. 우리는 길거리, 자동차 헤드라이트 등 공중전화가 있는 곳을 알려줄 만한 모든 흔적을 찾기 시작했다.

마침내 공원 가장자리에서 공중전화를 발견하고 줄리에게 전화를 걸었다. 공중화장실로 몸을 숨긴 우리는 주 정부에서 지급한 파란색 셔츠를 벗어 쓰레기통에 버렸다. 화장실 세면대에서 진흙이 묻은 얼굴과 팔을 씻었다. 그런 다음 신발과 양말도 벗어서 세탁했다. 그런 다음 삐걱거리는 신발을 신고 앞뒤로 걸으며 우리를 자유의 세계로 태워다 줄 줄리의 차가 오는 소리를 들었다.

줄리가 우리를 태우고 그녀가 가져온 새 옷으로 갈아입었을 때 우리는 비로소 안심이 되기 시작했다. 고속도로에 진입해 창문을 내리고 로스앤젤레스 카운티를 향해 남쪽으로 달리면서 훨씬 더 안심이 되었다.

나는 차창 밖으로 스쳐지나가는 광경을 바라보았다. 마음이 편안했다. 도망을 다니는 익숙한 패턴에 안주한 도망자. 나는 단순히 문제로부터 도망친 게 아니었다. 프록 부부를 떠난 이후로 나는 오히려 도망치는 게 오히려 더 안전하다고 느꼈다. 줄리가 남쪽이 아니라 북쪽으로 달렸어도 상관없었을 것이다. 나는 집으로 돌아갈 마음이 없었다. 그 관문을 부수고 자유로워지는 것이 중요했다. 나는 공중에 매달린 줄을 타는 기분으로 도망치는 것을 좋아하게 되었다. 하지만 외줄타기를 할 때에는 누구도 도와줄 수 없다. 아무리 나를 위해 애써왔던 사람들도 내 삶을 바꾸기 위해 할 수 있는 일은 아무것도 없었다.

차를 타고 남쪽으로 가는 그 긴 시간 동안, 다음번은 바로 그 길에서 샌 퀜틴 주립 교도소로 직행하는 악명 높은 '그레이 구스'를 타고 다리에 무거운 쇠사슬이 묶인 채 앉아 있게 되리라고는 꿈에도 생각지 못했다.

숨을 곳도, 도망 갈 곳도 없다

필과 나는 로스앤젤레스 카운티에 도착했을 때쯤 당국이 할 수 있다고 생각되는 모든 조치에 대해 생각해 두었다. 경찰이 이웃의 신고에 크게 의존한다는 사실을 알고 있던 줄리는 우리를 자신의 아파트 단지에 몰래 들어가게 했다. 우리는 도둑처럼 계단을 기어올라 가서 살짝 열린 문틈으로 천천히 내려갔고, 아무도 우리를 보지 못했다.

사흘 동안 우리는 몸을 사리며 조용히 지냈다. 줄리가 햄버거 가판대로 일하러 간 동안 필과 나는 도미노와 카드 게임을 하며 다음 행보를 고민했다. 사흘 째 되는 날 우연히 화장실에 들어갔다가 필이 팔뚝에 벨트를 묶은 채 주먹을 쥔 팔에 주사기를 꽂고 변기에 구부정한 자세로 앉아 있는 것을 발견했다.

"야, 너 지금 뭐하냐?" 내가 물었다.

"잠깐만!" 필이 집중하며 말했다. 그는 바늘이 흔들리지 않게 잡고 주사기로 피를 뽑아낸 다음 헤로인과 함께 천천히 팔에 다시 주사했다.

내가 기억하는 나는 항상 복도에 숨어 화장실 문틈으로 헤로인 중독자를 엿보던 어린아이로 남아 있었다. 이제 나는 필이 내뿜은 회색 담배 연기로 가득한 좁아터진 화장실에 서서 필이 피를 뽑아 여러 차례 다시 주사하느라 아래위로 움직이는 주사기의 움직임을 지켜보고 있다. 그때 필이 바늘을 뺐다. 그의 얼굴에는 땀이 비 오듯 쏟아졌고, 팔뚝의 벨트를 간신히 풀 수 있었다.

"말해봐, 친구." 필이 더듬거리며 말했다. 그는 두 손바닥으로 얼굴을 훔치고는 세면대를 잡고 힘겹게 일어섰다. "아, 친구야, 친구우." 그의 목소리가 늘어졌다. 그는 세면대를 목발처럼 붙들고 있었다. "넌 이거 헤로인, 이거 안 하지. 근데, 야, 해보고 싶으면 여기 있다." 그는 다시 얼굴을 훔치며 어눌하게 말했다. "그래, 해보고 싶으면 얼마든지 해도 돼, 친구."

"아냐, 난 괜찮아." 나는 잠시도 망설이지 않고 말했다. 태어날 때부터 헤로인이 주변에 (너무 많이) 있었음에도 나는 바늘 공포증이 있어서 항상 마약을 멀리해왔다. 더러운 숟가락에 올려서 데운 걸 혈관에 집어넣기 위해서 부식된 바늘을 혈관에 찔러넣고 싶지 않았다.

"진짜로?" 필은 졸린 눈빛으로 물었다. 그는 허리를 굽혀 모든 도구를 모아 세면대 위에 있는 검은색 가죽 면도 키트 안에 다시 넣었다.

줄리가 나가서 그를 위해 헤로인을 구해다 준 건지 궁금했지만, 난 이들의 손님이었기 때문에 아무것도 묻지 않았다. 줄리는 우리를 태우자마자 친절하게도 내가 가고 싶은 곳 어디든 데려가 주겠다고 했다. 하지만 그녀의 아파트는 내가 아는 빈민가 동네와는 거리가 먼 토런스(Torrance, 로스앤젤레스 서남쪽의 도시)의 중산층 교외 지역에 자리 잡고 있었기 때문에 나를 찾는 이들로부터 안전하다고 느꼈다. 오히려 전부 백인이 사는 동네에서 밖에 돌아다니다가 눈에 띄면 도둑으로 의심받을까 걱정되기도 했다. 하버 시티의 빈민가 중심부에 있는 펑키한 햄버거 가판대에서 일하는 줄리가 어떻게 아름다운 교외 지역에 살 수 있는 돈이 있는지 이해가 되지 않았다.

필이 드윗 넬슨에 수용되었던 죄목과는 무관하게 자신과 줄리가 폭주족 갱단을 피해 도망 중이라는 이야기를 했을 때 나는 입이 딱 벌어졌다. 필은 마약 중독 때문에 빚을 지고 있었다고 했다. 거리에서 신용이 더 이상 좋지 않게 되자, 그는 결국 폭주족 갱단 리더의 남동생인 마약 거래상을 털게 되었다. 그는 금단 증상에 시달렸고, 약을 구하는 것이 절실했다. 결과적으로 강도 계획을 망쳤을 뿐만 아니라 당황한 나머지 자신의 신분이 노출되는 것을 막기 위해 그 거래상을 쏜 뒤 죽게 내버려 두고 돈과 마약을 모두 챙겨 달아났다. 그 후 그는 그 거래상이 살아있었고 자기 형에게 필이 강도질을 하고 자신을 죽이려고 했다고 말한 사실을 알게 되었다. 거리로 소문이 퍼졌다. 폭주족 갱단은 필을 찾고 있었다.

"이해되게 좀 말해봐. 이 좋은 집이 강도질을 해서 얻은 거란 거야?" 내가 물었다.

"뭐, 그런 셈이지." 필이 냉장고에서 맥주를 꺼내며 말했다.

"야, 그럼 네 목숨에 현상금 같은 게 걸려있다는 거야?"

그는 맥주를 따서 한참을 들이켰다. "응, 그렇다고 봐야지." 그가 나를 바라보며 말했다.

"그게 얼만데? 내가 물었다. 알아야 했다.

"2만 달러!"

"현금으로?" 나는 농담을 던졌다. 그 많은 돈은 어떻게 생겼을지 상상했다.

"이 멍청한 새끼들이 내 가족을 다 죽이려고 해! 그래서 내가 드윗에 있을 수 없었던 거야. 그놈들은 내가 나올 때까지 기다리지 않을 거거든. 줄리랑 내 가족 모두를 쫓는 거야. 오로지 날 잡으려고, 내가 혼자 한 짓에 대한 대가를 치르게 하려고. 그러니 이 개자식들을 잡든지, 아니면 내가 죽든지 해야지. 그렇잖아? 내 가족 모두가 죽게 두느니 나만 죽는 게 낫지. 잘못한 건 나잖아, 내 가족이 아니라."

"그놈들 몇 명이나 돼?"

"엄청 많아! 하지만 내가 그 새끼의 형을 제거할 수만 있으면 나머지는…."

"나머지는 네 뒤를 쫓겠지!" 나는 말을 끊고 엄연한 진실을 짚어 말했다.

"맞아. 그래도 해봐야지. 그래도 해봐야 해."

나는 머릿속이 두려움으로 뿌옇게 흐려졌다. "필, 맙소사, 너 진짜!" 나는 초조함에 머리를 긁으며 말했다. "이건 진짜 미친 짓이야!" 이제 모든 게 이해가 갔다. 교외에 있고 눈에 잘 띄지 않는 줄리의 아파트가 그들이 도피 중이라는 걸 증명했다.

내가 아는 거리의 폭주족은 롱비치에 있는 흑인 폭주족들 뿐이었다. 그들은 무서웠다! 그들은 상대가 맘에 들면 영어로 말하고, 까딱하면 살인을 저지르려고 할 때는 정글에서 군인으로 있을 때 배운 거칠고 알아 듣기 힘든 베트남어로 말했다. 내가 아는 최고의 악질들도 그들은 건드리지 않았다. 순찰하는 경찰차들조차 멈춰서 그들을 귀찮게 하는 일이 없었다. 그들과 비슷한 무리가 필의 목숨을 노리고 있다는 생각에 순간적으로 편집증이 생겼다. 필은 죽은 목숨이었다. 특히 줄리가 필을 위해 '심부름'을 하러 왔다갔다 하는 상황에서 나 또한 이 아파트에 꼼짝없이 갇힌 채 죽는 게 아닐지 겁이 났다. 세상이 쪼그라들기 시작했다. 이 교외의 아파트가 너무 좁게 느껴졌다. 우리는 바깥으로 나가서 땅에 귀를 대고, 거리에서 무슨 말이 오가는지 들어야 했다. 그래야 아무도 우리에게 접근할 수 없을 것이다.

필이 노리는 사람이 누구든 나 또한 노리고 있다고 생각했다. 우리는 함께 도망쳤기에 함께 고민을 나눴다. 우리 뒤를 쫓는 경찰에 의해 헤어지지 않는 한, (어쩌면 다시는 만날 수 없을지도 모르지만) 우리는 좋든 싫든, 상황이 좋든 나쁘든 운명을 같이할 것이라고 생각했다. 하지만 경찰과 폭주족에게 동시에 쫓기는 상황에서 필이 헤로인을 계속 하게 둘 수 없었다.

의심의 여지없이, 우리는 눈에 띄지 않도록 바람처럼 빠르게 줄리의 아파트를 떠나야 했다. 그리고 줄리가 우리의 탈출과 연루되지 않도록 해야 했다. 그녀까지 폭주족의 표적이 되도록 놔둘 수 없었다. 나는 하버 시티에 숨어야 한다고 생각했는데 필에게 더 좋은 아이디어가 있었다. 우리는 항구 지역 외각에 위치한 카슨으로 가서 그곳에 사는 필의 절친한 친구를 만나러 가기로 했다. 스킵은 우리가 당분간 머물 수 있는 문신 가게도 소유한 노련한 노점상이었다. 우리 계획은 완벽해 보였다. 총도 있고 새로 머물 곳도 생겼고, 우리 자신의 두 눈과 귀 대신 스킵의 믿을 만한 친구들이 문신 가게를 드나들게 될 것이다.

스킵의 친구들은 문신을 하러 온 여느 사람들처럼 현관문으로 들어왔다. 그런 다음 비밀리에 옆문을 통해 좁은 복도를 따라 필과 내가 숨어 있던 작은 뒷방으로 왔다. 뒷방 바닥에는 얇은 매트리스가 깔려있고 요리를 위한 1인용 버너 핫플레이트가 있었다. 뒷방에는 총기, 탄약, 문신 용품 등이 담긴 상자들이 늘어서 있었다.

거의 2주 동안 이곳은 캘리포니아 청소년 교정청과 떨어져 있는 감방이었다. 밤에 우리는 어둠을 틈타 스킵의 무기고에서 각자 무기를 하나씩 골라 들고 나섰다. 그러고는 로스앤젤레스에서 열리는 하우스 파티와 나이트클럽에 가서 총을 든 나쁜 남자 스타일에 끌려하는 여자들과 어울려 놀았다. 섹스와 마약, 야간 외출도 내 편집증을 완화하지는 못했다. 나는 항상 걱정에 가득 찬 채 어깨너머로 우리 둘 다 물러날 수 있는 방법을 찾고 있었다.

chapter

21

통제 불능

기적

지금까지 나는 많은 시설에서 탈출했고 항상 잡히지 않을 수 있었다. 하지만 살아남기 위해 온종일 깨어 있어야 한다고 느끼는 것처럼 이렇게 불안한 적은 없었다. 이것은 내가 알던 단순한 숨바꼭질이 아니었다. 이번에는 사람들이 나를 쫓아와 총을 쏘고 죽이려고 하고 있었다, 이 현실은 내 등골을 오싹하게 했다. 특히 내 여정을 함께 하는 동반자와 너무 가까이 서 있을 때는 더 그랬다. 필과 나는 서로에게 의리가 있었지만, 우리 중 누구도 상대 때문에 죽을 수도 있다는 건 예상하지 못했다.

필을 위해 목숨을 걸고 있는 나 자신을 보면서 자존감을 깨닫게 되었다. 그렇다. 필과 나는 유대감이 있었다. 우리는 같은 동네 출신이고 함께 드윗 넬슨에서 탈출했다. 그러나 우리는 점점 더 깊은 수

렁에 빠져들었고, 결국에는 각자의 살길을 스스로 찾아야 한다는 것을 알았다. 그런데도 혹여 내가 체포되어 감옥에 던져진다면 내 친구를 배신하고 싶지 않았다.

어느 날 밤 필과 나는 파티에 갔다. 나는 현관에 서 있었는데 길 건너편에 주차된 차를 발견했다. 직감적으로 누군가 우리를 기다리고 있다는 생각이 들었다. 나는 침착하게 몸을 돌려 집안으로 들어가 필의 어깨를 잡고 우리가 함정에 빠졌다고 속삭였다. 필은 우리가 앞 창문으로 걸어가 추운 밤을 내다보는 동안 빨리 술에서 깼다. 나는 내 편집증에 장난을 쳤다고 생각하기 시작했다. 마침내 주차된 차의 뒷좌석에서 뭔가가 깜박이며 움직이는 것이 보였다. 가로등 불빛이 뒷좌석에 누워 있는 사람의 총신에 반사된 것이다.

필과 나는 뒷문으로 조용히 나갔다. 현관에 서 있는데 "쫓기느라 지쳤어"라고 말하는 듯 서로 분노가 치밀었다. 이 분노가 대마초와 술 기운이 뒤섞여서 우리 마음속 두려움을 떨쳐버리기에 충분했다. 우리는 서로를 한 번 쳐다본 뒤 진작에 잡아 뽑은 권총을 들고 집 앞으로 달려나갔다. 주차된 차를 향해 돌진하며 무작정 총격을 가했다. 붉고 노란 연기가 뿜어나왔다. 차는 떠나면서 그 블록에 주차된 모든 차들의 측면을 긁었다. 우리는 따라잡을 수 있기를 바라며 따라 걸어갔다. 그러나 다행히 차는 우리의 총알을 피하기 위해 방향을 틀며 속도를 냈다.

다음 날 우리는 앞에 차가 주차되어 있던 집에 총을 쏘았다는 사실을 알게 되었다. 그 집에는 아이들이 있었다. 아이들이 자고 있는 동안 총알에 맞을 뻔했다. 동네 주민들은 분노했다. 우리 둘을 찾는 첫 번째 수색이 시작되었다. 경찰은 우리에게 "쏴 죽인다"의 완곡한 표현인 "무장하고 위험하다"는 딱지를 붙였다. 이전에는 우리가 믿을 수 있는 사람이 많이 없었지만, 지금은 스킵 이외에는 아무도 없었다.

우리는 문신 가게에 틀어박혀 더 이상 밤에도 나가지 않았다. 스킵은 대대적으로 (심지어 자신과 가장 가까운 친구들에게도) 우리가 도시를 몰래 빠져나갔다고 소문을 퍼뜨렸다. 하버 시티의 나의 옛 동네는 이제 안전하지 않았다. 경찰은 수색영장을 발부받아 내 가족과 친구들의 집 문을 부수고 들어가는 등 나를 수색하는 데 총력을 기울였다. 심지어 길거리 상인, 도둑, 매춘부까지 괴롭히며 그들이 "그만 꺼져!"라고 말하면서 다시 일자리로 돌아갈 수 있게 나를 신고해 버리기를 바랐다. 필과 나는 심각한 상황에 놓여 있었고 우리도 알고 있었다.

나는 내가 무슨 짓을 할 뻔했는지 생각하며 공포에 휩싸였다. 그 집에 있던 아이들이 자기 방에서 자고 있는 우리 조카들과 오버랩되었다. 내가 그들을 죽일 수도 있었다. 나에게 기적이 일어났다. 아이나 그 차에 탄 사람을 죽였다는 고통을 안고 살아가지 않아도 되었다. 내가 느낀 이 감정에 이름을 붙일 수가 없었다. 후회를 넘어선 무엇이었다.

며칠이 몇 주로 늘어났다. 지루함은 잠을 자는 일조차 성가시게 만들었다. 감각을 잃은 나는 무엇이든 할 일이 필요했다. 나는 스킵의 상자를 뒤져서 문신 장비를 찾아냈다. 조용히 앉아 문신 총의 전원을 연결하고, 바늘이 얼마나 아플까 궁금해하며 인디아 잉크 한 병을 꺼냈다. 소년원에서 새긴 문신이 희미해졌다. 이제 새로운 잉크와 바늘을 테스트하며 재문신을 했다. 바늘은 아프지 않았다. 재문신을 한 다음, 오른팔에 새로운 문신을 그렸다. 나는 내가 쏜 총알에 아이가 맞지 않았다는 사실에 감사하는 마음을 담아 기도하는 손과 십자가를 그렸다. 그 옆에는 그 아이들이 총소리에 잠에서 깨어나 얼마나 울었을지 상상하며 눈물 방울을 그렸다.

그런 다음 내 본거지인 '하버 시티'라는 단어를 다시 썼다. 시설에서 얼마나 많은 시간을 허비했는지 반성하면서 모래시계를 그리고, 그 옆에는 권투 글러브를 그렸다. 나는 오랫동안 투사였고, 무너지고 싶지 않다면 투사로 남는 것이 낫다는 걸 알았다. 교도소 포탑의 이미지를 보았다. 그것이 내가 가장 잘 그린 그림이었다. 나는 속으로 생각했다. '네가 곧장 감옥에 가지 않을 것이라고 생각하는 건 말도 안 돼!' 나는 오른팔 전체가 문신으로 덮일 때까지 계속했다. 그때는 잉크와 바늘로 내 인생 이야기를 전했다는 걸 깨닫지 못했다. 나중에 필에게 내 눈 아래 "255번"이라고 새겨달라고 부탁했는데, 관 속에 누워 있는 친구에게서 본 것이었다. 그것은 그의 동네 갱단 이름이자, 그가 살고 죽은 거리의 번지수였다. 나의 거리이기도 했다.

스킵의 뒷방에 숨어 있다 보니 내 동행이 얼마나 마약에 찌들어 있었는지가 여실히 드러났다. 우리가 드윗 넬슨 밖으로 나온 지 두

달도 채 되지 않았는데 필은 이미 완전히 중독되어 있었다. 이제 쟁여둔 약이 다 떨어지고 나니까 그가 내가 알고 있던 것보다 더 심하게 중독되어 있다는 걸 알게 되었다. 필이 식은땀을 흘리고 몸을 떨면서 스킵이나 나에게 거리로 나가서 약을 좀 구해달라고 애걸하는 모습을 화가 나는 심정으로 지켜보았다. 그의 간청은 씨알도 먹히지 않았다. 우리는 그가 마약을 단번에 끊는 것을 지켜볼 준비가 되어 있었고, 그에게도 그렇게 말했다. 나는 그가 우리를 속이는 것에 화가 나서 심지어 매트리스 위에서 그가 헤로인 의존증과 싸우느라 몸을 비틀며 싸우는 모습을 관람하려는 듯이 팝콘을 찾기도 했다. 스킵도 나도 그가 약을 구하려고 가게에서 몰래 빠져나갈 것이라고는 전혀 생각지도 못했다.

필과 나는 카드 게임을 하고 있었다. 그는 또 토를 해야겠다며 자리에서 일어났고, 나는 그가 복도를 지나 화장실로 가는 걸 지켜봤다. 10분 후 내가 그의 카드 패를 훔쳐보고 있는데 스킵이 뛰어들어 오더니 필이 총에 맞았다고 했다. 필은 여기서 몇 블록 떨어진 거리에 쓰러져 있었다. 믿을 수가 없었다. 나는 그의 카드를 계속 바라봤다. 스킵은 지금 이름이 같은, 다른 필에 대해 말하고 있는 게 분명했다. 그가 경찰이 오기 전에 빨리 짐을 다 챙겨서 나오라고 했을 때, 비로소 진짜 내 친구 필일 수도 있겠다는 생각이 들기 시작했다. 스킵은 수배범을 숨겨준 것이나 더 심각하게는 뒷방에 총기 상자를 은닉한 것에 대한 위험을 감수할 수 없었다.

"야, 난 필 없이는 아무데도 안 가." 나는 계속 같은 말을 반복했다.

"미친, 야! 내가 지금까지 한 말을 뭐로 들은 거야?" 그는 내 코트를 들이밀며 말했다. "자. 필, 이 등신 같은 새끼! 여기서 내가 그 새끼 숨겨주고 뒤를 봐주고 있었는데, 제 발로 나가서 총 맞아 뒈졌잖아! 개자식! 경찰이 바로 길 아래쪽에서 필을 쐈다고!" 그는 겁에 질려있었다. "야! 너 가야 돼! 경찰들이 곧 들이닥칠 거야. 지금 당장 가!"

"누가 필을 쏜 거야?" 나는 바닥에 쌓여 있는 빨래 더미에서 옷 몇 벌을 집어 들며 물었다. 산탄총을 가져갈까 말까? 내 허리띠에는 이미 권총이 꽂혀 있었다. 결국 코트 아래 권총을 쥐고 눈부시게 환한 밤을 향해 어두운 복도를 질주했다. 방아쇠에 손가락을 댄 채, 상상도 할 수 없는 일을 할 준비가 되어 있었다.

스킵의 가게 뒷골목에 들어가자 밤이 불쑥 찾아왔다. 두려움과 아드레날린은 5피트 앞을 내다볼 수 없는 상황에서도 밤눈이 밝아진 것처럼 빨리 움직이게 했다. 나는 권총을 앞쪽으로 겨누고 방해가 되는 이들을 쏠 태세를 갖췄다. 내가 아는 한 덤불 속이나 쓰레기통 뒤에는 무장한 폭주족이 기다리고 있었다. 나는 겁을 먹은 채 꾸준히 앞으로 달렸고, 누군가가 날 기다리고 있을지 모른다는 생각에 대응할 준비를 했다.

속도를 늦춰 걷기 시작하기 전까지 얼마나 멀리 달렸는지 모르겠다. 누군가가 나를 따라오고 있지는 않은지 어깨너머로 계속 확인했다. 소리가 나는 모든 방향으로 권총을 겨누었다. 아무 사고도 일어나지 않기를 바랐다.

마침내 골목을 빠져나와 모두가 잠든 주택가로 나왔을 때 나는 재빨리 차를 하나 골라서 철사를 이용해 시동을 걸고 롱비치에 있는 토미 형 집으로 출발했다. 형이 늘 "마약 판잣집"이라고 불렀던 곳이 었다.

마약 판잣집

아직도 카슨에서 필에게 무슨 일이 있던 건지 모르는 상태로 코트 밑에 권총 두 개를 들고 토미의 집에 도착했다. 내 것이라고 할 수 있 는 돈 한 푼 없이 도망치고 있었다. 새로 새긴 문신이 감염 때문에 부어오르고 있었다. 마지막으로 샤워를 한 게 언제인지 기억도 나지 않았다. 나는 왜 드윗 넬슨의 울타리 안에 얌전히 있지 못했을까?

나는 완전히 통제력을 잃기 직전의 상태로 나락으로 떨어지고 있었다. 폭력의 소용돌이 속에 갇힌 느낌은 아드레날린을 증폭시킬 뿐이었지만, 내가 가장 두려워했던 것은 내가 하는 짓을 직접 대면 하는 일이었다. 내가 탈주 후 겪은 모든 일들을 토미에게 어떻게 설 명할 수 있었겠는가?

나는 토미에게 모든 이야기를 털어놨다. 내 지친 모습을 보고 토미는 샤워해도 된다고 했고, 나는 망설이지 않았다. 그는 나에게 자신의 유일한 침대인, 뒷방에 있던 한쪽이 꺼진 침대를 줬다. 청소 년 교정청에서의 생활이 더 쾌적했다.

하지만 다음 날까지 푹 잤다. 마침내 잠에서 깨서 눈에 비비기도 전에 토미가 나에게 제안했다. 내가 자신의 뒤를 봐준다면 자기 집에서 공짜로 머물러도 된다고 했다. 내가 할 일은 그가 현관문에서 헤로인 거래를 하는 동안 그의 뒷모습을 지켜보는 것이 다였다. 내 일은 산탄총을 들고 문 뒤에 서서 누군가 토미를 뜯어내려고 하거나 더 심한 경우 집을 샅샅이 뒤져 마약을 털어가려고 그를 데리고 나가려고 할 때를 대비하는 것이었다. 내가 아는 토미라면 밝히기로 한 것 이상의 뭔가가 있을 거라고 생각했지만, 그는 어쨌건 내 형이었다. 다른 이유가 없더라도 그를 도와주는 것이 내가 목적을 가지고 청소년 교정청에서 탈주했다고 주장하는 데 도움이 될 수도 있었다.

산탄총을 들고 토미의 문 뒤에 서 있으면 내가 중요한 존재가 된 듯했다. 나는 지하세계의 일원이었다. 총의 엄청난 무게가 환상을 일으켰다. 조만간 나는 진짜 마약 업계의 핵심 인물들과 악수하는 사이가 될 것이다. 주 전역에 걸쳐 내 명성을 듣겠지. 나는 최고의 자리에 오르게 될 것이다. 진정한 갱스터가 될 것이다.

토미가 나에게 가장 중요한 물건들만 잘 챙겨서 "1초도 지체하지 말고" 즉시 떠날 준비를 하라고 했을 때 나는 이유를 물었다.

"왜냐하면, 제이" 토미가 말했다 "우리가 하는 일이 언제 틀어질지 아무도 모르는 거고, 누군가를 쏴 죽여야 할지도 모르는 거잖아? 어떤 개자식의 머리통을 날려야 할지도 모른다고, 동생아! 형이 무슨 말 하는지 알아?"

"응, 그런 거 같아."

"이 판에서는" 토미가 계속 말했다. "총을 그냥 들고 있는 것만으로는 아무도 알아주지 않아! 그런 식으로 되는 게 아니거든. 네가 어떤 멍청한 새끼를 극락으로 보내버렸다는 소문이 빌어먹을 거리에 퍼지는 날에만" 형은 씩 웃으며 말을 이었다. "그날이 와야만 아무도 너한테 도전하지 않을 거야. 더 이상 널 귀찮게 하지 않을 거라고, 알아?"

"그럼, 당연하지! 바보 같은 놈을 하나 날려버려야 할지도 모른다는 거잖아!" 나는 초조함을 숨긴 채 대답했다. 갱스터가 된다는 게 무슨 뜻인지 깊이 생각해보지는 않았다. 어두운 순간이 지나갔다. '젠장! 이거 장난이 아니잖아! 명성을 얻으려고 사람을 진짜 죽인다는 거잖아!'

나는 주변에 부하들을 데리고 다니는 마약상들을 전부 떠올려 보았다. 그들은 모두 정말 멋지고 남녀노소 누구에게도 친구처럼 보였다. 그들이 정말 자기 명성을 위해서 정의롭게 사람들을 죽였다고? 내 의붓아버지 오티스도 사람을 죽인 걸까? 토미가 비상계단 옆 창문 아래에 헤로인과 교환한 보석이 담긴 가죽 가방, 새 권총, 좋은 신발 한 켤레 등 물건을 쌓아 두는 것을 보면서 드는 생각에 괴로웠다. 그러다가 불현듯 그런 생각이 들었다. 이 모든 게 내가 누군가를 죽여야 할 경우를 대비한 것이었다! 믿을 수가 없었다. 내 형이, 다른 사람도 아닌 내가 누군가의 머리를 날릴 수 있도록 준비를 하고 있었다.

이 경호원 업무는 나와 맞지 않았다. "안 할래! 미안! 이건 내 스타일이 아냐." 나는 작은 소리로 혼잣말하듯 말했다. 하지만 이 사람은 내가 가장 좋아하는 형이었다. 형의 목숨을 지키기 위해 거기 있는 것이 내가 맡은 역할이었다. 나는 이 일을 해내야 했다,

그래서 나는 토미의 현관문 뒤에 서서 강청색의 단총신 산탄총을 든 채 10분 간격으로 토미가 헤로인을 파는 얼굴 없는 중독자들의 이야기를 들었다. 마약 거래가 있을 때마다 바짓가랑이에 오줌이 흘러내리지 않게 하는 도전의 연속이었다. 토미 형은 내가 어렸을 때 본 기억이 나는 25달러짜리 풍선부터 풍선보다 더 크고 비싼 골프공 크기의 자루까지 모든 걸 팔았다. 그의 고객은 겉으로 보기엔 평범해 보이는 사람부터 완전히 미친 사람까지, 부유층 지역의 5일 근무 노동자들부터 카트를 밀고 다니는 노숙자들까지 다양했다, 롱비치 항구에는 휴가를 나온 선원들도 있었고, 노인들, 심지어 부모님이 보내준 자전거를 탄 아이들도 있었다.

문 두드리는 소리가 날 때마다 나는 구멍을 통해 구매자의 가슴에 산탄총을 겨냥해서 보고는 했다. 실제로 총을 쏴야 하는 순간이 와서 토미 맞은편 벽에 피를 뿌리게 될까 두려웠다.

토미의 거의 모든 고객은 극적인 사연으로 가득한 존재였다. 어떤 이들은 돈을 덜 가져와서는 부족한 돈은 가능한 한 빨리 주겠다면서 자기 어머니 무덤을 걸고 맹세했다. 그들은 울고, 빌고, 사기를 치고, 거짓말을 하고, 소리치고, 욕하고, 약속했다. 그에 대한 답으로 친절한 몸짓이나 끔찍한 협박을 받기도 했지만, 헤로인은 받지 못했다. 그들은 문 뒤에서 산탄총이 자기 가슴을 겨누고 있었다는 사실

은 전혀 몰랐다.

"개자식아, 내가 빌어먹을 네 돈 구해올 거 알잖아," 나는 그들이 애원하는 것을 들었다. "야, 토미, 우리가 알고 지낸 세월이 얼만데 그래, 어?"

잠시 정적, 그러다가 목소리가 이어졌다. "왜 이러는 거야? 왜나를 이렇게 대하는 거야? 나야! 나한테 이러지 마라. 제발, 제발!" 그 목소리는 곧 눈물을 흘릴 것처럼 간청했다. "나을 수 있을 정도만이라도 제발 좀 주라."

다른 고객들은 금단 현상으로 몸을 떨면서 손목시계, 결혼반지, 심지어 분홍색 자동차 등록증까지 담보로 제공하곤 했다. 때로는 돈을 찾으려고 가슴이나 은밀한 곳까지 손을 넣고 뒤지기도 했다. 그들이 자세를 바꾸면 무기를 찾으러 가는 것일까 봐 두려웠다. 팔이 움찔거리고 방아쇠를 당길 뻔하기도 했다. 나는 아무도 형에게 달려들지 못하게 지키기로 결심했다. 달려들게 둔다면 그들은 형을 강탈하고 형이 가진 모든 걸 빼앗으려고 하리란 걸 알았다.

그들은 유약했지만 늘 계략을 꾸미는 것처럼 보였다. 그들의 질문은 나를 겁나게 했다. 집에서 토미와 함께 지내는 사람은 누구인지, 언제 오는 게 가장 좋을지, 1,000달러 상당의 헤로인을 사면 더나은 가격에 거래할 수 있을지, 토미네 판잣집에서 주사를 할 수 있을지, 기본적으로 그들은 토미가 언제 가장 취약한지, 그가 수중에 보유하고 있는 헤로인 양이 얼마나 있는지를 묻고 있었다. 토미와함께 자란 친구들, 즉 자신들이 특별한 조건에 거래할 자격이 있다고 생각하는 사람들은 우리가 가장 불신하는 부류였다.

낮이든 밤이든 문 뒤에 서 있으면 미칠 것 같았다. 끔찍한 일을 저지르게 될 것 같았다. 그렇게 될 거라는 걸 뼛속 깊이 느끼고 있었다. 잠을 잘 수가 없었다. 가느다란 실을 간당간당 겨우 붙잡고 있었는데, 곧 놓아버릴 것 같았다.

토미는 일이 쉽게 풀리게 두지 않았다. 내가 보호막이 되어줬더니 고객들에게 더욱 거만해졌다. 나는 마침내 그가 사람들을 막 대해서 내가 결국 누군가를 쏴야 하는 상황에 부닥치게 하고 있다고 말했다. 하지만 내가 계속 문 뒤에서 뒤를 봐주었기 때문에 그는 오히려 사람들을 계속 쓰레기처럼 취급했다. 가장 도움이 필요한 고객을 빈손으로 돌려보냈다. 그는 그들이 자신에게 빚을 졌다고 주장하면서 그들에게서 돈을 가로챘다.

하루는 산탄총에 총알을 넣으면서 내가 최근 기껏해야 30피트 떨어진 곳에 주차된 차에 총을 쏘고 놓쳤다는 것을 토미에게 상기시켰다. "말해 주는 거야. 확실한 건 없어. 형이 자꾸 고객들한테 장난을 치다가 내가 총을 쏴야 하는 상황이 오면 실수로 형 고객들이 아니라 형 엉덩이에 구멍을 뚫을 수도 있거든."

"그래서, 무슨 말을 하고 싶은 거야?" 토미가 물었다. "나를 쏘겠다는 거야? 네가 하려는 말이 그거야, 제이?" 그가 분노로 미친 듯이 흥분하기까지는 단 1초밖에 걸리지 않았다. 마치 증기가 모공을 뚫고 뿜어나오는 것 같았다.

"아… 아… 아니, 나는 그… 그… 그냥." 내가 더듬더듬 말했다.

"그냥 뭐… 그냥이 뭔데? 어?"

"아니야, 신경 쓰지 마, 토미." 이렇게 말하고 나는 달려 나갔다. 여기까지다.

불과 몇 주 만에 아프고 죽어가는 듯 보이는 남자, 여자, 십대 청소년 등 수많은 사람이 헤로인에 중독되어 고통을 덜기 위해서라면 무엇이든 할 준비가 되어 있는 듯한 표정으로 살갗이 다 파이도록 팔을 벅벅 긁어가며 구걸하는 모습을 보아왔다.

나는 목소리를 통해 사람들을 알게 되었다. 핸드백 날치기와 자동차 절도범을, 언변 좋은 사기꾼들과 무장 강도를 구별할 수 있었다. 자동차 강도, 소매치기, 좀도둑, 매춘부, 길거리 행상인을 알았다. 문 뒤에 서서 이 모든 목소리를 들었고, 이들이 헤로인을 얻기 위해 하지 않을 일이란 없었다. 이에 대해 나는 아무 환상도 없었다. 이 세계에서는 누구도 타인을 신경 쓰지 않았다. 토미도 토미의 고객들도. 필은 자신이 어떻게 살아왔고 어쩌다가 죽을 뻔했는지 등 자신이 겪은 일에 대해 털어놓으며 같은 문제를 많이 이야기했었다.

나는 내 손으로 문제를 해결해 보기로 했다. 큰 실수였다. 토미는 내가 직접 팔아 돈을 벌 수 있도록 헤로인을 줬다. 하지만 나는 이미 돈을 버는 방법이 있었기 때문에, 헤로인을 파는 대신 헤로인을 누구보다 필요로 하는 심각한 상황에 있는 사람들에게 조금씩 나눠주기 시작했다. 불행히도, 토미 집에 가면 헤로인이 공짜라는 말이 나돌 거라는 생각은 하지 못했다. 머지않아 마약중독자들이 떼로 몰려오기 시작했다.

무슨 일이 있었는지 토미에게 설명하자 그는 미쳐 길길이 날뛰며 허공에 대고 총을 쏘아 모두를 쫓아냈다. 바로 그 자리에서 나는 그가 얼마나 무감각해졌는지 알 수 있었다.

토미의 오랜 친구이자 1학년 때부터 믿지 못했던 한 친구는 항상 이렇게 말했다. "여기는 서로 물고 물어뜯는 무자비한 정글이야." 올버드는 이를 쑤시면서 씩 웃곤 했다. "모든 게임에 봐주기란 없지, 방심하면 지는 거야! 어쩌다 실수해서 미끄러지기라도 하면, 그대로 악마의 구덩이로 빠져서 나락 가는 거야. 그게 내가 아니고 너희여야겠지!"

chapter

22

로빈 후드

법의 테두리 밖에서

늦은 밤 토미를 보호하는 업무가 없는 개인 시간이 생기면 나는 허리띠 안에 권총을 꽂고 비상탈출구로 빠져나가곤 했다. 나는 태평양 연안 고속도로를 오가며 다시 타코벨을 털기 시작했다. 미친 짓이라는 걸 알았지만 신경 쓰지 않는 척했다. 나는 경찰을 잘못된 방향으로 따돌려주는 대가로 점원에게 전리품 일부를 떼어줄 것이다. 최저임금을 받고 경영주에게 나쁜 대우를 받는 경우가 많은 점원들은 내가 오는 걸 반가워했다.

강도질을 한 뒤에는 차를 훔쳐서 롱비치의 한쪽에서 다른 쪽으로 차를 몰고 엄마와 형제자매들을 보러 갔다. 그들은 나를 보면 항상 기뻐했지만 아무도 내가 오래 머무는 걸 좋아하지는 않았다. 나를 찾는 경찰이 도난당한 신용카드 사용부터 마약, 장물에 이르기까지 모든 불법 행위의 증거를 발견하는 걸 원치 않았다. 모두가 법 테두리 바깥에서 살았다. 심지어 훔친 세탁기를 가져다 쓰는 할머니들도 마찬가지였다.

나는 친척들에게 타코벨에서 가져온 현금을 나눠 주고 캘빈 삼촌과 시간을 보내기 위해 윌밍턴으로 차를 몰고 갔다. 그런 다음 가장 안전하고 편안하게 느껴지는 하버 시티에 가곤 했다. 나는 농부가 자신의 밭을 잘 아는 것처럼 이곳을 훤히 꿰고 있었다.

나는 가끔 주택단지에 있는 모나의 집에서 잠을 자곤 했다. 모나는 수년간 사귄 여자친구였다. 내면과 외면이 모두 아름다운 여성이었다. 그녀는 긴 머리를 땋아 묶고 단정한 옷을 입었다. 성격이 있다는 건 굳이 눈으로 보지 않아도 알 수 있었다. 우리 사이에 아이가 있었다면 정말 좋았겠지만, 그녀에게는 이미 세 살 된 아들 BJ가 있었다. 나와 BJ가 카펫 위에서 터치 풋볼을 하는 동안 모나는 웃으면서 소파에 앉아 있었다. 그 시기에 BJ에게 아버지라는 존재를 갖게 된다면 내가 가장 유력한 후보가 아니었을까 싶다. 그의 진짜 아버지가 누군지는 전혀 알 길이 없었다.

모나를 만난 이후 나는 감옥에 갇히게 되었다. 그녀의 집 앞에 나타날 때마다 나는 이전보다 훨씬 더 큰 어려움에 처해 있었다. 그녀는 나를 받아주었지만, 자신과 BJ를 지켜야 했기에 보통 밤에만 잠시만 머물도록 허락했다. 비밀리에 만나면서 우리는 항상 이것이 우리의 마지막일 수도 있다는 생각에 함께 있는 시간을 최대한 활용하려고 노력했다. 우리의 시간은 너무 짧았기에 서로의 단점을 알아갈 기회가 없었다.

제안

토미가 마약이 떨어져서 다음 물량을 기다리고 있을 때, 나는 며칠 동안 그의 집에서 멀리 떨어져 있었다. 마약이 없으면 그의 고객들은 아프다. 동네 사람들은 골목 쓰레기통 주변에 웅크리고 누워 있었는데 거의 죽은 듯 보였다. 그들을 피가 날 때지 팔을 긁었고 바지에 오줌을 쌌다. 악취가 끔찍했다. 토미가 내가 필요한 게 아니었으면 그 음산한 현장 근처에는 얼씬도 하고 싶지 않았다.

하버 시티에서 내가 머물렀던 또 다른 곳은 가장 가까운 친척들이 있는 바바리 외숙모네였는데, 그곳은 다른 어느 곳보다 집 같았다. 어느 날 나는 뒷방에서 외삼촌들 그리고 외삼촌의 친구들과 함께 대마초를 피우면서 토미가 고객을 대하는 방식에 대해 불평하기 시작했다. 이 지혜롭고 늙은 고양이들이 아니면 우리 큰형을 다루는 법에 대해 누가 조언을 해주겠는가? 그들은 나보다 토미를 훨씬 더 잘 알았다. 빅 로니 외삼촌이 말했다. "제이! 네 형한테 가서 말해. '내가 형 때문에 누군가를 쏴야 한다면, 그다음은 형이 될 거야!' 그렇게 말을 하는 거다, 제이! 마음에 안 들어 하면, 내가 그렇게 전하라고 했다고 얘기해라. 나한테 직접 와서 얘기해보라고!"

"에이, 외삼촌들, 내가 우리 형을 어떻게 쏴요." 내가 말했다.

"왜 못 쏴? 누가 그래?", "웃기네!", "그런 말은 어디서 주워듣는 거야?" 짙은 대마초 연기 사이로 여러 쌍의 눈들이 나를 쳐다보는 동안 수많은 목소리가 울려 퍼졌다.

"아니, 다들 미쳤어! 나는 우리 형을 쏠 생각이 없다고요." 내가 말했다.

"얘야, 네가 아니라 우리 중 하나가 그 산탄총을 들고 보호해 주는 역할을 한다면 네 형이 그렇게 사람을 가지고 놀 수 있을 거라고 생각하니?"

"안 그럴 거 같네요." 나는 인정했다. 토미가 자기를 위해 문 뒤에 서 주는 지혜로운 전문가들을 상대로 멍청하게 구는 모습이 그려지지 않았다.

"왜 안 그러는 줄 아니? 걔는 알고 있거든." 빅 로니가 나를 차갑게 쳐다보며 말했다. "내가 자기 몸을 벌집으로 만들어 버릴 거라는 걸 말이다! 네 형 장례를 치러야 할지도 모르겠구나!" 그는 손에 든 대마초 담배를 내려다보고는 입술에 가져다 대고 깊게 빨아들였다. 끝도 없이 계속 빨아들이는 것 같았다. 그러다가 콧구멍 주위에서 연기가 꼬리를 그리며 뿜어져 나왔다. 그는 연기가 나는 뜨거운 담배를 나에게 넘겼다. 마치 나를 그들의 형제회에 받아주겠다는 표시처럼. 그들은 내가 남은 담배를 천천히 빠는 모습을 지켜봤다. 나는 이 사람들이 모두 미쳤다고 생각했는데, 실제로 그랬다.

외삼촌들의 어린 시절 친구인 새미 리가 말했다. "제이, 내가 너한테 제안을 하나 할까 하는데. 더 이상 토미를 상대하지 못하겠다면, 내가 계획하고 있는 작은 일을 하나 맡아서 도와줄 수 있을 거 같아서. 나는 믿을 수 있는 사람이 필요하거든." 그는 친구들을 돌아보며 물었다. "너희 생각은 어때? 이 아이는 빅리그에 진출할 준비가 되었는가! 내 파트너가 되는 데 필요한 자질을 갖추고 있는가?"

연기가 자욱한 작은 방에서 논의를 한 끝에 내가 그 일에 딱 맞을 거라는 결론을 내렸다. 드디어 토미와의 문제에서 벗어나게 되어 기뻤다. 나는 결국 함정에 빠지지 않을 거다. 그리고 새미의 파트너가 될 것이다! 칼 외삼촌과 새미 리는 각 강도 사건에 관한 내 몫을 협상했다. 수익금의 절반은 내 것이 될 거다.

바로 다음 날 저녁 나는 차로 새미를 전당포에 데려다주었다. 나는 긴장했다. "이건 그냥 일일 뿐이야. 우리는 그냥 우리가 할 일을 하는 거야." 그는 나를 진정시키기 위해 계속 말했다. 새미가 전당포에 들어가는 동안 나는 땀을 흘리며 시동을 켠 채 차에 앉아 있었다. 3분 후 그는 아무렇지도 않게 걸어 나왔다. 조수석에 올라탄 그는 나를 돌아보며 운전하라고 차분하게 명령했다.

이 한 번의 강도로 나는 그 어느 때보다 많은 돈을 벌었다. 지금까지 타코벨을 털어서 번 돈을 모두 합쳐도 이 정도는 못 벌었으니까. 나는 새미와 싸구려 모텔에 숨어 있는 동안 11,000달러 돈다발을 세고 또 세는 것 외에는 이 거금을 갖고 뭘 해야 할지도 몰랐다. 우리는 이미 그의 헤로인 거래자의 집에 들렀는데, 그는 우리 엄마의 오랜 친구였다. 새미는 거기서 수천 달러의 빚을 갚고 헤로인 풍선이 든 양말 하나를 통째로 사들였다.

내가 내 몫의 돈을 다시 세는 동안 새미는 헤로인을 몇 차례 투약했다. 소파에 몸을 구부리고 앉아 고개를 흔들거리는 그를 보면서 나는 믿을 수 있다는 파트너가 필요하다는 말이 무슨 뜻이었는지 깨달았다. 그 순간 나는 그가 가진 걸 전부 가져갈 수도 있었다. 그가 허리춤에 단 호주머니에는 돈다발이 권총처럼 매달려 있었고 입술에서는 침이 흘러내렸으며, 손가락 사이에는 불붙은 담배가 그럴 태워버리거나 바닥에 떨어지기 직전이었다. 내가 불을 끄지 않았다면 정말 화재가 일어날 수도 있었다. 새미 리는 이제 거리의 거의 모든 사람들의 없애기 쉬운 표적이 되었다. 특히 일에 성공할 때마다 매춘부를 데리고 파티하는 버릇이 있었기에 더 그랬다.

나는 왜 자꾸 헤로인 중독자들과 엮이게 되는 걸까? 내 형, 삼촌들, 의붓아버지, 엄마, 그리고 이제 내 범죄 파트너까지, 모두 헤로인을 상습 복용했다.

새미는 헤로인 투약을 계속할 돈이 떨어지기 직전에 차를 몰고 거리를 다니며 나를 찾았다. 그러면 우리는 또 다른 강도 행각을 벌였다. 새미가 물색한 범행 장소들을 다 도는 데는 그리 오랜 시간이 걸리지 않았다. 곧 우리는 또 새로운 목록을 만들어야 했다.

내 상황은 달랐다. 나는 내야 할 공과금도, 부양해야 할 아내도 자녀도, 유지해야 할 마약 습관도 없는 나는 단 몇 주 만에 벌어들인 수천 달러를 가지고 할 일을 찾아야 했다. 나는 그 돈을 나눠주기 시작했고 지방 법 집행 기관으로부터 "로빈 후드"라는 이름을 얻었다. 그들은 내가 느슨해져서 또 다른 실수를 하기를 기다리고 있었다.

나를 잡아 체포하기 위해서가 아니라 죽이기 위해서였다.

　나는 또한 친척들과 고향 친구들, 열심히 자활하고 있는 소년원 출신 친구들을 위해 중고차를 몇 대 샀다. 최저임금으로 생활하는 그들은 많은 걸 감당할 여유가 없었고, 나는 그들이 먹고살 수 있도록 돕고 싶었다. 깨끗하게 살려는 그들의 노력이 존경스러웠다. 나는 그렇지 못했기 때문에, 친척들을 통해 그 돈을 전달했다. 보호 관찰이나 임시석방 위반을 하게 하고 싶지 않았다.

　또 동네 사람들을 위해 마약과 술을 준비해 차 오디오로 시끄러운 음악을 틀어놓고 우리가 가장 좋아하는 막다른 길인 255번가 한복판에서 다 함께 춤을 추며 노는 "약에 취하고, 술에 취하는" 파티도 몇 번 열었다.

　나는 내가 어디를 가든 따라다니기 시작한 가난한 동네 아이들에게 돈을 줬다. 나를 경멸하던 아이 부모들은 틈만 나면 경찰에게 내 존재를 알리곤 했다. 결국 나는 세탁기를 사주겠다고 약속하거나 쥐 퇴치 비용을 대주겠다거나, 잘 굴러가는 자동차를 사주고서 그들의 마음을 얻었다. 때로는 아이들에게 새 교복과 학용품, 점심 식사권을 사주기도 했다. 물론 여전히 우리 가족에게도 돈을 나눠주고 있었다.

　이제 온 커뮤니티가 나를 보호하고 있었다. 나는 하버 시티에서 붙잡히는 게 두렵지 않았다. 하지만 나는 하루아침에 새미보다 더 빨리 돈을 쓰고 있었고, 곧 새미 만큼이나 절실해졌다. 나는 마약을 하지 않았지만, 이제 사람들이 내 돈에 의존하고 있었기 때문이다.

K마트

장갑과 손전등용 건전지, 거래를 위한 기타 도구들을 사려고 K마트에 들어간 날 밤, 우리는 통제 불능 상태에 빠져있었다. K마트 정도되는 대형 마트 크기의 매장을 털 생각은 없었는데, 계산을 하려고 줄을 서서 기다리는 동안 매장 매니저가 계산대에서 다른 계산대로 이동하며 돈다발을 챙기는 것을 보았다. 우리는 아무 말 없이 우리 물건을 계산하고 차에 탔다.

"봤어요?" 나는 경험 많은 새미가 K마트를 터는 것처럼 막 나가는 미친 짓은 하지 말아야 한다고 말해 주기를 바라면서 물었다. 나는 그가 "안 돼! 당장 여기서 나가자!"라고 할 줄 알았다. 그런데 그는 대신 차분하게 이렇게 말했다. "잘 들어. 우리가 여기를 할 거면, 지금 당장 해야 돼. 점원들이 돈다발 회수하고 있을 때."

"진심이에요?" 내가 물었다. 나는 그냥 내가 어떻게 나오는지 보려는 거라고 생각했다.

"내가 진심 아닐 거 같아? 넌 어떤데?" 이마에 흐르는 땀을 보니 그가 진지하다는 걸 알 수 있었다. 새미는 금단 증상이 살짝 오기 시작하고 원하는 약을 다 얻어야겠다고 생각할 때면 항상 최선을 다했다. 이미 조급해진 그는 일찍부터 땀을 흘리기 시작했다. 그의 눈은 눈앞의 사냥감을 보면 순식간에 집중하곤 했다.

나는 K마트 입구의 40피트 높이의 전면 유리창을 바라보았다. '이건 내 인생에서 가장 미친 순간이 될 거야!' 나는 용기를 끌어모으며 자신에게 말했다. 어떻게 이런 일이 현실이 될 수 있을까?

"자, 젊은이, 준비되었는가?" 새미가 그 어느 때보다도 땀을 많이 흘리며 물었다. 그럴 수 있다고 생각했다. 우리가 하려는 일의 규모를 생각하면 누구라도 땀이 날 테니까. 바닥에서 단총신 산탄총을 집어 들어 트렌치코트 안에 숨기며 심호흡했다. 나는 안으로 들어가자마자 탄창에 탄환을 장전하기로 결심했다. 두려움은 불안함을 극복하는 데 필요한 분노로 바뀌었다. 왜 화가 났는지 모르겠지만, 그냥 화가 났다.

"준비됐어요! 가봅시다!" 내가 말했다. 우리는 차에서 내리기 전에 서로를 마지막으로 바라봤다. 같이 있는 모습이 보이지 않도록 걸음을 옮길 때마다 더 멀리 떨어져서 주차장을 가로질러 이동했다. K마트 안에 들어갔는데 새미의 모습이 보이지 않았다. 줄 서 있는 사람들 속에서 그의 얼굴을 찾다가 나는 갑자기 마음이 바뀌었다. 우리는 언제든 둘 중 하나라도 불편함을 느끼면 문을 향해 고개를 끄덕하는 걸로 신호를 주기로 했었다. 나는 이 작전을 취소하고 싶었지만, 새미가 보이지 않았다.

바로 그때 익숙한 그의 기침 소리가 들렸다. 곧 작전을 실행에 옮긴다는 신호였다. 1, 2초 동안 나는 그냥 기침한 것이길 바랐다. 하지만 그때 계산대 몇 개쯤 떨어진 지점에서 새미의 몸 전체가 뒤로 튕겨 나가는 모습이 보였다. 산탄총을 발포하면서 가해진 반동 때문이었다. 모두가 비명을 지르기 시작했고 천장 일부가 무너져 내렸다. 새미가 소리쳤다. "다 엎드려! 다 엎드리라고!" 그러고는 다시 탕!

탕! 그가 총을 쏠 때마다 더 많은 총성이 울렸다. 고객들은 물건을 떨어뜨리고 통로로 미친 듯이 달려가 소리를 지르며 다른 사람들을 밀치고 심지어 진열대를 넘어뜨리기까지 했다. 순간 나도 그들 중 하나가 된 것 같았다. 나는 혼돈과 혼란의 한가운데서 얼어붙었다.

나는 보안요원이 새미 뒤로 몰래 다가오는 것을 보고 코트 밑에서 산탄총을 홱 잡아 꺼냈다. 탕! 탕! 총성이 허공에 울려 퍼졌다. 산탄총을 쏴본 건 그때가 처음이었다. 쏠 때마다 몸이 뒤로 밀려났다. 거의 쓰러질 뻔했다. 새미가 사람들에게 엎드리라고 계속 소리치는 동안 나는 다섯 발을 모두 쐈다. 심지어 재장전해서 TV에서 본 것처럼 계산대 위로 뛰어올랐다. 새미는 계산대를 옮겨 다니며 성난 기세로 금전등록기를 뒤지면서 서두르다가 바닥에 돈을 다 쏟았다. 손으로 집을 수 있는 돈은 한계가 있었고 그는 걷잡을 수 없이 기침하고 있었다. 돈 자루는 이미 없었다. 이미 수거가 된 터였다. 모든 게 아수라장이었다.

이때쯤 새미는 토할 듯이 심하게 기침을 해대고 있었다. 정말로 K마트를 빠져나갈 타이밍이었다. 바닥에 흩뿌려진 돈을 두고 뒤로 물러서는데, 그 순간 새미의 산탄총이 실수로 발포되면서 커다란 전면 유리창이 폭파되었다. 유리가 부서지는 모습을 멍하니 바라보고 있는 동안 내 마음과 정신도 산산조각이 났다. 내 인생이 무너지는 것을 지켜보고 있었다.

우리는 머리카락과 옷에 유리 파편들을 묻힌 채 공포에 질린 쇼핑객들 사이를 헤치고 차를 타고 달아났다.

두 블록 떨어진 곳에서 사이렌 소리가 들렸다. 길게 늘어선 경찰차들이 K마트 방향으로 지나갔고 구급차들이 연달아 뒤따랐다. 내가 무슨 짓을 저지른 걸까 하는 생각에 심장이 두근거리고 속이 메스꺼웠다. 나는 구급차가 지나가는 걸 더 이상 보지 않기 위해 주고속도로를 벗어났다. 새미가 계속 기침하는 동안 나는 무아지경으로 계속 차를 몰았다.

돈이 거의 없는 새미와 나는 더위가 한풀 꺾일 때까지 모텔에 틀어박혀 지냈다. TV 뉴스에서 우리가 K마트 앞에 주차돼 있던 현금수송 트럭을 털어 수십만 달러를 들고 도주했다고 보도했다. 우리는 아무도 죽지 않았다는 소식에 안도했다.

하루도 지나지 않아 내가 들어보지도 못한 도시에서 범죄를 저질렀다는 혐의로 우리를 체포하라는 영장이 발부되었다. 마음 한편으론 마치 내가 실제로 현금수송 트럭을 털고 도망친 것처럼 거짓 명성을 얻은 듯한 기분이 들었다. 하지만 동시에 두려움이 가슴이 요동치며 심장이 두 배로 빠르게 뛰었다.

두려움이 엄마를 찾게 했다. 엄마는 볼 때마다 늘 어두운 도시의 출입구에 기대어 있거나 아파트 건물 뒤편에 조용히 앉아 고통스러워하고 있었다. 하지만 엄마가 어떤 상태에 있든 나는 여전히 엄마의 아들이었다. 엄마는 경찰이 나를 쏴서 죽일까 봐 두려워했다. 엄마와 함께 보낸 시간은 짧았지만 몇 시간처럼 느껴졌다. 나는 엄마가 안아줄 때마다 이게 우리의 마지막일 수 있다고 생각했다. 마음속 깊은 곳에서 힘을 끌어내던 엄마는 항상 웃을 거리를 찾아냈고 헤어지기 전에 서로 "조심해"라고 말할 수 있도록 했다.

도미노 효과

나는 대낮에 계속해서 산책하고 이야기하면서 이웃에게 내가 큰 범죄자인 것처럼 행동했다. 하지만 결국 나는 더 이상 내 자신이 누군지 알 수 없었다. 내가 어떤 사람이 될지 두려웠다. 지금까지 걷잡을 수 없는 정도로 심한 소용돌이 속에 있었기에 마침내 붙잡힌 것이 다행이었다.

오로지 경찰을 피하는 것만이 내 존재 이유가 되어 있었다. 마약 밀매자처럼 순찰대를 모니터할 수 있는 무전기를 들고 다니며 그들의 통신을 추적해서 피해 다녔다. 무전기 덕분에 여러 번, 때로는 단 몇 초 차이로 체포되는 것을 피할 수 있었지만 경찰은 결코 멀리 있지 않았다. 그들은 옥상에 잠복하거나 쓰레기통에 숨어서, 현지 웨이트리스로 변장하거나 심지어 버스 정류장에 앉아서까지 나를 계속 수색했다.

나는 점점 지쳐가고 있었다. 이제는 정말 단념할 때가 되었지만 인정할 준비가 되어 있지 않았다. 그래서 대신 더 부주의하게 굴기 시작했다. 어느 날 나는 나에게 돈을 빌린 남자를 쫓아가 총구를 겨누며 위협했다. 우연히도 그는 내 누나 샬린이 살던 건물의 세입자였다.

"가서 내 돈 가져와. 딱 1시간 준다!" 내가 말했다.

"돈 줄게." 그가 말했다.

"그럼 가서 가져와." 나는 위협적인 태도로 코트 안에 손을 집어넣으면서 말했다. "가서 가져오라고!"

그가 도망칠 때만 해도 경찰에 신고하러 갈 거라고는 생각지 못했다.

몇 시간 후 나는 샬린의 아파트에 앉아 친구들과 도미노 게임을 하고 있었다. 그러다 내 라디오에서 경찰 주파수 소리가 점점 커지는 게 들렸는데, 경찰이 점점 더 가까이 오고 있다는 뜻이었다. 조용한 충격에 빠진 우리는 두려움에 휩싸인 얼굴로 거기 앉아 있었다. 이제 무슨 일이 벌어질까? 길거리로 뛰쳐나가면 죽겠지? 하지만 여기서는? 아파트 안에 있으면? 결국 어떻게 되는 걸까?

나는 테이블에서 뒤로 물러난 뒤 자리에서 일어났다. 두세 살쯤 된 조카 돈타가 내 다리를 꽉 움켜쥐고 있는 게 느껴졌다. 샬린은 조카를 데려가려고 달려왔고 눈물을 흘리며 나를 바라보았다. 침실로 간 나는 들고 있던 무기를 모두 꺼내 옷장 안에 숨겼다.

그 후에는 어떻게 해야 할지 고민할 필요가 없었다. 나와 내 친구들에게 현관문을 열고 손을 머리 위로 든 채 천천히 걸어 나오라는 경찰의 목소리가 확성기를 통해 들려왔다. 돈타가 나에게 달려오는 것을 본 사람들은 "쏘지 마요! 쏘지 마세요!" 하고 소리치기 시작했다. 경찰이 나에게 총을 겨누고 있는 동안 나는 샬린이 와서 데려갈 수 있을 때까지 돈타를 팔로 감싸 꼭 안고 있었다.

경찰이 나와 내 친구들에게 차의 보닛과 트렁크를 잡고 몸을 수그려보라고 하면서 누가 나인지 알아내려고 했다. 놀랍게도 경찰은 그 자리에서 바로 나를 알아보지 못해 내 문신을 조사하고 있었다. 그때 어디에선가 갑자기 엄마가 나타나 순찰차를 통해 돌진했고 경찰이 엄마를 제지했다. 엄마는 손가락으로 정확하게 나를 가리키며 소리쳤다. "저기 있는 저 남자애를 털끝 하나라도 건드리면, 보이지 저기, 쟤 이름이 제이인데, 눈 깜짝할 사이에 다 죽이고 내가 감옥 갈 거야." 엄마는 고통과 분노로 울부짖었다. "내 말 들리니, 제이? 엄마한테 전화해라, 아가. 당신들 전부 잘 들어. 내가 감옥 갈 일 만들면, 다 가만 안 둬! 나 감옥에 가게 만들지 마!"

경찰이 나를 찾았다는 걸 알았다.

새미 리는 K마트 강도 사건에서 기소되지 않았다. 다른 사람이 범인으로 오인되어 그를 대신해 억울하게 유죄를 판결받았다. 하지만 나는 기소되어 유죄 판결을 받고 샌 퀜틴 교도소로 보내졌고, 지금도 그곳에 있다. 수년 동안 나는 철망과 낡고 깨진 창문 틈새로 자유라고 믿었던 것을 바라보았다. 하지만 나 자신을 발견하고 진정한 내면의 자유를 얻기까지는 더 많은 시간이 걸렸다.

모든 마음의 변화로
이 불의를 이롭게 하소서.
존재의 모든 이유를
긍정하게 하소서.
모든 상황, 모든 깊이,
고통과 기쁨 모두에서
당신과 나, 모든 존재를
수행하게 하소서.

chapter

23

샌 퀜틴

어항 속 물고기

1981년 샌 퀜틴의 문에 들어섰을 때 나는 열아홉 살이었다. 뒤에서 문이 쾅 닫히는 소리를 들었을 때 무장 강도의 대가로 이 작은 시멘트 감방이 앞으로 20년 동안 내 집이 되리라고는 상상하기 힘들었지만, 그것이 내가 스스로 고른 카드였다.

감방이 작았지만 나 혼자 쓰는 게 아니었다. 전등 스위치를 한번 누르자 더러운 벽을 빙빙 돌며 기어 다니는 뚱뚱한 바퀴벌레 무리와 바닥에 아무렇게나 굴러다니는 흙먼지들이 보였다. 변기에 앉았을 때는 소변 악취에 기절할 뻔했다.

나는 교도소에 새로 들어온 죄수, 즉 '물고기'들에게 나눠주는 소지품 상자인 '물고기 키트' 안을 살펴보았다. 칫솔, 세제, 수건을 꺼내 감방 안을 구석구석 문질러 닦았다. 정전되면 변기 물로 세수를 해야 할지도 모른다는 이야기를 들었기 때문에 아카데미에서 배운 군대식으로 변기도 깨끗이 청소했다. 감방 바닥에서 밥을 먹어도 될 거 같다는 생각이 들었을 때 문지른 뒤 닦는 걸 멈췄다. 그런 다음 젖은 화장지 뭉치를 말아서 바퀴벌레가 다시는 들어오지 못하도록 틈새를 모두 막아버렸다.

샌 퀜틴을 집으로 생각하기 위해 나는 믿을 수 없을 정도로 강한 생존 의지를 끌어내야 했다. 대부분의 신입 수용자들과 마찬가지로 나 역시 곧바로 교도소 시스템 안에서 갱단 활동이라고 부르는 것에 휩싸였다. 보통 교도소에서는 인종별로 어울리기 마련인데, 내 또래 친구들은 인종에 상관없이 다 같이 어울려 더 깊은 소속감을 느꼈었고, 지금까지 알던 유일한 진짜 가족임을 다시 한번 확인했었다. 하지만 샌 퀜틴은 완전히 새로운 세계였기 때문에 더 나이 많고 경험 많은 같은 인종의 수용자들에게서 피난처를 찾는 방법밖에 없었다. 이 나이 많은 수용자들은 샌 퀜틴에서 끝없이 일어나는 무분별한 폭력에서 살아남는 방법을 알려주며 우리의 멘토가 되어 주었다.

나는 곧 수용자 중 다수가 맥라렌 홀, 소년 마을, 캘리포니아 청소년 교정청 등과 같은 곳을 거쳐 왔다는 사실을 알게 되었다. 우리 중 일부는 코 찔찔 예닐곱 꼬맹이들 시절 휴게실에서 서로 밀치고 놀던 때부터 계속 마주쳤던 사이였다. 나는 그들 중에 파블로처럼 시설을 옮겨 다니며 함께 성장한 친구도 있었다. 그런 시스템을 거쳐 온 사람들은 모든 걸 별거 아닌 걸로 축소하는 자신만의 비법을 가지고 있다. 내 친구 중 상당수가 "신경 안 써"라고 말하곤 했듯이.

하지만 그런데도 우리는 모두 그곳들에서 있었던 일들에 대한 기억을 공유했다. 아카데미에서 만난 오랜 친구 중 몇몇은 여전히 '불붙은 담배 콘테스트'에서 얻은 흉터를 자랑스럽게 보여 주곤 했다. 우리는 심지어 그곳에서 가장 좋아했던 지도원이 누구였는지 (캘훈인지 벅인지) 이야기도 하고 그들의 손에 당한 잔인한 일들을 비교해 보기도 했다.

시스템을 거쳐 온 우리는 감정과 자존감을 잃어버렸다. 우리는 샌 퀜틴에 있는 집에서 살았다. 미움과 두려움을 받으며 성장했다. 우리는 감방을 '집'이라고 생각했다. 5년 이하의 징역형은 농담으로 여겨졌다. 거의 하룻밤 사이에 우리는 강간당하지 않으려고 마치 관에 누워 있듯이 등을 꼿꼿이 펴고 자는 법을 배운 아카데미에 고마워하게 되었다.

교도소 시스템 내에서 우리는 각자 한 장소의 하나의 숫자로만 인식되었지만, 우리 사이에서는 총알, 미친놈, 살인자, 미치광이, 정강이, 산탄총, 뱀과 같은 새로운 이름을 요구했다. 이러한 새로운 정체성은 고유한 권력 구조와 규범을 가진 복잡한 사회 시스템으로 분류했다. 폭력은 우리의 문화이자 화폐였다.

그리고 판결은

내가 샌 퀜틴에 수용된 지 4년 후인 1985년, 교도관이 살해당했다.

교도소 당국은 많은 사람이 연루된 것으로 추측했지만, 나와 다른 수용자 두 명, 단 세 명만이 살인 및 살인 공모 혐의로 기소되었다. 어느새 나는 법정에 앉아 매우 중대한 혐의를 받고 있었다. 나는 스스로 완전히 결백하다는 것을 알았기에 이상하게도 이 혐의로 나에게 쏠린 관심에 오히려 더 큰 힘을 얻었다. 나를 잘 아는 사람들, 나와 함께 제도권 안에서 함께 자란 이들은 내가 살인을 할 수 없는 사람이라는 걸 잘 알았음에도 내가 마치 큰일을 해낸 것처럼, 중요한 인물이 된 듯한 기분이 들게 했다. 그들은 나에게 "야, 우리는 널 잘 알아. 넌 마치 네가 다른 사람이 된 것처럼 해보지만, 우리가 널 모르냐!" 하고 소리칠 거다. 하지만 나는 무지했고 어리석었기에 주변에서 벌어지는 일에 놀아났고, 결국에는 나와 전혀 관련이 없는 일에 유죄를 판결받을 가능성은 전혀 없다고 믿었다. 나를 마치 짐승 보듯 혐오하는 시선으로 바라보는 무장 교도관들에 의해 매일 족쇄를 차고 법원으로 이동하면서, 나는 무정한 범죄자 역할을 연기했다. 그러면서 한편으로 부정적이지만 나를 향한 관심 때문에 나의 결백이 빨리 밝혀지지 않기를 은근히 바랐다. 동시에 실제 나 자신과는 너무 동떨어져 있었기에 날마다 법정에 앉아 마치 다른 사람의 운명이 재판받는 것을 보는 것 같았고, 저녁 뉴스에서 다른 사람의 얼굴을 보는 것 같았다.

하지만 재판이 며칠, 몇 주가 지나도록 계속되자 걱정이 되기 시작했다. 배심원들의 얼굴은 점점 더 암울해지고 슬픔으로 뒤덮였다. 배심원들만이 내릴 수 있는 끔찍한 결정에 대해 안타까운 마음이 들었던 기억이 난다. 그런데도 내 마음은 갈피를 못 잡아 너무 혼란스러웠고, 머리와 마음이 분리되었다. 내 기억에 배심원단이 평결을 읽는 동안 눈물을 흘리진 않은 것 같다. 나는 계속 자신에게 질문을 던질 뿐이었다. "대체 무슨 일이 일어난 거지? 방금 진짜 이렇게 된 거야? 나 죽는다고? 언제? 지금? 내가 그 정도로 멍청했을 리가 없잖아, 안 그래?" 배심원은 나에게 살인 공모죄로 유죄를 선고했다. 다른 두 명의 수용자는 임시석방 없는 종신형을 선고받았지만, 나는 약물주사형 사형을 선고받았다. 평결이 내려지는 순간 내가 다섯 살 때 내 목숨을 구해야 한다는 이유로 우리 엄마에게서 나에 대한 양육권을 박탈한다고 판결하던 판사 옆에 서 있던 장면이 주마등처럼 스쳐 지나갔다. 18년 뒤, 바로 그 사법 시스템이 이제는 나에게 사형을 선고하고 있었다.

사형수로 살아가기

1988년, 엄마가 심부전으로 돌아가셨다. 나는 엄마를 오랫동안 보지 못했다. 어떤 사람들은 감옥이라는 지옥 같은 곳에서 죄수복을 입고 있는 모습을 보여 주고 싶지 않아 하지만, 나는 감방 벽에 붙여 둔 엄마의 사진을 볼 때마다 면회실에서 '엄마 얼굴을 한 번만이라도 봤으면 좋았을 텐데' 하는 생각이 들곤 한다.

엄마는 내가 어렸을 때 겪은 일들에 관해 이야기해볼 수 있을 것 같았던 시점에 돌아가셨다. 비록 떨어져 있었지만, 엄마를 항상 사랑했다고 말하고 싶었다. 엄마에게 해주고 싶었던 모든 말을 엄마의 추모식에 읽을 글에 대신 적었다. 글을 쓸 때마다 엄마에게 직접 표현하고 싶었던 말들이 마음속에 수십억 개씩 더 떠올랐다.

살인 재판을 받는 동안 나는 배심원들과 마찬가지로 나 자신과 내 가족, 나의 과거에 대해 전혀 몰랐던 것들을 알게 되었다. 엄마가 얼마나 오랫동안 학대를 당했는지, 어두운 거리에서 얼마나 오래 살았는지, 나와 내 형제누이들을 고통스럽게 했던 중독자 생활을 얼마나 오래 했는지 등 내가 엄마에게 한 번도 물어보지 않았던 질문들을 이제야 묻고 답할 수 있게 되었다. 모든 사람이 볼 수 있는 화면에 내 인생 전체가 나오는 것을 보면서 나는 내가 누구인지, 어디서부터 어떻게 잘못되었는지 더 궁금해지기 시작했다. 감옥에서 내가 나를 도울 수 있는 길이 있을까?

내 사건을 담당하고 민간 조사관 수잔은 나에게 명상하는 방법과 고통과 아픔을 다루는 방법에 관한 책을 보내줬다. 수잔도 나처럼 과거에 일어난 많은 일과 마주하고 있었다. 그녀는 글을 쓰고 있었는데 나에게도 그렇게 해보라고 권했다. 나도 혼자 글을 쓰기 시작했고 기억의 수문이 열리기 시작했다. 나는 마음을 차분히 가라앉혀 공황 상태가 되는 걸 피할 수 있도록 일찍 일어나기 시작했다. 명상을 통해 속도를 늦추고 심호흡을 몇 차례 한 뒤 모든 것을 받아들이는 법, 고통에서 도망치지 않고 고통과 마주하고 직시하며 이전에는 경험하지 못했던 방식으로 받아들이는 법을 배웠다.

1990년부터 나는 항소 제기를 위해 기다리고 그다음에는 항소 결과가 나오기를 기다리면서 사형수로 살고 있다. 2007년까지 나는 "최악 중의 최악"이라는 꼬리표가 붙은 수용자를 위한 격리 시설인 독방, 소위 교정 센터에서 그 모든 세월을 보냈다. 그곳에서 나는 전화를 걸고, 펜과 타자기를 사용하고, 카세트테이프도 들을 수 있는 '일반' 사형수들보다 누릴 수 있는 특권이 훨씬 적었다. 나에게는 볼펜 심지와 책 몇 권, 텔레비전만이 허용되었다. 일주일에 세 번, 단 몇 시간 동안만 운동을 위해 감방에서 나갈 수 있었다. 잘못된 선택을 거듭하며 살아온 사형수인 나는 샤워 시간, 운동 시간, 면회 시간, 식사 시간, 심지어 불을 켜고 끄는 것과 같은 아주 단순한 선택조차 할 수 없었다.

평화를 찾아서

사형 선고를 받고 얼마 지나지 않은 어느 날, 나는 수잔이 보내준 불교 잡지를 훑어보기 시작했다. 그 안에는 티베트 불교 영적지도자 라마인 차그두드 툴쿠 린포체(Chagdud Tulku Rinpoche)가 쓴 '죽음과 관련된 삶(Life in Relation to Death)'이라는 명상에 관한 글이 있었다. 그의 가르침은 나에게 딱 맞는 듯했고, 나는 그에게 편지를 써서 잡지 출판사 주소로 보냈다.

마침내 차그두드 린포체를 만났을 때 내가 얼마나 큰 축복을 느껐는지 아직도 기억이 난다. 그의 제자 중 한 명인 리사는 내가 잡지사로 보낸 편지에 답신을 보내며 린포체의 책 『죽음과 관련된 삶』을 보내주었다. 그녀는 내게 도움이 필요하냐고 물었다. 나는 늘 도움이 필요했고, 지금도 여전히 도움이 필요하기에 우리는 서신을 주고받기 시작했다. 그 후 나는 감방 바닥에 앉아 그녀와 다른 수행자들이 보내준 여러 강연 녹취록을 읽으며 몇 시간이고 시간을 보냈다. 리사는 보러 오기 시작했고, 마침내 린포체를 샌 퀜틴으로 모셔 왔다.

린포체와 나는 금수저를 물고 태어나지 않은 반항적인 아이였다는 공통점이 있었다. 지금 그는 영리하고 용감한 사람이자, 육포를 먹고 화를 내며 연민이라는 보석을 품고 사는 라마였다. 그는 나에게 이런 얘기들을 한 것은 아니지만, 나는 느낄 수 있었다. 나는 속으로 생각했다. '내가 여기 있는 동안에도 나를 감옥에서 꺼내줄 수 있는 강인한 분이 나타났다. 그는 필요할 때는 따끔히 훈계하고 나를 있는 그대로 나를 받아주실 것이다.'

명상 수행과 사형수로 사는 삶을 통합하는 것은 어려운 일이었다. 부처님의 가르침을 반영하는 삶을 살기 위해 무엇을 실천해야 하는지 아는 것의 거의 없었기 때문이다. 그렇게 하려고 노력하면서 내가 항상 어떤 식으로 실패하는지를 알 수 있었다. 하지만 차그두드 린포체의 격려로 나는 명상 수행을 계속 이어갔고, 수행은 최고의 동반자가 되었다.

하지만 샌 퀜틴에서 지낸 지 10년이 지난 후에도 나는 내가 불교 신자임을 알리지 않았다. 명상은 동료 수용자들과 교도관들에게도 비밀로 하는 조용한 활동이었다. 가장 평화로운 아침 시간에 가부좌 자세로 앉아 있는 것은 나에게 의미 있고 순수한 일이었다. 수용자들은 때로 수행자가 된 다른 수용자들은 신비한 존재로 여기고, 수행의 목적을 이해하려고 하기보다는 수행자의 결점을 찾으려는 경향이 있다. 나는 그들이 수행을 하는 누군가의 진심 어린 노력을 의심하게 하는 또 다른 명분이 되고 싶지 않았고, 동시에 나 스스로 지금보다 더 깊은 고립감을 느끼고 싶지 않았다.

명상을 비밀로 한 것은 내가 마음속에 품었던 질문을 반영한 것이기도 했다. 나는 진정 불교 신자인가? 만약 그렇다면 샌 퀜틴에서 늘 반복되는 폭력에 대응하는 법을 어떻게 배울 수 있을까? 특히 린포체와 함께 한 의식에서 면회실 유리를 통해 보살(菩薩)을 서원할 때, 나는 내 불교적 신념이 내 목숨을 앗아갈 수도 있겠다는 생각이 들었다. 보살 서원의 핵심은 타인의 이익을 나의 최우선 가치로 삼는 것이다. 샌 퀜틴에서 이렇게 하면서도 살아남을 수 있을까?

린포체는 나에게 넓게 생각하고 "무해함, 유익함, 순수함"을 위해 내 지성을 사용하라고 격려했다. 그는 내가 있는 곳이 감옥이든 바닷가 저택이든 매 순간이 원인과 조건이라는 업의 굴레에서 벗어나는 방법인 이 세 가지 약속을 실천할 기회라고 상기시켰다. 이런 식으로 마음을 단련하면 수많은 중생을 이롭게 할 수 있으며, 이는 한 사람을 돕는 것보다 더 중요하다고 했다. 또한 하루를 마무리할 때 자신의 행동을 돌아보고 덕이 되는 행동은 다른 이를 위해 바치라고 했다.

린포체는 다른 모든 것과 마찬가지로 구름처럼 왔다가 사라지는 생각이 너무 실재하는 듯 느껴져서, 태양처럼 열려 있고 빛나는 마음의 본질을 볼 수 없다고 전했다. 그는 명상을 계속하면 구름처럼 견고해서 실제 일어나는 일을 가리는 생각의 본질을 천천히 인식하게 될 것이라고 말했다. 그의 조언 덕분에 나는 의심스러운 생각을 다스리고 불교의 길에 더 깊이 헌신할 수 있었다.

나는 불교의 가르침에 담긴 진리를 실험해 볼 시간이 많았다. 영적인 수행을 통해 모든 것이 오늘 여기에 있고 내일 사라진다는 무상(無常, impermanence)의 진리를 받아들이는 것은 언제나 도움이 된다는 사실을 깨닫게 되었다. 아무리 힘든 일을 겪고 있고 아무리 오해받고 있다고 느끼더라도 '영원한 것은 없다'는 생각은 항상 나를 현실로 돌아오게 하는 힘이 있다. 또한 내면의 중심을 잡고 초연하게 사물을 바라보고, 내가 원하는 일이 일어나도록 바라지 않고 일어나지 않았으면 하는 일을 밀어내지 않는 습관을 지니려고 노력했다. 감옥에서는 특히 좋은 일에 집착하기 쉽다. 그러면 나쁜 일이 닥쳤을 때 더 큰 고통을 겪게 된다. 모든 것을 평온하게 받아들일 수 있어야 한다.

새로운 눈으로 내 삶을 바라보면서 나는 샌 퀜틴의 지옥 구덩이를 더 깊이 파고 들어가면서 자신에게 더 큰 고통을 주지 않는 법을 배웠다. 다른 죄수들과 교도관들에게 더 이상 욕을 하지 않았다. 음식이나 소음 같은 사소한 일에 화를 내지 않음으로써 많은 에너지를 아낄 수 있다는 걸 알게 되었다. 사랑하는 것보다 미워하는 데 훨씬 더 많은 에너지가 필요하다는 걸 깨달았다. 그리고 사랑하는 마음을 가지면 미움을 느낄 필요가 없음을 깨달았다.

얼마 후 나는 새벽 명상 시간에 느꼈던 사랑과 연민을 샌 퀜틴의 다른 이들에게 전할 수 있었다. 수행은 내 행동에 대해 전적으로 책임을 지는 일이었다. 나는 내 삶을 이해하기 위해 내가 살아온 이야기를 쓰기 시작했고, 그 경험을 다른 사람에게 도움이 되는 데 활용하고자 노력했다. 아침 명상 뒤에 숨어 지내는 것보다 내가 깨달은 것을 활용하여 잠시라도 다른 사람을 영적으로 고양하거나 다른 이에게 좋은 본보기를 제공하는 편이 훨씬 기분이 좋았다.

24

핏불

긴장감이 도는 마당

하루를 시작하는 시간이었다. 바닥에 차분히 앉아 있는데 아침 햇살이 내 감방 창살 사이로 비쳐 들었다. 교도관이 감방문 앞에 나타나 외출을 할 것인지 방에 남아 있을 것인지 물었다. 나는 가부좌 자세를 풀고 벌떡 일어나 서둘러 옷을 챙겼다. 절실하게 나가고 싶었다. 빠르면 빠를수록 좋았다. 신선한 봄 공기를 마실 수 있을 것 같았다.

드디어 교정 센터의 뒷문이 열렸고, 전기식 출입문 옆 마당에 이전에 본 적 없는 사람이 서 있는 것이 보였다. '누구지?' 하고 생각했다. 50여 명의 다른 수용자들이 밖으로 나오기 전에 조용히 마당을 돌아보고 싶었다. 마당 문이 내 뒤로 잠겼고 나는 낯선 사람에게 별달리 신경 쓰지 않으려고 했다. 그의 존재가 나를 긴장하게 했지만, 지갑을 움켜쥐고 있는 할머니처럼 비폭력에 대한 불교 서원을 생각하며 그를 지나쳐갔다.

"이봐, 어디 출신이지?" 그는 눈꺼풀까지 내려쓴 검은 모자와 어울리는 목소리로 물었다.

"예?" 나는 들키지 않고 심호흡을 하려 애쓰며 말했다. "어디 출신이냐고요? 그쪽은 어디 출신이신지?"

그의 목소리가 높아졌다. "어디 소속이냐고, 친구? 동네가 어디이신가?"

나는 그가 내가 속한 길거리 갱단이 어딘지 알고 싶어 한다는 걸 깨달았다. "이봐요, 젠장! 난 샌 퀜틴에서만 최소 17년째인데. 그쪽 세상이 저기 밖이었다면 내 세상은 여기 안이라고. 알겠어요?"

"정말?" 눈이 커지면서 그가 말했다. "그렇게 오래 있었다고?"

"오래 있었죠. 심하게 오래." 내가 말했다.

"아하" 그거 중얼거렸다. "그럼, 여기에는 뭐가 또 있지?" 그는 어떤 도시에서 온 누가 여기 마당에 나올지 궁금해하며 물었다.

"저기요, 여기 있는 사람들은 그냥 자기 일을 하고 자기 시간을 보내고, 누구와도 어울리고 싶어 하는 남자들, 아시죠? 근데 왜 물어봐요?"

"왜냐면" 그가 분노에 찬 목소리로 말했다. "내가 여기 있는 애송이 새끼들을 죄다 패고 찌르고 싸웠거든. 말 같지도 않은 개소리나 지껄이는 그런 새끼들 말이오. 난 그놈들하고 전혀 안 어울리지. 죽기 살기로 싸우는 거랄까."

"저기, 누구 말하는 거예요?" 내가 끼어들었다.

"전국 각지에서 온 놈들. 로스앤젤레스, 베이커스필드, 프레즈노, 그리고 망할 베이 지역 전체에서 온 애송이 새끼들 깡그리 다 싫어. 내가 간 곳마다 나를 애송이라고 생각하고 겁쟁이라고 불렀는데, 나는 애송이도 아니고 겁쟁이도 아니라고! 내 말 알겠어, 친구? 난 핏불이라고! 어차피 난 신경 안 써! 경찰들도 잘 알지. 내가 틈만 나면 경찰들 얼굴에 침을 뱉어대니까!"

"아, 그렇죠, 그렇죠?" 이 처음 보는 죄수가 계속 분노를 쏟아내는 동안 나는 계속 반복했다. 내가 그냥 감방에 틀어박혀서 엉덩이 딱 붙이고 앉아 있을 걸! 하지만 그러지 않고! 여기 나와서 미치광이, 찐 미치광이와 악수를 해야만 했다! 왜 그랬을까? 이렇게 말하려고 그랬을까? "안녕하세요. 제 이름은 자비스입니다. 불교 신자랍니다!" 아니야, 이건 말도 안 된다.

"자, 이봐요, 친구. 내가 어디서 왔는지 감이 오지? 난 애송이가 아니야. 겁쟁이도 아니고. 난 준비가 되어 있지. 내 말 알겠어?" 핏불이 말했다.

"어, 알겠어요, 핏불. 근데 친구, 진정해요. 여긴 그런 분위기가 아니에요. 이 마당에 나오는 사람들은 문제를 일으킬 생각이 있는가는 둘째치고 그쪽을 알지도 못해요. 나도 문제 일으키고 싶지 않아 한다는 걸 알겠죠?"

"무슨 말인지 알겠어. 근데 전에도 속은 적이 있어서 말이지. 경찰은 자기들 얼굴에 침 뱉는다고 날 싫어하는데, 항상 다른 죄수들을 보내서 더러운 일을 시키려 하고 말이야." 그가 말했다. "글쎄요,

그렇다면 누군가 그쪽한테 시비 걸기를 기다리라고 권하고 싶네요. 먼저 공격하면 감시탑에서 그쪽을 죽이려고 쏠 테니까."

"그래, 알아. 그래서 내가 지금 이렇게 여기 서 있잖아. 내가 어디서 왔는지 알리려고."

"아니, 여기 마당 출입문 바로 앞은 안 돼요. 마당 뒤쪽에서 기다려야지. 저쪽 울타리에 등을 대고 기다리면 모두가 볼 수 있고 아무도 뒤에서 잡을 수 없잖아요?" 내가 가리키며 말했다.

"맞는 말이네!" 그가 맞장구쳤다. "저쪽으로 가서 누군가 나한테 달려들기를 기다려야겠어. 그리고 그 멍청이들이 오면 본때를 좀 보여줘야지." 퍽! 퍽! 그는 주먹을 휘두르며 섀도복싱을 하면서 마당 저쪽 구석까지 걸어갔다.

샌 퀜틴에서 수년간 있으면서 많은 정신질환자를 보았지만, 운동장에서 본 사람 중 최악이었다. 당국은 보통 중증 정신질환자를 '혼자 걷는' 마당에 있게 한다.

핏불이 자신만의 악마와 싸우는 모습을 보면서 나는 무슨 생각을 해야 할지 몰랐다. 적어도 그는 출입구에서 멀어지고 있었고, 다른 사람들에게 물리적인 싸움을 하자고 강요하지 않았다. 안도감이 들면서도 피할 수 없는 일을 미룬 것 같아 두려웠다. 이 남자는 과연 살아서 마당을 빠져나갈 수 있을까?

나는 울타리를 따라 위아래로 서성이면서 구석에 있는 핏불을 관찰하는 친구들을 보며 경고하는 표정으로 인사를 건넸다. 마당에 있는 모든 사람들이 사자 무리처럼 모여들었고 그중 몇몇은 주위를 돌며 탈출로를 차단하기 위해 위치를 잡았다. 가장 힘이 센 말콤, 잠보, 인세인은 나와 몇 피트 떨어지지 않은 곳에 대기하고 있었다. 핏불은 여전히 구석에 서서 악마와 새도복싱을 하고 있었다. 이곳은 진짜 감옥이었다.

"이봐, 잠보." 나는 잠보, 말콤, 인세인이 서 있는 곳으로 걸어가며 말했다. "너희들 뭐 하려고 각 보고 있는 거야? 아까 다들 나오기 전에 내가 저 친구랑 얘기해 봤는데, 짖어대는 폼이 완전 정상이 아니더라고."

"이것 좀 봐, 자비스." 잠보가 끼어들었다. 달리 무슨 말을 더해야 할지 몰랐는데 안도감이 들었다. "이 자식은 여기 있으면 안 돼. 말도 안 되지! 그리고, 야, 내가 너 형제처럼 아끼는 거 알지? 근데 그 불자다운 짓을 하려고 시동 거는 중인 거면, 이번엔 안 통할 거야, 오늘은 하지 마."

"맞아, 자비스." 말콤도 합세했다. "저 새끼 좀 봐. 저기서 주먹을 휘두르면서 누굴 죽일 것처럼 혼잣말을 하고 있잖아."

"그리고 우리 좀 봐봐." 인세인이 거들었다. "저 등신 새끼는 자기 똥구멍에 차가운 쇠몽둥이를 쑤셔 넣지 못하게 선수 친답시고 우리 겁주려는 거 같은데, 우리는 여기 이러고 그냥 서 있잖아. 이 일은 처리하고 넘어가야겠어. 난 이 연장으로 저 새끼 내장에 구멍을 내서 돼지들이 뽑아 먹을 수 있게 던져 줄 준비가 됐거든! 우리랑 같이 여기 있게 두는 건 말도 안 되는 짓이지."

"젠장, 잠깐 가만히 좀 있어 봐, 인세인!" 나는 그의 코트 소매에

칼날이 삐져나와 있는 것을 보고 분노에 찬 목소리로 말했다. "저 미친놈은 죽일 필요가 없어. 그냥 이 마당에서 내보내면 되는 거야. 저 사람이 마당에 없었으면 살인 같은 거 생각했을 리가 없잖아. 난 너랑 같이 농구 코트에 가고 잠보랑 말콤은 저기 철봉에서 운동하고 있었을 거야. 우린 그 망할 감방에서 나와 있다는 것만으로도 좋아하고 있겠지."

"하지만 이건 그런 게 아니잖아." 잠보가 말했다.

"그래, 알지. 그런데 내 말은 저 미친놈을 마당에서 쫓아내고 여기 서서 누군가를 죽일 완벽한 타이밍을 기다리지 말자는 거야. 야, 너희는 마음을 가라앉히고 심호흡을 세 번 깊게 해야 해. 그리고 이게 내가 불자라서 이러는 게 아니라! 이런 걸 생각을 한다고 하는 거야. 근데, 뭐, 오늘 생각이란 걸 하고 싶은 사람이 없다고 하면" 나는 더 화가 나고 답답해져서 내뱉었다. "그리고 가서 죽이고 싶다면, 가서 죽여! 죽여 그냥! 내가 상관할 바 아니니까. 어떻게 되든지 내가 어떻게 할 건 아니지. 그럼에도 불구하고, 이 사람을 찔러서는 안 돼." 나는 지금 거의 큰 소리로 혼잣말을 하고 있었다.

"좋아, 이렇게 하지. 우리 셋이 저기로 가는데, 저 새끼를 죽이진 않을 거야. 안 죽여! 그냥 가서 마당에서 나가라고 얘기할 거야. 그런데 자비스, 만약에 저 새끼가 파리 쫓으려고 하는 거래도 팔을 휘두르면 그때는 사지를 찢어발길 거야!

"무슨 말인지 알겠어, 잠보. 근데 너희가 저 사람한테 진짜로 마당을 떠나도록 기회를 줄 거 같진 않네. 야, 내가 가서…."

"절대 안 돼!" 인세인이 끼어들었다. "저 새끼가 무슨 짓을 하려고 하면 처리를 해야 되는데, 넌 방해만 될 뿐이야. 자비스, 너 진짜 말이 너무 많다."

"알았어, 알았어! 근데 정말 저놈(이름은 핏불이고)한테 진짜로 마당을 떠날 기회를 줘야 해." 내가 말했다.

"잘 들어." 말콤이 화를 내며 말했다. "우리가 저 핏불인지 하는 놈한테 기회를 안 줄 거였으면 너한테 저 새끼 엉덩이에 구멍을 뚫어버릴 거라고 말했겠지. 그 정도로 간단한 거야."

"그래, 무슨 말인지 알았어." 나는 빈말로 대답했다. 불교적인 차원에서 할 수 있는 설득은 모두 했다. 친구들의 마음은 아주 조금 뒤로 물러섰을 뿐이었다. 충분했을까? 나는 그들이 핏불이 있는 구석으로 곧잘 걸어가는 것을 지켜보았다.

잠보, 인세인, 말콤이 마당 구석으로 걸어가는 동안 사자 무리의 턱이 천천히 열리고 마당에는 깊은 침묵이 깔리고 있었다. 나는 감시탑 입구에 서 있는 감시병을 힐끔 올려다보았다. 그는 재빨리 담배에 불을 붙이고 두 번 깊게 들이마신 다음 감시탑에서 땅바닥으로 담배를 튕겼다. 그러고는 탑 안으로 들어가 문을 닫았다. 이런 뜻이었다. '하고 싶은 대로 해라. 난 안 보고 있을 테니까.' 이제 마당에 폭력을 저지할 수 있는 것은 아무것도 없었다.

교도관들이 더러운 일을 시키기 위해 수용자들을 보낸다는 핏불의 말이 떠올랐다. 그의 편집증이 이 모든 일에 영향을 미치고 있었다. 순식간에 그와 내 친구들은 얼굴을 마주 보고 서 있었다. 그는 더 이상 섀도복싱을 하지 않았다. 나는 혼자 중얼거리기 시작했다. "야, 이 멍청이야. 마당에서 나가라. 어서. 할 수 있어. 그냥 나가." 심장이 쿵쾅대는 게 느껴졌다.

그때 기적이 일어났다. 나는 잠보가 마당 출입구를 가리키는 것을 지켜봤다. 핏불은 천천히 그 방향으로 걸어가더니 어깨 위로 손을 올리고 큰 소리로 "세계 최고의 챔피언"이라고 외치면서 감시병의 시선을 끌고는 마당에서 나가고 싶다고 말했다. 나는 안도의 한숨을 쉬었다. 감시탑 창문 너머로 감시병이 교정 센터에 전화를 넣어 핏불을 다시 수용동으로 데려가 달라고 요청하는 모습이 보였다.

핏불을 호송하던 교도관 두 명이 그를 거칠게 다루고 조롱하고 작은 소리로 욕하는 모습을 보면서 나는 그의 말이 모두 사실일 수 있겠다고 의심하기 시작했다. 그들이 핏불이 단순히 두들겨 맞는 걸 보고 싶었던 건지, 아니면 더 심하게는 칼에 찔려 죽는 걸 보고 싶었던 건지 알 수 없었다. 이 질문은 아직도 내 머릿속에 남아 있다.

긴장감이 수그러들고 모두가 카드놀이, 농구, 핸드볼 등 각자 하던 것으로 돌아가고 난 뒤 잠보가 있는 철봉으로 다가갔다. 나는 유일한 방법이라고 생각했을 법한 폭력을 사용하지 않고 나가달라는 말로 대신 해준 것에 대해 잠보에게 고맙다는 말을 전했다. 물론 이런 표현을 써서 말하지는 않았다. 나처럼 폭력이 태생인 오랜 친구한테 하기엔 너무 어색하고 오글거리는 것 같았기 때문이다. 대신 칼 대신 머리를 써줘서 고맙다고 했다. 잠보는 고마워했다. 우리는 남은 야외활동 시간을 그가 베트남에서 겪은 일에 관해 얘기하고 같이 철봉에서 운동하며 보냈다.

왜, 대체 왜?

며칠 후 나는 다시 명상 쿠션과 운동장 사용권을 교환했다. 교정 센터 문이 열리자 격분해서 마당을 위아래로 뛰어다니는 핏불을 보고 숨이 턱 막혔다.

쪼개듯 웃으며 나를 호송하는 교도관에게 "저 새끼 대체 여기서 또 뭐 하고 있는 거죠?"라고 묻는 대신 나는 마당 출입구를 향해 계속 걸어갔다. 한 걸음 한 걸음 내디딜 때마다 심호흡을 하며 끓어오르는 분노를 억누르려고 노력했다. 샌 퀸틴이 이렇게 싫은 적이 없었다.

나는 곧장 핏불에게 가서 말했다. "왜, 대체 왜? 왜 또 여기로 온 겁니까? 지난번에 얼마나 운이 좋았는지 몰라요?"

그러자 그는 내 면전에 대고 소리쳤다. "아니, 이봐. 경찰이 나보고 겁쟁이라면서 욕을 하잖아. '네가 사나이라면 다시 나가서 증명을 해봐!'라고 하잖아! 젠장, 난 겁쟁이가 아니야. 그리고 여기 나와 있는 개새끼들 하나도 안 무서워."

"그럼 교도관들에게 그쪽이 겁쟁이가 아니란 걸 증명하려고 모두가 돌아올 때까지 기다린다는 겁니까?" 내가 물었다.

"무조건 그래야지!" 핏불이 대답했다. "그 교도관이 말했어. '진짜 배짱 있는 진짜 사나이는 해야 할 일을 해야지' 이렇게."

"핏불, 그걸 믿냐고!" 나는 아드레날린이 끓어오르는 게 느껴졌다. "당신이 사나이라는 걸 모두에게 증명하라고 여기 있게 할 순 없어."

"야! 난 네가 뭘 안 하든 전혀 상관 안 해." 그는 분노에 찬 눈으로 내 얼굴에 가까이 들이대며 중얼거렸다. "이봐, 난 내가 하고 싶은 걸 할 뿐이야. 그리고 여기 우리가 다 있을 필요도 없고."

"흠." 나는 주먹을 꽉 쥐며 중얼거렸다. "맞아! 모두 다 있을 필요 없지." 퍽! 내 주먹이 그의 턱을 강타했다. 나는 그를 교도소 아스팔트 바닥에 눕히고 실신할 정도로 때렸다. 여전히 아드레날린이 솟구치는 걸 느끼면서 나는 그를 내려다볼 수밖에 없었다.

감시탑 호각 소리에 내가 무슨 짓을 했는지 깨달았다. 나에게 총이 겨누어져 있을 거라고 생각하며 고개를 들었다. 그러나 감시병은 씩 웃으며 탑 안으로 들어갔다. 내가 마당에서 누군가를 때렸다. 수년간 다른 이들에게 하지 말라고 설득하느라 애써온 일이었다. 나는 핏불을 내려다봤다. '아, 내가 방금 누군가의 불을 꺼버렸다. 차그두드 린포체는 지금 나에게 무슨 말을 할까? 내 항소는 어떻게 되는 걸까?' 내 마음은 내가 한 짓에 대한 수치심과 샌 퀜틴에 대한 분노로 넘쳤다.

이 모든 걸 나 자신에게 설명하려고 하니 마음속 무언가가 구부러지는 것 같았지만, 마음 깊은 곳에서는 내가 방금 한 행동에 후련했다. 되돌릴 수도 없었고 되돌리고 싶지도 않았다. 주저할 수도 있었다. 근데 왜? 내가 진정한 불교 신자라는 것을 내가 아닌 타인에게 증명하기 위해서? 비폭력 서원을 엄격하게 지키기 위해서? 심지어 이 사람이 칼에 찔리는 걸 봐야 할 수도 있는데도? '절대 아니지.' 나는 결심했다. '오늘은 아니다. 불교 신자든 아니든!'

"그리고 서원을 번복하는 일도 없을 거야." 핏불이 아스팔트 위에 어설픈 자세로 앉아 간신히 몸을 일으켜 세우는 것을 보면서 마지막 부분을 큰 소리로 말했다. 우리는 서로를 쳐다봤다.

"젠장!" 그가 턱을 붙잡고 아파하면서 중얼거렸다. "뭐로 친 거지?"

"스트레이트 레프트 같은데."

"왼손잡인 거네?" 그가 얼굴을 일그러뜨리며 살짝 웃으며 말했다. "그걸로 날 쓰러뜨린 거군. 하지만 이제 내가 겁쟁이가 아니라 사나이란 걸 알겠지? 저 멍청이들한테 가서 내가 진짜 사나이라고 전해줄 건가?"

핏불의 어린아이 같은 목소리는 아카데미 시절 원 안에서 두 남자아이가 사내다움을 증명하기 위해 서로 주먹을 휘두르며 환호받았던 기억을 일깨워 주었다. 눈앞에 앉아 자신을 사나이로 봐달라고 말하는 그를 보면서, 자신에게 의문이 들었다. '나는 사나이였을까? 나는 불교 신자였을까?'

나는 이 묵상으로 다음 명상을 시작했다.

'오, 삶에 대한 확언이여, 내가 흔들리지 않게 하소서. 마음의 균형과 평정심을 유지하게 하소서. 나를 보호해주소서. 내 짐을 덜어

주소서. 결과부좌의 자세로 똑바로 앉아, 절망이 아닌 공(空)만을 보게 하소서. 기도합니다. 저에게 깊고 단순한 당신의 가르침을 주소서. 모든 마음의 변화로 이 불의를 이롭게 하소서. 존재의 모든 이유를 긍정하게 하소서. 모든 상황, 모든 깊이, 고통과 기쁨 모두에서 당신과 나, 모든 존재를 수행하게 하소서. 모든 호흡을 안정시키고, 모든 마음의 동반자가 되는 평화와 화해를 이루는 일생을 확언하게 하소서.'

25

분노를 비추는 거울

리틀 플로이드의 생일

나는 J.C. 페니 백화점 카탈로그에서 필요한 정보를 모두 복사해놓은 상태였는데, 아래층 감방의 보크가 내가 볼일을 다 보고 나면 카탈로그 좀 써도 되냐고 물었다. "당연하지." 내가 대답했다. 더 이상 갖고 있을 필요가 없었다. 이제 남은 일은 조카 리틀 플로이드의 아홉 번째 생일에 선물로 줄 장난감을 결정하는 것뿐이었다. 몇 가지 후보를 적어두었기에 카탈로그를 빨리 눈앞에서 치울수록 마음이 바뀔 가능성도 줄어들 것이었다.

그날 저녁 늦게 나는 아래층을 배회하는 교도관에게 내 배식구를 열어 카탈로그를 보크에게 가져다줄 수 있는지 물어봤다. 그와 얘기를 좀 하면서 내가 염두에 두고 있는 장난감을 보고 솔직한 의견을 말해달라고 부탁할까 했다. 포켓몬 은행이 나을지 아니면 로봇으로 변신하는 기차가 나올지? 하지만 이미 저녁 늦은 시간이었고 우리 층에 내려앉은 고요함에 마음을 바꾸었다.

다음 날 이른 아침 명상 수련을 마친 뒤, 열린 배식구에 아침 식사와 함께 놓인 J.C. 페니 카탈로그를 보고 깜짝 놀랐다. 보크가 경찰 중한 명에게 주었고, 그 경찰이 다시 내게 돌려준 것이었다. 나는 전날 복사해둔 카탈로그의 모든 정보를 다시 한번 확인하기로 마음먹었다.

카탈로그를 열어보니 아동복 섹션에서 여러 장이 찢겨 있었다. 나는 찢어진 종이를 내려다보았다. 말이 안 됐다. 보크가 전부 가져갔을 수도 있지만 카탈로그가 내 것은 아니니까 상관 안 했다. 교도소에서는 수용자들이 신탁 계좌를 통해 특별 구매를 할 수 있도록 많은 카탈로그를 보관하고 있었다. 교도소 밖에 있는 사람에게도 선물을 보낼 수 있었다.

한 달 뒤 어느 겨울날까지 나는 카탈로그 페이지가 없어진 사실을 잊고 있었다. 마당 울타리 옆에 서서 감방 '복귀 알림' 종이 울려 다시 안으로 들어가기를 기다리던 중 누군가 친구에게 하는 말을 우연히 들었다. "야, 보크 그 새끼 연쇄 아동 강간살인범이래. 그래서 걔가 사형수가 된 거래."

생각을 거칠 새도 없이 얘기가 들린 쪽을 고개를 돌리자 "어???" 하는 큰 소리가 목구멍에 걸렸다. 갑자기 주먹으로 한 방 맞은 것처럼 숨이 안 쉬어졌다. 소리 없는 분노의 힘에 마당 울타리까지 밀려났고 입에 경련이 일어나기 시작했다. 무슨 일이 있었는지 궁금해하는 동료 수용자들의 눈빛이 느껴졌다. 나는 설명하는 대신 구름이 움직이는 회색빛 하늘을 올려다보았다. 그리고 생각했다. '그동안 보크랑 불과 몇 칸 떨어진 감방에서 살았는데, 그놈이 왜 사형수가 되었는지 전혀 모르고 있었네.'

드디어 종이 울렸다. 나는 가장 먼저 마당을 나가기 위해 재빨리 움직였다. 내 감방으로 가는 길에 있는 보크의 감방에 가까워지면서, 이상한 공허함이 들었고 그 공허는 곧 분노로 가득 차기 시작했다. 창살 옆에 서 있는 그를 보고 평소처럼 인사하러 멈추지 않고 그냥 지나쳤다. 치밀어오르는 분노를 감출 자신이 없었고, 친근한 말 한마디도 건네기 힘들었다.

강철로 된 감방문이 내 뒤에서 쾅 닫히자 그 메아리가 나에게 낮잠을 자라고 말했다. 나는 두꺼운 강철판 침대를 책상처럼 사용할 수 있도록 밑에 말아 넣어 둔 매트리스와 침구를 꺼냈다. 그러고는 천장을 보고 누웠다.

내 눈앞에는 아래층 겨우 몇 칸 떨어진 곳에 있는 이 사람의 이미지가 둥둥 떠다녔다. 모든 것이 이해되기 시작했다. 보크는 항상 살인자가 되는 미친 과학자처럼 보였다. 왜 그는 혼자 운동장에 배치되었을까? 그런데도 왜 거의 바깥에 나오는 일이 없고 심지어 자기 감방을 비우는 일도 거의 없을까?

보크는 아이들을 해치는 사람을 증오하는 죄수들의 공격을 받을까 두려워했다. 이곳에 있다 보니 수용자 대부분이 어렸을 때 상처를 받은 경험이 있기에 특히 아동 살인범을 경멸한다는 사실을 깨달았다. 그리고 자녀가 있는 수용자들은 감옥에 있는 동안 자신의 자녀가 피해자가 될 수도 있다고 상상하기도 했을 것이다.

나는 침대에 누워 이런 생각에 뒤척였고 안에서 분노가 끓어올랐다. 이제야 왜 보크에게 말을 거는 죄수나 교도관이 거의 없었는지, 왜 그가 온종일 잠만 자고 밤새도록 혼잣말을 했는지 알게 되었다. 무엇보다 그가 카탈로그를 찢었는지 이유를 알았기에 더 불길했다.

그러다가 아래층에서 보크가 근처에 있는 누군가와 이야기하고 웃는 소리가 들렸다. 나는 자리에서 일어나 냉담한 짜증이 치미는 걸 느끼며 모든 말을 들었다. 보크의 목소리가 내 귀를 파고들어 마음속까지 스멀스멀 기어들어 오고 있었다. 그 목소리는 독처럼 나를 쏘아 분노로 입을 꽉 다물게 했다. 그날 저녁 모든 층이 식사를 하고 있을 때 보크가 음식을 입에 물고 웃는 소리가 들렸다. 그가 강간하고 죽인 아이들을 생각하니 속이 뒤집어졌다. 그를 향한 증오가 독으로 변했고, 그 독이 나를 아프게 했다.

사색

밤이 되자 나는 명상을 시작할 기회를 간절히 기다렸다. 마침내 층이 충분히 조용해졌다.

감방 뒤쪽에 접은 담요를 깔고 바닥에 앉았다. 침대와 변기 사이에 끼어 벽을 바라보게 되었다. 이 순간이 나를 집어삼키려고 하는 이 분노를 다스리고 진정시킬 유일한 기회였다.

한 시간이 지났다. 보크가 조용한 아래층 감방에서 움직이는 소리가 들렸다. 머릿속 생각을 잠재우는 데 처참히 실패한 나는 여성 부처 레드 타라에게 자비의 힘을 빌려서 내가 만든 작고 성스러운 공간에 들어와 축복을 내려달라고 기도했다. 하지만 정신적이고 육체적인 모든 불편함이 나를 더 꽉 쥐어짤 뿐이었다. 보크의 목소리는 나를 나 자신이 만들어낸 고통의 더러운 바닷속으로 더 깊이 밀어 넣었다. 그 안에서 나는 증오에 익사할 것 같았다.

다시 타라를 불렀다. 타라가 나를 이 독의 늪에서 꺼내어 갑자기 내 앞에 천사처럼 나타난 조카들의 밝은 이미지로 인도하는 모습을 상상했다. 그러다 J.C. 페니 카탈로그에 나오는 모든 아이들의 얼굴이 떠오르면서 보크의 이빨을 걷어차고 싶은 충동이 들었다.

연민의 한계에 다다른 걸 느꼈다. 어느 순간 나는 일어나 스트레칭을 하고 세수를 했다. 찬물 버튼을 누르는 순간 보크와 내가 했던 체스 게임이 떠올랐다! 우리는 각각 체스 세트를 가지고 있었고 매주 이른 저녁을 택해 체스를 두곤 했다. 보드의 각 사각형에 번호를 매기고 간 단계의 이동수를 외쳤다.

나는 항상 거의 승리를 하기 직전까지 갔지만, 보크는 기민하게 머리를 굴려 왕을 지키기 위해 필사적으로 몸부림치는 나를 어떻게든 미끼로 삼아 궁지로 몰아놓곤 했다. 젠장, 보크가 아이들을 강간하고 죽이기 전에 자신의 거미줄로 유인하는 방법도 이런 식이었을까? 얼굴과 손을 씻으면서 눈에서 피가 흐르고 있는 줄 알았는데, 스트레스와 분노의 증기가 식어가는 것만 보일 뿐이었다.

나는 다시 한번 침대와 화장실 사이에 비집고 들어가 내 마음을 혼란스럽게 하는 보크라는 거대한 장애물을 제거하기 위해 노력했다. 마치 사탄으로부터 단 몇 칸 떨어져 있는 것처럼 머릿속 생각을 열심히 억눌렀다.

거의 2주 동안 매일 이렇게 앉아서 순수한 생명을 파괴하는 이 존재에 맞서 싸우며 보크와 같은 자에게 강간당하고 살해당한 모든 아이들의 부모, 삼촌, 이모, 형제자매가 되는 상상을 하게 되는 생각의 늪으로 점점 빠져들었다.

그러다 다르마(dharma, 法, 부처님의 가르침 혹은 진리)에 대해 생각하니 더 이상 분노를 참을 수 없었다. 이제 나 자신을 보크의 어머니나 아버지, 형제자매, 또는 심지어 어린 시절의 보크라고 상상해 보았다. 올바른 지반 없이 고통과 괴로움의 소용돌이 속에서 부유하는 것은 무서운 일이었다.

그런데도 그 모든 날 나는 계속 앉아서 연민의 기도를 드렸다. 그러다 서서히, 한 번에 몇 초씩, 보크 같은 인간이 아이들을 잡아먹게 만드는 깊고 절대적인 병(病)이 무엇일지 느낄 수 있었다. 처음에 상상했던 병은 나를 혐오스럽게 만들었다. 도저히 견딜 수가 없었다. 마치 영적으로 정맥에 독극물을 주입하는 화학요법을 당하는 기분이었다.

하지만 보크에 대한 분노에 사로잡혀 천천히 숨을 들이쉬고 내쉬면서 보고 싶지 않은 모든 것을 보았다. 감은 눈 사이로 보이는 화면에서 나 자신의 분노가 보였다. 가끔 TV에서 보는 연민이 없는 사람들처럼 나 자신의 고통이 가진 악랄함이 보였다. 나는 추악하고,

흔들리고, 스스로 아무런 도움이 되지 않는 존재였다. 얼굴의 형상도 바뀌었다. 얼굴에 생긴 미간 주름은 없어지지 않을 것처럼 보였고 턱의 근육은 주먹을 쥔 것처럼 단단했다.

모든 존재의 고통을 끝내기 위해 영적 수행에 전념해왔는데도 여전히 증오라는 추악한 감정과 누군가의 이빨을 걷어차고 싶은 마음이 남아 있음을 알고 뼛속까지 부끄러웠다. 분노라는 감정이 다른 부정적 감정으로 대체되는 것을 느끼며 '젠장, 이건 아닌데' 하는 생각이 들었다. 외로움에서 나온 나의 분노는 보크에게도 나에게도, 다른 누구에게도 도움이 되지 않는 듯했다.

그러다가 전 세계 모든 인간의 고통에 대해 생각하면서 더 큰 감정이 밀려왔다. 왜 나는 보크를 그중 하나로 보지 못했을까? 왜 이 감옥에서 나 자신을 그중 하나라고 생각하지 못했을까? 왜 지구상에 있는 존재 중 하나로 인식하지 못했을까? 내가 만든 모든 구름 위로 둥둥 떠 오르는 듯 정신이 명료해졌다.

면회하러 온 다르마 스승에게 내가 겪고 있는 보크로 인한 고난에 대해 구구절절 설명하다가 나는 또 한 번 깊게 깨달았다.

스승은 이렇게 말씀하셨다. "자비스, 자네가 처음에 마음속으로 느낀 바로 그 분노가 바로 이 사회의 거의 모든 사람들, 사형이라는 제도를 믿고 사형 집행을 외치는 모든 이들이 자네에게 느끼는 감정이라네." 나는 이 모든 말에 충격을 받아 말문이 막힌 채 앉아 있었다. 하지만 사실이었다. 나는 보크와 함께 이곳에서 사형수로 살고 있다. 보크를 향한 증오의 화살은 이제 나를 향했다.

26

또 한 번의 6월

쓰레기통

어느 늦봄, 교도관 몇 명이 빈 상자를 들고 내 감방으로 와서 모든 짐을 싸라고 했다. 몇 년 후 나는 "편의상" 교정 센터의 다른 감방으로 이감될 예정이라고 했다. 다른 수용자들도 이감되고 있었기 때문에 맘에 담아두지 않고 있었다. 아마도 건물 내 공사 때문이라고 생각했다. 나는 그렇게 모든 짐을 챙겨서 같은 날 다른 감방으로 옮겨졌다.

새 감방문이 내 뒤에서 철커덕하고 닫히자 나는 주위를 둘러보았다. 오물과 악취가 믿을 수 없을 정도였다! 악취의 근원지인 침대 밑을 살펴보니 아침과 저녁 식사의 잔해가 담긴 낡은 쟁반이 50개 이상 있었다. 설거지 안 한 접시처럼 몇 달 동안 쌓인 채로 방치되어 있었다.

침대 밑의 나머지 공간에는 전부 주 정부에서 제공된 이불, 수

건, 속옷, 양말, 셔츠, 청바지 등 더럽고 축축한 빨래가 가득 쌓여 있었고 악취가 심하게 났다. 세탁물 더미에는 녹과 곰팡이가 거미줄처럼 자라고 있었다. 심지어 빨래에는 젖고 더러운 화장지도 섞여 있었다. 누가 살았었는지는 몰라도 침대 밑 공간을 하나의 커다란 쓰레기통으로 사용하고 있던 것이다. 냄새가 뱃속을 타고 내려가 구토가 나오기 전에 재빨리 고개를 들어야 했다.

벽에는 마치 이곳에 살던 사람이 벽에 코를 풀던 습관이 있었던 것처럼 온통 마른 콧물이 붙어 있었다. 해로운 쓰레기통 안에 갇힌 기분이었다. 수년 동안 감옥에 있으면서 꽤 끔찍한 감방으로 옮겨 다녀 봤지만, 그 스무 개 감방을 다 합쳐도 여기에 비할 바는 아니었다.

나는 이곳을 청소하기 전에는 잠을 자지 않기로 결심했다. 시간이 얼마나 걸리든 깨어 있을 각오를 했다. 그런데 이상하게도 오물 속에서 매우 이질적으로 보이는 접힌 수건 더미와 세제와 새 수세미가 담긴 종이 그릇 두 개와 함께 철제 침대 밑에 깔끔하게 놓여 있었다. 모두 나를 위한 것이었다.

문득 내가 이 쓰레기장을 청소하라고 여기 보내졌다는 생각이 뇌리를 스쳤다. 수용동 직원들은 이 감방이 돼지우리라는 걸 분명 너무 잘 알았을 것이고 의도적으로 나를 골라 여기 집어넣은 것이다.

교도관들은 내가 불교 신자라는 것을 알고 있었다. 지금의 나는 갑자기 쓰레기통에 던져졌을 때 다른 수용자들처럼, 또 수년 전의 내가 그랬듯이, 분노로 길길이 날뛰고 교도관들을 위협하고 창살을 발로 차면서 다른 감방으로 옮겨달라고 요구하지 않을 거라고 생각했을 것이다.

깨끗한 수건과 세제, 수세미를 내려다보며 가장 악취가 나고 역겨운 게 뭔지, 이 감방인지 아니면 교도관들의 태도인지 알 수 없었다. 화가 치밀어 올랐다. 다 넌더리가 나서 이 청소도구들을 집어 들어 벽에 내리치고 싶은 충동을 느꼈다. 그들은 나를 질병의 방 안에 가두었다! 벽에 붙어 있는 마른 콧물과 곰팡이 거미줄은 마치 위험을 알리는 표지판 같았다. "위험! 조심! 위험 물질!" 나는 이 빌어먹을 감방에서 나가고 싶었다!

그때 나는 눈을 감고 인내심을 갖고 이해하려고 노력했다. 스스로 물었다. '어떤 인간이 이런 감방에서 하루 23시간, 주 7일, 1년 내내 살 수 있었을까?' 썩은 연기가 폴폴 풍기는 이곳에서 누가 잠을 자고 음식을 먹을 수 있었을까 생각하니 내 안에 스며들던 분노가 사라지는 것 같았다.

새로운 이웃

이웃이 나를 부르는 소리가 들렸다. "자비스, 자비스가 새 이웃이라니 너무 좋은데!"

"누구세요?" 내가 물었다. 오물 시궁창을 뚫어져라 쳐다보던 중이라 옆방에 누가 있는지 생각지도 못했다.

"야, 나 노먼이야." 목소리가 대답했다.

"오, 노먼! 너였구나? 잘 지내?"

"야, 난 잘 지내지! 근데 넌 좀 어때? 그 감방에 살던 남자, 거기 좀 치우고 나왔어? 아니면 완전 돼지 소굴이야? 그 사람 샤워를 한 번도 안 했어. 한 번도! 와, 이웃으로 지내는 1년 내내 쓰레기통도 안 비웠다니까? 게다가 담배랑 커피 좀 달라고 조르고 또 조르고 또 조르고. 그거야, 자비스! 그 사람 죽을 때까지 구걸했어."

"아, 그래?" 내가 물었다. 노먼이 나에게만 말하고 있는 게 아니란 걸 깨달았다. 그의 목소리 톤을 보니 모든 층에서 귀를 기울이고 있다는 걸 알 수 있었다. 모두가 듣고 있었다. 그는 그 감방에 살았던 사람에 대해 자신과 전체 층 사람들이 이야기하고 있던 상황에 나를 끌어들이고 있었다. 나는 노먼이 내가 여기 왔다는 걸 이용해 옛 이웃을 조롱하려 한다는 사실에 일말의 모욕감을 느꼈다.

감방 한가운데 서서 주위를 둘러보니 누구든 이런 식으로 살았다는 건 뭔가 심각한 문제가 있었다는 것은 분명한데, 그것이 전적으로 그 사람 잘못은 아니라는 생각이 들었다. 시간이 갈수록 더 슬퍼 보였다. 조롱할 일이 아니었다.

"이봐, 노먼." 나는 다른 사람이 들으리라는 것을 알고 다른 층도 들을 수 있게 소리쳤다. "아니, 여기 그렇게 더럽진 않아. 손길이 많이 갈 거 같긴 한데, 새로 입주한 사람만이 발휘할 수 있는 꼼꼼함은 여기 감방들 대부분 필요하긴 하지."

"그래서 그렇게 안 심하다고?" 노먼이 물었다.

"별로." 내가 대답했다. "앞으로 며칠 동안은 벽 닦고 내 물건들

정리하는 소리는 분명 듣게 될 건데, 난 감방 옮기면 어디든 다 그렇게 해서. 이 감방은 그렇게 더러운 편은 아니야. 그러고는 혼잣말로 말했다. '거짓말 한 번 대단하네!' 하지만 나는 인격 암살이라는 교도소 드라마에 참여하고 싶지 않았다.

사실대로 말했더라면 같은 층 사람들 사이에서 많은 웃음을 자아낼 수 있었겠지만, 나에게는 그 더러움이 너무 현실적으로 느껴졌을 것이다. 하나도 웃기지 않았다. 정신질환이 있거나 신체장애가 있는 사람을 비웃는 꼴이었을 것이다. 그가 앓은 병의 흔적이 감방 곳곳에 묻어 있었다.

사흘 내내 청소를 하고 나서야 겨우 휴식을 취하고 어느 정도 편안함을 찾을 수 있었다. 탈취 비누와 샴푸로 열심히 문지르고 벽과 바닥을 위아래로 닦아내며 오물과 냄새를 제거하는 동안, 나는 누군가의 끔찍한 내면을 드러내는 이 감방에 있던 사람에 관한 궁금증이 사라지지 않았다. 어떤 사람이었을까? 왜 사형수가 되었을까? 어떤 사연을 갖고 있었을까? 매일매일 문지르고 청소하면서 궁금해졌다. 이 사람은 어떤 기분이었을까? 숨을 쉬고 있을 때 그는 어떤 존재였을까?

또 다른 감방으로

일주일이 지나고 드디어 이 작은 공간을 좀 더 아늑하게 꾸미기 위해 벽에 그림을 붙일 수 있을 만큼 마음이 편해졌다. 아침 시간이었고, 우표 시트 여백에 껌을 붙인 종이와 정성스럽게 모아둔 스카치테이프를 이용해 밥 말리의 사진을 붙이고 있었다. 그때 교도관 두 명이 우리 층으로 올라와 내 감방 창살로 다가왔다. 그러고는 나에게 모든 소지품을 챙기라고 말했다. 첫 번째 층으로 내려가 다른 감방으로 옮기게 될 것이라고 했다.

교도관들은 수없이 우리 층에 내려와 땀을 흘리면서 끔찍한 악취를 피하려고 수건으로 얼굴을 감싸고 있는 내 모습을 지켜봤다. 그들은 내가 감방 벽을 기어오르고 무릎을 꿇으며 지칠 줄 모르고 문질러 닦는 걸 다 지켜봤다. 나한테 깨끗한 걸레와 치우면서 나온 쓰레기들을 버릴 봉투를 점점 더 많이 가져다주러 오면서 그럴 때마다 충격과 혐오감을 감추지 못했다. 나는 그들이 농담하는 거라고 스스로 되뇌었다.

그러나 내가 교도관 중 한 명의 눈을 똑바로 쳐다보자 그는 같은 말을 반복했다. "이봐! 정신 차려! 짐 싸라고! 1층으로 이동할 거다."

그 순간 기억이 났다. 6월이었다! 6월은 1년 중 나에게 가장 끔찍한 달이다. 1985년 6월 교도관이 사망한 이래로 샌 퀜틴에서는 6월을 그 교도관뿐 아니라 임무 수행 중 사망한 모든 교도관을 추모하는 달로 삼고 있다.

수용동 교도관들은 자신들이 원하는 반응이 나올 때까지 나를 괴롭힐 작정이었다. 그들은 나에게 훨씬 나쁜 짓을 하려는 의도를 정당화하기 위해 내가 자제력을 잃기를 바랐다. 나는 그들의 눈에서 그런 욕망을 보았고, 새로 청소한 내 감방 앞에서 웃으며 내가 격렬한 소란을 일으키기를 기다리는 모습에서 그것을 느꼈다. 하지만 나는 방금 들은 말을 받아들이기 위해 시간이 필요하다는 듯이 이게 농담일 거라는 희망을 버리지 않았다.

"무슨 뜻인가요?" 내가 물었다. "짐을 싸라고요? 왜죠?"

"이유는 모르지." 한 교도관이 심드렁하게 말했다.

"내가 왜 이동하는지 모른다고요?" 내가 다시 물었다.

"우린 모른다고! 따를 건지 대답해! 예, 아니요?" 다른 교도관이 소리쳤다.

괴롭힘의 한 형태로 이 감방으로 오게 되었다는 것이 분명해졌다.

내 영적 수행의 닻이 떨어졌다. 6월 초에는 나 자신을 흔들리지 않게 잡아주고 사물의 본질을 있는 그대로 볼 수 있도록 도와줄 것이 필요했다.

"뭔 개소리야? 예, 아니요?" 노먼이 갑자기 소리쳤다. 분노의 주먹을 휘두르는 듯한 그의 목소리에 나는 깜짝 놀라 펄쩍 뛰었다. 불과 몇 피트 떨어진 감방 창살 앞에 그가 서 있는 모습이 보였다.

"잘 들어!" 노먼이 격노하며 말했다. "너희 두 양아치 새끼들 누구 하나 괴롭히려고 여기 올라오지 마. 등신들아 니네가 뭔데, 어? 그래, 지금 너희 두 광대새끼들한테 말하는 거잖아. 니네들이 할 일을 이 친구 며칠 동안 문질러 닦고 다 치웠는데, 이제 와서 또 옮기라고? 이봐, 자비스. 이 새끼들 네 감방에서 꺼지라고 해. 혼자 좀 내버려 두라고!"

"아니, 노먼." 그의 갑작스러운 분노 폭발에 놀란 내가 끼어들었다. "진정해, 친구. 내가 처리할게. 저들이 나더러 또 옮기라고 하면, 뭐, 그래, 뭐, 그렇게 할 수밖에 없지 않겠어?"

"아니, 꺼지라고 해, 저 새끼들! 이 멍청한 놈들이 또 다른 더러운 새끼를 거기 가두게 놔두지 않을 거야. 매일 밤 토할 거 같고 더러운 냄새가 진동한다고! 젠장, 자비스! 너한테 그 역겨운 걸 다 치우게 해놓고 이제 다른 데로 가라고 한다고? 말도 안 되지! 차라리 나를 그 감방에 집어넣으면 좋겠어. 그렇게는 절대 안 하겠지."

"야, 이 양아치들아!" 노먼이 화를 내며 계속 말했다. "그놈에 '따를 건지 안 따를 건지' 이딴 소리는 돌돌 말아서 너희들 똥구멍에나 처넣어! 그리고 다시 한번 더럽고 악취 풍기는 새끼를 내 옆방에 처넣으면 가만 안 둔다!"

나는 웃음이 터져 나올 지경이었다. 노먼은 내가 감방 상태에 대해 뻔뻔한 거짓말을 한 걸 알고 있었고, 내가 떠나면 또 다른 지저분한 이웃이 오게 될까 봐 두려워하는 게 분명했다. 그는 오로지 자신의 이익만 생각하고 있었다.

교도관들은 내가 모든 짐을 상자에 싸는 동안 감방 앞에서 기다렸다. 한 시간 뒤 나는 내가 가장 두려워했던 1층으로 향했다. 덜커덩대는 계단을 내려가는 동안 소음은 점점 커졌다. 서로 욕을 퍼붓고 창살을 발로 차고 쾅쾅 두드리는 수용자들의 폭동으로 바로 들어가는 것 같았다. 나의 새집은 샌 퀜틴 최악의 지옥 구덩이 안에 있었다.

내가 배정된 감방으로 가려고 계단을 내려가면서 수용자들의 일그러진 얼굴과 화가 난 손으로 감방 창살을 덜컹거리며 흔드는 모습을 보면서 나는 실수로 모퉁이를 잘못 돌아서 정신병원 한가운데에 와 있는 건 아닐까 상상했다. 가장 슬펐던 것은 내가 아는 얼굴들, 그러니까 과거에 알던 사람들이 지금 모두 미쳐버렸다는 점이었다.

만약 호크가 옳았다면?

1층은 정신과적 이유로 약물을 복용하거나 자살 성향, 폭력 성향이 높거나 심각한 건강 문제가 있는 모든 수용자가 수용되는 곳이다. 샌 퀜틴에서는 발작을 일으키거나 심장질환이 있어 면밀한 관찰이 필요하거나 지속적인 약물이 필요한 수용자의 경우 교도관들이 응급 상황에 신속하게 대응할 수 있도록 1층에 수용한다. 1층 수용자는 2층이나 3층 수용자보다 교도소 병원까지 가는 시간이 단축된다. 그럼 나는 왜 1층에 있는 감방을 쓰게 된 걸까?

나는 새로 가게 될 감방이 이전 감방만큼 더러울 것이라고 충분히 예상했다. 특히 호크의 예전 감방으로 가게 된다는 걸 듣고서는 더 확신했다. 나는 다른 사형수들보다 호크를 더 오래 알고 지냈고, 그는 아마도 내가 아는 가장 미친 친구일 거다. 그는 극심한 편집증을 앓고 있다.

호크는 정부가 전구에 인공위성을, TV에 카메라를, 자신의 감방 곳곳에 도청 장치를 설치했다고 믿는다. 게다가 십대 때 받은 뇌

수술 중에 정부가 자신의 뇌를 훔쳐서 미친 사람의 뇌와 바꿔치기했다고 믿는다. 나는 항상 그의 진실은 그의 것으로 인정해 주었기에 우리는 가깝게 지냈다. 나는 호크와 몇 시간이고 대화를 나눌 수 있었고 늘 지루한 적이 없었다. 그는 항상 실제 무슨 일이 일어나고 있는지에 대한 이론을 잔뜩 세우고 있었다. 하지만 호크가 쓰던 방으로 옮겨간다는 말을 들었을 때 지옥 같은 청소를 며칠 더 해야 할 거라고 생각했다.

그런데 이게 무슨 일인가! 호크의 감방은 내가 옮겨 다녔던 곳 중 가장 깨끗했다. 벽에는 얼룩 하나, 바닥에는 먼지 한 톨 찾아볼 수 없을 정도로 깨끗해 보였다. 그때 나는 호크의 감방이 그의 편집증을 반영한다는 걸 깨달았다. 그는 세균과 먼지도 두려워했다. 내 뒤로 감방 창살이 닫히자 소독약 냄새가 났다. 나중에야 교도관들이 호크를 더러운 감방에서 더러운 감방으로 옮기는 1인 감방 청소 작전에 이용하고 있다는 사실을 깨달았다.

1층의 최악인 부분은 창문이었다. 이전 감방들은 철조망 너머로 석양을 볼 수 있었다. 가까이 보이는 샌 퀜틴의 잔디밭에서는 세례장에서 세례를 받는 죄수들을 보았고, "이 사람은 예수님께 마음을 드리고 있습니다"라고 외치는 목회자의 목소리를 들을 수 있었다. 하지만 여기 1층 창문은 모두 페인트칠이 되어 있어서 밖을 볼 수 없었다. 더 이상 내 눈으로 이곳 너머를 볼 수 없다는 뜻이었다. 하늘이 파란지 흐린지도 알 수 없었다. 하루 중 몇 시인지 알 수가 없었다. 칠이 된 창문은 나를 안으로 움츠러들게 했다.

짐을 풀고 자리를 잡는 동안 소음이 점점 심해졌고, 방 크기가 이전 감방들보다 조금 작다는 걸 알았다. 우선 천장이 더 낮았다. 모든 감방이 기본적으로 작아서 조금만 달라져도 큰 차이를 느끼게 된다. 1층의 '침대'는 가로 6피트, 세로 3피트, 높이 2피트 정도의 시멘트 블록이다. 감방의 길이도 6피트에 불과해서 침대를 놓으면 감방에서 사용 가능한 공간이 반으로 나뉜다.

2층과 3층의 침대는 감방 벽에 볼트로 고정된 편평한 강철판이다. 침대 밑에 있는 수납공간은 좁은 감방에서 아주 유용하다. 이제 나는 모든 상자를 쌓아 올려야 했기 때문에 감방이 더 좁아졌다. 어디에 물건을 넣어야 할지 난감했다. 시멘트 판이 세로로 놓여 있어서 물건을 정리할 공간이 없었다. 1층 감방에서는 바닥에 앉아서 침대 밑으로 다리를 뻗을 수 있는 즐거움도 사라졌다.

그 사이 층에 있던 모든 수용자들이 내 이름을 불렀다. "자비스, 잡지나 책 있어?" "커피나 담배는?" "라면 수프나 크래커는?" 목소리가 계단 위아래로 울려 퍼졌다.

그들은 나를 일종의 자선 가게라고 생각했다. 나는 누군가 쓸 만할 거 같은 잡지와 책을 모으는 습관을 들였기 때문에 수년 동안 모두가 나에게 그런 것들을 기대하게 되었다. 나는 항상 이 자료들을 1층에, 가장 유용하게 사용할 수 있는 사람들에게 가장 먼저 전달할 방법을 찾았다.

정신이 이상해지기 전부터 내가 알고 있던 이들이 많았다. 하지만 내가 자신들과 함께 있다는 사실에 기뻐하며 내 이름을 부르는 소리를 들으니 잘 받아들여지지는 않았다. 나를 더 오래, 더 잘 알았다고 하면서 내 책과 잡지, 커피와 담배를 두고 경쟁하며 입찰 1순위를 차지하려고 하는 모습은 흡사 증권거래소 바닥을 보는 것 같았다.

모두가 내 고통으로 이득을 보고 있었다. 처음에는 교도관들이 내가 감방을 청소할 것을 알고 날 이용했고, 다음에는 모두가 내 이름을 외치며 나한테서 원하는 걸 얻으려고 하는 이곳으로 보냈다. 나는 숨을 고르고 잠시 내 물건을 정리하고 내 안으로 사라질 시간이 필요했다.

밥 말리 사진을 다시 벽에 걸 수 있을 만큼 안정감을 느끼기까지 약 일주일이 걸렸다.

그 목소리는
자유를 갈망하는
나의 목소리였다.

27

자유로 가는 길

사슬에 묶인 당근

어느 날 아침, 자다가 다른 날 눈을 떴는데 위층에서 교도관이 불렀다. "마스터스, 의료 호송이 있다. 5분 안에 내려가서 끌어낼 거니까 준비해!"

'무슨 의료 호송?' 나는 속으로 생각했다. '나일 리 없어! 나는 아픈 데 없는데!' 의심이 들지 않을 수 없었다. 언제나 가장 힘든 달인 6월이 돌아왔다.

"기다려요! 잠깐!" 교도관들이 1층 정문 출입구를 열었을 때 내가 외쳤다. "나는 의사를 만난다고 요청한 적 없는데요!"

"갈 거야 말 거야?" 냉담한 반응이 돌아왔다. "너한테 달렸어, 마스터스! 거부하는 건가?"

몇 초가 흘렀다. "그래요, 그래, 갑니다." 내가 대답했다. "준비들

되시면 가요. 난 준비됐어요." 그러고는 속으로 생각했다. '어떻게 흘러가는지 한 번 보자.'

교도관 두 명이 우리 층으로 와서 나에게 옷을 벗으라고 명령했다. 나는 옷을 구멍에 밀어 넣고 벌거벗은 채 그들 앞에서 돌아섰다. 그들은 옷을 뒤진 뒤 다시 밀어 넣었다. 그런 다음 구멍으로 손을 뻗어 내 손에 구속 장치를 달았다. 그들은 문이 열리는 스위치를 제어하는 다른 교도관에게 내 감방 번호를 불렀다.

호송되어 나오는 동안 내 모든 감각은 뭔가가 있는 듯한 아주 미묘하게 평소와 다른 분위기를 감지했다. 하지만 아무 단서가 없었다. 그들은 나에게 한마디 말도 없이 나를 '대기실'에 가두었고 나는 조용히 불교의 레드 타라 만트라인 "옴 타레 탐 소하(Om Tare Tam Soha)"를 외기 시작했다.

나의 티베트 불교 스승인 차그두드 툴쿠 린포체는 바로 이런 순간에 올릴 수 있도록 많은 명상 기도를 주셨다. 지혜의 화신인 타라에게 하는 기도가 가장 도움이 되지 않을까 생각했다. 옴 타레 탐 소하. "나를 알아차리게 하소서. 내가 여기 직면하게 된 모든 장애물을 없애주소서." 그렇게 만트라를 외던 중 차그두드의 모습이 떠올라 눈시울이 붉어졌다.

사형수가 가장 두려워하는 것은 바로 자신의 죽음이다. 이것은 너무 소모적이어서 교도소 밖에서 당신이 사랑하는 모든 사람이 자신보다 오래 살게 되어 있는 것처럼 보일 수 있다. 그들은 불멸처럼 보인다. 하지만 차그두드 린포체는 세상을 떠났다.

나는 그를 스승이자 아버지로서 존경했다. 그가 나와 함께 하기 위해 샌 퀜틴 안을 걸어 들어와 줬을 때 정말 축복받았다고 느꼈다. 나중에 차그두드는 온갖 병을 앓으면서도 휠체어를 밀고 병실로 들어갔다. 그는 나에게 영적인 길을 열어 준 사람이었다. 그의 제자들과 다른 불교 수행자들은 나의 친구가 되었고, 내가 받은 사형 선고에 항소하기 위해 끊임없이 노력해준 지지 그룹의 핵심이 되었다.

한 번도 본 적 없는 교도관이 내 손의 구속 장치를 풀더니 주황색 점프슈트를 건넸다. 당근 코스튬처럼 보였다. "이게 대체 뭔데요? 나 어디 가는 거예요?" 내가 물었다.

"입어." 그가 명령했다. 만트라 "옴 타레 탐 소하"와 불쑥 나오는 마음의 소리인 "도대체 무슨 일이 일어나고 있는 거야?!"가 충돌했다. 내가 마지막으로 점프슈트를 입었던 것이 10여 년 전 사형 재판 기간이었을 때였다. 그럼 난 지금 어디로 가고 있는 걸까? 일부 사형수들이 차를 타고 북쪽으로 몇 시간 거리에 있는 다른 교도소 펠리컨 베이로 이감되었다는 소문을 들은 적이 있었다.

나는 허리띠에 손 구속 장치가 용접된 사슬에 묶였다. 내 두 손은 옆구리에 밀착되어 있었지만, 수갑보다는 움직일 공간이 더 많았다.

보청기

교도관 세 명이 나를 교정 센터 정문 밖으로 호송했다. 작은 차가 나를 기다리고 있었고, 차의 문 네 개는 이미 열려 있었다. 내가 뒷좌석에 앉자 교도관은 내 위로 손을 뻗어 가슴을 가로질러 끈을 잡아당겼다. 이륙을 준비하는 우주비행사가 된 듯한 기분이었다. 이전에는 한 번도 안전띠를 착용한 적이 없었다.

교도관 한 명은 운전석에, 다른 한 명은 조수석에 앉았고, 나머지 한 명은 나와 함께 뒷좌석에 탔다. 운전자는 휴대용 라디오에 대고 말했고, 우리는 교도소 뒤쪽으로 차를 몰았다. 낯선 광경, 일반 사람들이 사는 집의 마당, 교도소 산업 건물들이 마치 영화처럼 창밖으로 스쳐 지나갔다. 나는 22년 넘게 일반 차를 타지 않았다. 승차감이 아주 매끄러웠고 소리도 전혀 나지 않았다. 창밖을 바라볼 때만 우리가 움직이고 있다는 걸 알 수 있었다. 마치 꿈 같았다.

우리는 해안만을 따라 난 좁은 길을 달리며 오르막길을 따라 면회객 입구를 향해 갔다. 내가 원했던 것보다 훨씬 빠르게 가고 있었다. 좁은 차선을 과속해 달리는 차 안에서 가슴에 이상한 안전띠를 착용하고 허리는 사슬로 묶인 채 있으려니 불안하고 긴장되었다.

우리는 정문으로 가기 위해 여러 개의 보안 게이트를 통과했다. 샌프란시스코만 건너편에 타말파이스 산이 바로 보였다. 우리는 교도소 주차장을 지나갔고, 우리 수용동 지도원이 손에 서류 가방을 들고 차 트렁크를 닫고 있었다. 나중에 그를 보았다고 말하려고 마음속으로 메모했다. 나는 소리도 나지 않고 아무 말도 하지 않는 차 안에 세 명의 암살자와 함께 타고 있다는 느낌을 잊으려고 애썼다.

동쪽 보안 게이트가 열리자 우리는 길을 따라 정지 표지판까지 달렸고 경사로에서 좌회전한 뒤 고속도로에 진입했다. 나는 법정에 갈 때부터 이 코스를 어렴풋이 기억했다. 그래서 아마도 법정으로 돌아가는 거라고 생각했다. 하지만 이전에 보지 못했던 광경이 점점 더 많이 눈에 들어오자 속에서 소용돌이가 치는 것처럼 메스꺼웠다. 이것은 마린 카운티 법원으로 가는 방향이 아니었다.

고속도로의 표지판을 보자 심장이 덜컹 떨어지는 것 같았다. 유레카라고 적혀 있었다. 나는 그것이 오리건 국경 옆에 있다는 걸 알고 있었다.

'그거였네. 펠리컨 베이로 이감되는 거구나. 완전 북쪽이라 베이 에리어에 있는 내 친구들하고 다 멀어지겠다.' 나는 혼자 생각했다.

그때 내 옆에 앉은 교도관이 처음으로 말을 걸었다. "마스터스, 그래서 상태가 어떤 거야? 귀에 무슨 문제가 있는 건가?"

몇 초가 지났다. 무슨 뜻인지 이해가 잘 안 갔다.

"네? 내 귀요?" 내가 말했다.

"그래, 네 귀. 우리가 왜 널 데리고 청각 전문의를 만나러 갈까?"

"와! 잠깐만요! 우리 거기 가고 있는 거예요? 청각 전문의 만나러?"

"응. 9시 30분에 마린 종합병원에 예약했어."

"장난치는 거죠!" 내가 말했다. 나는 머리 위로 손을 올려 머리가 돌아가게 좀 긁어보려고 했지만, 허리에 묶인 사슬은 그 높이의 절반까지도 올라가지 않았다.

"아니! 장난을 왜 치겠나." 그가 단호하게 말했다. "청각 전문의에게 검사받기 위해 외부 일정이 있는 거다."

몇 초가 더 흘렀다. 그때 모든 게 정리가 되었다.

9개월 전, 나는 청각 장애가 있는 사람들을 위한 면회용 전화기 사용 허가를 받기 위해 의사를 찾아갔다. 비접촉 면회 부스에서 면회객의 말을 알아듣는 데 심각한 어려움이 있었다. 유일하게 전화기가 있는 면회 부스는 청각장애인용으로 지정되어 있었다. 그러나 의사는 내가 요청한 허가서를 줄 수 없다고 했다. "청각 전문의"의 검사를 받아야 한다고 했다. 그가 나를 명단에 올려놓았다는 것과 교도소에서 나와 마린 종합병원에 가게 되리라는 것은 전혀 생각지도 못했다.

깃털처럼 가벼운 느낌이 들었다. 나는 날고 싶었고 눈을 뜨고 주위를 둘러보고 모든 것을 기억하고 싶었다. 기어를 빨리 변속할 수 없었다! 지금 나는 나들이를 나와서 십대 때부터 보지 못한 세상을 구경하고 있다. 여름의 태양이 차창에 반사되었고, 나는 밖을 내다보면서 모든 것이 느려졌으면 좋겠다고 생각했다. 내 눈이 카메라 렌즈가 되어 자동차, 나무, 집의 사진을 찍었다. 나는 내가 기억할 수 있는 어떤 것보다 감미로운 자유의 공기를 마실 수 있었다.

창문에 붙어 있으면서 나는 내가 어쩌다가 자유를 잃었는지, 그토록 많은 사람에게 어떤 고통을 주고 끔찍한 시간을 살게 했는지 기억하기 시작했다. 폭력이 나를 짓밟는 것을 느꼈다. 슈퍼마켓을 지나갈 때는 한때 매장 계산기 위로 뛰어올라 총을 쏘던 순간이 기억났다. 그 생각을 하자 몸이 얼어붙었다. 내가 어떻게 그런 짓을 할 수 있었을까? 나 자신이 무서워졌고 그 세월이 무서워졌다. 어쩌다 내 자유와 분별력을 다 잃을 수 있었을까?

이제 내 영혼은 허리를 묶은 사슬에서 벗어나고, 수갑에서 벗어나고, 나 자신과 나누는 대화에서 벗어나고, 내 귀와 청각 전문의에 대해 나누는 교도관과의 대화에서 벗어나기 위해 몸부림치고 있었다.

몇 분이 지났다. 우리는 고속도로에서 빠져나와 교통 정체로 도로에 발이 묶였다. 다양한 연령대의 사람들이 거리를 걷고 있었고, 자전거를 타고 있었고, 앉아서 버스를 기다리고 있었다.

"마스터스, 검사하는 데 얼마나 걸리는지 알고 있나?" 교도관이 물었다.

쇼핑센터를 뚫어져라 보느라 코가 창문에 눌릴 뻔했다. "글쎄요, 교도관님들은 바로 다른 업무에 투입돼서 일하지 않아도 되고, 나는 감방으로 너무 빨리 들어가지 않아도 되기를 빌어볼까요? 하, 더 멀리 돌아갈 수 있는 길은 없나요?"

프란치스 드레이크 대로를 따라 가면서 온갖 종류의 자동차를 보았다. 한때는 지금 본 모든 자동차의 제조사를 다 기억했지만, 이제는 토요타와 쉐보레를 구분할 수 없었다. 조깅하는 사람들, 유아차를 미는 사람들, 목줄을 한 개와 같이 달리는 사람들을 보았다. 모든 것의 가운데로 차를 몰고 가면서 모든 사람들을 보았고 그들의 일상을 나와 공유하고 있다고 느꼈다. '내가 훔친 것들의 주인이 저 사람들, 진짜 얼굴을 마주한 사람들이었다면 어땠을까? 내가 총을 쏜 사람들이었다면?' 나는 속으로 생각했다. 너무 큰 후회가 밀려왔

다. '어떻게 이전에는 이 모든 것을 느낄 수 없었을까?'

빨간 신호에 걸려 서 있을 때마다 나는 최고의 순간에 있었다. 그 자리 있으면서 아무 데도 가지 않고 그저 기다리면서 생각하는 순간. 렌즈의 초점을 좁혀보니 건물 벽에 붙은 업체 이름 같은 것들이 눈에 띄었다. 초점을 확대하면 버스 벤치와 마치 보도를 소유한 것처럼 걸어가는 회색 비둘기 한 쌍이 눈에 들어온다. 내가 그토록 들어가고 싶었던 캔버스 안에서 삶의 아름다움을 보았다. 나는 궁금했다. '그렇게 오랜 시간이 흐른 뒤 내가 다시 사회에 적응할 수 있을까?' 할 수 있다고 느꼈다. 하지만 내가 허락받을 수 있을까?

초록 신호를 지나갈 때마다 나는 약간 실망했다. 우리가 몇 시간 동안 교통 체증에 갇혀 있기를 바랐다. 그런 기다림이 보통 사람들을 좌절시킨다는 걸 알지만, 샌 퀜틴 사형수의 삶에 비교하면 천국 같은 일이다.

마린 종합병원까지는 내가 바랐던 것만큼 오래 걸리지는 않았다. 차는 로비 문 앞에 주차되어 있었고, 나는 주황색 점프슈트를 입으니 다리가 달린 거대한 당근처럼 보였다. 병원 로비에는 어린이를 포함해 많은 사람들이 앉아 있었다. 주황색 점프슈트를 입고 제복을 입은 교도관 세 명의 호위를 받으며 걸어가니, 마치 〈양들의 침묵〉의 등장인물이 된 듯한 느낌이 들었다. 사람들은 내 허리의 사슬을 쳐다보았다. 여기서 미소를 짓는 게 상황을 더 좋게 만들지 더 악화시킬지 확신이 안 섰다.

『마린 인디펜던트 저널(Marin Independent Journal)』을 읽고 있는

한 남자가 내가 지나갈 때 신문을 살짝 내렸다. 순간 우리는 서로를 쳐다봤다. 그런 다음 그는 선글라스 뒤에 숨었다. 뭔가 잘못됐는데, 뭐지? 나는 교정 센터 지도원의 유령을 보았다고 맹세할 수 있다. 조금 전에 교도소 주차장에서 본 우리 동 지도원이 여기 앉아 있을 리가 없었다.

우리는 청각 전문의 진료를 기다리는 대기실로 가는 복도를 내려갔고, 이윽고 중년 백인 여성이 나와서 내 이름을 불렀다. 그녀는 내가 하게 될 검사를 설명하고 질문이 있는지 물었다. 그녀는 마치 내가 죄수라는 사실을 눈치채지 못한 것처럼 행동했다. 나를 호위하던 교도관들은 "이 사람은 중범죄자다"와 같은 태도를 잠시 내려놓은 듯했다.

검사실은 내 감방보다 크지 않은 공간으로, 사방이 어린이집처럼 꾸며져 있었다. 전문의는 내 머리에 헤드폰을 씌우면서 소리가 나면 손을 들라고 지시했다. 그런 다음 의사와 교도관은 검사실을 나갔다.

귀에 들려오는 삐삐 소리를 듣고 있는데, "선글라스!"라는 단어가 나도 모르게 입에서 튀어나왔다. 신문을 읽는 남자는 선글라스를 끼고 있었다. 그것이 계속 신경 쓰였다. 병원 로비에서 신문을 읽으면서 왜 선글라스를 끼겠는가?

청력 검사가 끝나자 전문의는 읽어봐야 할 차트가 아직 많지만 나한테 몇 가지 청력 문제가 있다는 건 이미 알 수 있었다고 말했다. 그녀는 최종 결과는 교도소로 전달될 것이라고 확인해 주었다.

"한 달 안에 나오나요?" 내가 물었다.

"아뇨, 그렇게 오래 안 걸려요." 진료실을 나가려는데 그녀가 대답했다.

청력 전문의와 너무나 편안하게 이야기를 하다 보니 당근 점프 슈트를 입고서도 말을 할 수 있는 용기가 다시 생겼다. 지팡이에 완전히 몸을 구부린 채 걸어가는 한 노부인이 보였다. 그녀는 작은 걸음을 하나하나 옮기면서도 너무 고통스러워하고 있었기에 손을 내밀고 싶었다. 나는 멈춰 서서 그녀의 눈을 보며 말을 걸었다. "안녕하세요? 오늘 아침에 정말 아름다워 보이세요, 할머니." 그리고 내게는 정말 아름다워 보였다. 우리 할머니가 걷는 모습을 떠올려보면 꼭 그럴 것 같았다.

노부인은 나를 보고 환하게 웃었다. 그러고 나서 눈물이 그렁그렁한 얼굴로 로비에 있던 모든 사람과 책상 뒤의 병원 직원들도 돌아볼 정도의 큰 목소리로 "오, 고마워요, 젊은이"라고 대답했다. 그러다가 나는 그녀가 보청기를 끼고 있는 것을 발견했다. 그녀는 자신의 목소리가 얼마나 큰지 알지 못했다. 로비에 있는 몇몇 사람들은 우리의 대화를 보며 미소 짓고 있었다.

내가 다소 충동적이었다는 건 알지만, 바깥세상의 누군가에게 무슨 말이든 걸어야 했다! 교도소 밖에서는 사람들이 서로 이야기를 나누지 않는 것 같았다. 로비를 조용하게 만든 것이 주황색 점프 슈트, 허리에 두른 무거운 사슬, 손에 차고 있는 구속 장치 때문이었을까? 로비에 있는 사람들은 모두 나란히 앉아도 각자의 공간을 지켰다. 바로 옆에 다른 사람이 앉아 있다는 사실을 아무도 아는 척하지 않는 듯했다. 심지어 아이들도! 내가 그 나이였으면 완전히 날뛰며 다녔을 텐데, 이들은 아무 말도 안 하고 의자에서 뒹굴지도 않았다. 말을 너무 잘 들었고 얼어붙은 듯 뻣뻣했다.

호위를 받으며 밖으로 나왔을 때, 나는 신문으로 얼굴을 가진 남자를 또 발견했다. 물어보지 않을 수가 없었다. "디커슨 씨, 맞나요? 맞죠, 디커슨 씨?" 그는 처음에는 올려다보지 않았다. 신문이 내려지자 교도관이 뒤에서 허리 사슬을 살짝 밀면서 '계속 가'라고 말하는 것처럼 느껴졌다. 안경 뒤에는 내 지도원이 미소를 짓고 있었다. 그는 내가 자신의 눈을 볼 수 있도록 안경을 코 아래로 미끄러뜨렸다.

"와, 디커슨 씨네. 디커슨 씨인 줄 알았어요! 어떻게 여기 계세요?" 내가 말했다.

지도원은 여전히 아무 말도 하지 않고 교도관들에게 걸음을 멈추게 해도 된다는 손짓을 했다. 그는 고개를 숙이고 신문을 접은 다음 다시 나를 올려다보며 자리에 몸을 기댄 채 빙그레 웃었다. 그의 눈은 나에게 주변을 둘러보고 왜 그가 거기에 있는지 직접 확인해 보라는 신호를 보내고 있었다. 잠깐 로비를 훑어보는데 여기저기서, 심지어 프론트 데스크 뒤에도 낯익은 얼굴들이 보였다. 모두 사복을 입은 교도관이었고, 로비 여기저기 흩어져 있었다.

"이게 뭐지!" 나는 혼잣말로 외쳤다. 내 눈을 믿을 수가 없었다. '다 어디서 온 거야?' 내 지도원이 자리에서 일어났다. 그는 미묘한 손동작으로 조용하고 쉽게 모든 교도관에게 나가라고 지시했다. 일부는 내 앞에 있고 다른 일부는 뒤에 있었다. 주차장 밖에도 교도관들이 더 많이 배치되어 있었다.

내 호위 교도관들이 나를 다시 차에 태웠을 때 사복 교도관들이 주차장 주변 덤불을 수색하는 것을 보았다. 그런 다음 국영 차량이 그들 옆에 차를 세우고 한 명씩 태웠다. 나는 내 옆에 앉은 교도관을 보며 말했다. "아니, 이 첩보원들은 다 뭔가요? 대통령 호위병 같은 거라도 하는 건가요?"

"음, 마스터스 군. 넌 캘리포니아주에 아주 중요한 사람이야. 우리는 널 잃고 싶지 않은 거다."

"아, 제발! 거짓말 좀 하지 마세요!"

"아니, 진짜야. 우리는 네 지지자들이 네가 샌 퀜틴에서 나가기를 원하는 걸 알고 있어. 오늘 그런 일이 일어나지 않도록 노력한 것뿐이지!"

"내 지지자들이 여기 병원 대기실에 와서 날 빼갈 거라고 생각했다고요? 그래서 다들 내가 어디 가는지 물어봐도 쉬쉬했던 건가요?" 내가 물었다.

"내가 말할 수 있는 건 우리는 후회보다는 안전을 택한다는 것뿐이다! 우리는 죄수, 특히 사형수를 감옥 밖으로 호송할 때마다 목적지로 데려다주고 안전하게 돌려보내기 위해 모든 예방 조치를 취하지."

우리가 주차장에서 차를 몰고 나올 때 우리 앞에는 국영 차 한 대가 있었고, 바로 뒤에 다른 차 두 대가 있었는데, 모두 사복 교도관을 태우고 있었다. "말해 주세요." 나는 교도관에게 물었다. "우리가 샌 퀜틴을 떠나고 나서 다른 차들도 전부 우리랑 같이 있었나요? 왜냐면 디커슨이 교도소 주차장에서 걸어 나오는 걸 봤는데 우리가 병원 도착했을 때 그가 어떻게 로비에 앉아 있을 수 있었는지 궁금했거든요."

"그건 디커슨한테 물어봐야 할 거 같은데." 그가 말했다.

나는 빨간 신호에 많이 걸려서 돌아가는 길이 늦어지길 바랐다.

산책하는 사람들, 조깅하는 사람들, 자전거 타는 사람들을 얼굴에 미소를 지으며 바라보았다. 마치 나 혼자 오롯이 이 대로를 걷고 있는 것처럼. 나는 다시 한번 사람들 사이에 사회적인 소통이 부족하다고 느꼈는데, 마음 아픈 일이었다. '서로를 향해 몸을 돌려 대화를 나누던 광경은 다 어디 갔을까?' 진심으로 궁금했다.

여러 무리의 사람들이 서로 쳐다보거나 말도 하지 않고 길을 건너기 위해 함께 기다리고 있는 모습이 보였다. 벤치에 나란히 앉아 버스를 기다리는 사람들은 같은 언어를 사용하는 사람이 없는 듯 화살처럼 앞만 바라보고 있다. 그들은 로봇처럼 보였다. 이 광경은 SF 텔레비전 시리즈인 〈제3의 눈(The Outer Limits)〉을 떠올리게 했다.

두 쌍의 부모가 거의 나란히 서서 아기가 탄 유아차를 밀며 걷는 것을 보았다. 오직 아기들만이 의사소통을 시도했다. 작디작은 손을 서로를 향해 뻗고 허공에 몸짓을 했다. 부모들은 서로를 못 본 척했다. 우리 옆에 있던 차들의 운전자들은 나를 보기 위해 고개를 돌리지 않았지만, 그들 중 몇몇은 혼잣말을 하는 것 같았다. 그 모습에 공감이 갔다.

"글쎄요, 요즘 사람들은 혼잣말하는 게 더 좋은가 봐요. 혼잣말에 더 익숙해져 가는 거지!" 내가 중얼거렸다. 내 옆에 앉은 교도관이 웃기 시작했다. 나도 웃었다. 샌 퀜틴처럼 일종의 미친 짓이었다.

"아냐, 안 그래." 그가 말했다.

"완전히 맞거든요!" 내가 주장했다.

1분 후, 마치 내 주장을 증명해주려는 듯 자동차 한 대가 우리 옆으로 달려왔다. 또 누군가 혼잣말을 하고 있었다. 나는 교도관에게 이 여자를 예시로 들어주기 전에 그녀가 한 손에 휴대폰을 들고 있진 않은지 다시 한번 확인했다. "자, 봐요. 혼잣말하는 거 아니라고 할 건가요? 노래하고 있는 거라고 하시려나?"

교도관이 다시 한번 웃음이 터졌다. "마스터스 군, 교도소에 얼마나 오래 있었지?"

"그거랑은 상관없죠. 눈으로 본 거만 믿어야지! 저 여자 지금 자기 자신과 진지하게 대화를 나누고 있네요! 안 보여요? 운전대를 양손으로 잡고 있잖아. 봐요, 봐요, 혼자 진지하게 논의하고 혼자 깔깔 웃고 있잖아요."

"자세히 봐봐." 교도관이 나에게 말했다. "아주 자세히 봐봐, 마스터스. 저 여자 머리 위에 얇은 헤드폰이 있어. 보여? 그리고 입 바로 앞쪽도 자세히 살펴봐라. 저 작은 장비 보이니?"

"네, 뭔가 보이는 거 같아요. 저 여자 입 앞에 있는 구부러진 철사 조각 같은 거 말이죠?"

"그래, 그거. 그게 전화기야. 진짜 휴대폰."

"에이, 아니잖아요." 머쓱해진 내가 말했다. "그럼 내가 혼잣말하고 있다고 생각했던 사람들이 전부 저런 걸 달고 있다고요?"

"마스터스 군, 여기는 마린 카운티야." 운전을 하는 교도관이 설명해 주었다. "뭔가 새로운 게 나왔다면, 여기서 제일 먼저 보게 될거다!"

"와, 교도관님은 매일 새로운 걸 배우시는 거 같아요, 맞죠?" 왠지 모르게 머리를 긁적대고 싶은 생각을 하며 혼잣말을 했다. 그 순간 나는 샌 퀜틴이 베이 에리어의 중심에 자리 잡고 있음에도 마치 섬처럼 이 사회 전체로부터 얼마나 동떨어져 있는지 깨달았다. 그리고 나는 20년 넘게 그 벽 뒤에 갇혀 있었다. 이날 나는 이전에 알지 못했던 세계를 보았다.

지난 수년 동안 나는 사물을 있는 그대로 기억하고, 다시 다가가고 반성할 수 있는 것을 붙잡고, 내가 다시 들어가고 싶었던 세상에서 완전히 단절된 느낌을 받지 않으려고 열심히 노력했다. 그런데 이제 내 기억이 조각나기 시작했다. 모든 것의 무상함 때문에 나는 붙잡을 것이 아무것도 없었다. 모든 것이 바뀌었다. 나는 스스로 질문을 던졌다. '상황이 동일하게 유지되기를 원하는가?' '그 안에서 더 이상 성장하지 않는다는 걸 의미한다면?' 성 모양을 한 샌 퀜틴이 갑자기 시야에 들어왔을 때, 나는 생각할 것이 너무 많았고 반성할 것도 너무 많았다.

샌 퀜틴 전체를 통틀어 가장 무시무시한 1층의 유죄 판결을 받은 다른 모든 수용자들과 비교하면 나는 정말이지 행운이었다. 내가 실제로 감옥 밖에 나갔던 시간은 고작 두 시간 남짓이었다. 그것도 청력 검사를 받으러! 나는 영적으로 고양되어 다시 삶에 합류하고 싶고, 나 자신을 구원하고 싶고, 다른 방식으로 무언가를 해보고 싶고, 처음에 바로 잡지 않은 것, 그 과정에서 다른 이들을 공포에 몰아넣은 점을 후회했다.

내 뒤에서 감방문이 쾅 닫혔을 때, 나는 층의 소음을 더 명확하게 들을 수 있다는 생각이 들었다. 그러다가 여기 샌 퀜틴을 비롯해 다른 어떤 감옥도 내가 있을 곳이 아니라고 말하는 심장의 목소리가 들려오는 것을 깨달았다. 그 목소리는 자유를 갈망하는 나의 목소리였다.

28

날개

이 여름의 아침, 타말파이스 산의 드넓은 아름다움은 눈부신 광경이었다. 내가 서 있는 교도소 마당의 서쪽에 하늘 높이 떠 있는 달의 얼굴이 저 멀리 산의 푸르른 능선을 넘어 경주하라고 나를 초대했다. 이른 아침의 고요 속에서 나는 이제 아침 너머로 깨어난 영혼처럼 스트레칭을 하는 듯한 산의 정상을 마주했다.

산을 보니 전날의 일이 생각났다. 청력 검사를 받으러 밖으로 나가 20년이 넘도록 보지 못했던 수많은 것을 볼 수 있었다. 나는 그 광경을 마음속으로 계속해서 되새기며 밤잠을 이루지 못했다. 언젠가 신체적 자유를 되찾고 싶다는 내 안의 깊은 갈망마저 느낄 수 있었다.

이제 한숨처럼 새로운 아침 인사가 산과 내 사이에 오갔다. 우리는 서로 다른 두 행성처럼 멀리 떨어져 있는 것처럼 보였지만, 이날의 친밀함이 서로를 보호하고 있었다. '나에게 그곳에 갈 수 있는 힘이 생기고 고출력 전기 철조망과 감시탑 벽돌로 이루어진 인간 지뢰밭 위로 날아올라 저 위에서 내 자리를 찾을 수만 있다면 좋을 텐데' 하고 생각했다. 장애물이 너무 얇고 적어 보였기에 나도 모르게 "그게 다야?"라고 소리 내어 중얼거렸다.

"'그게 다야?'라니 무슨 말이야?" 누군가가 물었다. 가장 친한 친구인 프레디가 내 앞에 코트를 입고 서 있는 것을 미처 눈치채지 못했다. "야, 내가 너한테 아침 인사 하고 있는데 '그게 다야?'라고 대답하다니."

"아무것도 아니야, 프레디. 마음이 딴 데 가 있었어. 네가 오는 걸 못 봤네. 소리도 못 듣고."

"아, 이해하지." 그가 웃으며 말했다. "어서 랩을 시작해봐. 난 다 이해해. 그거 불교 방식이잖아. 불교 신자들은 세상 만물과 대화하니까. 하늘을 향해 이렇게 심호흡을 하시고 (프레디가 웃긴 소리를 낸다) 으음…." 달을 향해서는 이렇게 짧게 숨을 내쉬고 (프레디가 또 웃긴 소리를 낸다) 아아. 불교 신자들은 우주에 대한 모든 것을 잘 알고 있지. 그래서 나는, 불교가 어떻게 돌아가는지 완전히 알고 일어났지." 그가 허리를 굽히며 계속 웃어댔다.

"야, 그런 거 아니야." 무시하려고 했지만 나도 모르게 웃음이 터져 나왔다. 나는 그저 날고 싶다고 생각했을 뿐이라고 설명하고 싶지 않았다.

사형수 중 가장 어린 열여덟 살 후프가 농구공을 튕기며 마당을 가로질러 우리 쪽으로 왔다.

"내기하실 분?" 후프가 높고 빠른 목소리로 물었다. "이 공으로 저기 있는 저 빌어먹을 새를 죽일 수 있을지 내기하겠습니다." 그가 가리키는 곳을 보니 약 10피트 떨어진 곳에 갈매기 한 마리가 마당 아스팔트 위를 평온하게 걸으며 먹을 것을 쪼는 모습이 보였다. "내기할래요?" 후프는 팔을 뒤로 젖히면서 새를 향해 공을 조준하는 동작을 반복했다.

그가 공을 날리자마자 나는 팔로 공의 방향을 빗나가게 했다. "대체 뭐야?" 내가 소리쳤다. "세상에! 뭐 하는 거냐고?" 농구공이 바닥에 굴러떨어지면서 우리 팔이 서로 엉켜버렸다. "야! 너 뭐가 문젠데?" 나는 계속 말했다. "저 새를 봐봐. 너한테 아무 짓도 안 했잖아!"

"저기요." 후프가 뒤로 물러나 자신보다 스무 살 가까이 나이가 많은 나를 쳐다보며 중얼거렸다. "나 뭐 문제없는데요, 자비스."

나는 그의 팔을 붙잡고 그의 얼굴을 똑바로 바라봤다. "그럼 대체 왜 아침부터 악마 새끼처럼 달려와서 저 새를 죽이려고 하는 거야? 너 미친놈이야, 뭐야? 어? 어?"

"저기요, 내 팔 놓으시죠." 후프가 나한테서 빠져나가려고 애쓰며 말했다. 그러더니 "내 팔 놓는 게 좋을 거야!" 하고 소리쳤다.

프레디는 심판처럼 우리 둘 사이로 재빨리 걸어 들어와 팔을 잡아당겼다. 그러고는 말했다. "저기! 저기! 이봐요, 친구들! 자 얼른, 여러분. 저 새는 우리보다 더 미친 게 분명해. 아직도 저기 있거든. 어쨌든, 이렇게까지 할 필요 없잖아?"

후프는 오른팔을 문지르고 있었다. "그러니까요." 그가 프레디에게 말했다. "저 망할 새는 이렇게 싸울 가치가 없잖아. 왜 그러는 거예요, 자비스?"

"왜냐고? 음, 왜냐고? 왜냐면," 나는 이만 불쑥 말해버렸다. "저 새가 내 날개를 갖고 있으니까!"

두 사람은 할 말을 잃은 채 새를 쳐다보고 내 눈을 한 번 들여다 보고 다시 새를 쳐다보았다. 우리 셋은 깡통 포커 플레이어처럼 테이블 주위에 모여 서로를 쳐다보다가 먹이를 먹는 갈매기를 봤다가 도대체 그게 무슨 뜻인지 알고 싶어 했다. 대체 무슨 뜻이냐고? 하지만 내가 뱉은 그 말도 안 되는 소리가 우리 같은 사람들에겐 세상에서 가장 말이 되는 말이었다! 우리는 갈매기가 회색 깃털을 활짝 펴고 철조망 너머로 만을 향해 날아가는 모습을 바라보았다.

작가 후기

모든 아이들은 중요하다

이 책을 쓰기 위해 마음을 열고 절대 소화되지 않기를 바라며 영혼의 뱃속에 억눌러 두었던 기억을 되살린 것은 어린 시절을 함께 여행한 어린아이들을 위해서이다. 또한 오늘날 나를 사형수로 만든 것과 같이 고통스럽고 폭력적인 삶의 길을 걷고 있는 아이들을 위해서이다. 나와 같은 젊은이들은 자신에게 찾아온 기회의 창을 어떻게 활용해야 할지 모를 수 있다. 그들은 종종 다른 선택을 하거나 다른 일을 하기 위해 필요한 기술을 갖추지 못한다. 때때로 폭력적이고 위험한 방식으로 행동하기도 하지만, 그 내면에는 빛날 기회, 성공할 기회, 사랑하고 사랑받을 기회가 주어지지 않았던 따뜻한 마음을 가진 아이로서 자신의 진정한 모습을 인정받기를 갈망하고 있을 뿐이다.

내가 얻은 진리, 내가 다른 모든 아이들로부터 얻은 진리는 아이들은 자신이 중요하다는 사실을 믿고 싶어 한다는 것이다. 아이들은 자신의 삶이 세상을 변화시킨다는 사실을 믿고 싶어 한다. 다른

448

것은 몰라도, 나와 함께 자란 젊은이들, 그리고 어떤 이유로든 나만큼 혹은 그 이상의 고통을 겪었거나 겪게 될 수많은 젊은이의 숨은 외침이 이 책에 담겨 있기를 바란다. 내가 그랬듯이 그들도 결국 위탁 가정이나 시설, 교도소에 가게 될 것이다. 내가 얼굴과 이름을 선명하게 기억하는 이 아이들은 아홉 살, 열 살, 열한 살의 어린 나이에도 어린이의 순수함 속에서 진실은 용감하게 빛난다는 것을 선천적으로 알고 있다. 이 시설에서 저 시설로 옮겨 다니며 몇 번이고 날개를 잘렸다고 해도 그와 상관없이 아이들은 소중하고, 세상을 바꿀 힘이 있으며, 날 수 있다는 진리가 그들의 손을 잡고 있다.

이 책이 전문가와 정부 관계자들의 손에 들어가 이 메시지가 전달되기를 바란다. 그리하여 자신의 잘못이 아님에도 제도권 안에서 길을 잃고 소년원을 가득 채우고 결국 가장 열악한 교도소로 넘쳐흘러 들어가는, 버려지고 학대받고 상처받은 아이들의 소중한 삶을 돌보는 데 그들의 소임을 다할 수 있게 되기를 희망한다. 이들은 사형수가 될 가능성이 가장 큰 사람들이다.

내가 억울하게 누명을 쓰고 살인죄로 유죄 판결을 받아 사형수가 된 것은 마음 아프고 안타까운 일이지만, 다른 사람의 목숨을 빼앗은 고통을 안고 사는 것보다는 쉽다. 그 모든 일을 겪어왔음에도 내가 사람을 죽인 적도 없고 살인 계획에 가담한 적도 없을 수 있던 것은 타고난 결백함 때문이었다. 젊음에서 오는 자부심, 소속에 대한 열망, 순수한 생존 본능이 교도관 살인 사건에 연루될 만한 행동을 하게 했고, 이것이 내가 지금 사형수로 살아가게 된 이유이다. 하지만 아무리 통제 불능의 상태였다고 해도, 나는 그런 폭력 행위를 계획하고 저지를 수 있는 사람은 아니었다. 그 점에 대해서는 정말 감사하게 생각한다. 그러나 이 책의 부제인 '가장 오래된 감옥의 한 무고한 사형수가 전하는 마지막 인생 수업'은 내가 다른 폭력 행위를 일절 하지 않았다는 뜻은 아니다. 나를 이 감옥 안에 들어오게 한 그 모든 무분별한 폭력을 되돌아보는 것은 고통스러운 일이다. 나는 무장 강도죄로 유죄 판결을 받고 복역 중이며, 다른 이들에게 끼친 피해와 고통에 대해 깊이 후회하고 있다.

내 경험에 비추어보면, 다락방에 살던 시절부터 사형수 생활을 하는 지금까지 마음이 영구적으로 손상되지 않은 것은 축복이라고 생각한다. 그때 나와 함께했던 사람들과 지금 함께하고 있는 사람들에게 감사함을 느낀다. 나에게는 여전히 온전한 정신과 학습 능력, 그리고 과거를 돌아보고 판단하지 않고 추억을 찾아가고자 하는 의지가 남아 있다. 이런 식으로 나는 내가 겪은 일을 받아들이고 다시는 사랑할 수 없다는 절망에 빠진 사형수들과 다른 곳에 있는 이들을 위해 그것을 사용하는 법을 배울 수 있다. 우리가 모두 마침내 자신의 실수와 잘못을 받아들이고, 가진 것과 가졌던 것에 감사하며, 타인과 자신에 대한 연민을 받아들여 용서와 함께 오는 자유를 찾게 되기를 간절히 소망한다.

감사의 말

———

이 책을 통해 내가 아는 모든 아이들에게 감사를 전한다. 우리는 아무것도 없을 때 웃고 우정에 의지하는 법을 서로를 통해 배웠다. 또한 조쉬, 파블로, 프레디를 비롯해 스스로 목숨을 끊거나 그들을 지켜주지 못한 시스템 안에서 삶을 더 이어가지 못한 다른 여러 아이들에게도 감사하다고 말하고 싶다.

이 책에 등장하는 사람들의 신원을 보호하기 위해 가명을 사용한 경우에도 그들의 캐릭터는 실제 그대로 온전히 반영되었다. 등장인물의 어린 시절 이야기를 들려줌으로써 이 책이 고통받는 다른 이들에게 자기 삶의 경험으로 들어갈 용기를 줄 수 있기를 기도한다. 그들이 자신의 가치를 소중히 여기고 목소리를 낼 수 있기를 바란다.

샌 퀸틴에서 수년간 우정을 쌓으며 나에게 진정한 형제가 되어준 프레디. L. 테일러에게 깊은 감사를 표한다. 프레디와 함께 했기에 수년 동안 끝없는 폭력의 굴레에 빠진 감옥 문화에서 벗어나 오늘날의 내가, 불교도가 될 수 있었다.

이 책을 쓰면서 많은 기억이 다시 떠올랐다. 그때마다 나는 나의 영적 여정을 담은 목소리로 말하려고 노력했다. 종종 멈춰야 할 때가 많았다. 그만두고 싶던 순간도 많았다. 인생의 고통스러운 사건에 귀 기울이는 대신 차라리 차가운 바닥에서 명상하는 것을 택하고 싶기도 했다. 이해하기 어려울 수도 있겠지만, 나는 내 삶의 경험 대부분에서 감사한 일들을 찾을 수 있다.

내가 가는 볼펜 심지를 잡고 글을 쓸 수 있도록 격려해준 내 인생의 많은 소중한 분들께 감사드린다. 여전히 그렇게 하지 않았으면 좋았겠지만, 그렇게 해준 여러분을 더 많이 사랑하며 영원히 감사할 것이다. 샌 퀀틴에서 사라 패리스와 함께 한 수많은 면회 시간이 생생하게 기억난다. 면회실 부스의 작은 유리창 너머로, 때로는 나를 독려해 주고 때로는 괴롭히며, 누나와 동생들과 다락방에 있었던 추억을 공유하고 난 뒤에 그녀는 작가 특유의 배려심 가득한 마음으로 내가 "그 이야기를 쓰도록!" 해 주었다. 거기서부터 내 어린 시절의 다른 많은 고통스러운 이야기들이 글로 옮겨졌다. 마크 월린은 내 낙서를 인내심을 가지고 몇 페이지에 걸쳐 작업 원고로 옮겨주었고, 나는 안 하겠다는 변명의 여지도, 무를 수도 없었다. 내 마음은 두 사람 모두에게 감사하는 마음으로 가득 차 있다.

그 누구보다도 수잔 문과 카말라 디츠에게 고마움을 전한다. 수잔이 없었다면 책 한 권은커녕 내 인생에 대한 글을 쓰는 것조차 불가능했을 것이다. 그녀의 사랑과 지지, 편집에 대한 공로는 내가 결코 갚을 수 없는 빚이다. 수잔, 나는 항상 당신을 사랑하고 당신에게 감사할 것입니다. 내 마음이 어느 방향으로 가든지 늘 곁에서 도와준 카말라에게도 사랑과 감사를 전한다. 그녀의 인내심과 신뢰 덕분에 나의 실수를 볼 수 있었고, 그녀가 없었다면 중요하지 않다고 잘못 판단했던 기억들은 글로 옮기지 못했을 것이다. 수잔과 카말라는 시간과 인내심, 에너지를 쏟아 부으며 나와 내 이야기를 글로 옮기는 데 최선을 다했다.

에밀리 힐번 셀이 편집자인 것은 나에게 큰 축복이었다. 그녀는 이 책의 출판을 준비하는 데 많은 일을 해 주었다. 그녀는 내 생각을 읽고 내 영혼을 들여다볼 수 있었고, 수천 마일 떨어져 있지만 함께 일하면서 내 인생 이야기를 믿고 맡길 수 있는 사람이라는 것을 알았다. 이 점에 대해 늘 감사하게 생각한다. 에린 브락트는 내가 이 이야기를 다른 사람들과 공유할 기회를 주었다. 그는 나에게 먼저 이 이야기를 다른 사람들과 공유할 기회를 주면서도 먼저 더 깊은 자기 탐구를 할 수 있게 이끌어 주었다. 에릭, 어려운 질문들을 해주어서 고마워요. 더불어 하퍼원의 홍보 담당자인 줄리 버튼에게도 고마움을 전한다.

수년 동안 나를 지지해주신 모든 사람에게 감사하는 마음은 말로 다 표현할 수 없다. 그들은 책이 가져올 변화를 계속 상기시켜 주면서 내가 버틸 수 있게 해 주었다. 그들은 나를 마음으로 받아 주었고 가족으로 맞아 주었다. 나는 그들로부터 사랑, 지지, 관용이라는 축복을 받았다. 이는 세상 그 무엇과도 바꿀 수 없는 선물이다. 우리 가족에는 사랑하는 여동생 칼렛, 한결같은 사랑과 지지를 보여 주고 존재만으로도 든든했던 마티 크라스니, 그리고 내가 여러 번 의지할 수 있었던 리와 마크 레서가 있다. 이들이 보여 주는 사랑으로 나는 항상 내 인생이 축복받았다고 느낀다. 나에게는 큰형님 같은 행크 스완도 있다. 안타깝게도 행크는 우리가 함께 보내며 쌓은 많은 추억을 남기고 세상을 떠났다. 그는 내 삶에 자신만의 모험을 불어 넣어 주었으며, 우리는 정말 많은 것을 공유했다. 행크는 자신이 찍은 사진과 내가 쓴 시를 결합한 아름다운 카드를 만들었다. 행크와 그의 아름다운 파트너이자 나의 오랜 친구 얀 셀스는 언제나 내 인생의 일부가 될 것이다. 사랑하는 가족 같은 분에는 내가 샌 퀜틴의 바깥세상과 소통할 수 있도록 최선을 다해 도와주는 사비트리 버뱅크와 마이클 킬그로, 그리고 대부분은 나를 겁주는 방식으로 나에게 도전하는 방법을 아는 유일한 법사 앨런 세나우케도 있다. 그가 던져주는 도전에 늘 깊이 감사한다. 혼자서 하기 힘들어할 때 나의 신체적 건강을 강하게 유지해준 체리 포레스터 박사님께도 감사드린다.

사랑과 관심, 신뢰를 통해 언제나 내 길을 축복해주는 마리온 풋에게 감사를 표한다. 이렇게 소중하고 사랑 가득한 친구가 있다는 것은 진정한 선물이다. 항상 삶의 현장에서 자연을 함께 나눌 수 있었던 제인 도날드슨과 수잔 브라이딩, 수년간 나와 여정을 함께한 윌리엄 J. 클라크, 변치 않는 사랑과 지지를 보내주는 패트리스 윈, 언제나 내 인생에 소중한 존재인 베시 두보브스키, 우정으로 항상 변화를 만들어내는 캐시 웨스턴, 때로는 나처럼 볼펜 심지만을 가지고 글을 써서 우리의 글이 같은 곳에서 나오는 로레인 캠벨. 이 모든 이에게 고마운 마음을 담아 전한다.

이 오랜 세월 동안 내 삶을 함께해준 많은 사람들이 있다. 윌 스모키 갓프리, 데이비드 플래트포드, 필 코핀, 허쉬 존슨, 안젤라 파머, 빅터 반 쿠텐, 레슬리 머피, 캐롤 도드슨, 켈리 헤이든, 미셸 모데나, 엘리자베스 포레스트, 로널드 제이 캠벨 주니어, 메리안 코마스, 하비 테일러, 마이아 램지, 캐시 로위, 셜리 메이피 엘드, K. 밴델 그리고 메리 노르크벨레. 그들이 변치 않고 보여 주는 우정, 진심 어린 배려, 동반자 정신은 내가 글을 쓰는 데 든든한 버팀목이 되어 주었다. 또한 끊임없는 지지를 보내는 앤 - 앨리스 파커와 놀라운 재능과 너그러운 아량을 베푸는 베스 클라크에게도 큰 고마움을 전한다.

나의 무죄를 입증하기 위해 끊임없이 노력해 주고 있는 법무팀에게 깊은 감사를 표하지 않고서는 이 책을 완성할 수 없을 것이다, 특히 조 백스터, 릭 타고우, 스콧 카우프만, 크리스 안드리안, 켄 워드, 멜로디 어마차일드, 레이첼 서머빌에게 무한한 감사를 전한다.

버클리의 불교 평화 펠로우십, 정선 시티의 차그두드 곤파, 그리고 라마 쉔펜의 모든 이에게 큰 빚을 지고 있다. 이 센터들은 내가 명상 수행을 계속 이어가고 가르침을 받을 수 있도록 도와주었다.

불교 수행자로서 페마 초드론을 알게 된 것은 내 인생에서 큰 축복이다. 페마가 명상 수행과 사형수로서의 일상을 살아가는 데 있어 나에게 어떤 의미인지는 어떤 말로도 다 표현할 수 없다. 때때로 내가 도망칠 수 있다고 생각하는 것을 알면서도 그렇게 하지 못하게 하는 어머니처럼 나를 돌봐주는 소중한 친구가 법사님 안에 있다는 것은 내가 수행을 이어가는 데 가장 큰 도움이 되었다. 다른 누군가에게 도움이 될 수 있도록 이 책을 쓰라고 격려해 주신 페마 초드론에게 감사의 마음을 보낸다.

영원토록 사랑할 나의 어머니, 신시아에게 끝없는 감사를 전한다. 엄마는 내가 세상에 대한 의심을 하기 훨씬 전부터 어딘가에 항상 나를 사랑해주는 사람이 있다는 믿음을 간직하고 살 수 있게 해주셨다.

내 인생의 영원하고 유일한 사랑인 소중한 아내 캐서린에게 감사의 말을 전하고 싶다. 내 인생에 당신이 있다는 것은 더할 나위 없는 축복입니다. 내 모든 꿈의 중심을 당신의 손에 맡길 수 있어 감사합니다. 당신이 모든 면에서 나에게 얼마나 특별한 존재인지 항상 알고 있으리라고 믿습니다. 내 삶의 모든 순간을 당신과 함께 나누고 싶습니다. 사랑합니다.